Si la bête s'éveille

Du même auteur

Les Jumeaux, essai, Robert Laffont, coll. «Réponses».
La Fin du septième jour, roman, Robert Laffont, coll. «Best-sellers».
La Mémoire interdite, roman, Robert Laffont, coll. «Best-sellers».
Chroniques de l'Afrique sauvage, essai, Michel Lafon.
À table avec Chirac, essai, Michel Lafon.
Micah et les voix de la jungle :
Le Camp des éléphants, roman jeunesse, MSK/Éditions du Masque.
La Malédiction de Mara, roman jeunesse, MSK/Éditions du Masque.
Le Masque du serpent, roman jeunesse, MSK/Éditions du Masque.
Piège de sang, roman jeunesse, MSK/Éditions du Masque.
Il Congresso delle scimmie, roman, Robin Edizioni, Roma (traduction en italien de S. Beccalli et S. I. Italiano).
Je suis Épilepticman (avec Alexandre Lafont), essai, Plon.

fredericlepageofficiel@gmail.com

Frédéric Lepage

Si la bête s'éveille

roman

PLON
www.plon.fr

92, avenue de France
75013 Paris
Tél. : 01 44 16 09 00
Fax : 01 44 16 09 01
www.plon.fr
www.lisez.com

Dépôt légal : février 2021
ISBN : 978-2-259-26420-4
Mise en pages : Graphic Hainaut

« Tous les animaux sont morts, il n'y en a plus avec l'homme. »

Paul Claudel, *Bestiaire spirituel*, éditions Mermod, Lausanne, 1949.

« Tous les animaux sont morts, il n'y en a plus qu'en l'homme. »

Adam Leaf, « Profilage des auteurs de violences sexuelles, perspectives et limites », in *Revue de droit pénal et criminologie*, Montréal, 2025.

1

La vieille dame n'a vendu aucun appartement depuis deux mois. Le marché s'affaisse, l'offre manque de diversité, le crédit s'est enchéri. Les gens, remarque-t-elle, se présentent à la caisse du Food Bazaar avec plus de coupons promotionnels que d'argent liquide. La crise.

L'enfant n'y comprend pas grand-chose, mais il voit qu'Ariana est triste. Sur la console de l'entrée s'entassent des factures barrées, en gros caractères, d'une marque au tampon rouge « Troisième rappel ».

Le garçon serre plus fort la main de sa grand-mère, alors qu'ils se dirigent vers la supérette, sur Richmond Terrace.

Elle choisit une barquette de fraises. L'enfant les adore, surtout quand une pointe de crème leur dessine un chapeau blanc. Vérifier le prix : quatre dollars. Au lieu d'un billet de dix, elle tend par erreur au nouveau caissier un billet de cent. Le jeune type bigleux aux cheveux paillasse lui en rend six. L'enfant s'en aperçoit mais ne connaît pas la valeur des choses et part du principe que les adultes savent ce qu'ils font.

Sur le chemin du retour, Ariana s'arrête à la banque Chase, à l'angle de Maple Avenue, où ils vivent. Elle se rend au guichet pour y déposer cent dollars, prêtés à une amie et remboursés par elle, qui ramèneront son découvert à la limite tolérée par l'établissement. La grosse coupure ne se trouve plus dans son porte-monnaie. L'enfant voit les joues de sa grand-mère s'empourprer. Elle tente de dissimuler sa gêne. Ils ressortent.

De nouveau, la supérette.

— Je vous ai donné cent dollars. Vous m'en avez rendu six. Vous avez commis une erreur, bredouille la vieille femme.

Le caissier fait semblant de ne pas se souvenir.

— Vous êtes venue à quelle heure ?

— Il y a à peine dix minutes. Vous devez vous le rappeler, j'ai acheté des fraises.

— Beaucoup de clients achètent des fraises.

— Vous ne vous souvenez pas de moi ?

— Non.

Il ment, avec l'assurance désarmante de ceux qui ne cherchent pas à paraître sincères.

— Vous auriez dû vérifier la monnaie, poursuit-il, je ne peux être tenu pour responsable si vous ne faites pas attention.

— Rendez-moi mon argent.

Le jeune homme ouvre le tiroir-caisse.

— Regardez : vous voyez un billet de cent dollars, là-dedans ? Les gens ne paient pas leurs tomates avec des coupures pareilles ! Et s'ils achètent beaucoup, ils règlent avec une carte de crédit !

La vieille dame en pleurerait presque. L'enfant intervient.

— J'ai vu. C'était un billet de cent.

Le patron de la supérette approche, attiré par l'incident.

— Madame, ne faites pas de scandale. Vous avez pu confondre. Dix ou cent, ça se ressemble. Il y a juste un zéro de plus. Kyle a raison, regardez, aucun billet de cent dollars dans sa caisse.

On la prend pour une enquiquineuse, une arnaqueuse ou une gâteuse.

— On ferme dans un quart d'heure, ajoute-t-il. Madame, laissez Kyle s'occuper des autres clientes.

L'enfant n'en peut plus.

— Voleur ! crie-t-il.

Ariana le gifle.

— Tais-toi !

Le garçon ne comprend pas. Ce type est un salaud, et c'est à lui qu'elle assène une claque ?

— Viens. On s'en va.

Elle tourne les talons et se dirige vers la sortie, traînant derrière elle l'enfant bouleversé.

*

— Quand on ne peut pas prouver ce qu'on dit, on se tait.

— Il a pris ton argent ! proteste le petit.

— Je le sais. Tu le sais. Il le sait. Mais on n'y peut rien. C'est ma faute, j'aurais dû vérifier. Je suis une vieille mule qui perd la tête.

— Non ! Tu n'es pas une mule.

Le garçon tremble.

— Et tu n'es pas vieille !

Il déteste que sa grand-mère se dénigre ainsi, ne comprenant pas qu'elle le fait pour conjurer sa malchance.

— Habitue-toi à l'injustice. Elle est sans cesse sur notre chemin. C'est comme les nids-de-poule : au début, ils secouent ta carcasse de plein fouet, mais quand tu roules dans New York depuis cinquante ans, tu n'y fais plus attention. Ils démolissent toujours autant, mais on vit avec. L'injustice, c'est pareil. On vit avec.

L'enfant est prêt à croire tout ce que la vieille dame enseigne, mais, à ses yeux, un super-héros devrait empêcher que le monde soit troué de nids-de-poule et parsemé d'injustices.

— Il est tard. Je vais me faire couler un bain et m'occuper de moi. Commence ton devoir de mathématiques. On le vérifiera ensemble avant de dîner.

*

La grand-mère aime prendre soin d'elle, ne voulant pas que son petit-fils ait le sentiment d'être élevé par une vieille femme. Elle excelle à compenser les dégâts du temps : ne teint pas ses cheveux gris tourterelle, mais veille à les sculpter en mèches et épis rebelles ; ne redoute ni les rides ni les cernes, mais porte des lunettes disproportionnées qui, détournant l'attention, les rendent anodins. Des tavelures colonisent sa peau, c'est cependant toujours la même odeur de pêche qui s'en exhale.

Ariana écoute toujours la radio lorsqu'elle barbote dans sa baignoire. Quand le bruit des jingles remplace celui du robinet qui coule, le garçon sait qu'il a une demi-heure devant lui. Il prend les clés, sort, dévale trois étages et se retrouve dans la rue.

Le soleil a déjà disparu au-delà de la baie de Newark.

L'enfant se dirige d'abord vers la gauche et traverse Grove Avenue. Bientôt, un immeuble moderne se dressera à l'angle nord-ouest du carrefour, signe que la pression immobilière venue de New York atteindra Elm Park. La vieille dame place tous ses espoirs sur cette rénovation urbaine, qui « attirera de nouveaux clients vers la ville portuaire, fluidifiera le marché et ramènera à bonne fortune l'agence Ariana Leaf Immobilier », comme elle le répète sans cesse.

Une palissade clôture le chantier. Les trucks qui en sortent au long de la journée, lourds de caillasse et de gravats, sèment sur le trottoir quelques échantillons de leur chargement. L'enfant repère une pierre noire luisante, plus grosse que son poing. La lumière jaunâtre des réverbères fait briller ses arêtes. Ce n'est sans doute qu'un gros caillou, mais il lui paraît beau comme une obsidienne. L'enfant le prend, rebrousse chemin.

Devant la supérette de Richmond Terrace, fermée, il regarde la vitrine. Au fond du magasin, quelques employés, parmi lesquels l'escamoteur bigleux, regarnissent les rayons à la lueur des néons. Sur le trottoir, plus personne ne passe. Les voitures roulent vite. Leur flot se brise devant le passage clouté, jusqu'à ce que le feu devienne vert. Alors, méticuleux, il calcule sa fenêtre de tir, puis soupèse l'Obsidienne Sacrée, repère le point de la vitrine qu'il juge le plus fragile, entre une affichette de promotion pour les ananas de Hawaï et un panonceau sur les horaires de livraison à domicile.

Feu rouge.

Puis vert.

Adam laisse démarrer les véhicules de tête.

Avant que déferle la vague suivante, il soulève la Pierre de Justice.

Viser la cible en fermant un œil, comme le font les tireurs d'élite. Entendre son cœur battre fort. Bloquer sa respiration pour mieux propulser le projectile. Étirer le bras un peu plus vers l'arrière afin que l'impulsion soit plus forte…

… et manquer de tomber à la renverse.

Quelqu'un lui a tiré le poignet.

— Petit crétin ! crie Ariana.

Ses cheveux sont humides, à moitié empaquetés dans une serviette-éponge. Elle a remis à la hâte sa robe imprimée et son manteau de laine bleue. Son souffle épuisé montre qu'elle est venue en courant.

Le caillou tombe.

— Quelqu'un te bouscule dans le métro, tu vas brûler sa maison ? Celui qui te vole ton portefeuille, tu kidnappes sa famille ? Si on t'insulte, tu envoies des tueurs à gages ?

— Ils ont volé ton argent !

— La vengeance n'est pas une machine à remonter le temps. Ce qui est fait est fait. J'aurais pu appeler la police. Je m'en suis abstenue parce que cent dollars, c'est beaucoup pour nous, mais pas assez pour que je perde plusieurs heures au commissariat.

La grand-mère prend sa main et le tire violemment. Il fait semblant de trébucher, se relève vite, mais a eu le temps de ramasser la pierre et de la glisser dans sa poche.

Un jour, il sera celui qui rebouche les nids-de-poule et raccommode les trous par lesquels passent les injustices.

2

À quoi reconnaît-on le premier jour d'une nouvelle vie ? Si le ciel ne se fend pas, si les oiseaux ne volent pas sur le dos, si ne s'abat sur la ville une pluie d'étoiles, il y a au moins, dans la poche droite d'Adam, des clés accrochées à une plaque d'acier, encore gravée de mots que les ans ont usés et patinés : « Ariana Leaf Immobilier, Staten Island ».

Elles ouvrent un temps neuf : aujourd'hui, Adam Leaf prend possession, avec Angelina, de l'appartement qu'ils ont acquis ensemble, au sommet d'un immeuble de l'Upper East Side, le premier dont ils seront propriétaires. Au fond de l'autre poche se blottit un petit écrin de soie moirée contenant deux alliances d'or rose. Qu'Adam cachera jusqu'au surlendemain.

Au premier jour d'une autre nouvelle vie.

Comme le font les armateurs, ils ont décidé de baptiser au champagne leur navire ancré au-dessus des nuages.

L'exécution du plan se révèle plus difficile que prévu. Où briser la bouteille de Perrier-Jouët Belle Époque ? Sur l'arête de la fenêtre ? Des éclats de verre blesseront les passants. Sur le chambranle de la porte d'entrée ? Le choc écaillera la peinture. Ils optent pour le rebord de la baignoire, préalablement recouvert de plusieurs épaisseurs de serviettes, afin de ne pas fissurer l'émail. Adam empoigne le col. Sur ses doigts, Angelina place les siens, mais le capiton amortit le choc et la bouteille survit.

Ils pourraient encore, en désespoir de cause, la fracasser sur le carrelage de la cuisine.

— Changeons de méthode, propose plutôt Adam.

Doté d'une mémoire absolue, il peut énumérer le contenu de chaque caisse sans rien omettre, comme si son regard traversait le bois ou le carton. Au concours d'entrée au New York Police Department, un psychologue l'a qualifié d'hyperthymésique : il se rappelle toute chose reliée d'une manière ou d'une autre à une expérience personnelle. Aussi trouve-t-il en deux secondes le couteau à découper la viande dans la caisse numérotée 18, que les déménageurs ont posée sur une console.

Il place le cul de la bouteille au creux de sa paume, fait glisser le dos de la lame sur le verre. Un coup sec éjecte le col, coupé net, et le bouchon.

Citarella leur a vendu le Perrier-Jouët dans un coffret, accompagné de deux flûtes. Pour ne pas renoncer tout à fait au baptême, ils jettent sur le sol quelques gouttes du champagne. Les libations achevées, ils s'embrassent dans chaque pièce. Cela vaut toutes les consécrations.

L'entrée forme un carré parfait, de trois mètres de côté. Une verrière ornée de motifs géométriques la recouvre, au-dessus de laquelle un éclairage contrefait la lumière du jour. La première porte à droite donne sur la cuisine, dotée d'un îlot central. Face à l'entrée, une arche de stuc surplombe trois marches. Elle s'ouvre sur la pièce à vivre dont le mur principal, percé de trois fenêtres qui donnent sur Amsterdam Avenue, est fait de briques apparentes, dans le style new-yorkais. À gauche du hall, en descendant deux marches, on accède à la salle de bains et à la chambre à coucher.

Une grande salle prolonge celle-ci. Elle pourrait faire office de dressing, mais Adam en aura l'usage exclusif. Il pourra y aligner ses livres au millimètre près, et disposer d'une table de travail où aucun défaut de parallélisme ne saccagera l'arrangement des stylos et des documents posés sur le revêtement de cuir. Nul ne sera autorisé à toucher ou à déplacer ne fût-ce que d'un centimètre, par exemple, cette pierre noire, grosse comme le poing et polie comme un galet, qu'il dit être ce à quoi il tient le plus au monde. En contrepartie, Angelina vivra normalement dans le reste de l'appartement.

La pièce est encore vide. Les déménageurs livreront demain les biens qui ornent le grand studio où vit encore Adam, dans le Meatpacking District.

Des meubles nordiques aux lignes douces ont été placés dans le salon-salle à manger et dans la seconde chambre. La salle de bains est déjà aménagée. Les penderies et les placards attendent qu'on les remplisse. Un peu partout, des empilements de cartons forment des labyrinthes, qui atteignent parfois le plafond. Les murs, eux, espèrent des cadres. Eddy, le frère d'Angelina, viendra demain lui prêter main-forte. Pendant ce temps, Adam sera chez lui, supervisant l'enlèvement de ses affaires, avant d'aller restituer les clés du studio à son propriétaire.

— J'ai lu dans *Elle*, explique Angelina, que le déménagement est le troisième facteur de stress majeur de l'existence, après le décès d'un proche et le divorce. C'est prouvé scientifiquement.

— Évacuons le stress, alors, dit-il en la poussant vers la chambre.

Un sourire un peu contraint se dessine sur ses lèvres : elle voudrait savourer sans retenue la plénitude de cette journée, mais ses parents l'ont habituée à penser qu'il n'y a de bonheur qu'usurpé : une sorte de karma social imposant de payer en culpabilité, à ceux qui n'y ont pas accès, une chance trop inégalement distribuée.

Au fil des ans, l'exercice de l'autorité a durci ses traits, resserrant les mâchoires, rigidifiant le méplat des joues, affûtant le regard au point de le rendre tranchant. À force de froncer les sourcils, un sillon s'est creusé entre ses yeux d'un bleu céruléen. Cependant, rien ne dégrade le velouté de la peau piquée de taches de rousseur. Le nez, un peu court, appose sur ce visage un air mutin inamovible. Au bureau, les cheveux blond ambré se rassemblent sur la nuque en chignon tourbillonnant. Et, dans l'intimité, ils tombent jusqu'à la base du cou, souplement, encadrant le buste d'un disque lumineux.

La jeune femme se déshabille, puis s'allonge pendant qu'Adam prend sa douche. Ayant quelque chose d'important à lui annoncer, elle se demande à quel moment prendre l'initiative. Quand il sortira de la cabine, le sexe en figure de proue ? Lorsqu'il clamera « J'ai faim » en éclatant de rire, formule codée pour dire « Baisons » ? Lorsqu'il sera repu, l'esprit vide ?

Le cerveau de la jeune femme mouline tandis que ses mains, comme pour se tenir en éveil après cette journée de fatigue, s'occupent à des riens. Elle tâte le moelleux du nouveau matelas. Fait couler son regard le long des moulures au plafond, symbole d'embourgeoisement que ses parents, un couple d'intellectuels frugaux, ne cessent de lui reprocher. Contemple, par la fenêtre, la silhouette colossale, trapue et inachevée de Saint John the Divine, la cinquième plus grande église du monde. Elle s'émerveille, surtout, du miracle qui leur a permis de devenir propriétaires au sein de cet immeuble élégant de West Harlem, à deux blocs de l'université Columbia. Un sourire inconscient gagne ses lèvres.

*

Pour quatre-vingt-dix-neuf dollars, Adam reçoit quarante-sept fois par an, sur son smartphone, une nouvelle édition du *New Yorker*. Angelina lui a offert cet abonnement afin qu'il puisse, a-t-elle ironisé, élargir ses horizons de petit péquenot. Alors que d'autres flics feuillettent le *National Enquirer* et se gavent de racontars entre deux patrouilles, Adam a découvert sur son écran, un jour de février, un article consacré à Saint John the Divine.

Adam ne croit ni aux dieux ni au diable. Cependant, convaincu que la foi donne aux groupes humains une cohésion et des espoirs les aidant à survivre, et donc un avantage évolutif, il attribue aux superstitions un fondement génétique. La section du *New Yorker* consacrée aux pratiques religieuses alimente souvent son propos.

S'engageant dans la lecture de cet article sur une cathédrale inachevée, il y a appris qu'elle abritait une douzaine d'artistes en résidence, parmi lesquels Maxime Legrand, funambule célèbre. Français, Legrand a renié son pays pour s'installer aux États-Unis. Il ne pratique pas son art dans les cirques, mais entre les parois des canyons, au-dessus des vallées, ou sur un fil tendu d'un gratte-ciel à un autre. Répondant à une question du journaliste sur la relève dans sa discipline, l'homme dont la vie ne tient qu'à un câble annonçait qu'il allait prendre, pour une durée limitée, quelques élèves à qui il transmettrait, plutôt que les techniques, la philosophie de son art.

Quand, intrigué, Adam avait rencontré Maxime pour la première fois, dans l'une des absidioles de la cathédrale, le funambule avait expliqué :

— Autrefois, on nous appelait les voleurs de ciel.

L'homme mince, pâle, blond, exalté, avait poursuivi :

— Voleurs de ciel ! Et je pratique mon art dans une église ! Tu te rends compte ?

Le paradoxe avait plu à Adam. Il ne s'agissait pas simplement de marcher dans le vide, mais de détrôner Dieu. Chaque semaine, Adam et Maxime s'étaient donc retrouvés, avec deux autres élèves, sur la pelouse de Morningside Park, où il tendait son filin. Pendant trois heures, le maître enseignait comment enrouler le pied sur le câble, comment épouser son balancement et ses vibrations, comment mirer l'infini et maîtriser son esprit au point de léviter. Adam aima d'emblée ce qu'il y avait de rectiligne dans la trajectoire, la posture et la morale du funambule : ni obliques ni diagonales, seulement l'horizontale du fil et du balancier, la verticale du corps tendu entre la chute et l'envol.

Après les leçons, Adam aidait Maxime à rapporter à Saint John le câble, le balancier, les haubans et les élingues. En récompense, celui-ci, qui reconnaissait en lui un possible disciple, débouchait un côte-rôtie et ouvrait un camembert au lait cru, obtenu auprès d'un dealer peu regardant sur les règles sanitaires des importations alimentaires.

Et puis un jour, sortant de la cathédrale, Adam avait remarqué un panonceau apposé sur l'immeuble du 1080 Amsterdam Avenue. Dans ce bâtiment, un appartement était mis en vente. Prévenue, Angelina avait aussitôt postulé pour son acquisition. Le bien coûtait sept cent cinquante mille dollars, plus que ses moyens ne le lui permettaient, bien qu'elle ait atteint le rang de capitaine au NYPD. Les finances d'Adam, de leur côté, souffraient d'une anémie chronique. Il était passé du rang d'officier de police à celui d'enquêteur de premier grade deux ans plus tôt. Cette promotion aurait dû lui valoir une augmentation si un excès de zèle des gestionnaires du NYPD n'avait retardé sa titularisation au-delà des dix-huit mois fixés comme limite par le règlement intérieur. Le Département assumait sa pingrerie avec aplomb. L'anomalie avait toutefois causé la fureur de Darren Polanco, le chef du bureau d'enquêtes. Adam avait ainsi pu spéculer sur le renflouement de son compte bancaire à la fin du mois de sa trouvaille immobilière.

Angelina dut donc emprunter à la banque les trois quarts de la somme nécessaire. Une caution de ses parents et une recommandation du chef des enquêteurs emportèrent l'accord de l'établissement financier, tandis que le surcroît de sécurité lié à la présence d'un couple de policiers dans l'immeuble ravit le comité de copropriété. Après quoi, leurs cartons se sont accumulés, dans l'attente du grand jour.

Angelina se rend compte que ses angoisses se sont envolées avec les bulles du Perrier-Jouët. Elles reviendront, mais combien est-il doux, un soir au moins, de ne plus penser à la dette contractée pour les quinze prochaines années !

— C'est vite passé, quinze ans, a dit Adam le jour où ils ont signé l'acte de propriété.

— On en reparlera quand il manquera cinquante dollars à la fin du mois pour nous payer une bière et un strapontin au Comedy Cellar.

Dix ans les séparent. Il ne se plaindrait pas s'il y en avait davantage. Mais, pour elle, c'est déjà trop. Leur amour lui a d'ailleurs coûté quelques efforts. Pendant cinq ans, elle s'est obligée à traverser tout Manhattan et à rentrer chez elle chaque soir, à Brooklyn, afin qu'il ne soit pas su ni dit qu'elle couchait avec un gamin, subordonné de surcroît, et qu'ils partageaient leur adresse professionnelle. Au 1 Police Plaza, elle a passé son temps à faire semblant. Semblant de se montrer protectrice, mais pas plus qu'on ne le doit envers un cadet ; semblant de n'être jamais tentée de frôler sa main ; semblant de pratiquer, face à lui, le détachement d'un ascète bouddhiste devant le buffet à volonté du Mandarin Oriental. Elle se libérait uniquement lorsqu'ils patrouillaient en binôme. Contrôler des ados en fugue, des exhibitionnistes, des chauffards, des voleurs à la tire : même ces instants qui ennuyaient Adam à en crever l'enchantaient parce que au moins tous deux les partageaient.

Adam ressort nu de la salle de bains.

Du bout des doigts, il fait retomber sur les tempes quelques boucles de ses cheveux bruns afin qu'elles dissimulent la cause de son seul complexe : des oreilles légèrement décollées. Elles le sont assez pour attirer des moqueries, tout en ôtant à ses traits ce qu'ils pourraient avoir, au repos, de conventionnel. Car ce visage régulier – nez tendu, bouche petite et droite, menton bombé – se métamorphose quand il s'anime. Le plaisir plisse les yeux, la contrariété soulève davantage le sourcil droit, et l'étonnement le gauche, que barre une cicatrice héritée d'une enfance turbulente. Et lorsque les deux se haussent, le recul des cheveux agrandit le front où se creusent trois sillons parallèles. Une fossette, non loin de la commissure des lèvres, dénonce la malice. En cas de perplexité, les dents, serties et alignées avec une précision de joaillier, prennent les lèvres en étau. Enfin, au moindre sourire, les pommettes se relèvent, et toute la face s'illumine.

Qu'on puisse aussi facilement décrypter ses émotions – désagrément embarrassant pour un enquêteur – met souvent Leaf en rage. Il tente alors, sans y parvenir, de se contraindre à l'impassibilité.

Son corps, en revanche, n'exprime aucune candeur. Arrondi des épaules, galbe et écartement des pectoraux, jambes et bras fuselés, silhouette de varappeur : rien n'encourage à le défier.

Le regard d'Adam se pose sur Angelina qui l'attend, allongée et radieuse sur la couette. Il pourrait croire qu'elle se *destine* à lui, comme si chaque seconde donnait un sens à la suivante, comme si une entité supérieure organisait leurs vies. C'est aussi pour cela qu'il l'aime : elle lui fait avaler, parfois, l'idée que l'existence a un sens. En réalité, il ne pense pas qu'un dessein oriente la marche du monde. Il se moque, lui, des transcendances.

Ils font l'amour. Elle aurait voulu lui parler d'abord, mais la langue d'Adam l'a réduite au silence en écartant ses lèvres comme on sépare un abricot en deux hémisphères. Il s'enfonce en elle, par des mouvements syncopés et imprévisibles, et elle se sent frissonner. Son corps lui échappe. Ils jouissent en même temps. Il rit.

— Comment m'appelleras-tu, après-demain ? demande-t-elle.

— « Ma douce » serait mensonger. « Ma femme » ?

— Trop possessif.

— « Mon épouse » ?

— Trop bourgeois.

— « Maman » ?

— C'est ça, fous-toi de moi !

Riant, elle tente de l'assommer à coups d'oreiller.

— Et toi, comment m'appelleras-tu ?

— « Mon homme papillon ».

— D'accord.

— « Mon homme enfant ».

— D'accord.

— « Mon homme ».

— D'accord.

Il dit toujours « d'accord ». Au début, ils s'en moquaient. À présent, elle n'y prête plus attention.

Le téléphone d'Angelina vibre. Elle répond. Adam repart vers la salle de bains. Quand il réapparaît, lavé, peigné et habillé, Angelina lui annonce que ses parents vont arriver.

— Ils nous invitent à dîner chez Marlow. Je n'ai pas pu les convaincre que j'étais trop fatiguée, même pour un poulet à la truffe. Ils pensent que déménager, emménager et me marier en trois jours consécutifs, c'est au-dessus de mes forces.

— Je préfère filer. Les déménageurs arrivent chez moi demain matin à 7 heures, et j'ai encore une partie de ma bibliothèque à emballer. Embrasse-les de ma part.

Angelina comprend qu'elle n'aura pas le temps de lui parler. Pourtant, il doit être le premier à savoir. Ce n'est donc pas ce soir qu'elle confiera le secret à ses parents.

3

En reprenant le bail d'un flic du bureau des affaires communautaires qui partait à la retraite, voici huit ans, Adam se savait à la merci de la gentrification. Nouvelle patrie de ceux qui collectionnent les enregistrements sur vinyle, notent leurs rendez-vous sur des carnets Moleskine et mangent des *Buddha bowls*, l'ancien quartier des abattoirs et de la boucherie, le Meatpacking District, est, depuis, devenu l'une des zones d'habitation les plus recherchées de Manhattan. En conséquence, d'année en année, le loyer n'a cessé d'augmenter. Et il est aujourd'hui inabordable. Adam consacre plus de la moitié de ses revenus à un quarante mètres carrés donnant sur Gansevoort Street, à l'angle de Hudson Street, au cinquième et dernier étage.

Leaf s'installe dans son fauteuil club au cuir patiné et contemple tout ce qu'il a aimé dans ce studio : les poutrelles métalliques, la verrière industrielle, l'arcade qui sépare l'entrée – où s'ouvrent la cuisine et la salle de bains – de la zone où il dormait, et le monte-charge poussif qui lui permettait d'arriver directement dans la pièce principale au guidon de sa Ducati. C'était avant qu'il soit contraint de la vendre pour payer les arriérés de loyer. De ce monte-charge, il regrettera, parce qu'ils auront été les témoins de son insouciance, les parois desquamées, les grincements de trois-mâts piégé au milieu des glaces et les arrêts intempestifs entre deux étages, qui faisaient battre plus fort le cœur des filles.

Tout ce qu'il doit emballer avant l'arrivée des déménageurs est si bien rangé qu'une heure suffira. Il s'endort sur le fauteuil.

Une sirène retentit, si fort qu'elle pourrait briser les vitres. Adam est à Dunkerque en 1940, quand les Stuka allemands bombardent la plage où les Alliés se sont réfugiés.

Réveil en sursaut.

La sirène se tait.

Le crétin du troisième étage a acheté à sa femme une Chevrolet Volt dont l'alarme se déclenche chaque fois qu'une plume de moineau se pose sur le capot, sans parler des feuilles mortes qui effleurent l'habitacle ou des chiens qui pissent sur une roue. Il suffirait qu'il fasse modifier le réglage, mais le fauteur de troubles n'en voit pas l'urgence. La pétition lancée par les locataires n'a donné aucun résultat.

Le bruit de la sirène a étouffé le coup de sonnette des déménageurs qui, dès lors, s'acharnent et pressent le bouton sans le lâcher. Leaf se précipite vers l'interphone. Il n'a pas le temps de se doucher, seulement celui d'ajuster sa chemise, de resserrer le brêlage de son holster d'épaule et d'y recaler l'arme de service qu'ils sont déjà là, six hommes rompus à la tâche, qui glissent des sangles sous la machine à laver et le réfrigérateur, démontent les meubles, emplissent les cartons. Adam s'en veut de n'avoir pas emballé ses livres la veille : il retrouvera Marc Aurèle, Bradbury, Steinbeck et Mark Twain mêlés à sa collection de mangas et à ses méthodes d'espagnol.

Quelle contenance adopter? Jouer les contremaîtres qui contrôlent chaque geste des déménageurs au risque de les indisposer? Rester assis pendant que ceux-ci travaillent et passer pour un exploiteur? Bombiner autour d'eux afin d'accélérer les opérations? Le jeune homme résout le problème en s'accoudant à la fenêtre. De l'autre côté de Houston Street, sur un balcon, au septième étage d'un immeuble de construction récente, il aperçoit sa groupie, une femme désœuvrée qui ne cesse de l'épier et se débrouille souvent pour se retrouver sur son chemin quand il traverse le square Seravalli en revenant de son jogging quotidien. Ne voulant pas lui donner de faux espoirs, il s'est toujours contenté de lui adresser un salut muet, mais sa résistance à ses sourires et à ses décolletés la stimule au lieu de la décourager.

Les déménageurs forment une étrange confrérie. Mexicains, Polonais, Russes ou Ukrainiens, ils communiquent par onomatopées, presque par borborygmes : une sorte d'esperanto qui tisse entre eux un lien opérationnel et suffisant. Un dénommé Boris, en dépit de son air chétif, soulève sans effort la masse d'un guerrier nouba de béton plâtré, acheté jadis au marché aux puces de Chelsea. Un blond à la denture saillante exhibe des pognes auxquelles manquent des doigts sans que, pourtant, le moindre presse-papiers lui glisse des mains. Un colosse à la voix de fausset porte un débardeur dont les échancrures, au col et aux épaules, libèrent sur ses bras un déferlement de vagues tatouées, où nagent des naïades et des requins. Le plus étrange d'entre eux porte une perruque de longs cheveux tombant jusqu'au cou, et un masque respiratoire antipoussière. Il semble sortir tout droit d'une séance de chimiothérapie et attire la compassion. L'équipe communie dans la vénération du monte-charge, grâce auquel les meubles passent directement des chariots au cul du camion.

Adam fait des allers-retours pour vérifier que la cargaison du véhicule est organisée selon ses consignes : au fond, ce dont il n'a plus l'usage et qui sera transporté vers les entrepôts d'une œuvre charitable ; devant, ce qui sera d'abord déchargé au nouveau domicile, Amsterdam Avenue.

*

Tout s'achève. Adam contemple le studio vidé de ce qui fut la substance de sa vie dix ans durant. Il ne reste plus qu'une savonnette et une serviette dans la salle de bains ainsi que, posés sur le rebord du lavabo, ses vêtements de rechange. Les déménageurs se retirent après que le colosse tatoué a empoché pour leur compte commun un pourboire de deux cents dollars. Adam referme derrière eux.

Il se déshabille, accroche ses vêtements aux poignées des placards, et pend le holster contenant son Glock 19 à celle de la salle de bains.

Douche rapide, essuyage et retour dans la pièce principale en se brossant les cheveux.

Un souffle fétide sur l'épaule.

Se retourner.

À dix centimètres de son visage, la chose qu'il découvre n'a pas de nom.

Son cœur se met en fibrillation.

Plus tard, sa mémoire décomposera chaque dixième de cette seconde-là. Avec une face hideuse qui sourit. Avec, au-dessus de ce sourire, une force invisible qui tire les chairs du nez, des pommettes et du front vers le haut. Qui les tend comme une peau de tambour qu'un coup d'épingle ferait exploser. Avec des paupières supérieures semblablement soulevées, qui touchent les sourcils. Avec une paralysie qui fige cette déformation. Avec des globes oculaires, découverts en permanence, qui suintent. Avec un mélange de larmes et de lymphe, auquel aucun clignement ne fait obstacle, qui ruisselle en petits écoulements que la lèvre supérieure, en retrait, laisse s'égoutter dans la bouche. Avec le crâne comme une sphère glabre, marbrée de zones couleur ivoire, et d'autres d'un rouge coagulé. Avec le derme fin comme un film plastique alimentaire, collé directement sur l'os, qui forme un dôme translucide sous lequel sinuent les jointures crénelées entre les os frontal et pariétaux.

Adam devine qu'il a déjà frôlé la hideur de cette chimère plus tôt dans la journée, quand elle portait une perruque et un masque respiratoire. Dans son champ visuel apparaît, à présent, le canon de son Glock. Si, pendant une fraction de seconde, la surprise le paralyse, très vite, les flux électriques se rétablissent dans son cerveau. Et son poing se détend, assenant au monstre un coup au plexus qui plie celui-ci en deux avant qu'il n'ait pu tirer. L'homme – faut-il l'appeler ainsi ? – se retrouve à genoux. Mais ses doigts enserrent toujours la crosse du pistolet. Adam se penche vers lui pour lui arracher l'arme.

Un coup part.

Dans la mauvaise direction.

Adam se redresse.

Mauvaise idée.

La balle ricoche sur l'arrondi d'une des poutrelles d'acier qui soutiennent la verrière. En se relevant, Adam a placé son cou sur sa trajectoire.

Son corps chute lourdement vers l'arrière. Adam perd conscience mais ne se sent pas mourir. Le monstre récupère perruque et masque accrochés à la poignée d'une fenêtre. Il déverrouille la porte sur laquelle Adam a laissé sa clé. Et sort en la refermant doucement.

Adam est allongé sur le dos, les plis du cou poisseux et le regard au ciel.

4

Face à Angelina, un corps est allongé sous des draps blancs. En apparence, c'est celui d'Adam. En réalité, deux êtres sont couchés là.

Le premier ressemble à celui qu'elle aime mais n'en est que l'imitation, l'ersatz pitoyable et approximatif. Tout est pourtant fait pour produire une illusion. Les liquides transférés directement dans l'organisme rosissent les chairs, maintiennent – pour combien de temps encore ? – le galbe des bras, entretiennent les apparences de la vie. Des forces mystérieuses, venues de l'extérieur, animent cette mécanique privée d'autres combustibles. Des pompes respirent à sa place. Des bandages serrés autour du ventre se substituent aux abdominaux, dépossédés de leur rigidité. Ils maintiennent le diaphragme et l'aideront à accompagner l'expulsion de l'air quand le respirateur sera débranché. Le renflement des pectoraux, la posture ensommeillée, le relâchement des membres, comme au repos après un effort : tout tente de faire croire qu'Adam est bien là, sur ce lit, dans la blême lumière de cette chambre d'hôpital.

Angelina n'est pas dupe.

L'autre Adam, le véritable, n'habite pas ces chairs inanimées. Il a trouvé refuge dans ces yeux mobiles et interrogateurs qui cherchent désespérément une issue de secours. Il ne peut parler car des tuyaux plongent dans sa trachée et dans son œsophage, mais Angelina entend ce que dit ce regard : « Pardonne-moi si je suis absent de moi-même. Ne t'inquiète pas, je vais revenir. »

Son compagnon est paralysé du cou aux pieds. Une part de lui a bel et bien pris congé.

*

Depuis ce matin, une semaine après l'agression, Adam parvient à respirer sans assistance. Le corps, expliquent les médecins à Angelina, est doté de systèmes de régulation qui se mettent, quand il le faut, en pilotage automatique.

Un énorme pansement lui enserre le cou, territoire dévasté où passe la frontière qui scinde désormais son être en deux. La balle du Glock a effleuré les cordes vocales, tout en épargnant la moelle épinière. Sa chute, en revanche, a fracturé la sixième vertèbre cervicale, dont un éclat comprime le canal médullaire, compression qui provoque une tétraplégie, dite « incomplète » car les faisceaux de neurones ne sont pas sectionnés. Adam a subi une vertébroplastie, intervention chirurgicale qui relève presque de la maçonnerie, puisqu'elle consiste à injecter du ciment dans une vertèbre fracturée pour lui restituer un volume normal.

Dans la paume de sa main, Angelina pose les doigts inertes d'Adam. Ce ne sont plus les doigts qui effleuraient ses joues, les doigts qui décortiquaient un crabe avec une adresse de pianiste, les doigts qui couraient sur ses lèvres quand il réfléchissait, les doigts qui tenaient, qui serraient, qui écrasaient, mais des phalanges gainées d'une peau fine, de simples osselets qu'on lancerait en l'air pour les rattraper en vol.

Le jeune homme est posé nu sur un brancard de toile plastique bleue, simplement recouvert d'un drap jetable non tissé. Deux aides-soignants viennent de l'y transférer, de son lit. Pourquoi s'exclament-ils si fort, chaque fois qu'ils se livrent à cette opération : « Un, deux, trois, on soulève et on balance » ? Quelques décibels de moins ne changeraient rien à leur précision et atténueraient l'impression qu'Adam n'est plus qu'un paquet de chair et d'os qu'on transbahute comme des dockers déplacent des balles de coton.

Elle ne peut rien dire. Sa place n'est pas là. Adam n'a pas de parents. Sur un registre d'état civil, son passé familial tient en quelques lignes, sèches comme un compte rendu de géomètre. Il est né de père inconnu à Staten Island. Sa mère, qui travaillait dans une blanchisserie industrielle, est morte d'un cancer quand il avait cinq ans, sans qu'une action de classe menée contre son employeur soit parvenue à prouver que l'utilisation de détergents toxiques avait causé sa maladie. Leaf a été élevé par sa seule grand-mère, agent immobilier autodidacte, qui lui a permis de mener des études et d'entrer à l'académie de police, avant de périr, fauchée dans une ruelle par un chauffard. La veille de son décès, Adam avait été engagé comme cadet, et la vieille dame revenait avec lui du restaurant où ils avaient célébré son succès.

Angelina n'a obtenu le droit de veiller sur lui qu'en excipant de la licence de mariage que celui-ci avait préremplie et signée.

D'un appui du pied sur la pédale de débrayage, un aide-soignant débloque les roues du chariot où est posé le brancard. La porte à double battant s'ouvre, le chariot s'éloigne. Angelina sait ce qu'il se passe à présent. Le brancard est conduit dans une salle entièrement carrelée. Des infirmiers en bottes et gants de caoutchouc retirent le drap jetable. Ils placent le corps inerte en position latérale, jambes repliées en chien de fusil. On introduit dans l'anus un lavement qui provoque l'évacuation des selles, puisque les muscles du ventre ne peuvent produire aucune pression sur l'intestin. On nettoie la zone concernée. On détache, pour la vider, la poche attachée à sa cheville où s'accumule l'urine provenant de la sonde de vingt-cinq centimètres enfoncée dans le pénis. Un jour sur deux, on lui a rasé les joues et le menton. Puis on l'a douché au jet tiède, comme on lave une voiture.

Angelina sait tout cela. Il a suffi d'une seconde pour que son homme enfant, son homme papillon, son homme toujours d'accord se transforme en un objet qu'on manipule, en une masse de silence et de plomb. Pourtant, elle découvre que cette enveloppe de chair, ce corps paradoxal, perdu entre la vie et les limbes, elle le désire toujours autant que quand il resplendissait, pensée qui lui inspire aussitôt une sorte de gêne, comme si elle venait de se découvrir une perversion.

Elle attend. Elle sera là quand Adam reviendra, lavé, coiffé, la peau hâlée par la Bétadine. Elle sera là quand il reposera inerte sur son lit d'hôpital, le cou bloqué, les membres figés, incapable de prononcer une parole. Elle sera là et lui dira quelques mots insignifiants, par peur du vide et du silence : qu'elle a bien pensé à annuler ses cours d'espagnol, que la pierre noire est à l'abri, que les collègues l'attendent de pied ferme. Elle sera là, éperdument amoureuse comme au premier jour. Mais lui n'y sera pas vraiment.

*

Angelina interdit à ses subordonnés de s'asseoir lors des briefings. Elle estime que le cerveau fonctionne mieux quand on est debout. Elle-même passe le temps des réunions à faire les cent pas, d'un mur à l'autre, le long de la baie vitrée.

— Nous avons retrouvé cinq déménageurs, explique Zelda. Ils disent n'avoir jamais rencontré le sixième homme auparavant. Je pense qu'ils ne sont pas en règle. Ils hésitent à nous parler.

— D'après eux, ce sixième homme n'a pas moufté une seule fois tout au long de la journée, complète Patrick. Mais comme ils utilisent des langues différentes, de toute manière, aucun d'entre eux n'en avait rien à cirer. Ce ne sont pas des bavards.

Zelda Morrison et Patrick Cannon forment le binôme le plus mal assorti de l'équipe. La première est rousse, républicaine, végane et mormone. Le second se rase le crâne, jure abondamment et vénère le pape, échoue à séduire, met sa défaite sur le dos des femmes qui le rejettent - ce qui le rend cynique -, cercle vicieux qui lui inspire de l'amertume envers la terre entière.

Le duo déstabilise toujours les témoins au point d'en tirer le maximum.

— Le déménageur inconnu portait un masque respiratoire, reprend Zelda. D'après l'un de ses collègues, il toussait et soufflait fort, comme pour justifier cette précaution. Il a changé de masque à plusieurs reprises, toujours en se retournant afin de cacher son visage. Personne n'a vu ses mains, que des gants dissimulaient. Ses oreilles étaient pâles et ses yeux bleus.

— Ce putain d'épouvantail ne se cachait pas de porter une perruque. Il la remettait en place régulièrement. C'est à l'une de ces occasions qu'on a vu ses oreilles. Les hommes ont pensé qu'il avait perdu ses cheveux lors d'une maladie. On en a retrouvé un sur le sol. Synthétique. Noir, long et épais, sans une trace d'ADN.

— Des entreprises spécialisées fabriquent des perruques médicales. On parle de prothèses capillaires, je crois, suggéra Zelda. S'il y avait une différence avec un postiche classique, on pourrait suivre cette piste…

— Il n'y en a pas.

C'est Harry Sommer, un quadragénaire afro-américain, qui vient de parler. L'adjoint d'Angelina.

— Ma mère a subi une chimiothérapie, voici trois ans. Toutes ces perruques se ressemblent. Cheveux humains ou synthétiques, prêtes à porter ou fabriquées sur mesure, il n'y a aucune différence.

— Et du côté de l'entreprise de déménagement? demande Angelina.

— Giant Hawk Moving and Storage Company, dit Harry. Ils ont déjà eu des problèmes avec les gars de l'ICE[1]. Un seul des déménageurs, un dénommé Boris Antonov, était déclaré. Le patron de la société a été placé en détention ce matin. Je l'ai vu avant son arrestation par les fédéraux. Il m'a montré les bordereaux officieux et les officiels. Il n'y avait bien que cinq déménageurs, pas six.

— Description détaillée du suspect?

Le regard d'Angelina se tourne vers Kenneth Quist, un nouveau venu dans l'équipe, vingt-trois ans et une curiosité de fouine paranoïaque.

— D'après les autres déménageurs et le chauffeur du camion, un mètre soixante-quinze, court sur pattes, trapu, on ne sait rien d'autre. Le masque et la perruque dissimulaient ses traits.

1. United States Immigration and Customs Enforcement.

Angelina se lève et se dirige vers la fenêtre. Son bureau donne sur l'immeuble municipal de Manhattan, qui lui tourne le dos et bouche la vue vers le One World Trade Center. Elle sent la gêne qui prévaut depuis le début de la réunion. C'est de l'agresseur de son presque mari qu'ils sont en train de parler, et elle peine à trouver le ton juste, entre celui d'une quasi-veuve et celui d'une patronne qu'aucune adversité n'affaiblit. S'ils observaient son visage à cet instant précis, ils verraient une larme perler à la commissure interne de ses yeux. Pour faire diversion, elle demande :

— Ken, un café nous ferait du bien.

Elle entend le bruit des pas de Ken qui va vers la machine. Elle se ressaisit.

— Sait-on si quelque chose a disparu chez la victime ?

Devoir prononcer le mot « victime » au lieu d'« Adam » la bouleverse.

— Tout est conforme à l'inventaire, dit Harry d'un ton qui se veut apaisant. Mais seul Adam pourrait le confirmer, à moins que quelqu'un d'autre sache…

Elle ne le laisse pas s'enferrer :

— Tout ce qui pouvait avoir un peu de valeur avait été transféré la veille vers le nouvel appartement.

— Il faudrait demander à Adam si quelqu'un avait quelque chose contre lui, suggère Zelda. Je ne vois pas d'autre mobile qu'une vengeance, un règlement de comptes… Mais je sais qu'il n'est pas en état de parler.

— Non, en effet. Pour l'instant, nous devons nous contenter de ce que nous avons. Le suspect est resté dans l'appartement quand les déménageurs sont partis. Il est donc impossible que personne ne l'ait vu sortir de l'immeuble. Harry et Ken, enquêtez dans le quartier, et voyez où en est l'analyse des cartes mémoire des caméras de surveillance. Zelda et Patrick, faites la liste des prothésistes capillaires de New York, et voyez si l'un d'eux a fourni un postiche ou une perruque synthétique noire à un homme de taille moyenne, caucasien, aux yeux bleus.

5

Adam regarde le ciel. D'un blanc pur, émaillé d'astres électriques ronds qui brillent quand le jour finit. Une grille d'aluminium laisse passer un souffle venu d'ailleurs. Ce spectacle s'impose à lui l'essentiel du temps. Quand on fait basculer son corps vers la gauche en position latérale pour lui épargner des escarres, le jeune homme voit par la fenêtre la cime d'un arbre planté au bord de Madison Avenue, et deux oiseaux empressés de se bâtir un nid. Lorsque les oiseaux s'absentent, partis en quête de brindilles, Adam aimerait qu'un gouffre s'ouvre, pour qu'il puisse précipiter cette chose goudronneuse si lourde au fond de lui, cet agglomérat de honte et de souffrance dont l'avatar physique n'aurait jamais dû réapparaître. Les oiseaux reviennent, leurs matériaux au bec. Adam ne trouve aucune force dont la gravité annulerait la pesanteur de son secret. Il demeurera en lui, comme demeurent dans le permafrost ces mastodontes dont seul le réchauffement climatique, en réveillant la toundra, fera un jour affleurer les ivoires gigantesques.

Congelée, toute douleur l'est aussi. Il en éprouve une sorte de manque, car la souffrance physique signifierait que rien n'est perdu, que des nerfs conduisent encore des sensations vers le cerveau, fussent-elles ténues et déplaisantes. Au lieu de cela, depuis qu'il est tétraplégique, son cerveau ne reçoit plus aucun message envoyé par son corps. Chaque matin, une infirmière lui pique les doigts et les orteils, les bras et les jambes, dans l'espoir qu'un circuit sensitif se rétablisse. Toujours en vain. Adam n'aurait jamais cru que la douleur lui manquerait un jour, non comme signal d'alerte du corps humain agressé et poussé par elle à développer des conduites d'urgence salvatrices, mais comme preuve de vie.

L'analgie gomme les différences de perception physique du jour et de la nuit. De même qu'on cesse de ressentir, pendant le sommeil, la pression des draps sur le corps, elle engourdit le système sensoriel, et l'enveloppe d'une sorte de bien-être fade et frustrant.

Adam s'est endormi.

*

Quand il ouvre les yeux, Angelina se trouve à son chevet. Il pourrait croire, pendant une fraction de seconde, que vient de commencer un de ces matins ordinaires où, éveillée avant lui, elle prend un plaisir sans limite à le regarder dormir. Mais, aussitôt, l'impossibilité de produire le moindre mouvement lui rappelle que son corps est coulé dans du béton.

Sa vision périphérique lui indique qu'Angelina lui tient la main. Elle s'incline vers lui, mouvement qui fait onduler une robe de soie légère bleu marine imprimée de motifs floraux et ornée d'un passepoil blanc. Pas le genre de vêtement qu'une femme flic porte tous les jours pour aller au QG. S'il le pouvait, Adam sentirait la pression de ses doigts se resserrer sur les siens. Elle, elle tient sa main sans rien dire, sans chercher tout de suite à meubler le silence.

— J'ai une question à te poser.

Il cligne des yeux une fois.

Elle hésite, puis se lance.

— Veux-tu toujours m'épouser ?

La robe romantique et printanière, la douceur et le silence, c'était pour ça ! Celle qu'il aime se porte candidate à torcher ce corps immondice qui pisse et chie hors de tout contrôle. Croit-elle sérieusement qu'il avilirait sa propre femme en lui faisant endurer les conséquences de son infirmité ? Qu'elle puisse seulement l'envisager lui est immédiatement insupportable.

— Je connais ton amour-propre, reprend-elle. Je ne suis pas une sainte qui veut se sacrifier. Je ne sous-estime en rien la lourdeur de tes traitements, ni l'incertitude de ta guérison. Et, non, je ne pense pas que la présence d'une femme valide à tes côtés t'humilierait. Les choses ont changé, mais pas ce que j'aime en toi. Tu te rappelles ce vieux film que nous avons vu ensemble, *Johnny got his gun* ? Si tu étais Johnny, muet, aveugle, sourd, privé d'odorat, amputé des quatre membres et traité comme un simple tronc humain dépourvu de conscience, je t'aimerais quand même. Je sais que la flamme qui s'est allumée à notre première rencontre est encore en toi. Alors, je t'en supplie, ravale ton orgueil.

Il ouvre les yeux plus grand pour rendre mieux lisibles ses battements de paupières. Puis il se retient : elle n'a pas fini.

— Il y a autre chose. Je voulais t'en parler la veille de ton déménagement, quand tu as fui le dîner avec mes parents. Tu as eu tort, d'ailleurs, le poulet à la truffe était superbe, et mes parents moins intrusifs que d'habitude. Depuis, j'ai préféré attendre afin que ton esprit s'accoutume à ta nouvelle situation. Mais tu dois savoir qu'à présent nous ne sommes plus deux, mais trois.

Le regard d'Adam se fixe sur l'un des soleils blancs, au plafond. Un sentiment de panique envahit son cerveau.

Elle voit qu'il n'est pas sûr d'avoir compris. Pour lui éviter de gaspiller son énergie, elle précise :

— Je ne pense plus qu'à dormir. Et mon soutien-gorge me comprime les seins.

Sous le crâne de Leaf, les pensées se percutent.

Il se dit d'abord qu'une responsabilité insupportable pèse soudain sur ses épaules, qu'un beau-père ou pas de père du tout vaudra mieux pour cet enfant que le Johnny du film, que, même vivant, il en fera un orphelin, et d'Angelina une veuve.

Comme une bourrasque, une autre idée se lève aussitôt, et balaie les précédentes avec une puissance à laquelle rien ne pourrait résister : cet enfant à naître, c'est précisément la raison qui lui manquait pour rendre sa guérison inéluctable. Il doit redevenir un homme libre de ses gestes et de ses mouvements afin de le tenir un jour dans ses bras. Alors qu'il a toujours jugé puériles les déclarations de ces patients qui affirment «lutter» contre la maladie, comme si celle-ci et son hôte se battaient à armes égales, il sent d'un coup le courage revenir.

Elle regarde Adam. Celui-ci cligne des yeux. Une fois. Puis, pour qu'il n'y ait aucune ambiguïté, il les tient ouverts un long moment.

— Puisque tu le veux bien, nous nous marierons la semaine prochaine.

Adam a perdu toute fichue notion du calendrier. Angelina lui parlerait de l'an 2050, il croirait que c'était hier.

— Mardi, précise Angelina.

Un signal sonore retentit… Le rythme cardiaque de l'alité est passé d'un seul coup de quatre-vingts à cent soixante.

Ses paupières, à présent, se ferment et s'ouvrent à grande vitesse, comme les portes à tambour des grands hôtels.

Une infirmière entre dans la pièce. Son regard va de l'écran de l'électrocardiogramme à Angelina. Les battements cardiaques diminuent un peu.

— Le patient doit rester au calme.

— Oui, excusez-moi. Je viens de lui donner des émotions, je crois ! Nous allons nous marier !

Le visage de l'infirmière s'illumine.

— Vous devriez quand même le laisser dormir.

Les lèvres d'Adam se retroussent de chaque côté. C'est presque imperceptible, mais Angelina comprend qu'il sourit.

*

L'après-midi du même jour, un visiteur entre sans frapper. Adam perçoit et reconnaît *Bleu de Chanel*, le parfum un peu musqué de Maxime Legrand.

— Notre bon évêque Andrew a ordonné cinq femmes ce dimanche, explique-t-il. Cela fait de l'anglicanisme une religion autrement plus moderne que le catholicisme, pas vrai ?

Comment Leaf aurait-il une opinion sur ce sujet ? Peu lui importe, mais le babillage du funambule lui fait du bien. Maxime lui donne des nouvelles de ses deux autres élèves, dont l'esprit peine à dématérialiser le câble, à en faire un chemin d'air et non de fer.

— Tu es le seul à avoir compris ça ! Et dès le début.

Il parle à présent d'Angelina. Il est au courant de leur projet de mariage, mais rien dans ses propos ne permet de croire qu'il la sait enceinte.

— Je la croise souvent, tard le soir, sur Amsterdam Avenue. Elle vient à Saint John. Elle prie pour toi.

Je l'ai aidée à ouvrir vos caisses et à tout installer. Elle voudrait prendre un congé sabbatique et veiller sur toi vingt-quatre heures sur vingt-quatre… Mais, d'après ce que je comprends, ce n'est pas facile…

Adam n'ignore pas que c'est même totalement impossible. Ils viennent de contracter un emprunt, et une partie de ses frais médicaux ne seront pas remboursés par les assurances.

— Tu dois te demander pourquoi je suis venu. Alors voilà, je n'irai pas par quatre chemins. J'ai un honneur à solliciter. Angelina m'a dit que tu clignes des yeux une fois pour « oui » et deux fois pour « non ».

Adam cligne une fois.

— Angelina prendra son frère Eddy comme témoin. J'aimerais être le tien.

Maxime s'approche pour mieux voir bouger les paupières du grabataire. Elles battent comme des ailes de colibri.

— Si tu clignotes, je ne peux pas décrypter. Ta réaction, ça veut dire « Putain, quel type génial ! » ou « Va te faire foutre » ?

Adam se concentre et cligne des yeux. Une fois.

6

Le bureau de Zelda donne sur une terrasse où ont été concentrées les turbines des systèmes d'air conditionné de la moitié du bâtiment. Bien que des acousticiens aient prouvé qu'aucun bourdonnement ne montait des machines vers les étages, les savoir au-dessous d'elle lui inflige des acouphènes. En guise d'exorcisme, elle a accroché au mur des représentations apaisantes du soleil et des étoiles, ou de la Grande Ourse, dont le sens échappe aux visiteurs. Ce sont des symboles mormons.

Les tables de travail de Zelda et de Patrick se font face, collées l'une à l'autre. Patrick a posé sur la sienne le portrait encadré du pape François, le visage fendu d'un grand éclat de rire.

Deux cadets sont attablés à chacun des autres côtés de ce quadrilatère. La pièce, trop petite pour six personnes, ressemble ainsi à un atelier de confection clandestin dans les bas-fonds de Chittagong.

— Les mecs me raccrochent au nez, se plaint Jeremy, l'un des cadets.

— Rappelle-les, rugit Patrick. À toi de te montrer persuasif. S'ils ne veulent toujours pas répondre, tu fais débarquer des collègues dans leur boutique.

— Soit ils disent n'avoir pas de temps à perdre, soit ils ont trop de choses à raconter, précise une cadette en face de Jeremy. Chaque client venu acheter un postiche vit quelque chose de remarquable, qu'il confie volontiers au vendeur. Des gens mal dans leur peau, des malades en rémission, des chauves qui n'en peuvent plus qu'on se foute d'eux…

Les trois autres cadets répriment un rire nerveux.

Patrick passe sa main sur son crâne lisse.

— « Heureux l'homme qui ne marche pas selon le conseil des méchants et qui ne s'assied pas en compagnie des moqueurs », murmure-t-il avec un air de *mater dolorosa* que le réconfort d'un psaume console de l'impertinence.

— On ne pourrait pas trouver un moyen plus efficace que d'aller glaner des infos auprès de gens qui n'en ont rien à foutre ? demande Jeremy.

Le visage de Patrick s'assombrit.

— Tu crois vraiment que des enquêteurs d'élite comme Zelda et moi avions besoin d'un petit cadet de merde pour nous poser la question ? L'analyse du cheveu retrouvé n'a servi à rien. La matière synthétique est chinoise. Il pourrait provenir de n'importe quel postiche vendu aux États-Unis. Alors, oui, on part à la pêche aux infos.

Zelda raccroche son téléphone. Elle attrape au milieu de la table une liasse de plusieurs pages où figurent les noms et adresses des trois cent trente-huit prothésistes capillaires de New York. Et raie une ligne.

— Le mec qu'on cherche n'est pas un cancéreux qui souffre de son apparence, dit-elle. Quelque chose le distingue forcément des clients ordinaires. C'est cela qu'il faut identifier : une gêne, une incohérence dans son comportement, un rictus, un truc qui montre qu'il voulait se dissimuler plus que recouvrer sa dignité.

Patrick feuillette la liste.

— Il reste cent cinquante-trois mecs à interroger. Et les récalcitrants, on va leur botter le cul à domicile !

Les cadets soupirent et se remettent au travail.

*

La salle de contrôle du Lower Manhattan Security Coordination Center ressemble à celle du Pentagone. On y reçoit les signaux émis par onze mille caméras de télésurveillance disséminées dans la ville. S'y ajoutent les quatre mille détenues par des propriétaires privés, auxquelles la police peut se raccorder sur demande. Kenneth Quist n'est entré dans l'équipe d'Angelina que depuis un an. Technophile et hacker, il s'y sent comme un barracuda au milieu d'un banc de sardines.

Après que leurs accréditations, autorisations et mandats ont été examinés par les superviseurs, Harry et Ken s'installent à une table, dans l'une des cabines vitrées qui surplombent l'arène. Deux moniteurs sont connectés à la banque de données où l'on stocke les images, pendant une durée limitée.

— Je te laisse faire, prévient Harry.

Kenneth retient un sourire. Il se représente Harry en vétéran dépassé par la marche du monde numérique. Et lui, bien que bleu parmi les bleus, en avant-gardiste de la police du futur.

Sur le clavier devant lui, Ken tape d'abord l'adresse d'Adam Leaf sur Gansevoort. Le système affiche la liste des caméras disponibles à proximité. Le jeune homme les sélectionne toutes. Puis il indique la plage horaire présumée pendant laquelle le coupable est sorti de l'immeuble.

Sur chacun des deux écrans surdimensionnés s'affichent en mosaïque les images venues de huit caméras.

— Le voici, s'exclame-t-il.

Il agrandit la vignette correspondante.

— Il se dirige vers Broadway, commente Harry. Un mètre soixante-dix-huit environ. Petit blouson gris. Le masque est plaqué sur sa putain de gueule.

— Légère claudication du côté gauche, à peine visible, complète Kenneth. Sa main droite est un peu raide. Drôle de dégaine pour soulever des buffets et des pianos.

— Merde, un camion le cache.

— Cinq secondes, dix secondes, on devrait le voir de nouveau…

— Rien ! Il nous a semés !

— Le temps que le camion passe, il est entré dans cet immeuble. Il a dû ressortir de l'autre côté. Il nous balade. Attends.

Kenneth fait un copié-collé des données GPS de l'immeuble. Puis il tape sur son clavier les mots « homme », « cheveux longs », « masque respiratoire ». Aussitôt, l'image provenant d'une autre caméra de surveillance s'affiche sur le moniteur. On y voit l'homme dissimulé qui accélère.

— Putain, s'exclame Harry, il s'enfonce dans la bouche de métro de la 14e ! Cette fois, on va le perdre pour de bon !

Ils contemplent ensemble, le menton bas, le criminel qui disparaît dans la pénombre où la caméra ne peut le suivre.

— Rien n'est perdu, dit Kenneth.

— Il faut récupérer les disques durs de toutes les caméras sur le tracé des lignes qui passent par là.

— 1, 2, 3, F, L et M, récite Ken. Je demande ça pour demain.

— On est bons pour une autre séance !

— Quand je pense qu'on se fait chier et qu'on piétine, alors que le principal témoin pourrait nous mettre sur la voie !

Harry le regarde, sidéré.

— Je voudrais t'y voir, petit con ! Tu témoignerais comment, avec des câbles et des tubes gros comme une batte de base-ball enfoncés derrière ta petite glotte de perruche ?

Interdit, Kenneth ouvre de grands yeux.

— Excuse-moi, Harry. Je sais que le détective Leaf traverse une sale période. J'aurais pas dû dire ça. Et j'ai bien compris qu'il a un statut particulier au département.

Irrité par l'insinuation finale de Ken, Harry le foudroie du regard :

— Oui, le statut d'un flic qu'on a voulu buter. T'es vraiment trop con. Je me barre. Tu rentreras par tes propres moyens.

*

Le médecin du service a demandé qu'on installe Adam sur une plate-forme motorisée. Des sangles rendent les jambes et le corps du patient solidaires d'un plateau capitonné. Un grand drap bleu, fixé autour de son cou, l'enveloppe. L'opérateur appuie sur un interrupteur. Le plateau se redresse. Le premier palier oblique atteint, Adam sent qu'il va tourner de l'œil. Les crémaillères se remettent à cliqueter. Le jeune homme est à deux doigts de défaillir, comme sur la plate-forme de verre au-dessus du Grand Canyon.

— Quand vous vous sentirez mieux, on ira encore un peu plus haut, annonce l'opérateur.

Leaf reprend ses esprits. Il comprend que cette « verticalisation » – c'est le mot qu'emploie le personnel médical – redistribue le sang dans son corps, moyen de limiter les escarres et de lui rendre un peu de dignité.

Adam a pourtant passé le cap où les mots « dignité » et « intimité » se vident de leur sens. Au début, son amour-propre s'est épuisé à des indignations muettes, chaque fois qu'on le dénudait, chaque fois qu'on le manipulait, chaque fois qu'un aide-soignant retroussait son prépuce pour lui laver le sexe, chaque fois qu'on lui enfonçait une sonde urinaire dans la verge, chaque fois qu'une infirmière introduisait des lavements dans son anus. Il s'est rendu compte, alors, qu'une grande partie de sa souffrance provenait de son incapacité à abandonner sa dignité comme on jette aux ordures un vêtement déchiré. Depuis qu'il s'y est résolu, son esprit s'occupe à croire. Il a vingt-huit ans. Rien n'indique qu'il retrouvera jamais son autonomie. Le calcul de son espérance de vie échappe désormais à la rassurante objectivité des statistiques. Sa carrière est brisée. Il n'a plus d'argent. Mais il lui faut encore croire. Et c'est un effort immense pour un pessimiste qui s'est souvent moqué des commentateurs sportifs prompts à proférer, quand une compétition s'annonce difficile pour leurs poulains : « Allez, on y croit ! » Comme si croire dépendait de la volonté. Décide-t-on de croire aux licornes ? Adam a toujours considéré la foi comme une escroquerie. «J'y crois, non pas en raison des preuves qui emportent mon adhésion, mais parce que… j'y crois ! » Quelles foutaises ! Adam les envie, aujourd'hui, ceux qui croient contre toute évidence. Il se fixe alors comme objectif de les imiter. La perspective de la paternité l'y oblige.

L'opérateur redresse encore la plate-forme. L'opération cause à Leaf un moindre vertige. Quelques minutes passent. Il s'habitue à cette position et, pour la première fois, il voit sa chambre à hauteur d'homme. Cette perspective, à elle seule, le rassérène un peu.

La porte s'ouvre.

Aucune musique, aucun apprêt. Angelina s'est vêtue d'une robe blanche à manches trois-quarts. Une dentelle recouvre une échancrure en triangle, du cou à la taille. Elle ne porte qu'un bijou, le bracelet offert par sa mère quand celle-ci a su qu'elle allait se marier.

Pour la première fois depuis une semaine, elle découvre Adam dans une autre posture que celle d'un gisant. Il n'est pas debout, plutôt penché en arrière. Cela change tout. Elle va vers lui et l'étreint. Découvre que ses muscles ont fondu. Rien en lui ne vibre plus, sinon ses yeux.

Angelina fait un pas en arrière. Elle retourne vers le couloir, ouvre la porte et fait entrer Maxime, puis Eddy, son frère adoptif, un homme asiatique d'une trentaine d'années. Vient ensuite un inconnu.

— Gilbert Huggins est le commissaire de la cour d'enregistrement, explique-t-elle.

Les yeux d'Adam font un aller-retour de haut en bas. C'est sa manière de saluer le nouveau venu.

L'aide-soignant, resté dans la pièce, précise que Leaf ne peut rester « verticalisé » que quelques minutes de plus.

— Je vous laisse. En cas de besoin, il suffit d'appuyer sur le bouton rouge. Je serai au poste de surveillance, de l'autre côté du couloir.

Il sort.

Tout s'enchaîne très vite.

Adam et Angelina ont retiré le certificat de mariage au bureau du comté trois semaines auparavant. Il ne reste au commissaire de la cour d'enregistrement qu'à officialiser leur union.

Maxime prend la parole.

— Je suis comme Quasimodo, je passe ma vie dans une église. Cela ne suffit pas à faire de moi un officiant. Alors j'ai dérobé à mon évêque le texte des paroles qu'on prononce en cette circonstance. Résultat, ce sera une cérémonie anglicane ! Adam, je parlerai en ton nom. Pour dire « oui », tu bougeras les yeux de haut en bas. Si tu voulais dire « non », tu agiterais les yeux de gauche à droite. Cela voudrait dire que, dans ta perfusion, il n'y a pas que du glucose !

Eddy éclate de rire. Sa gaieté fait tomber la tension.

D'un geste, Maxime impose le silence.

— Moi, Adam Leaf, te prends, Angelina Obson, pour épouse à partir de ce jour, pour le meilleur et pour le pire, dans la richesse ou la pauvreté, dans la maladie ou la santé, pour t'aimer et te chérir, jusqu'à ce que la mort nous sépare, selon la sainte injonction de Dieu. Pour cela je te donne ma foi.

Maxime se tourne vers Adam, dont les yeux font un mouvement vertical.

Angelina s'avance près de lui et saisit sa main inerte.

— Moi, Angelina Obson, je te prends, Adam Leaf, pour être mon mari, à partir de ce jour, pour le meilleur et pour le pire, dans la richesse ou la pauvreté, dans la maladie ou la santé, pour t'aimer et te chérir, jusqu'à ce que la mort nous sépare, selon la sainte injonction de Dieu. Pour cela je te donne ma foi.

Eddy sort de la poche intérieure de sa veste le coffret de soie moirée qui contient les alliances.

— Adam, dit-il, tu vas passer l'anneau au doigt de ma grande sœur. Je vais t'aider.

Eddy prend la main du marié. D'un geste attentionné, il resserre sur l'anneau d'or le pouce et l'index du jeune homme. Il guide l'alliance vers l'annulaire de sa sœur, où elle trouve naturellement sa place. Angelina prend la seconde alliance et la glisse au doigt d'Adam.

— Je constate l'accord d'Angelina Obson et d'Adam Leaf pour se marier, dit le commissaire de la cour d'enregistrement. Devant les témoins ici présents, je vous déclare mari et femme. Vous aviez prérempli votre contrat de mariage. Vous devrez le déposer sous trente jours au bureau du comté. Madame, signez ici.

Angelina s'exécute.

— Compte tenu des circonstances, je vais signer à la place du mari, sur son ordre. Un certificat médical justificatif sera placé en annexe du constat. Y consentez-vous ?

Les yeux d'Adam acquiescent. Le commissaire termine ses actes administratifs et prend congé.

L'infirmier entre. Il vérifie le tracé de l'électrocardiogramme.

— Incroyable, il suffit que je m'absente pour que votre cœur coure un cent mètres !

Il se tourne vers les autres.

— Il faut le remettre au lit et le laisser tranquille. Il doit se sentir fatigué.

Eddy et Maxime donnent à Adam une accolade, sans rien déranger du dispositif qui lui immobilise le cou.

— J'aimerais rester un instant de plus, réclame Angelina à l'aide-soignant.

— Pas plus d'une minute.

L'infirmier se retire. Angelina s'approche d'Adam. Elle lui sourit. Elle jurerait que ses yeux à lui sourient aussi. Elle prend sa main, cette main qu'elle sait privée de toute sensibilité, et la pose sur son ventre pour la déplacer en mouvements enveloppants, en spirales autour du nombril.

— Je suis heureuse. Tu verras notre enfant grandir, et lui te verra guérir.

Adam s'est promis d'y croire. Dans ses yeux, de la fierté. Et des larmes.

*

Chaque jour, Angelina vient à l'hôpital du Mont-Sinaï, sur Madison Avenue, fourbue, brisée par ses journées de travail et par la solitude de ses nuits blanches, mais heureuse de retrouver son homme qui regagne, à défaut de la moindre mobilité, un peu de vitalité. Il est inerte, mais la lésion médullaire ne l'empêche pas de respirer. La vie se manifeste par ce souffle qui soulève le drap vert pâle. Adam ne peut exprimer ses émotions. Cependant, elle voit bien que les temps de la colère, de la révolte et de la résignation sont passés. Depuis qu'il la sait enceinte, une énergie nouvelle tente de percer.

Pour lui épargner la pression d'un interrogatoire mené par un détective de son équipe, elle s'arrange pour l'interroger elle-même sur l'agression.

Les deux hommes ont-ils lutté avant le coup de feu ?

Un battement de paupières : oui.

L'agresseur portait-il sa perruque et son masque ?

De nouveau, les yeux se ferment une fois : oui.

A-t-il remarqué quoi que ce soit chez son agresseur qui ait pu lui rappeler une rencontre antérieure ?

Adam ferme deux fois ses paupières : non.

*

Deux semaines après le drame, Angelina pousse comme d'habitude la porte de la chambre 318… et n'y trouve qu'un lit vide.

Milton Parker, le chirurgien qui a opéré Leaf, chef du service de neurologie, entre précipitamment derrière elle, comme pour lui épargner un évanouissement.

— Ne vous inquiétez pas, votre mari est au bloc. On lui retire plusieurs points de suture. La plaie causée par la balle du revolver cicatrise normalement. Tout se remet en place. Je lui ai libéré le larynx. Les cordes vocales n'ont pas été endommagées.

— Que va-t-il se passer, à présent?

— Il n'y a pas de lésion sur la moelle épinière, mais une compression, ce qui laisse quelques espoirs de rétablissement des fonctions motrices et sensorielles.

— Il va guérir, alors?

— Je n'ai pas dit cela. Il se peut qu'il demeure tétraplégique toute sa vie.

Une chape de béton s'abat sur Angelina. L'homme qui est entré dans sa vie beau, solaire et indépendant risque d'être un éternel invalide, qui devra être assisté jusque dans ses fonctions vitales les plus intimes. Elle le craignait, l'envisageait, mais l'entendre la foudroie.

— S'il devait en être ainsi, reprend le chirurgien, il faudrait le préparer à minimiser ou, si l'on peut dire, à optimiser sa perte d'autonomie. Mais comme il est jeune, athlétique, en bonne santé, il doit tenter, simultanément, une rééducation intensive.

— En somme, on se prépare au pire mais on laisse une chance à la guérison?

— Oui.

— Combien de temps cela prendra-t-il?

— La rééducation? On saura en quelques mois, peut-être en quelques semaines, si le dommage peut se réparer.

— Quelques mois?

— Oui. Il doit être pris en charge par une structure spécialisée.

Ne pas se projeter dans cette perspective, songe Angelina. Ne pas visualiser les contraintes. Ne voir que l'instant présent. Elle repense à ce que disait Adam en revenant de ses cours de funambulisme : qui regarde vers l'abîme périt. Alors, pour ne pas chuter, elle chasse de son imagination toute idée de paralysie, de purulences, de perte de contrôle des sphincters, de pourriture de la chair par les escarres. Elle tente de ne se représenter qu'un homme simplement figé dans son élan.

— Notre service de neurologie dispose d'un centre d'adaptation et de rééducation. Une place est disponible, mais seulement si vous vous décidez rapidement.

— C'est à Adam de choisir.

— Je lui ai parlé. Il m'a répondu qu'il était d'accord.

— Il vous a répondu ?

— Je vous l'ai dit, je lui ai libéré le larynx. Il est de nouveau capable de s'exprimer. Il souhaite se rééduquer si son organisme le lui permet, ou apprendre à s'adapter si aucune évolution ne devait survenir. Je crois aussi qu'il veut vous épargner en s'éloignant un peu.

— S'éloigner ? Où ?

— À Rochester.

— Mais c'est à l'autre bout de l'État !

— Assez proche pour que vous veniez le voir souvent, mais pas assez pour que son handicap envahisse toute votre vie. Voilà ce qu'il veut, je pense. De plus, ce centre expérimente les techniques de rééducation les plus à la pointe. Vous ne trouverez rien d'aussi avancé à une moindre distance. Et si jamais il récupérait un peu de sensibilité et de motricité, son adaptation à un handicap durable serait facilitée par un programme pilote qui s'appuie sur une assistance animalière.

— Comme les chiens d'aveugle ou les animaux de réconfort émotionnel ? Vous allez lui donner un chat qui viendra ronronner sur son ventre ?

Par respect pour Adam, Angelina s'était juré qu'elle ne s'emporterait pas. Elle se reprend.

— Pardon. Parlez-moi de chirurgie, de thérapies, de rééducation, je suis prête à tout entendre. Mais des animaux ! Ce n'est pas cela qui me fera sauter de joie.

— Il s'agit d'animaux presque humains qui fournissent à certains handicapés une assistance permanente. Le programme pilote a été développé au Canada avant d'arriver chez nous.

— Des animaux presque humains ?

— Oui, des singes capucins. Ils aident les victimes de paralysies dans leur vie quotidienne. Mais il est trop tôt pour en parler. Il faut espérer, avant tout, que votre mari regagne un minimum de capacités sensorielles et motrices. À Rochester, il bénéficiera de la meilleure rééducation fonctionnelle. Il aura près de lui une équipe de spécialistes aguerris, dont un ergothérapeute et un kinésithérapeute.

On pousse les deux battants de la porte : les brancardiers ramènent Leaf du bloc opératoire. Deux aides-soignants entrent avec eux. Le chirurgien leur donne quelques consignes avant de ressortir.

Même si le cou d'Adam demeure étroitement corseté, on l'a débarrassé des tuyaux qui obstruaient sa gorge. Son visage retrouve de la mobilité. Il esquisse un sourire et produit un grognement qui ressemble à un « Bonjour, mon amour » dont Angelina est si émue qu'elle laisse, sans s'en formaliser, les aides-soignants soulever son mari pour le transférer sur son lit en ahanant :

— Un, deux, trois, on soulève et on balance !

Puis tous sortent. Angelina reste avec son mari. Ces quelques mots semblent les avoir épuisés.

*

— Je vais devoir t'acheter la casquette des Red Wings.

Elle n'a trouvé rien d'autre à dire. Il sourit.

— J'aurais dû te consulter, mais je ne veux pas gâcher ta vie, murmure-t-il, la voix éraillée, rauque, épuisée.

— Ne parle pas, tu te fatigues, et je suis d'accord : là-bas, tu pourras te concentrer sur ta guérison. L'os s'est à peine enfoncé dans ta moelle épinière. C'est toujours toi qui répares le wifi au bureau et à la maison : tu réussiras bien à rétablir tes propres connexions.

— On m'emmène à Rochester demain…

— Si vite… Je laisserai Harry prendre les commandes de l'enquête pour être dans l'ambulance avec toi.

— Ils t'ont parlé du singe ?

— Oui. Je suppose qu'ils n'avaient plus de hamsters disponibles.

— Il paraît que le singe fait le barman. Il ouvre le frigo et t'apporte ta bière.

— J'espère qu'il prépare aussi les toasts au beurre d'anchois.

Ils arrivent à rire tous les deux.

Comme les brancardiers ont posé Adam sur le bord du lit, pour laisser assez de mou aux tuyaux des perfusions et aux câbles des instruments de contrôle, Angelina soulève le drap et vient s'allonger délicatement près de lui. Elle se met sur le côté, pose sa tête sur son épaule, son bras en travers de son torse. Tout semble inerte, sauf le cœur qui bat sous sa main, et la poitrine que le sac et le ressac de l'air dans les poumons soulèvent faiblement. Il n'y aurait rien de cadavéreux dans ce corps, si ce n'était sa parfaite immobilité. Elle ferme les yeux, aussi soulagée qu'oppressée.

7

Le centre de réadaptation des blessés de la moelle épinière de Rochester se situe au cœur d'un vaste complexe situé sur Crittenden Boulevard. L'établissement propose aux patients en réhabilitation des espérances graduées. Selon le niveau qu'ils atteignent dans la reconquête de leur autonomie, ils peuvent faire un tour de fauteuil roulant sur le parking ; emprunter les couloirs qui traversent l'hôpital et se promener dans les allées champêtres du cimetière du Mont-Hope ; ou, signe d'une relative indépendance motrice, gagner les berges arborées du fleuve Genesee et manœuvrer leur engin sur celles du lac Ontario, où il se jette.

Adam n'en est pas là. Les vertiges de la verticalisation, cependant, s'atténuent quand on le transfère du lit à sa chaise mobile, avec d'autant plus de facilité que son corps s'est allégé de quelques kilos de muscles, qui ont fondu en un temps étonnamment court, surtout sur les cuisses, les bras et la poitrine. Quand on le dénude pour remplacer le corset qui se substitue à ses abdominaux, il s'aperçoit que son ventre, relâché, bedonne comme celui d'un amateur de bière.

Chaque matin, on le pique. Mais aucun nerf ne se réveille. Les muscles ne frémissent pas. Ni réflexes ni sensations.

En trois semaines à Rochester, Leaf a changé. Il est arrivé revigoré par l'idée de devenir père, convaincu que son esprit restaurerait les connexions nerveuses de son corps, mais, depuis, son état n'a pas évolué. Les objectifs qu'il s'était assignés étaient si ambitieux, et la responsabilité endossée au nom de son enfant si lourde, que la déception désormais le terrasse.

Jusqu'alors équanime, il devient impatient, cassant, acariâtre. Alors qu'il trouvait inique d'avoir dû frôler la mort, l'injustice lui semble plutôt, à présent, d'avoir survécu. Comme il ne peut punir son corps atone, il se venge sur ceux qui le côtoient.

Le premier d'entre eux est afro-américain. Dino Delcour, son aide-soignant principal, a soixante-dix ans. La plupart de ses collègues ont vingt-deux ou vingt-trois ans. Ils exercent ce métier en préambule à une autre activité, avant de monter en grade et de devenir infirmiers. Certains, qui poursuivent leurs études, seront ensuite chirurgiens, anesthésistes, cardiologues. Pour eux, distribuer des plateaux-repas, tracer les courbes des données physiologiques, ajuster les tuyaux des perfusions, doucher les patients, essuyer leur sang relève du commencement. Chez Dino, c'est une fin en soi. Il aime les malades. Avec foi et abnégation. Éponge assoiffée, il absorbe leurs peines, les en soulage sans s'alourdir pour autant. Dino reste léger. L'âge amenuise son corps. Son esprit flotte. Il n'a pu se résoudre, après sa retraite de chef infirmier, à abandonner le champ de bataille. Les difficultés financières des établissements de santé multiplient les emplois à mi-temps que l'économat fournit à d'anciens professionnels nostalgiques ou nécessiteux. Dino remplit les deux critères.

— Tu devrais te reposer, lui dit Adam. Tu donnes aux patients l'impression qu'ils se font torcher le cul par leur grand-père.

— D'autres s'en sont plaints?

— Je ne sais pas, mais je suppose que tu pourrais plutôt acheter une barque et aller pêcher la carpe, la truite ou le brochet sur le lac Ontario ou le Mississippi.

Dino ne répond jamais à ce genre de provocation.

— Tu deviens méchant. Je sais pourquoi.

Dino l'a compris, si Leaf l'humilie, c'est pour s'alléger d'une partie de l'indignité sous laquelle il s'affaisse chaque jour davantage. Il n'en prend donc aucun ombrage, devenir un punching-ball fait partie de son job, de sa mission même. Pour ne pas alimenter la machine à récriminations, Dino appuie sur un bouton. Le lit se redresse. Sous le dos d'Adam est disposé un ovale de matière tissée, que six points d'attache transforment en une sorte de hamac. L'aide-soignant approche du lit une petite grue blanche. Sur le bras élévateur est inscrit « Arnold 150 ». Adam se demande si Schwarzenegger a servi de muse aux concepteurs.

— Chez moi, on te jetterait un sort. Dommage que je n'aie pas de poupée sous la main.

Dino n'a plus mis les pieds depuis cinquante ans à La Nouvelle-Orléans, dont il est originaire, mais, au lieu de jurer, il truffe ses propos d'incantations et de menaces vaudou.

— Dans trois jours, on te change de service… Tu passes en réadaptation.

Les codes sociaux de l'hôpital supposent qu'Adam se réjouisse. Mais tout lui fait penser que c'est, au contraire, une mauvaise nouvelle.

— Cela veut dire que le neurologue n'espère rien de plus, grince-t-il.

Dino accroche six sangles au bras de levage et les relie aux œillets cerclés d'acier de la couverture ovale.

— Je vais déménager, donc?

— Tu gagnes deux étages. Tu verras, on t'enseignera plein de trucs pour libérer ton esprit sans emmerder un brave gars qui n'a pas envie d'aller pêcher le poisson-chat.

— Je suis impatient de faire l'ascension.

— Trop d'arêtes.

C'est déstabilisant. Dans ses propos, Dino a toujours une longueur de retard, et ne répond jamais à une question ou une remarque qu'en revenant sur un élément antérieur de la conversation.

— Oui, le poisson-chat. Je comprends, soupire Adam.

Le bras articulé soulève le corps du jeune homme. Dino lui tient la tête comme le font les sages-femmes avec celle des nouveau-nés, pour qu'elle ne bascule pas vers l'arrière. Télécommande en main, l'aide-soignant fait pivoter Leaf jusqu'à son fauteuil. Le câble se déroule. Les fesses d'Adam touchent l'assise du siège.

— Atterrissage réussi ! s'amuse Dino.

Il défait les sangles, attache la ceinture de sécurité du tétraplégique et va ouvrir la porte. Puis il se place derrière.

L'heure de la promenade dans les couloirs de l'hôpital est venue.

*

— Comment pouvons-nous prétendre être la première puissance du monde, demande Angelina, quand il faut à nos trains plus de sept heures pour parcourir quatre cents kilomètres ?

— Quatre cents à vol d'oiseau, répond son mari. Pas si tu comptes le détour par Albany et Syracuse. Prends l'avion.

Elle ne répond rien, ne voulant pas avouer qu'elle se décide en fonction du coût du billet, et non du temps de trajet. Pour passer davantage de temps avec Adam, elle s'est mise en disponibilité un jour par semaine. Consécutivement, le cinquième de son salaire prend aussi des vacances. Or sa rémunération ne suffit plus au remboursement de leur emprunt immobilier, et les clés du studio de Gansevoort n'ayant pas été rendues à temps, son propriétaire a prolongé le bail pour une année de plus. S'il savait tout cela, comment Adam se concentrerait-il sur l'hypothèse d'une guérison ? Alors elle ne bronche pas.

Angelina arrange des lys blancs dans un vase. Normalement, les fleurs sont interdites, mais elle a convaincu la direction que les tétraplégiques, privés du toucher, mais pas de l'odorat, devaient bénéficier d'une compensation.

— J'ai vu mon gynéco. Tout est normal, reprend-elle. Il dit que le bébé mesure quatre millimètres !

Ce détail l'émerveillera-t-il ? Il demeure silencieux.

— Ses bras et ses jambes sont en train de se former.

Il ne dit toujours rien. Elle aimerait raconter à Adam que ses seins se tendent, qu'elle mange à tout bout de champ, que ses humeurs varient aussi souvent que tourne le vent, mais tout ce qui touche au bébé, après avoir donné du courage à son mari, le met désormais mal à l'aise. À cette petite virgule de chair qui flotte dans le liquide amniotique et signale le début d'une nouvelle vie, correspond le point de suspension qu'est devenue la sienne.

— Même à l'école, lui a-t-il dit, je n'ai jamais aimé le conditionnel.

Or le bébé, c'est le futur. Et l'athlète qu'elle a épousé, jadis insouciant, ne peut plus tenir pour certain qu'il y ait une ligne d'arrivée au bout de son itinéraire.

Elle se retourne.

— Je suis venue avec Kenneth.

— D'accord.

Les expressions du visage de Leaf, naguère si explicites, sont devenues difficiles à décrypter, mais elle sait que cette annonce ne peut lui faire plaisir. En ne s'entretenant pas avec lui, officiellement, de l'agression, Angelina ne fait que suivre une règle déontologique. Du moins aurait-elle pu déléguer Harry, plutôt que ce furet arriviste de Kenneth Quist, qui, s'il avait vécu au temps de l'Inquisition, aurait accusé d'hérésie tous les membres de sa famille.

— Un témoin a vu quelque chose qui l'intrigue. Ken veut t'en parler.

— D'accord.

Angelina a soudain l'intuition qu'Adam lui reproche de ne pas mener l'enquête elle-même.

— Je te l'ai déjà expliqué. Il y a trop d'enjeux émotionnels. Je n'ai pas la force.

— Je n'ai rien dit, ironise-t-il. Kenneth : un peu de jeunesse et d'énergie. Cela me change de ce vieux gâteux de Dino.

Un autre fossé se creuse entre eux. Elle craint de plus en plus qu'il ne développe une animosité envers la terre entière. Elle a bien tenté, au début, de quêter un peu de sollicitude pour Dino, mais la bienveillance suppose qu'on se projette en dehors de soi, et Adam en est de moins en moins capable. Il ne cherche plus à s'évader de son propre esprit, pas plus qu'il ne s'extrait de l'évanescence qu'il nomme son mode conditionnel.

Elle ouvre la porte à Kenneth. Après les fausses congratulations d'usage, celui-ci dévoile le but de sa visite.

— Connais-tu Melissa Carmack ?

— Non.

Kenneth lui présente une photo.

— C'est ma voisine. Elle vit dans l'immeuble qui fait face au mien, sur la 14e Rue Ouest.

— Elle s'intéresse à toi, on dirait.

— Oui, elle s'accroche. Pourtant je ne fais rien pour cela.

— Pour la calmer, on lui a dit que tu étais gay.

— Tu te fiches de moi ?

— Oui. Le soir de l'agression, elle se trouvait à sa fenêtre.

— Elle y est tous les soirs. Elle ne dort jamais. Elle m'épie.

— Elle a vu quelque chose. La silhouette d'un homme de taille moyenne, trapu. C'était juste après l'heure où tu as été blessé. Cet individu s'est approché de la fenêtre et a décroché quelque chose qui pendait à la poignée.

— Désolé, je n'étais pas en état de remarquer ça.

Angelina intervient.

— Et c'est sous cette fenêtre que nous avons trouvé un cheveu synthétique…

— Il serait logique de penser que l'agresseur a enlevé sa perruque ou son masque, voire les deux, pour les reprendre après son crime, complète Ken.

— Adam nous a déjà dit qu'il n'avait pas vu son visage, intervient Angelina.

Le jeune flic hausse un sourcil : sa chef vient de biaiser la situation. Elle aurait dû laisser Adam répondre sans ciller.

Leaf comprend pourquoi ils sont venus : Kenneth a mis en doute son témoignage initial. Angelina a tenté de le dissuader de faire le voyage, mais en vain.

— Je suis désolé, dit-il. Cette fille ferait tout pour que je la remarque. Le type est peut-être allé à la fenêtre. J'étais déjà inconscient.

— Auparavant, tu n'as rien vu de son visage? D'après les gars du Crime Lab, il t'a attaqué de face. Même s'il portait un masque et une perruque, tu aurais dû pouvoir évaluer la forme de ses yeux, la largeur de son front, la longueur de son nez. Tu aurais dû distinguer, sous le masque qu'il tendait, si le menton était pointu, en galoche, fuyant…

— Non.

— Bordel, on nous apprend ça en premier trimestre d'académie de police !

— Tout est allé tellement vite.

Angelina se crispe. Kenneth jour le rôle du *bad cop* avec un de ses propres coéquipiers ! Si elle le rappelle à l'ordre, elle faussera l'interrogatoire. Après son premier faux pas, elle préfère ne pas intervenir.

— Ton esprit a pu refouler quelque chose, insiste Kenneth.

— Non.

Kenneth Quist se rappelle les cours de l'académie de police : quand on a la conviction qu'un témoin ment, mieux vaut attendre, et le ferrer plus tard, quand de nouveaux faits le contrediront. Difficile, en outre, de pousser Leaf dans ses derniers retranchements devant sa femme, qui ne doute pas de sa sincérité.

— C'était notre seul espoir, conclut-il donc. Ton agresseur n'a laissé aucune trace.

— Et les caméras de surveillance? demande Leaf.

— Comme il s'est engouffré dans la station de métro 14th Street, nous nous sommes fait communiquer les images de la Metropolitan Transportation Authority. Il s'est rendu à Union Square. Et là, il a pris en correspondance la ligne 5 pour aller à Pelham Parkway, dans le Bronx. Il a marché jusqu'au centre des grands brûlés de l'hôpital Jacobi. Il y est entré, s'est mêlé aux autres patients dans le hall. Il n'a été remarqué ni à l'accueil, ni aux urgences, ni au service des admissions. On a perdu sa trace parmi celles de toutes les personnes qui en ressortent le visage bandé. Il lui a suffi, sans doute, de se rendre aux toilettes pour retourner sa veste et remplacer son masque par des bandages. Seul ton témoignage aurait pu nous éclairer.

— Désolé. Cette Melissa Carmack vous manipule pour rester dans mon orbite. Tu as fait le déplacement pour rien, Kenneth.

Angelina verse l'eau d'un pichet dans le vase.

— Ken, Adam doit se reposer.

Quist n'est pas dupe. L'impératif du repos est une manière de mettre fin à l'interrogatoire. Signe supplémentaire d'une gêne partagée, la conversation ne porte plus que sur des futilités. Alors il prend congé pour se rendre à l'aéroport, après avoir encore balayé la chambre de ses yeux fureteurs.

*

Dans le service règne une animation inhabituelle.

— C'est la saison des tétraplégiques. Un mois après le *spring break*, explique Dino.

— Comme pour les pommes ou les canneberges ? se moque Adam.

— Ne rigole pas. Regarde autour de toi.

Par la porte ouverte des chambres attribuées aux nouveaux arrivants, Adam voit qu'on a installé des lits supplémentaires. Dans les couloirs, sont transportés de nombreux patients sur des civières. Tous âgés de moins de vingt ans, aux visages éteints. Adam reconnaît dans leurs yeux la pénombre où il se meut aussi.

— Tu as dix-huit ans, tu célèbres le *spring break* dans un motel de Miami ou de Cancún, reprend Dino, tu picoles, tu fais le con et tu plonges dans la piscine du balcon de ta chambre, au deuxième étage, pour épater les meufs ou tes copains sur Facebook. Mais comme il n'y a pas assez d'eau dans la piscine, le choc écrase les vertèbres. Et bienvenue chez nous ! En temps normal, les patients arrivent tout au long de l'année, mais pendant le *spring break*, ils déferlent vers les hôpitaux, qui nous les sous-traitent un mois plus tard. Regarde-les. La moitié a sauté dans un bassin à moitié vide.

— Quels débiles.

— Tu n'as jamais eu un moment de folie, toi ?

Leaf n'a pas envie de répondre.

— Tu m'emmerdes. Je dis simplement qu'un crâne vide, ça n'aide pas forcément à flotter.

— Puisque je t'emmerde, la promenade est finie. Je te ramène à ta chambre.

Adam sent bien que Dino offre une occasion de lui présenter des excuses et ne la saisit pas. Il contracte deux muscles sur lesquels il peut encore agir : ceux de ses mâchoires.

— Tu te venges, mais je n'y suis pour rien, reprend Dino. Si tu n'es pas content, parles-en aux *orishas*, les esprits. Ici, on ne garde pas les gens toute leur vie. À un moment, on les renvoie chez eux. Notre boulot consiste seulement à les y préparer. Quand ce moment viendra, tu verras, tu me regretteras.

Dino pousse le fauteuil dans le couloir. La porte de la chambre est restée ouverte. Il entre, bloque les freins et se retire pour aller chercher le plateau-repas.

— Face à la fenêtre ! ordonne Adam.

Dino se retourne.

— Pardon ?

— J'ai dit cent fois que je ne voulais pas manger face à la télé, mais face à la fenêtre.

— Je t'envoie le maître d'hôtel et le chef du protocole.

*

Quelques instants plus tard, Dino réapparaît. Tout en fixant entre les accoudoirs du fauteuil une tablette où il installe le plateau-repas, il découvre Adam en larmes.

— Je ne t'en veux pas, dit Dino. Vous passez tous par cette phase. C'est normal. Je trouve seulement que chez toi, c'est un peu long. Ne pleure plus.

Le vieil homme pose sa main sur le cou du tétraplégique. Son pouce lui caresse la joue et étale les larmes.

— Tu es désorienté, c'est tout. Tu retrouveras ton chemin, d'une manière ou d'une autre. Mangeons.

Le temps du repas s'étire à l'infini, comme d'habitude. Pour chaque gorgée d'eau, Dino incline le verre selon l'angle idéal. Pour chaque bouchée, il calcule le temps de mastication. Alors que cette situation abaisse le patient, elle exhausse Dino. Dès le premier jour, Adam l'a compris. Le vieil homme considère les malades comme des enfants qu'il doit laver et nourrir. L'alliance de la sénilité avec l'infantilisme, pense Leaf, une boule dans la gorge : chacun y trouve quand même son compte.

Repas terminé. Dino débarrasse la tablette et remplace le plateau par une cuvette. Et pose un peu de dentifrice sur une brosse.

— Ouvre la bouche.

Mécaniquement, Adam découvre ses dents. Dino les nettoie, puis approche un verre d'eau. Adam se rince et crache. Le bras articulé hisse ensuite le jeune homme et le repose dans son lit. Dino le soulève un peu pour retirer le hamac.

Comme chaque soir, ainsi qu'Adam l'a souhaité depuis le début, quelque effort qu'il lui en coûte, l'aide-soignant lui retire les vêtements de papier crépon fournis par l'hôpital. Leaf affirme ne pas pouvoir dormir sans se changer. Quand il est nu, le vieil homme remplace le sac urinaire attaché à sa cuisse par une sangle, et fixe le nouveau réceptacle au Penilex, l'étui pénien qui permet l'évacuation de l'urine. Il ne reste plus qu'à vêtir le grabataire d'un pyjama propre. L'opération dure une demi-heure. Et prend la forme d'une chorégraphie un peu grotesque : Dino tord son patient dans tous les sens, lui plie et déplie les bras et les jambes, lutte contre l'inertie des articulations. Le jeune homme finit allongé, veste boutonnée parfaitement ajustée sur le pantalon de coton, les bras le long du corps, les jambes jointes comme deux baguettes de bambou au restaurant chinois. Tandis qu'Adam regarde vers la gauche, en direction de la fenêtre, Dino détache les courroies du bras articulé, défait les lourds mousquetons d'acier. L'un d'eux lui glisse souvent des doigts et tombe sur la main d'Adam.

Ce soir-là, celui-ci gémit.

— Tu ne peux pas faire attention ? Tu m'as fait mal !

Dino s'immobilise.

— Que dis-tu ?

— Tu m'as fait mal.

— Répète ça !

— Tu m'as fait mal, vieil…

Les mots s'éteignent dans la gorge d'Adam. Il vient de comprendre.

L'aide-soignant regarde la main droite de Leaf et la prend dans la sienne.

— Bouge.

— T'es dingue.

— Bouge.

La main demeure immobile.

— Bouge !

L'index d'Adam se soulève alors d'un demi-centimètre.

Dino exulte. Il en a les yeux humides.

— Tu vois, c'est pour des moments comme celui-là que je torche le cul de petits cons comme toi.

8

Les avant-bras de Boris Antonov sont gros comme des poteaux. Quand il les a serrées, il a transformé la main de Patrick en sac à osselets, et celle de Zelda en l'un de ces sachets de miettes pour oiseaux qu'on vend aux promeneurs de Central Park. Il ne paie pourtant pas de mine, avec son mètre soixante-dix et ses soixante kilos tout habillé. La trouille au ventre, une sueur froide colle ses cheveux blonds à son front.

— Cessez d'avoir peur. Ce qui nous intéresse, explique Zelda, c'est seulement de savoir comment vous avez pu accepter dans votre équipe un parfait inconnu.

— Les autres non plus, je les connaissais pas.

Patrick passe sa main sur son crâne lisse. Zelda décrypte : c'est le signe avant-coureur d'un énervement. Elle se dépêche de poser la question suivante pour différer la surchauffe de son collègue.

— N'importe qui peut venir et soulever des commodes Louis XV avec vous ?

— Le patron envoie qui il veut. C'est souvent des sans-papiers ou des occasionnels. Je sais pas où il les trouve.

Boris est assis en déséquilibre sur une chaise métallique de la salle d'interrogatoire. En face, Patrick s'est attribué comme d'habitude le rôle du mauvais flic, prompt à la bavure.

— Comment ce type a-t-il débarqué ?

— Je vous l'ai déjà raconté.

— Je suis comme les gosses, j'aime qu'on me raconte plusieurs fois la même histoire. Des fois qu'on me changerait les détails que je préfère. Y aurait pas intérêt, d'ailleurs.

— Il se trouvait au pied de l'immeuble, avec les autres. Il s'est installé dans le monte-charge en même temps qu'eux. Il m'a dit qu'il était envoyé par le patron. Je me suis pas posé de question.

— Et ce mec ne t'a pas paru bizarre ?

— Bizarre, oui, avec son masque et ses lunettes fumées. Mais il portait une capuche, comme les rappeurs. Alors ça se voyait pas trop.

— Tu n'as pas vérifié son identité ?

— C'était pas une garden-party. On demande pas leur invitation aux gens.

— Pouvait-il savoir d'avance qu'un déménagement allait avoir lieu ?

— Un collègue passe deux jours avant. Il pose des affichettes devant l'immeuble et va sonner sur chaque palier afin de prévenir les voisins du dérangement. Et puis, le proprio avait accroché une grosse pancarte « À louer » sur la fenêtre du cinquième étage.

— C'est bien. Tu nous racontes la même histoire. Maintenant, ce que je voudrais, c'est du nouveau. De l'inédit, de l'inopiné, du coup de théâtre.

— Ce que mon collègue réclame, ajoute Zelda, c'est un effort de mémoire. Un détail que vous auriez oublié de nous révéler. Quelque chose qui nous stimulerait.

— Regarde-toi, dit Patrick. Tu pues la trouille. Si l'histoire était aussi simple, tu ne tremblerais pas comme ça. Je pense que tu caches quelque chose.

— J'aurai une immunité ?

Patrick et Zelda échangent un regard stupéfait.

— Tu as vu ça dans un film avec Dwayne Johnson ?

— Estimez-vous heureux si on vous donne un café chaud.

Antonov prend sa tête entre ses mains et lâche :

— Il s'est blessé.

— Notre suspect s'est blessé ? Pendant le déménagement ?

— Il a mal agrippé un meuble. La poignée lui a entaillé le bras. Il a dû s'essuyer avec des mouchoirs.

— Qu'est-ce qu'il en a fait ?

— Il les a remis dans sa poche.

— Tu nous racontes ça maintenant ? Au deuxième interrogatoire ? Pourquoi n'avoir rien dit tout de suite ?

— J'avais pas le matériel de premier secours dans le camion. Même pas de désinfectant. C'est obligatoire. Je pourrais être viré. J'ai eu peur pour ma carte de séjour.

— Qu'est devenu ce meuble ?

— On l'a rangé au fond du Freightliner, comme prévu, avec ceux dont le client ne voulait plus. Et livrés à l'Armée du salut, sur la 46e Avenue.

— Bordel ! Tu te rends compte qu'il y avait son empreinte génétique ? Et toi, tu bazardes une preuve qui pourrait faire choper l'agresseur d'un flic !

— Quel genre de meuble ?

— Un de ces rangements blancs pas cher qu'on achète chez Wayfair.

— Quelle taille ?

— À peu près un mètre de large, quarante centimètres de profondeur, trois tiroirs. Des poignées d'acier horizontales qui dépassent de chaque côté. Vous allez prévenir mon patron ?

— Ton patron est en taule. À l'heure qu'il est, il se fiche éperdument de savoir si le matériel réglementaire se trouvait dans le camion.

— Tout ce que je vous ai promis si vous retrouviez la mémoire, c'est un café. Vous allez l'avoir. Considérez-vous comme chanceux qu'on ne vous le balance pas en pleine figure.

9

La volonté d'Adam ressemble à un cerf-volant. Le cadre de balsa est brisé, la toile éraflée, le fil emmêlé. Le petit dragon de soie pique du nez, il va s'écraser, mais, régulièrement, un souffle de vent le soulève en douceur et le ramène au-dessus des turbulences qui allaient le tuer.

L'index d'Adam, puis son pouce et son majeur se redressent… mais plus rien ne se passe ensuite pendant des jours entiers. Alors, il ne croit plus en lui.

Une brise se lève. L'auriculaire et le majeur retrouvent leur mobilité. L'espérance renaît. Puis, de nouveau, l'inertie amène le doute.

Soudain, le poignet s'assouplit, la main tout entière se déplace, la sensibilité de la cuisse se réveille, le mollet se contracte faiblement. C'est un blizzard, qui fait danser le cerf-volant et germer un espoir toujours plus grand et toujours plus cruellement déçu, car, encore, tout s'arrête.

Calme plat.

Les exercices proposés par le kinésithérapeute ne servent plus à rien. D'une main, en utilisant l'autre pour empêcher le dispositif de tomber, Adam fait glisser une boule de bois trouée le long d'un fil de fer qui sinue entre deux supports. Il répète le même geste d'enfant dix fois, cent fois, sans que l'agilité de ses doigts s'en trouve accrue. Un jour, un nouveau vent soufflera peut-être. Mais quand ?

*

On lui répète qu'il doit être patient.

Deux mois et demi se sont écoulés depuis l'assassinat manqué. Muscles thoraciques renforcés, respiration régulière, diaphragme fonctionnel, abdominaux raffermis, fonctions digestives restaurées, main droite quasi opérationnelle : pas si mal, mais il a fallu dix semaines au total pour en arriver à ce résultat si mince, lequel ne paraît miraculeux qu'à ceux qui prescrivent la patience. La main gauche demeure paralysée, tout comme les membres inférieurs en dépit de quelques améliorations mineures de la sensibilité.

Que les évolutions de son corps soient devenues la préoccupation presque exclusive de son esprit contribue à la lassitude d'Adam.

Pour la première fois depuis qu'il a, par la force des choses, élu domicile à l'hôpital, Leaf remarque l'absence de miroir dans sa chambre. Parce que le regard des patients ne doit jamais rencontrer l'image de leur corps. Le jeune homme se rappelle alors l'époque où, adolescent, il pratiquait la musculation. Quand d'autres comptaient, par plaisir narcissique, les striations de leurs épaules ou de leurs pectoraux, lui développait ses muscles pour que sa silhouette devienne une entité physique dense, lourde, compacte et pleine. Il ne voulait pas de vide en lui. Les aficionados des salles de sport le trouvaient *beefy*. Enfin, il avait le sentiment d'exister.

À l'heure où les aides-soignants le basculent avant les soins du soir, la vitre, opacifiée par le volet roulant abaissé derrière elle, reflète dans un camaïeu brun le paysage de la chambre. C'est le seul moment où le policier voit son reflet : celui d'une simple enveloppe. Sa peau ne contient plus rien. Il est devenu un homme sans consistance, et ne peut plus le supporter.

*

Son corps, si vide à présent, a-t-il atteint le point optimal et indépassable de ses capacités ? Beaucoup le croient. Résignés pour lui, ils affirment que plus grands sont les espoirs, plus pénible la déception : Adam devrait dompter ses attentes, mais leur commisération mielleuse l'empoisse, sans pour autant entraver sa volonté. Il enrage seulement de ne pas voir sa renaissance, qu'il tient pour certaine, arriver plus vite.

En ces instants, le vent qui propulse, le chinook qui fait avancer l'âme, c'est souvent Maxime Legrand, quand il vient lui rendre visite à Rochester.

— Sur le fil, dit-il, tu ne te fies pas à ceux qui croient savoir jusqu'où tu peux aller et où tu dois t'arrêter. Tu vas jusqu'au bout. Sinon, tu tombes.

*

Un jour, quelqu'un annonce à Adam l'arrivée de l'été. Pour les patients qui font du sur-place, comme lui, cette échéance signifie qu'il faut ménager de la place aux nouveaux arrivants et en garder pour ceux qui progressent encore. *Vous serez aussi bien chez vous, le centre ne peut plus rien vous apporter.*

Sans le dire, le personnel prépare le départ de certains. Les kinésithérapeutes leur confient des accessoires de rééducation : bouliers, petits marteaux pour conserver des poignets capables d'enfoncer des punaises dans des planchettes, boules de caoutchouc, planches d'équilibre antidérapantes, Powerball pour le renforcement des muscles des avant-bras. Les ergothérapeutes, dont le travail consiste à procurer aux tétraplégiques et paraplégiques une panoplie d'accessoires susceptibles de mettre le monde à leur portée, façonnent des sortes de poings américains sur lesquels se fichent, comme sur le manche de certains tournevis, des couverts, des stylos, des tiges de métal.

Des spécialistes ajustent pour Adam les réglages électroniques d'un fauteuil roulant aussi imposant que le SUV Volvo de Lara Croft dans *Tomb Raider*, mais c'est à un autre film que pense Dino :

— Là-dessus, tu auras l'air de George Clooney en sortie extravéhiculaire, dans *Gravity* !

Les techniciens s'affairent autour de l'engin, comme si l'on fabriquait pour Leaf, sur mesure, une sorte d'exosquelette.

— On dirait que tu vas voler vers une autre planète. Toi parti, je vais pouvoir prendre ma retraite.

— Que veux-tu dire ?

— Que tu étais mon dernier patient. Je suis un vieil homme, tu n'arrêtais pas de me le dire. Mon fils gagne sa vie, mais tout augmente. Sa femme a dû trouver un petit boulot. Alors je vais m'occuper un peu de ma petite-fille. Elle va avoir huit ans. Regarde !

Il sort de sa poche la photo d'une fillette qui rit en formant un V avec ses doigts. Trois couettes, dont l'une dressée vers le ciel, lui donnent l'air d'une poupée africaine.

— Elle est jolie, très jolie.

— Je lui ai interdit de faire ce geste sur les photos. On pourrait voler ses empreintes digitales.

Adam n'avait jamais imaginé une chose pareille. La remarque de Dino le laisse interloqué.

— On sera voisins.

— Voisins ?

— Mon fils est dans le Bronx. C'est là que je vivrai. Comme tu vas revenir à New York, je pourrai même aller te torcher le cul encore une ou deux fois, si ça me manque !

Dans l'équipe de soignants, d'autres que Dino évoquent à leur tour l'hypothèse du retour à domicile. Une nouvelle censée le faire exulter. La plupart des patients, semble-t-il, n'ont que cela en tête : rentrer chez eux, quel que soit leur état. Adam, lui, qu'attend un enfant, ne se sent pas prêt à abdiquer. Et n'acceptera pas que les vents s'essoufflent.

*

— Alors ? demande Zelda, qui a attendu Angelina pendant une demi-heure dans l'antichambre de Darren Polanco, le patron des enquêteurs.

— Force 4 sur l'échelle de Saffir-Simpson. On n'est pas encore à 5, mais ça ne va pas tarder.

— Il a gueulé ?

— C'est un euphémisme ! Nous sommes devenus les pires enquêteurs de toute l'histoire du département.

— Ce n'est quand même pas notre faute si le foutu meuble de l'Armée du salut a été vendu trente minutes après qu'Antonov nous en a parlé.

— À un client inconnu qui a payé en espèces avant de disparaître à tout jamais…

— C'est vraiment de la malchance.

— Trop de déveine, ça finit par ressembler à de l'incompétence. Je me mets à sa place. Si au moins nous avions fait fouiller toutes les poubelles de Gansevoort Street, on y aurait peut-être retrouvé un masque respiratoire ou un mouchoir taché de sang, et avec eux des traces d'ADN. Comment avons-nous pu être assez cons pour négliger cela ?

— Trop tard pour les regrets.

— Où sont les mecs ?

— Calabria Pizza.

— On y va. Pas de raison qu'ils échappent à l'ouragan. Appelle Harry. Qu'il nous commande une veggie.

Quelques instants plus tard, Angelina, Harry, Zelda, Patrick et Kenneth-la-Fouine se retrouvent au Famous Calabria Pizza, à deux blocs du département. Une platée de bâtonnets de mozzarella frite occupe le centre de la table. Harry a commandé une carafe de chianti.

— Je viens de me faire passer le savon de ma vie par Polanco, explique Angelina en attendant sa pizza végétarienne. Il faut à tout prix lui donner des preuves qu'on avance sur l'affaire Leaf.

— Mais on n'avance pas ! proteste Patrick.

— Comment ce type, avec son look à la Alice Cooper, demande Angelina, a-t-il pu passer inaperçu et disparaître dans la nature ? Deux mois après les faits, nous n'avons toujours aucune idée de son mobile !

— Au moment où les déménageurs se sont partagé le pourboire, il n'était pas là.

— Cela signifie qu'il n'est pas parti en même temps qu'eux.

— Il y a deux mobiles possibles, suggère Patrick. Le règlement de comptes et le vol.

— Adam n'a aucune idée de qui pourrait souhaiter se venger de lui à ce point, précise Angelina. Sa carrière au département n'est pas assez longue pour qu'il ait eu le temps de faire coffrer des gros calibres qui lui en voudraient à mort après leur sortie.

— L'entreprise de déménagement avait fait l'inventaire de ce qu'il y avait à transporter. Rien de très précieux.

— Le problème, c'est que Leaf n'est pas en mesure de vérifier s'il manque quelque chose.

— S'il avait caché dans son studio un lingot d'or ou un Picasso, il nous l'aurait dit, intervient Harry.

— Ce faux déménageur n'est quand même pas venu pour le seul plaisir de s'esquinter les articulations en transportant des machines à laver !

— Déménageur fantôme, insiste Harry, c'est quand même un putain de statut pour chouraver des trucs dans les appartements bourgeois. Un bijou ici, un petit objet d'art là, et comme on n'a pas d'existence officielle, ni vu ni connu !

— Pas bête.

— Mais pourquoi s'en prendre à Leaf ?

— J'ai une théorie.

Ils se tournent tous vers Zelda.

— C'est un opportuniste. Il s'introduit au domicile des gens en se faisant passer pour un déménageur. Chez Leaf, il ne trouve rien à faucher, jusqu'au moment où il remarque le flingue. Pour ce type d'arme, il y a un marché. S'il s'en empare, il n'aura pas perdu son temps. Il attend. Mais quand le moment arrive, Leaf s'en aperçoit. Ils se battent. Le coup part.

— Super ! ironise Angelina. Si avec ça on n'a pas un prix au Comic Con de San Diego, je rends mon badge ! En deux mois, on n'a pas été foutus de trouver l'ombre d'un indice. Et je ne parle même pas de preuves. La prochaine fois qu'il me convoque et que j'entre dans le bureau du directeur sans avoir de quoi demander un mandat au juge, je vais me faire secouer ! Et, croyez-moi, je ne serai pas la seule à passer dans la lessiveuse ! Alors, fini le chianti et les jours de repos !

10

Adam n'a eu ni la capacité physique ni le temps d'aller voir les arbres fructifier sur les berges du lac Ontario. Le service comptable du centre de Rochester lui a fait parvenir une évaluation de sa facture : rien ne saurait mieux indiquer qu'on le pousse vers la sortie.

Un kinésithérapeute de l'hôpital a inspecté l'appartement d'Amsterdam Avenue. Angelina a eu beau expliquer qu'elle ferait placer des plans inclinés sur les marches qui séparent les pièces à vivre de l'entrée, le praticien l'a jugé moins adapté que le studio de Gansevoort auquel, par ailleurs, le monte-charge avec accès direct procure un immense avantage. Il peut accueillir un lit roulant et, *a fortiori*, offre plus d'espace qu'il n'en faut à un fauteuil à roulettes, même lourdement équipé.

— La salle de bains a été aménagée. On a scellé au mur des barres d'acier en prévision du moment où tu pourras t'y accrocher.

Angelina ravale sa salive. Elle a failli dire « dans l'espoir qu'un jour tu puisses t'y accrocher ».

— Des douchettes ont été installées pour faciliter le travail des aides-soignants. Coup de chance : toutes les portes excèdent la largeur du fauteuil roulant. On a laissé ton grand lit dans l'appartement d'Amsterdam

Avenue. L'hôpital du Mont-Sinaï en a fait livrer un entièrement mécanisé. C'est un modèle d'une personne, alors j'ai acheté un clic-clac à poser le long du mur. Il me suffira.

— Tu vas trop vite.

— Non. Tu rentres chez toi dans huit jours !

— Si je le pouvais, je te prendrais contre mon cœur et t'embrasserais sur la bouche pour te faire taire. Écoute-moi.

Elle lui prend la main.

— Te rappelles-tu ce jour, dit-il, où tu m'as expliqué que si nous ne devenions pas mari et femme, ce serait parce que mon orgueil aurait prévalu sur mon amour ou parce que mes doutes l'auraient emporté sur ma confiance ?

— Oui, puisque tu ne m'aurais pas crue capable de t'aimer quoi qu'il arrive. Si tu devenais un crapaud je t'aimerais encore. À condition que ton esprit soit dans le crapaud. Et moi, m'aimerais-tu encore si j'étais un escargot ?

Adam fait semblant de douter.

— Oui, je crois, à la française, si ton esprit incluait un peu d'ail et de persil !

Il plaisante pour la première fois depuis son assassinat manqué.

— Aujourd'hui, poursuit-il, c'est à toi de me faire confiance. Tu ne voulais pas que la complaisance ou le sens du devoir guident ma conduite, n'est-ce pas ?

— Oui. Où veux-tu en venir ?

— Il ne faut pas que *ta* pitié ou *ton* sens du devoir prennent la relève. J'arrive à bouger les doigts de ma main droite, et un peu le poignet, mais en aucun cas tous les muscles du bras. Résultat : je ne peux même pas la soulever pour porter des aliments à ma bouche. Quant à tourner les pages d'un livre ou la poser moi-même sur le clavier d'un ordinateur, n'en parlons pas. Mets donc toi bien en tête que je ne suis pas valide ! Je suis encore un putain d'infirme, Angie ! Pourtant, quand le kiné me fait enfiler des perles sur son fil d'acier et que j'en place une de plus chaque jour, j'ai la certitude que j'arriverai à aller plus loin, beaucoup plus loin. Si on me laisse me concentrer sans que je sente mes efforts observés et évalués à chaque instant, dans un mois, trois mois, six mois, je parviendrai à soulever mes foutus haltères, à marcher sur le fil avec Maxime comme avant et, en fin de compte, à retourner au boulot. Mais pour cela, tu dois m'aider.

— C'est mon intention.

— Tu dois mettre, toi, toute ton énergie à fabriquer le plus beau bébé du monde, parce que c'est cela qui me fera tenir debout. Il y a aussi l'enquête. Si tu réussis, tu seras propulsée chef du département. Imagine ce que cela signifie : ma fierté, la tienne, la fin de nos difficultés financières.

Leaf rêve tout éveillé. Angelina s'abstient de lui avouer que, en dépit de leurs efforts, l'enquête est complètement embourbée.

— Je sens que tu veux me demander quelque chose, mais je ne sais pas quoi, dit-elle en fronçant le sourcil.

— Il faut livrer les batailles chacun de son côté. Nous serons plus efficaces.

— Ne me dis pas la suite.

— Renvoie le clic-clac. Ils te rembourseront.

— Je ne te laisserai pas seul, Adam.

— Je ne serai pas seul. Un aide-soignant passera ici une partie de la journée, au moment des soins les plus lourds. Et j'ai une bonne nouvelle !

Il laisse passer une ou deux secondes, histoire de faire monter l'intérêt d'Angelina.

— Dino ! Il prend sa retraite chez son fils, comme prévu, mais continuera à s'occuper de moi, chaque fin de journée. Il prétend qu'il ne veut pas s'encroûter. Quant à toi, tu viendras me voir une fois par semaine et constateras mes progrès. Entre-temps, tu auras l'esprit libre pour ton enquête et pour notre enfant. Il faut que la frustration de ne pas te toucher me fasse crever de rage, et que je n'aie qu'une idée en tête : y parvenir.

Elle se rend compte que rien ne le fera changer d'avis.

11

— Draguez-vous sur Tinder ?

La vieille dame indigne qui a posé cette question à Leaf ressemble à la reine d'Angleterre, avec ses joues roses et sa peau poudrée aux odeurs d'abricot.

Angelina en a la mâchoire qui tombe.

— Comment pouvez-vous demander cela à mon mari, de surcroît dans son état, et en ma présence ?

— Je suis là pour organiser une sorte de mariage. Alors je dois savoir ce qu'il aime et n'aime pas, sinon comment pourrais-je calculer le degré de compatibilité ? Nous parlons d'une relation de long terme. Il ne faut pas se tromper.

Doris Bythewode observe la moue d'Angelina, que sa réponse n'a pas satisfaite. L'intruse se demande ce que l'épouse du patient a dans la tête. Pense-t-elle vraiment que l'invalidité sera de moindre durée ? Préfère-t-elle les illusions à la franchise ? Doris préfère poursuivre sans se laisser perturber.

— Je dois établir une fiche. Un peu comme un profil Tinder. Monsieur Leaf, aimez-vous la musique classique ?

— Je ne suis pas sûr. Mes parents écoutaient du jazz, et moi plutôt du Bruce Springsteen.

— Ce n'est pas grave, on trouvera des terrains d'entente. Regardez-vous la télévision ?

— Un peu, surtout les *news*.

— Plutôt sur un téléviseur ou sur un smartphone ?

— Sur une tablette.

— Bien. Il faut que ces moments soient partagés. Sur un smartphone, on ne peut pas. À quelle heure vous endormez-vous ?

— Vers minuit.

— C'est un peu tard. Et le réveil ?

— Six heures et demie.

— C'est trop tôt. Il faudra ajuster vos cycles.

— Je croyais qu'il s'agissait de rendre ma vie plus facile, pas de la chambouler…

— Il convient de transiger, vous ne le regretterez pas. Si vous fumez, buvez ou consommez des produits psychotropes, vous devez m'en avertir. Nous ne pouvons courir le risque que votre partenaire contracte vos addictions.

Angelina se fige. La tournure que prend la conversation lui déplaît.

— Partenaire ?

— Oui. Partenaire de vie. Une personne avec laquelle les échanges sont permanents, à chaque moment du quotidien.

— N'exagérons pas. On ne parle même pas d'une « personne », mais d'un anim…

— Je vous arrête tout de suite. Si nous entrons dans ce débat, on ne sortira pas de l'auberge et les vaches seront mal gardées. Ni les philosophes ni les biologistes n'ont jamais trouvé la limite où finit l'animal et où commence la « personne ».

— Adam est allergique aux poils de chat.

Doris n'a plus de doute : elle sait contre qui il faut livrer bataille.

— Les personnes dont nous parlons ont des cheveux, pas des poils. Donc aucun problème d'allergie.

Elle se retourne vers Adam.

— Il faut limiter les mauvaises ondes. Ces êtres-là sont des éponges qui absorbent tout, douleurs et joies, qui prennent sur eux les peines du monde, qui ressentent les tensions, les inimitiés, les hypocrisies, et en souffrent.

Angelina est sur le point de perdre patience.

— Permettez-moi de m'absenter. Je dois récupérer des attestations au secrétariat, pour l'assurance. Je vous laisse terminer sans moi.

Doris la regarde sortir en s'efforçant de ne pas laisser transparaître sa satisfaction.

Elle rapproche sa chaise du fauteuil roulant d'Adam.

— Il est important de ne pas se démonter. Il arrive souvent que l'entourage rechigne. Beaucoup veulent avoir l'exclusivité des secours apportés au patient. Apprenez qu'il existe aussi quelques contraintes matérielles.

— Par exemple ?

— L'installation de cache-prises sur les arrivées d'électricité qu'on n'utilise pas, comme pour les bébés. Sinon, il sera trop facile d'y mettre les doigts. Veiller à ce que les cordes des rideaux ne forment pas des nœuds coulants. Condamner les manettes du gaz si l'installation n'est pas tout-électrique. Dès que ces ajustements matériels seront faits, vous vivrez une expérience de complicité unique.

*

Quelques instants après avoir franchi le seuil de l'hôpital du Mont-Sinaï, Angelina sent son souffle s'arrêter. La suffocation la foudroie. Elle porte sa main à sa gorge, éructe bruyamment, roule des yeux paniqués.

Un homme en blanc, qui attendait un ascenseur, se précipite vers elle, se place derrière son dos, lui entoure le thorax de ses bras et la soulève d'un coup sec une fois, deux fois, trois fois. Les suffocations s'arrêtent. Et les poumons d'Angelina se gonflent avec une avide exubérance. C'est comme si elle respirait pour la première fois.

— Normalement, vous auriez dû expulser un corps étranger. Angelina observe d'autant plus intensément celui qui vient de lui sauver la vie qu'elle halète encore un peu, ce qui la dispense de parler. Il la dépasse de deux têtes. La ligne de son nez prolonge celle de son front dans un alignement parfait. Il porte un calot d'où dépassent quelques mèches. Une ombre, qu'aucun rasage récent n'a éliminée, s'étend sur ses joues et, les creusant, souligne le relief des pommettes.

— On appelle cette technique la manœuvre de Heimlich. Elle permet de dégager les voies respiratoires quand un aliment s'y introduit.

— Difficile à imaginer dans mon cas. J'ai l'estomac vide.

— Vous devriez passer au service de gastro-entérologie. On ne suffoque pas ainsi sans raison.

— J'aurais plutôt intérêt à voir un psychologue.

Angelina redoute soudain que la remarque ne soit prise au premier degré.

— Je plaisante. Je ne suis pas complètement dérangée. J'ai enduré un choc émotionnel, il n'y a pas si longtemps. En entrant dans l'hôpital, j'ai eu l'impression de le revivre.

— Considérez quand même cela comme une alerte. Je m'appelle Jasper Kostas. Je suis chirurgien. Et je ne peux pas vous être d'un grand secours, mon rayon étant plutôt la chirurgie esthétique.

Kostas. Un patronyme hellène. Deux questions traversent l'esprit d'Angelina, l'une comme l'autre inexprimables : l'alignement du front et du nez chez les Grecs est-il un fait avéré ou un stéréotype ? Et quand un chirurgien esthétique dit à une femme « Je ne peux pas vous être d'un grand secours », sous-entend-il qu'il la trouve séduisante ?

— Il peut s'agir d'une réaction psychosomatique, en effet. En tout cas, vous devriez demander le conseil d'un praticien.

Et de planter ses deux yeux très noirs dans les siens, comme s'il scrutait son âme pour y délimiter l'espace qu'occupe le désarroi.

— Venez-vous rendre visite à un patient ?

— Non, j'ai rendez-vous avec le docteur Parker. Il a opéré mon mari. Fracture vertébrale.

— Neuvième étage… Je suppose que vous connaissez le chemin.

— Je vous remercie. Sans vous, je me serais étouffée.

— Un autre que moi serait intervenu. C'est l'avantage de s'asphyxier dans le hall d'un hôpital.

Angelina lui sourit et se dirige vers les ascenseurs. Elle a volontairement omis de lui donner son nom.

*

Milton Parker est habitué aux angoisses de ceux dont un proche a subi une opération chirurgicale risquée, ou n'est ressorti du bloc qu'amoindri ou atteint dans son intégrité physique. Pour éviter que le service après-vente ne dévore son énergie au détriment de l'attention portée aux malades eux-mêmes, il a acquis, en même temps que son diplôme de chirurgien, une panoplie d'expressions faciales compatissantes. Dont il parcourt la gamme avec virtuosité. Selon les circonstances, son sourire se métamorphose aussi vite que les transformistes de cirque changent de costume. Celui qu'il adopte face à Angelina correspond au modèle « condescendance amusée », variante « sans méchanceté ».

— Je vous le répète : l'assistance proposée à votre mari lui sera d'un immense secours. Qui douterait, aujourd'hui, que les chiens d'aveugle améliorent la vie des non-voyants ? Pourtant, quand les Allemands ont ouvert le premier centre de formation canin, en 1915, les critiques ont été nombreuses. Aujourd'hui, ces animaux font traverser la rue à leur maître quand il le faut, alors que leur rétine ne distingue pas même le vert du rouge !

Angelina, s'attendant à un prêchi-prêcha, a préparé ses arguments.

— Les aveugles, sauf miracle, ne recouvrent pas la vue. Ils ont donc besoin d'une canne blanche et d'un chien pour le restant de leurs jours. Ce que vous proposez revient à condamner définitivement mon mari, à estimer qu'il aura toujours besoin de cette assistance, qu'il ne sera jamais plus valide. Cela va détruire son mental et le clouer sur place, alors qu'il possède en lui une énergie folle. Savez-vous ce qu'il s'est mis en tête ? Qu'il accueillerait notre enfant, à sa venue au monde, debout sur ses deux jambes ! Il lui reste six mois, et c'est le moment que vous choisissez pour le démobiliser !

— Nous ne renonçons pas. Michael, le kinésithérapeute, le verra une fois par jour. Un aide-soignant trois fois par jour. Les progrès de M. Leaf à Rochester nous ont impressionnés. Pas question de le laisser tomber. Vous vous inquiétez donc pour rien. Que quelqu'un d'autre, comme un auxiliaire de vie à domicile, l'aide à accomplir les gestes de la vie quotidienne lui permettra, précisément, de se concentrer sur sa rééducation.

— Je veux bien le croire, mais quand vous m'avez dit pour la première fois qu'un animal, un jour, pourrait aider Adam, j'ai pensé qu'il n'aurait pas plus d'impact sur notre vie qu'un chat ou un petit chien. Aujourd'hui, j'ai l'impression qu'en réalité un intrus va faire irruption dans nos vies, s'interposer entre lui et moi. Sans parler des morsures, des microbes, des mycoses, des allergies.

— Le programme est encore expérimental, mais vous vous doutez bien que nous n'enverrions pas des sacs à virus chez les patients ! Quant aux morsures, aucun cas de cette sorte ne nous a encore jamais été signalé. Il y en a sans doute davantage chez les chiens d'aveugle. Les animaux que nous employons subissent un apprentissage de plusieurs années dans des familles d'accueil. Ils sont mis en contact avec des enfants et des bébés, ils savent donc se tenir. Je m'estimerais même heureux si mes deux enfants se comportaient comme eux !

Face à un Parker ayant réponse à tout, Angelina s'efforce de garder un ton combatif.

— Vous allez quand même introduire un étranger dans notre foyer !

— Madame Leaf, l'impact du programme Helping Hands sur l'entourage des patients a été testé au fil des années. Les proches en sont satisfaits. On ne livre pas un cheval de Troie.

— Cette Doris Bythewode ne m'inspire pas confiance.

— Vous me surprenez. Tout le monde l'adore. Elle me fait penser à Angela Lansbury. Une grand-mère idéale.

— Lors de notre discussion, j'ai vu qu'elle ne comprenait rien à mes inquiétudes. Aucun recul. Incapable de se mettre à la place des autres.

— Elle est attachée à ce programme expérimental. Elle y met toute sa passion. Grâce à lui, elle se sent utile. Et, croyez-moi, elle l'est sacrément ! De nombreux tétraplégiques la considèrent comme une bienfaitrice.

— Est-elle à l'origine de ce programme ?

— Non, mais elle était là quand tout a commencé, dans les années 1970. C'est une universitaire, Mary Joan Willard, qui a créé Helping Hands. Ses expériences de sociopsychologie sur des singes capucins lui ont donné l'idée que ces animaux pourraient aider les vétérans handicapés, et toute personne privée de motricité. Une amie tétraplégique, à qui elle vouait une grande affection, fut la première à accueillir un capucin. Doris Bythewode a encouragé Mary Joan Willard. Elle a offert tout son argent pour que l'expérience puisse se poursuivre. Trente ans plus tard, l'association avait déjà logé soixante-dix singes chez des patients, et continue de le faire à raison de douze animaux par an. Doris a vécu tout cela. Elle a même reçu des médailles pour sa générosité et son engagement.

— Je suppose qu'il est trop tard pour annuler ?

— Vous vous êtes engagée par écrit, et votre mari a donné son accord dès qu'il a été en mesure d'exprimer sa volonté. Mais nous ne voulons rien vous imposer. Écoutez : j'ai une proposition à vous faire.

— Mme Bythewode et sa ménagerie ne pourront plus se tenir à moins d'un kilomètre de nous ?

Parker éclate de rire. Rien à voir, cette fois, avec l'une de ses expressions en kit.

— Donnez sa chance à cette expérience pendant deux semaines. Si vous n'êtes pas convaincue, nous renoncerons. On vous débarrassera alors de Mme Bythewode et de sa… ménagerie !

Angelina, en désespoir de cause, acquiesce. Avec la certitude que deux ou trois jours suffiront à démontrer l'absurdité d'un tel dispositif.

*

Tout commence par une sensation infinitésimale. Entre l'anus et la base de la verge, quelque chose se contracte, si faiblement qu'Adam le remarque à peine. En quelques jours, cependant, ce spasme n'en est plus un : c'est désormais la volonté qui provoque la contraction.

Le périnée retrouve peu à peu ses fonctions. De proche en proche, ses fibres s'activent. Elles exécutent, pour la première fois depuis si longtemps, les ordres que leur transmet le cerveau. Leur mouvement soulève légèrement la base du pénis quand Adam le souhaite. Et lui jubile à l'idée de la possible réhabilitation de ses fonctions érectiles.

Très vite, il se rend compte que, en réalité, l'essentiel est ailleurs : il ressent enfin les signes avant-coureurs de la miction et contrôle à temps son sphincter urinaire.

Par précaution, le Penilex reste quelques jours encore fixé à la verge, et le sac-réservoir à la cuisse. Mais, bientôt, l'urologue de l'hôpital donne son accord pour que l'appareillage soit retiré.

— C'est à la fois une libération et une contrainte, le prévient Dino. Chaque fois que tu voudras uriner, tu devras demander qu'on mette un récipient sous le sexe. Comme il n'y aura personne pour te la tenir pendant la nuit, on réinstallera le Penilex du soir au matin.

— Regarde.

Adam montre à l'aide-soignant son poignet droit qui se soulève et pivote.

— Bientôt, je me tiendrai la bite sans l'aide de personne !

— Oui, champion !

— Je n'aurais jamais cru que, un jour, contrôler le besoin de pisser m'apparaîtrait comme une victoire !

12

— Je commence à me sentir lasse, confesse Angelina.

Ils sont seuls dans l'ascenseur. Harry presse le bouton « 8e étage ».

— Tu es sous pression, cela pèse sur tes épaules.

— Cela fait trois fois qu'il me convoque. Chacune pour râler. Je me plains de notre sous-effectif, mais il ne veut rien entendre. Il trouve que rien n'avance, que nous sommes des branleurs.

— Tu sais bien que, au fond, il t'a à la bonne. Tu as toujours réussi.

— Tu trouves vraiment qu'on est des cadors, sur l'affaire Leaf ?

— Il faut davantage de temps.

Les portes de l'ascenseur s'ouvrent sur un palier où, de manière tout à fait inhabituelle, les attend Daisy, la secrétaire du directeur du bureau des enquêtes.

— Dépêchez-vous. Il a les nerfs tout emmêlés.

Petit lévrier pressé, elle trottine tout au long de l'interminable couloir, dont les fenêtres carrées, très rapprochées les unes des autres, dominent Madison Street et laissent peu de place à l'ornementation. Le mur opposé, nu, reçoit de plein fouet une lumière crue. Ils parviennent enfin à la porte du directeur, grande ouverte.

— Qu'est-ce que vous foutiez ? Asseyez-vous.

Angelina et Harry font un pas vers le canapé, l'un de ces vastes Chesterfield assez robustes pour recevoir le cul d'un éléphant, et que seul son cuir élimé rend moins régalien.

— Non, restez debout, ça ira plus vite.

Darren Polanco est un homme obèse au visage paradoxalement fin qui, soucieux de son confort, enveloppe ses cent trente kilos d'une djellaba achetée dans une boutique syrienne proche de la mosquée Ar Rahman de la 29e Rue. Le placard, dans un angle de son bureau, en contient tout un assortiment, de différentes couleurs. Il y accroche aussi le costume sur mesure qu'il enfile précipitamment chaque fois qu'on lui annonce la visite d'un civil ou d'une autorité supérieure.

En dépit de son accoutrement et de ses babouches de cuir jaune, personne ne songerait à railler le boss. Il n'est pas de jeune flic qui ne rêverait d'une carrière aussi brillante que la sienne. Polanco peut se permettre de parler par onomatopées, de brailler, de blâmer, sans que personne ose jamais le contredire.

Conscient de sa propension aux emportements, le directeur tente de les endiguer en placardant sur ses murs des posters apaisants : biches rassemblées sur l'herbe fraîche d'une clairière, pleine lune sur un lac, rivages fleuris : on pourrait se croire dans le cabinet d'un relaxologue.

— Vous partez tout de suite. Un homicide. Dakota Building. La victime est une adolescente.

— Aucune équipe n'est disponible ? Nous avons l'affaire Leaf sur le dos, et une demi-douzaine d'autres.

Le regard que Polanco pose sur elle rappelle à Angelina celui de Superman quand il fait fondre des objets de métal. Elle comprend qu'il ne lui répondra pas.

— Tenez-moi les médias à l'écart le plus longtemps possible. La victime est la fille de Tadzio Orzel.

Angelina et Harry se regardent brièvement, embarrassés.

— Tadzio Orzel ?

— J'ai toujours dit que la suppression des cours de culture générale à l'école de police était une connerie. Tadzio Orzel. Le peintre. Dès que vous aurez neuf millions sur votre compte en banque, vous pourrez vous payer une de ses toiles.

— Il nous fera peut-être un dessin sur un coin de nappe ?

— C'est ça, Sommer, fais le malin. Orzel est mort dans un accident d'avion il y a deux ans. La mère et le beau-père sont sur place. Qu'est-ce que vous attendez ? Que CNN fasse l'enquête à votre place ? Disparaissez !

*

Pour ne pas attirer l'attention, Harry n'a ni activé la sirène ni mis en place le gyrophare sur le toit du Cadillac Escalade.

— Un repaire de détraqués pétés de tunes, le Dakota…, marmonne-t-il en garant le SUV.

— Socialiste !

— Qui vote Bernie Sanders, tes parents ou les miens ?

— Ferme-la, grogne-t-elle en vérifiant sur son smartphone les indications envoyées par le bureau du directeur. Cinquième étage. Ascenseur sud-ouest.

— Regarde, de l'autre côté de la rue.

— La Nissan ?

— Comment font les mecs de la police scientifique pour toujours arriver avant nous ?

— Ils n'ont pas un Polanco qui leur crie dessus pendant un quart d'heure avant de les laisser partir.

À peine ont-ils claqué les portières du SUV qu'un portier en uniforme se précipite. Sur ses talons, une femme noire d'une soixantaine d'années, aux cheveux courts mais coiffés en boucles étroites, les paupières ombrées de bleu. Le rebondi des joues n'offre aucun terrain d'attaque aux rides qui peinent aussi à coloniser le front et le cou.

— Bonjour, je suis Octavia Gleeson, concierge du Dakota. Vos collègues sont déjà là. Je vais vous conduire.

Elle a dit « concierge » sur le ton qu'une autre emploierait pour prononcer « présidente ».

Devant eux, le bâtiment, légendaire, forme un cube parfait, posé depuis 1884 à l'angle de la 72e Rue et de Central Park Ouest. À l'origine, son entrée principale, du côté de la rue plutôt qu'en face du parc, apparaissait comme un signe d'humilité, jusqu'à ce qu'on s'aperçoive que cette feinte modestie relevait en réalité de la plus extrême présomption. Car, aujourd'hui comme hier, on emménage au Dakota afin de pouvoir ouvrir chaque matin ses fenêtres sur le parc, et surtout pour signaler son appartenance au clan des *rich and famous*.

Il faut imaginer que deux architectes, l'un de la Renaissance française et l'autre de l'époque victorienne, se soient lancé le défi de résumer leurs styles respectifs sur un seul édifice, et qu'ils aient ajouté à leur création, *in fine*, une touche gothique. Le Dakota ressemble ainsi à un pastiche composite, profus, flamboyant, ébahissant.

Du côté du parc saillent des balcons en corbeille, des oriels, des ornements sculptés. Au-dessus de la façade, deux pignons lancent vers le ciel leur triangle de pierre jaune, encadrant, au milieu de la toiture, une pyramide de zinc et d'ardoise. Des lucarnes à fronton et des chiens couchés s'accrochent aux toits pentus.

Sur la 72e Rue, deux dômes surplombent des colonnes de *bow windows*. Au dernier étage courent trois longs balcons sur lesquels donnent, au centre, des fenêtres à meneaux. Au rez-de-chaussée, le long du trottoir, des monstres au corps d'hippocampe, forgés dans un fer laqué de noir, flanquent des bustes de Neptune. Au centre, une arcade monumentale s'ouvre entre un poste de garde de cuivre poli, des panonceaux « Entrée interdite à toute personne étrangère à l'immeuble » et des lanternes où brûle en permanence une flamme alimentée au gaz.

Angelina, Harry et Olivia passent devant les deux portiers en redingote qui contrôlent l'accès et se glissent entre les vantaux de fer forgé richement ouvragé. Un porche au plafond nervuré de croisées d'ogives dessert une cour intérieure et les entrées latérales.

Ils filent vers l'ascenseur derrière Octavia. Alors qu'elle a gardé une parfaite dignité devant eux, des sanglots secouent ses épaules dès qu'ils ne voient plus son visage. Une fois tous les trois dans la cabine, elle presse le bouton du cinquième et, furtivement, essuie les traces de larmes sous ses yeux.

— Je me tiens à votre disposition. Normalement, mon adjoint arrive à 18 heures, mais je resterai toute la nuit s'il le faut. Nous n'avons pas eu de drame aussi épouvantable depuis la mort de John Lennon. Encore était-ce sous la grande arche du rez-de-chaussée, et non à l'intérieur de l'immeuble.

Au cinquième étage, Octavia reste en retrait. Sur le palier, une porte est ouverte. Harry et Angelina s'avancent dans un vaste salon. Angelina remarque, sur le tablier d'une grande cheminée, un boîtier de verre contenant un pinceau de calligraphe et, dans un angle de la pièce, un bouquet de lances africaines. Des œuvres d'art – principalement des sculptures contemporaines – décorent la pièce. Trois personnes s'y tiennent.

Une femme d'une cinquantaine d'années, pétrifiée par la douleur, assise en travers d'un fauteuil. La chair de son visage, mate, terne, morte, se tend sur les os comme un voile gris. Debout près d'elle, un homme du même âge la tient par l'épaule. Muet. C'est à peine s'il regarde vers Angelina et Harry quand ceux-ci arrivent. Il porte des chaussures qui luisent, une cravate parme et le genre de costume – un Scabal à motif prince-de-galles – qui pose son homme en bout de table d'un conseil d'administration. Une barbe de trois jours, plutôt sel que poivre, donne à ses traits une rugosité affectée. Le troisième personnage, un homme, de dix ans plus jeune que les précédents, sanglote en s'appuyant sur la tablette d'une gigantesque cheminée de bronze, acajou et marbre. Il est vêtu d'un bomber Stella McCartney à carreaux.

Du fond d'un très long couloir arrivent Nathanael Ruiz Padilla, le médecin légiste, et Jo Candelario, un technicien scientifique récemment affecté au service en tant que stagiaire. Tous deux sont originaires des Philippines.

— C'est tout au fond que ça se passe, dit Padilla. La seule pièce qui donne sur la 72e Rue, à l'angle.

— Je vous suis, répond Angelina. Harry, je te laisse parler aux proches de la victime.

— D'accord, boss.

Angelina parcourt avec Padilla l'interminable couloir qui mène à la pièce du fond. Il est orné d'affiches d'opéra : *Aïda*, *Carmen*, *Cosi fan tutte*, *La Cenerentola*, *Faust*. Sur toutes figure le nom – et parfois le visage – de Caroll di Valmontone. Angelina reconnaît la mère de la victime, entrevue dans le grand salon. Au temps de ces représentations, elle ne pouvait pas avoir plus de trente ans.

— La mort remonte à une heure et demie, peut-être deux heures, dit Padilla. Je vous préviens, prenez votre respiration avant d'entrer.

Quand ils pénètrent dans la chambre à coucher, une odeur de chair brûlée, âcre et écœurante, saisit leurs narines.

La pièce est vaste, meublée de lits jumeaux, placés de part et d'autre de la large fenêtre qui donne sur la 72e Rue. Deux petits secrétaires s'adossent au mur opposé. Sur l'abattant de chacun d'eux, un Apple iMac. Non loin, deux coffres débordent de poupées, bandes dessinées, patins à glace, instruments de musique… Des commodes aux tiroirs entrouverts peinent à contenir un bouillonnement de vêtements, chaussures, sweat-shirts, jeans, pulls, leggings, chaussons de danse.

Sur la moquette ont été brodés, en fils d'or et d'argent, un soleil rayonnant et un semis d'étoiles. Au centre de l'astre, et tournant le dos à l'entrée, une adolescente est assise sur une chaise Louis XV. Morte. Elle est vêtue d'une petite robe blanche à parements de dentelle, sous une blouse bleu pâle, sa tête basculée vers l'arrière, son abondante chevelure blonde s'écoulant de part et d'autre du dossier. Les yeux, ouverts, expriment ce vertige commun à l'extase quand elle est mystique, et à la souffrance quand elle est insoutenable.

— Elle a été étranglée, annonce Padilla.

Les mains pendent de chaque côté de la chaise.

Padilla retrousse les manches de la blouse.

— Les phalangettes - le bout des doigts, si vous préférez - ont été brûlées. D'où l'horrible odeur de cramé. On n'a pas voulu ouvrir les fenêtres avant votre arrivée, mais on a déjà fait le relevé des empreintes sur les poignées.

— Alors ouvrez tout en grand, sinon je vais gerber.

Candelario se précipite.

— Tout est si… symétrique, observe Angelina en s'approchant du corps.

Aux pieds nus. Avec un vernis blanc couvrant les ongles des orteils, et les jambes écartées.

Harry entre à son tour dans la pièce.

Le stagiaire de Padilla photographie la victime et la scène de crime.

Tout au long de sa carrière, Harry a vu des corps démembrés, des enfants défigurés par les coups, des femmes au visage dévoré par l'acide. Il ne fait plus partie de ces flics qui commentent l'horreur, l'ayant déjà trop souvent rencontrée. Aussi, là encore, se tait-il.

— Peut-on emmener le corps ? s'informe Padilla.

Angelina acquiesce.

— À qui avons-nous affaire ? demande-t-elle à Harry.

— La victime s'appelle Louise Orzel, quatorze ans. Elle a une sœur jumelle, Liz, en stage d'équitation dans le Connecticut. Leur frère aîné porte le nom de Sidohn, il étudie le management à Cornell.

— Et dans le salon ? La mère je suppose ?

— Oui, elle est née Caroll Smith. Ancienne cantatrice, sous un nom de scène : Caroll di Valmontone. Elle porte toujours le nom de son premier mari, Tadzio Orzel. L'homme en costume est le nouveau conjoint. Edwin Ashford. Architecte. Ils sont mariés depuis un an.

— Qui est le pleureur ?

— Giacomo Roncali, l'agent et galeriste de Tadzio Orzel. Il gère les revenus des œuvres et le droit moral de l'artiste pour le compte de la succession, organise des expositions. C'est lui qui a découvert le corps.

— Tu as prévenu l'équipe ?

— Elle est arrivée. Kenneth interroge l'agent, et Zelda le beau-père. Je suppose que tu voudras voir la mère toi-même. Patrick attend les renforts pour fouiller l'immeuble, vérifier les registres d'accès et récupérer les disques des caméras de surveillance. Je vais interroger la concierge et le personnel.

Padilla et son assistant emmènent dans un sac blanc zippé la dépouille de Louise Orzel posée sur un brancard.

— Je vous donnerai les causes du décès après l'autopsie, annonce le médecin légiste.

Harry sort après eux.

Angelina reste seule dans la pièce inondée de soleil. L'odeur des chairs brûlées pèse encore dans l'air bien qu'un souffle, venu du parc, la chasse doucement d'une fenêtre vers l'autre. La jeune femme regarde. Et ne voit aucune photo du père des jumelles, ni une quelconque image de vacances qui les montrerait avec lui. Sur les murs, un poster du youtubeur Logan Paul, un autre de Daniel Radcliffe dans *Equus*, une affiche de *La Reine des neiges*. Au-dessus de chacune des commodes, un panneau d'affichage où sont punaisés des dessins et d'autres clichés. Au centre, chacune des jumelles a placé le portrait de sa sœur. Angelina observe celui de Liz. Les deux adolescentes sont impossibles à distinguer l'une de l'autre. L'expérience aidant, il lui faut seulement un moment pour se rendre compte d'une infime différence : le tourbillon des cheveux est inversé, et une légère dissymétrie des sourcils se remarque à droite chez Louise, à gauche chez Liz. Chacune n'est pas identique à l'autre, mais son reflet-miroir.

Sur la table de nuit de la victime, un livre de Khalil Gibran, *Le Prophète*, et un paquet de Locorice Twists, des bonbons à la réglisse. Sur celle de sa sœur, *Turtles All the Way Down*, de John Green. Une feuille pliée en deux dépasse des pages du roman. Angelina ouvre l'ouvrage et déplie le feuillet, dont Louise a couvert le recto d'une petite écriture ronde, à l'encre mauve.

LA LISTE DE MES RÊVES

- *Ma mère m'offre une petite chatte. Je l'appelle Chipie.*
- *Je chante dans* America's Got Talent. *Simon Cowell me trouve belle et fascinante.*
- *Je pars avec Liz sur l'île des célibataires. Nous sommes les seules filles. Les plus gentils garçons du lycée nous courent après.*
- *Je deviens copine avec Lady Gaga.*
- *Maman nous emmène voir* O *à Las Vegas.*
- *J'apprends à parler chinois.*
- *On découvre que maman est cousine d'un roi. Je deviens princesse.*
- *Je vais à Paris. Jean-Paul Gaultier invente un parfum spécialement pour moi.*
- *Papa revient.*

Angelina se reconnaît : une petite fille qui, comme elle enfant, ne voulait pas grandir.

*

Kenneth et Giacomo se sont isolés dans la bibliothèque lambrissée de chêne sombre, située à l'opposé de la chambre des fillettes. Colosse dévorant l'espace, un piano à queue Steingraeber en détruit l'harmonie. Sévère, la gueule ouverte sur ses entrailles d'acier, disproportionné, il prend ses aises au détriment de ce qui l'entoure : deux guéridons Louis XV aux jambes de biche, trois chaises de palissandre et un lutrin en fer forgé Art déco. Couvrant, du sol au plafond, toute la surface des murs, des étagères ploient sous le poids des partitions d'opéras, cantates, oratorios, messes solennelles.

Giacomo Roncali se tient à côté de la fenêtre ouverte sur Central Park.

— Je suis né le 17 juillet 1976 à Chicago. J'ai été l'agent de Tadzio Orzel. Depuis son décès, je m'occupe de tout ce qui concerne son œuvre et son exploitation.

— Dans quelles circonstances avez-vous découvert le corps ? demande Kenneth.

— Louise m'a contacté en début d'après-midi. Je n'ai pas pu répondre, alors elle m'a laissé un message vocal. Elle me demandait de venir la retrouver au Dakota. J'ai essayé de la rappeler sur ses deux portables, mais elle ne répondait pas.

— Pourquoi deux téléphones ?

— L'un des deux est réservé aux appels de la famille. Je suis venu dès que j'ai pu.

— Semblait-elle effrayée ?

— Oui, mais sans panique.

— Que disait-elle exactement ?

— Quelque chose comme : « Gia, il faut que tu viennes. J'ai besoin de toi. C'est urgent. »

— Elle aurait pu appeler ses parents. Où étaient-ils ?

— Edwin à son bureau, je suppose. Caroll participait au conseil d'administration du Central Park Conservancy. En tant que présidente du jardin botanique de New York, dans le Bronx, elle soutient le Conservatory Garden, le jardin à la française de Central Park.

— Vous a-t-il paru normal, si Louise avait un problème, qu'elle fasse appel à vous plutôt qu'à sa mère ou à son beau-père ?

— Elle savait sa mère occupée, sans doute. Quant à son beau-père, en effet, je pense que, par instinct, elle m'aurait appelé avant lui.

— Pour quelle raison ? Elle ne s'entendait pas bien avec lui ?

— Je ne dirais pas cela. Elle me savait proche de son père et me fait confiance. Je veux dire, elle me faisait confiance.

— C'était un appel à l'aide, mais vous n'avez pas eu l'idée de prévenir les parents ?

— J'ai pensé que c'était plutôt une urgence… sentimentale. Il lui arrivait de me demander des conseils sur ses foucades d'adolescente.

— À quelle heure êtes-vous arrivé ?

— Il devait être 15 h 40. Je me suis garé sur Columbus Avenue, devant le salon de coiffure. J'ai marché jusqu'au Dakota. Je suis passé sans m'arrêter devant le poste de sécurité. Ils me connaissent et m'ont laissé entrer. J'ai pris l'ascenseur. Devant la porte, j'ai sonné, plusieurs fois. Pas de réponse. Alors je suis entré.

— Pourquoi aviez-vous la clé ?

— Je suis proche de Caroll et de son mari. J'ai accès à l'appartement, par exemple, quand la famille s'éloigne de New York.

— Vous considérez-vous comme un membre de la famille ?

— Non, mais j'ai la confiance de Caroll. Et des enfants.

— Donc, vous entrez.

— Oui, et je file vers la chambre des jumelles. Je frappe. Pas de réponse. J'essaie d'entrer, mais la porte est fermée. Je suppose alors que Louise est sortie. Je l'appelle sur son portable. J'entends la sonnerie, dans la chambre. Elle ne s'en sépare jamais. J'en conclus que c'est fermé de l'intérieur. Je crie son nom. Toujours aucune réponse. Je soulève le petit cache-serrure de bronze et mets mon œil en face du trou : il est obturé par la clé. Je commence à paniquer. Je repars en direction de l'ascenseur.

— Vous sortez de l'appartement ? Alors que Louise est peut-être en danger ?

— Oui, car je descends voir Octavia, la concierge. C'est elle qui a les clés et les passe-partout de l'immeuble. Je reviens donc avec la clé de la chambre. Octavia m'a suivi. Je manœuvre pour faire tomber sur le sol la clé dans la serrure, côté intérieur. Après, j'ouvre avec le passe. Et là, je trouve Louise. Assise. Dos tourné à la porte, mais la tête basculée vers l'arrière. Je vois qu'elle est morte, les yeux grands ouverts.

— Que faites-vous alors ?

— J'appelle le 911. Puis Caroll. Puis Edwin. Je demande à Octavia de descendre immédiatement accueillir la police.

— Dans cet ordre ?

— Oui.

— Comment se fait-il qu'ils soient apparus si vite ?

— Je vous l'ai dit : Caroll n'a eu que le parc à traverser. Le jardin est du côté de la 5e Avenue. Edwin, lui, était horrifié. Il a dû brûler les feux rouges. Son bureau est proche de Gracie Mansion, à Yorkville. Quand il est arrivé, il est entré dans la chambre pour voir ce qui s'était passé et a posé ses doigts sur la carotide de Louise. Caroll n'avait pas eu la force de s'approcher, elle était encore dans le couloir, à deux doigts d'une crise de nerfs. Edwin a poussé la porte pour qu'elle ne regarde plus cet horrible spectacle. Je l'ai emmenée dans sa chambre et je suis revenu.

— Ce sera tout pour l'instant. Ne quittez pas la ville et tenez-vous à notre disposition.

*

Caroll Orzel regarde dans le vide, en direction du foyer de la cheminée, comme si ce qui reste de vie en elle s'y consumait. Angelina n'a pas l'impression de s'adresser à un être humain, mais à un hologramme. Plus rien en elle ne vibre. Cependant, c'est elle qui s'exprime en premier.

— Vous attendez un enfant.

Sa remarque prend Angelina au dépourvu et lui révèle pourquoi elle ressent, depuis l'instant où elle est entrée dans la chambre de Louise, ce creux au plexus qui, au-delà de l'odeur pestilentielle qui l'a suffoquée, l'empêche de respirer à pleins poumons.

— Oui, je suppose que cela commence à se voir.

Étrangement, l'inspectrice se sent piégée, prise en otage. Caroll Orzel a décidé de parler de mère à mère. Pas question. Angelina la plaint de tout son cœur, mais refuse que sa compassion l'apparente à ce monolithe de douleur que l'autre paraît devenue avec la mort de sa fille.

— Qui d'autre que Giacomo Roncali dispose des clés de l'appartement ?

— Mes enfants. Les employés de maison. La concierge.

— Les employés ?

— La femme de ménage, la cuisinière, le chauffeur.

— Aucun d'entre eux n'était présent cet après-midi ?

— Non, le chauffeur m'a conduite à Central Park. Il ne s'est jamais éloigné de moi. Quand nous ne recevons pas le soir, la cuisinière part vers 15 heures, après avoir préparé une soupe, une salade ou des viandes froides que nous prenons pour le dîner. La femme de ménage était de congé aujourd'hui.

Angelina aurait dû commencer par l'une des phrases standard qu'on prononce en pareilles circonstances : «Je partage votre peine», «Je sais que les mots ne sont pas d'un grand secours, mais vous avez toute ma sympathie» ou «Je suis de tout cœur avec vous». Au lieu de quoi, elle se limite à des propos secs et factuels : un cordon sanitaire psychologique autour de son enfant à naître. À cet instant, son travail lui fait horreur.

— Il n'y a aucune trace d'effraction. C'est pourquoi nous envisageons que l'assassin de votre fille fasse partie des familiers. Connaissez-vous quiconque ayant pu vouloir lui nuire?

— Non.

— Fréquentait-elle les réseaux sociaux?

— À quatorze ans, bien sûr. Instagram, Snapchat et quelques autres, je suppose.

— Y a-t-elle parfois fait de mauvaises rencontres?

— Je n'en sais rien, vous connaissez beaucoup d'ados qui invitent leurs parents sur leur compte Instagram?

Angelina se sent nulle. Et regrette de n'avoir pas laissé Zelda mener cet entretien. Mais comment aurait-elle pu imaginer qu'elle se sentirait si malhabilement impliquée dans la peine de cette femme glaciale et fière?

— Ses frère et sœur ont-ils été informés de son décès?

— Non, ils sont en route. Nous les attendons.

— Pas de harcèlement au lycée? Un camarade perturbé qui se serait attaché à elle de manière abusive? Un inconnu dont elle aurait fait connaissance récemment?

— Pas que je sache.

— Nous aurons besoin de parler à sa sœur et à son frère.

— Cela peut-il attendre demain?

— Bien sûr.

Angelina met un terme à l'entretien. Avec le sentiment de ne s'être jamais sentie aussi peu professionnelle de toute sa carrière.

13

Encore plus nerveusement qu'à l'habitude, Angelina parcourt son bureau à grandes enjambées. Kenneth est assis sur l'accoudoir du canapé de tissu beige convertible, que surmonte la reproduction du tableau de Jean-Michel Basquiat *God, Law*. Pour se donner une contenance, Harry fait semblant de s'intéresser aux livres rangés dans la bibliothèque de merisier : rien que des romans d'auteurs étrangers, Dumas, Cervantes, García Márquez… Patrick, lui, examine de près, par provocation, les photos d'un calendrier des pompiers new-yorkais nus qu'Angelina placarde pour, en principe, mettre mal à l'aise ses subordonnés masculins.

Zelda suit la chef du regard, tout en parlant.

— Edwin Ashford, dit-elle, s'est marié avec Caroll Orzel il y a onze mois, soit un an après la mort de son premier mari. Il est architecte. Il ne l'a pas épousée pour l'argent. D'abord, il ne l'aurait pas pu car, de son vivant, Tadzio Orzel a construit une véritable muraille de Chine autour de sa fortune. Tout est entre les mains d'un trust auquel Ashford n'a pas accès. Ensuite, sa firme d'architecture semble prospère, elle travaille beaucoup pour les monarchies et les émirats du Moyen-Orient.

— Quelles sont ses relations avec les enfants ? s'enquiert Angelina.

— Il a toujours pourri les trois gamins. Le fils aîné est un petit Gatsby. Quant aux jumelles, Ashord leur a offert chacune un quart de cheval.

Kenneth ouvre de grands yeux.

— Des quarts de chevaux ?

— Un cheval de course. Pas un poney. On peut en posséder des morceaux, comme des actions d'une entreprise.

— On peut choisir son quart ? L'épaule ou le gigot ?

Kenneth agace sa boss.

— Quist, ferme-la, ce n'est pas le sujet.

— De plus, on parle d'antérieurs et de postérieurs, précise Harry.

— Harry, tu ne vas pas t'y mettre !

— Classique, chez les beaux-parents, intervient Patrick. Pour compenser le fait que ce ne sont pas leurs propres enfants, ils en rajoutent. Si mon frère Jules avait les moyens de nourrir les siens au caviar, il le ferait, alors que ce sont de sales petits cons qui lui cracheront un jour à la gueule !

— Patrick, puisque tu as la parole, garde-la. La concierge ?

— Octavia Gleeson… La classe, cette bonne femme. Elle a de ces nibards qui feraient dévier un astéroïde de son orbite.

— On n'est pas là pour parler d'astronomie, gronde Harry.

— Reprends tes esprits ! rugit Angelina. Il s'agit de la mort d'une gamine de quatorze ans !

— Je vous prie de m'excuser, concède Patrick, l'air penaud. Orzel a acheté son appartement au Dakota avant même que ses toiles commencent à battre des records chez Sotheby's et Christie's. Le comité des copropriétaires l'a préféré à Melanie Griffith et Antonio Banderas, parce qu'il voulait s'installer dans l'immeuble par amour. Caroll Smith, *alias* di Valmontone, y habitait déjà, dans un appartement hérité de sa famille, qui a fait fortune dans les mines de palladium australiennes. Lauren Bacall menait le comité à la trique. Un jeune peintre prodige *in love* avec une cantatrice héritière des plus grandes réserves d'un métal proche du platine, elle trouvait cela romantique. Yoko Ono était aussi attendrie. Orzel a donc pu acheter l'appartement voisin de celui de Caroll. Ils les ont reliés pour n'en faire qu'un.

— C'est une résidence ou un centre d'internement surveillé, leur Dakota ? s'étonne Zelda.

— Une résidence, mais la plus élitiste d'Amérique du Nord.

— Pourquoi les clés de toutes les pièces des appartements sont-elles entre les mains de la concierge ?

— Le Dakota a le statut de *national landmark*. Les occupants ne peuvent modifier les éléments de décoration à leur guise, sauf s'ils obtiennent l'autorisation du comité des copropriétaires et de son architecte. La plupart des serrures sont d'origine. Elles datent de 1884, comme le bâtiment. Aucun serrurier ne maîtrise plus leur mécanisme. La concierge garde des clés d'époque, à titre conservatoire. Les habitants utilisent des copies faites dans les années 1950. Quand Orzel a réaménagé les deux appartements, il a conservé le décor ancien. En revanche, il a refait tous les systèmes électriques. Pour chaque brique déplacée, il a dû demander une permission. On conserve au sous-sol, dans des réserves, les moindres éléments de décoration que les propriétaires ont été autorisés à remplacer.

— Et pour la sécurité ?

— Octavia, je veux dire Octavia Gleeson, tient le registre des entrées et des sorties. Chaque visiteur doit se faire annoncer. À une époque, m'a-t-elle dit, on notait dans un cahier noir des remarques sur leur apparence, leurs manières, leur sexualité supposée. Ce document a été détruit quand on s'est aperçu qu'il aurait pu tomber entre les mains de maîtres chanteurs.

— Les caméras de surveillance?

— Il y en a à l'extérieur, tout au long des quatre façades, y compris celle qui fait face à la Mayfair Tower où se trouve l'entrée dévolue aux livraisons. Deux sont placées au-dessus de l'accès condamné, du côté de la 73e Rue. Deux sous la grande arche de la 72e Rue. Une sur la guérite des portiers, une au-dessus du comptoir de la gardienne. Une, enfin, au-dessus de chaque accès aux ascenseurs.

— Pas de caméras sur les paliers?

— Non. L'immeuble est censé être assez sûr pour que ce ne soit pas nécessaire.

— Qui a eu accès au domicile des Orzel, hier? demande Angelina.

— La terre entière, répond Harry. Deux livreurs, la cuisinière qui avait oublié son porte-monnaie, un copain du fils venu restituer des livres, un camarade de classe de Louise pour l'interviewer en vue d'alimenter un exposé sur la gémellité. Il se peut aussi que des occupants de l'immeuble soient venus sans se faire préalablement identifier par la concierge. Sans parler d'un jeune latino sans domicile fixe qui bricole et rend des services aux occupants depuis si longtemps qu'il entre, va et vient et ressort comme ça lui chante.

— Cela représente combien de personnes?

— Si l'on compte les autres propriétaires ou locataires, leur famille et leurs employés, peut-être quatre cents…

Angelina accuse le coup.

— Mettez-moi tous les cadets disponibles sur l'affaire. Je veux quatre cents comptes rendus sous vingt-quatre heures.

— Il peut aussi y avoir des clandestins.

— Comme sur un bateau ? s'effraie Zelda.

— Exactement. Personne, ni Octavia ni aucun des copropriétaires n'a jamais exploré la totalité du bâtiment. Seul l'architecte des monuments historiques a dû s'y perdre, un jour ou l'autre. Sous les pignons, les tourelles, les campaniles, il y a des combles, des greniers, des pièces cachées. Le sous-sol est un labyrinthe de caves, réserves, celliers. On y trouve les éléments d'architecture remisés depuis 1884 : portes, cheminées, stocks de briques, morceaux de plafond, sculptures. D'après Octavia, quelqu'un pourrait s'introduire dans le bâtiment et y vivre pendant plusieurs mois sans que personne s'en rende compte.

— Autant chercher un suspect dans la clientèle de Macy's, ironise Kenneth.

— Connaissait-on à Louise un amoureux, un petit ami ?

— À quatorze ans ? demande Zelda.

— Tu te crois encore à Salt Lake City, ma parole, rétorque Patrick. Les mormons ne font pas la loi à New York.

— Non, pas d'attache particulière, dit Harry. En tout cas pas avec ses camarades de classe.

— Que veux-tu dire ? Qui d'autre que des ados de son âge ?

— On a identifié ses recherches récentes sur Google. L'une d'elles portait sur l'âge de consentement sexuel des mineurs.

— Elle avait peut-être le béguin pour un prof…, ose Patrick.

— À vérifier. Qui s'en charge ? Zelda ?

Zelda secoue la flamme de ses cheveux roux en signe d'acquiescement.

— Qui a vu Louise en vie pour la dernière fois ?

— Son camarade de classe, un dénommé Zach Hammerschmidt. Mais la cuisinière et le copain venu rendre des bouquins étaient encore dans l'appartement quand Zach est reparti. L'une et l'autre affirment que la porte de la chambre de Louise était fermée et qu'ils n'ont pas pu la voir avant leur départ. Techniquement, rien n'empêche de supposer qu'elle était encore vivante à ce moment-là. L'emprunteur de livres s'en est allé en premier. La cuisinière a refermé l'appartement derrière elle sans chercher à voir la fillette.

Angelina consulte un message sur son smartphone : l'ambulance qui ramène Adam chez lui a quitté Rochester depuis cinq heures. Il est déjà midi. Dans une demi-heure, elle atteindra Gansevoort.

— En résumé, conclut-elle en revenant à la réunion, rien dans la chambre de la victime n'était en désordre. Lit pas défait. Aucun objet renversé. Traces de lutte, zéro. Le laboratoire nous dira donc si Louise s'est débattue. L'agresseur possédait les clés de l'appartement ou se trouvait déjà à l'intérieur.

— Le plus bizarre, ajoute Kenneth, c'est que l'assassin ait voulu détruire les empreintes digitales de la victime. Alors qu'il est facile de les retrouver sur tous les objets qu'elle a touchés.

— Non, rétorque Patrick, le plus bizarre, c'est qu'on ait trouvé la porte fermée *de l'intérieur* !

— Et les fenêtres ?

— Fermées également, de l'intérieur.

— Patrick, reprend Angelina, tu examineras les disques des caméras. Zelda, Kenneth, vous prenez en charge le bibliophile, le camarade de classe et la cuisinière. Harry, je te laisse examiner l'hypothèse d'un voisin malveillant. J'ai rendez-vous avec le médecin légiste. Je veux savoir où ils en sont des relevés d'ADN. Je dois filer.

Angelina saisit son sac. Elle y jette les notes qu'elle vient de prendre, son téléphone portable et son portefeuille. Harry tient la porte aux autres. Il attend qu'ils soient sortis pour s'adresser à l'inspectrice.

— Pour l'instant, je ne vois aucun mobile qui aurait pu motiver l'imprésario, la femme ou le mari. J'ai le pressentiment d'un crime entre jeunes, du genre qui croient qu'on peut être Cersei Lannister, Joe Goldberg, Negan ou Andrew Cunanan dans la vraie vie.

— Andrew Cunanan *est* un personnage de la vraie vie.

— Oui, le monde des ados ne tourne pas rond.

*

Une fois dans le couloir, Angelina vérifie sur son smartphone la géolocalisation de l'ambulance. Le véhicule est en train de traverser le pont George-Washington. Alors qu'elle va atteindre les ascenseurs, elle entend qu'on court après elle. Et se retourne. C'est Zelda.

— Je sais que tu ne vois le légiste que demain.

— Et alors ? Tu me surveilles, à présent ?

— Je me dis simplement que Polanco ferait une crise s'il supposait que quoi que ce soit, par exemple le mari de l'enquêteuse en chef, puisse passer avant l'enquête sur l'assassinat de Louise Orzel. Je sais qu'Adam a besoin de toi. Alors donne-moi davantage de responsabilités. J'avancerai sur l'enquête pour ton compte quand tu seras absente. Je cherche simplement à te rendre service. Et je ne m'attribuerai aucun mérite.

Il ne faut pas longtemps à Angelina pour comprendre que Zelda surestime à la fois leur degré d'intimité et ses droits à l'avancement.

— Rassure-toi, rien ne passe avant l'affaire Orzel.

— Très bien. Rappelle-toi que si tu as besoin d'un « substitut », je serai toujours là.

— Merci, tu es une véritable amie.

Angelina entre dans l'ascenseur, où se trouve déjà, par hasard, Darren Polanco.

— Sale affaire ! lui lance-t-il en épongeant sur son front la sueur que génère son surpoids lorsqu'il doit courir d'urgence en urgence.

— Oui, je me rends justement chez le légiste.

— Félicitations.

— Il est trop tôt pour que…

— Je vous parle de ces chiens de journalistes. Ils ne sont pas encore au courant, mais ça ne va pas tarder. Si, pour l'instant, vous avez réussi à les retenir, ils vont se réveiller. Je compte sur vous pour les museler.

— Bien sûr, chef. Je ferai de mon mieux.

En sortant de l'immeuble, du côté de Madison Street, Angelina rêve qu'une digue se dresse au-dessus des eaux pour contenir les débordements des médias, les ambitions de Zelda et ses émotions de mère en devenir.

14

Le monte-charge, rénové, glisse dans son conduit sans bruit ni secousses. On a revêtu les murs d'une laque rouge sang, qui contraste avec l'acier rutilant de la double porte mécanique en accordéon. Couperet de boucher sur chair sanguinolente : le coloriste a rendu hommage au passé de l'immeuble, où l'on pratiquait naguère le commerce de viande en gros.

Dans la cabine, Angelina et Dino se tiennent de part et d'autre du fauteuil roulant où est assis Adam. Elle tient sa main dans la sienne.

— Merci d'être venue, murmure Adam. Pas facile de t'échapper avec cette affaire, je suppose.

— Ne t'en fais pas. Tu passeras toujours avant tout le reste…

Cinquième et dernier étage : l'habitacle s'immobilise. Les portes s'ouvrent en glissant. Dino prend place derrière le fauteuil roulant et, d'instinct, se prépare à le pousser vers le salon.

— Ne te fatigue pas, lui rappelle Adam avant d'appuyer sur la manette d'accélération : c'est électrique, je peux piloter !

Dino saisit son sac de voyage et referme la grille coulissante.

Les fenêtres sont ouvertes. Il fait beau. Adam emplit ses poumons. Son regard balaie le studio. S'arrête sur le point d'impact où la poutrelle métallique a dévié la balle qui l'a rendu infirme, sur ses meubles, tous à la place où ils étaient avant le déménagement avorté, sur Melissa Carmack, déjà à son poste d'observation, penchée à sa fenêtre de l'autre côté de la rue, dans le lointain. La voisine lui adresse un signe de la main. Voudrait-il y répondre qu'il ne le pourrait pas. Melissa Carmack s'en rend compte et se sent stupide. Sa main s'abaisse gauchement.

— J'ai essayé de me rappeler l'emplacement précis de chaque objet, explique Angelina. J'ai pu me tromper, çà et là.

— Peu importe. Je suis déjà heureux d'avoir quitté l'hôpital et de me retrouver ici avec toi… et avec toi, Dino. Mais tu as raison : l'horloge est du mauvais côté de la lampe. La bougie devrait être posée sur la deuxième étagère, pas sur la troisième. Le petit fauteuil métallique va à droite du porte-revues.

— J'ai fait de mon mieux. Oublions les détails pour l'instant.

Dino fronce les sourcils.

— Après trois mois d'hôpital et de centre de rééducation, tu trouves encore le moyen de râler. Tu as repris le contrôle de tes sphincters et de ton transit intestinal, fais-en autant de tes humeurs.

— Pardon, je ne voulais pas être désagréable.

« Dino a raison, songe alors Adam. Je devrais me considérer comme chanceux : je peux parler, penser, bouger mon avant-bras droit et deux de mes orteils, boire, manger, pisser, chier, digérer et bander. Mais si ce n'est que cela, la chance, je me demande ce qui la différencie fondamentalement de la poisse. »

— Je suis désolé, se contente-t-il d'ajouter. Où est la pierre ?

Angelina fait un geste en direction du lit.

— Sous l'oreiller, comme tu l'as demandé. On veillera à ce qu'elle y soit toujours.

— Je te remercie. Avoir une colocataire me perturbe un peu. C'est la première fois.

— Tout va bien se passer. Elle adore le studio. Elle est venue chaque jour de la semaine avec Mme Bythewode.

— Je les ai remis en place, interrompt Dino.

— Pardon ? demande Angelina.

— L'horloge, la bougie et le petit fauteuil.

Angelina a pris l'habitude d'entendre Dino intervenir à contretemps dans les conversations. Elle reprend, imperturbable.

— Lundi, très intimidée, elle s'est contentée de s'asseoir sur le canapé.

— Mme Bythewode ?

— Non. Clara. Elle a joué avec la télécommande de la télévision et regardé des dessins animés. Mardi, elle a fait de l'escalade : une heure sur les placards de la cuisine, une autre à fouiller tes armoires et tes rayonnages, sans rien déranger, et un long moment à grimper sur les poutrelles et les tringles à rideaux. Mercredi, les travaux pratiques ont commencé : actionner les interrupteurs, ouvrir et fermer les portes, vérifier le contenu du réfrigérateur. Elle a goûté tout ce qui s'y trouve. Les yaourts, le lait, la confiture, le beurre, la sauce tomate, le concentré de jus de citron, qu'elle a recraché avec dégoût. Le beurre de cacahuète doit rester hors de sa portée si on ne veut pas qu'elle en fasse une indigestion. Oublie le congélateur, elle déteste la sensation de ses doigts scotchés à la paroi par le froid. Mme Bythewode lui a montré comment faire fonctionner le four à micro-ondes, les robinets, l'interphone, le rasoir électrique. Mais il a fallu toute une journée, jeudi, pour qu'elle comprenne les mystères de la machine Krups. L'odeur du café lui tord le nez. Laver le linge et la vaisselle, repasser et cirer les chaussures n'est pas dans son contrat. Vendredi, elle a passé son examen, un feu d'artifice : déployer le journal à la rubrique sport ou politique, tourner les pages d'un livre, servir un soda sans oublier la paille, retrouver la télécommande de la télévision sous les coussins, apporter le téléphone quand il sonne.

— Elle fait du bruit ?

— Parfois un petit couinement, mais il paraît qu'elle dort tôt et profondément.

— Pas d'odeur ?

— Pas plus qu'un chat ou qu'un petit chien.

Dino se prépare à partir.

— Je vais aller déposer mes affaires chez mon fils et sa femme, dans le Bronx. Le dimanche, ils préparent un poulet cajun aux gombos pour le déjeuner, comme à Bâton-Rouge. Je serai de retour en début de soirée.

Il se tourne vers Angelina.

— Il a fait ses besoins. Il peut tenir jusqu'à la fin de la journée. Entre-temps, je serai revenu pour le faire dîner et le mettre au lit. Le kinésithérapeute ne passera pas aujourd'hui. Ses jouets de rééducation ont été apportés. Ils sont sur le comptoir de la cuisine. L'hôpital a aussi fait livrer tout le matériel médical et les médicaments. Tout est dans la salle de bains.

Adam regarde dans la direction indiquée. La porte de celle-ci est ouverte. Une table d'acier chromé, montée sur roulettes, a été placée près du lavabo. Il y voit un empilement de cartons marqués d'un caducée.

Angelina se mord les joues pour dissimuler sa gêne. Elle ne s'habitue pas à entendre parler de son mari comme s'il était privé de sa propre volonté ou n'était pas là.

— Quelque chose a disparu, dit Adam.

Angelina retient son souffle. Son mari avait pourtant promis de ne plus râler.

— Il manque un livre. *Des souris et des hommes*, édition de 1937 chez Covici Friede, daté et signé par l'auteur.

— J'ignorais que tu possédais un trésor pareil.

— Il faisait partie des vieux ouvrages que m'a légués ma grand-mère. J'ignorais sa valeur jusqu'au jour où Harry l'a feuilleté et y a trouvé un autographe. Il m'a demandé la permission d'obtenir une estimation sur le Net. Il vaut plus de quinze mille dollars.

Angelina écarquille des yeux sidérés.

— Je n'ai rien trouvé de tel quand j'ai vidé tes caisses, crois-moi.

— Couverture beige. Titre dans un rectangle couleur terre cuite. Jaquette illustrée représentant des personnages sur un sentier forestier.

— J'adore Steinbeck. Une édition originale, ça ne m'aurait pas échappé.

— Alors on me l'a volé.

— Bonté divine ! Enfin un mobile pour ce qui s'est passé ! Depuis le temps qu'on espérait un élément nouveau.

— Tu y crois vraiment ? Un assassin bibliophile !

— Mme Bythewode sera là d'un moment à l'autre, les interrompt Dino. Elle veut passer l'après-midi seule avec Adam et Clara. Angelina, sans vouloir vous commander, vous partirez quand elle arrivera. Elle a la clé, pour le monte-charge.

— Très bien. Je dois retourner au bureau, de toute façon. Il faut que je recadre Zelda, qui met en doute ma capacité d'être à la hauteur tout en étant enceinte, et Patrick, qui déraille avec les témoins.

— Méfie-toi de lui, prévient Adam.

— Patrick ? Pourquoi ? C'est un bon flic.

— Sans scrupules.

— Je n'ai jamais rien eu à lui reprocher.

— Et pour cause, sa religion le dispense de se sentir coupable.

— Tu dérailles.

— Sais-tu qu'il a acheté au Vatican un portrait du pape ? Il l'a posé sur son bureau.

— J'en ferais autant, si j'avais les moyens d'aller à Rome.

— Ce que tu ne sais pas, c'est qu'il l'a fait bénir par le Saint-Père en personne.

— Ça n'a rien à voir avec le fait de se sentir coupable ou innocent.

— Quoi que fassent les catholiques, il leur suffit de se confesser pour recevoir l'absolution. C'est la laverie automatique des âmes et des consciences.

Il rit.

Elle sait ne pas devoir s'engager sur ce terrain, car elle ne s'en sortirait pas. Heureusement, Dino vient à son secours.

— Adam, dit-il en replaçant sur son épaule la courroie de son sac, sois gentil avec ta coloc ! Tu vas passer tes nuits et tes jours avec elle, alors mieux vaut la traiter avec un peu de respect.

— Je t'ai déjà fait mes excuses pour mes emportements, tu ne vas pas me les reprocher jusqu'à la fin des temps ! Et là, c'est un animal, ça n'a rien à voir.

— Ça n'a rien à voir ? Si tu avais vécu, comme moi, parmi les chiens perdus de La Nouvelle-Orléans, tu ne dirais pas une connerie pareille. Tu comprendrais qu'un animal n'a pas « rien à voir ».

Angelina raccompagne Dino jusqu'à l'ascenseur.

— Je ne veux pas être indiscret, murmure-t-il, mais je me demande depuis le début pourquoi il tient tant à son caillou noir.

D'un regard, Angelina vérifie qu'Adam ne leur prête aucune attention.

— Il lui rappelle des souvenirs, sans doute un moment de sa vie avec sa grand-mère. Je pense qu'il lui attribue un sens profond. C'est compliqué.

— C'est pareil avec ma petite-fille Claudine. À huit ans, elle refuse qu'on lui retire son hérisson en peluche. Un hérisson en peluche ! Peut-on imaginer rien de plus absurde ? Des piquants en peluche ! Comment on appelle ça, déjà ? Ah oui, un oxymore !

Il laisse éclater un rire grave qui n'en finit pas, et qui résonne encore après que la cabine du monte-charge a commencé de s'enfoncer dans son conduit.

Angelina revient vers Adam.

— En attendant que la ménagerie arrive, j'ai besoin de ton aide. Dans l'affaire Orzel, je suis encerclée par des ados drogués aux réseaux sociaux. Je veux savoir ce qu'ils postent sur Snapchat, Instagram, Pinterest, Facebook, tout connaître de leurs liens d'amitié, jalousies ou conflits.

La stupéfaction fige les traits d'Adam.

— Est-ce que tu es en train de me demander de reprendre du service ?

— Tu as un beau fauteuil électrique, un ordinateur à commande vocale, tu es connecté… Je ne vois pas pourquoi mon meilleur enquêteur ne se remettrait pas à bosser !

Il y a à peine quelques semaines, Leaf doutait encore de jamais reprendre la moindre activité professionnelle. Et voilà qu'Angelina lui propose de se retrouver en avant-poste de l'enquête. Il en pleurerait.

— Donne-moi la liste de tes bestioles, demande-t-il.

— Zach Hammerschmidt, qui pourrait être le dernier à avoir vu la victime encore en vie. La sœur et le frère, Liz et Sidohn Orzel. Un copain du frère aîné, Cosmus Blacher. On pourrait commencer par ça…

— Mes accès aux bases de données du département n'ont pas été révoqués ?

— Si quelqu'un a fait ça, je le pends au plafond par les couilles.

— Aide-moi plutôt à ajuster le micro autour de ma tête et je me mets au boulot, chef !

*

Dans le métro, les cheveux blancs ondulés de Doris Bythewode, ses allures de grand-mère sortie d'une publicité pour Grandma's Cookies, son air strict mais dépourvu de sévérité, attirent immanquablement les sourires et la bienveillance des autres passagers. Le panier dans lequel elle transporte un chat, dissimulé au regard par une serviette-éponge rose, achève de lui valoir leur curiosité et leur sympathie. Cependant, quand un enfant s'approche et esquisse un geste pour écarter le linge et caresser le petit animal, son sourcil s'abaisse jusqu'à toucher les cils, ce que l'audacieux interprète immédiatement comme « pas question », avant de prendre du recul : le chaton de la dame n'est pas forcément inoffensif… À supposer que ce soit bien un chaton.

*

— Je retombe en enfance, dit Adam à Angelina, restée le temps que la nouvelle auxiliaire de vie apparaisse. D'après ses comptes Instagram et Snapchat, Liz a huit ans d'âge social. Elle en est encore à prendre des selfies avec des filtres, poste des photos de son cheval, des vidéos de chatons, des recettes de sandwichs aux marshmallows, des sondages pour choisir le prochain papier peint de sa chambre. Seul élément sexuel ou présexuel : elle s'est inscrite sur un groupe Facebook où l'on prie pour que Tom Holland ne soit pas gay. Côté harcèlement, un peu de *shaming* sur sa couleur de peau, si pâle. Elle fait front et s'invente une parenté avec Blanche-Neige.

— Ce n'est pas avec ça qu'on pourra mettre un suspect en garde à vue.

— Le grand frère, Sidohn, est obsédé par le fric. Il ne pense qu'à lui. Il ne mentionne même pas la mort de sa petite sœur.

— Ça ne veut rien dire. À sa place, je n'étalerais pas ça sur les réseaux sociaux.

— D'accord, mais tu ne posterais pas des photos de toi en boîte de nuit le lendemain du crime.

— Tu es sérieux ?

— Regarde.

— La photo est prise au Marquee. Rien ne dit qu'elle date du lendemain du crime.

— Si. Observe sur la table de mixage du disc-jockey. En zoomant sur les voyants, on distingue la date et l'heure.

Adam affiche sur l'écran une mosaïque qui lui permet une vision simultanée de plusieurs comptes sur les réseaux sociaux : ceux de Zach Hammerschmidt.

Angelina jette un œil à l'écran de son téléphone.

— Doris sera là dans cinq minutes. Finis vite !

*

Doris Bythewode trottine jusqu'au Meatpacking District, un quartier qu'elle déteste car il lui semble entendre à chaque pas la plainte déchirante des millions de bœufs et de veaux qu'on y assassina.

Devant l'immeuble d'Adam, elle sonne comme prévu pour annoncer son arrivée, mais sans attendre de réponse. Une clé, en sa possession, lui donne accès au hall. Elle en insère une seconde en face de la mention 5 dans le monte-charge, qui se met en mouvement. Le panier qu'elle tient au bout de son bras se met à balancer légèrement.

*

Soudain, Adam semble avalé par son écran.

— Bingo !

— Tu as trouvé quelque chose ?

— Et comment, chef ! Zach Hammerschmidt…

— Oui ?

— Laisse-moi vérifier…

— Il a quelque chose à cacher ?

— Regarde !

Angelina se penche sur l'écran. Sur la page Facebook du jeune homme, un titre : « The Twin Girls Challenge ».

Zach propose un défi : les garçons doivent trouver des jumelles dans leur établissement scolaire et les séduire. Les autres parient sur la jumelle qui cédera en premier. Zach décrit sa cible : deux filles de quatorze ans de son lycée. Les enjeux s'élèvent déjà à plusieurs centaines de dollars.

— La page a été retirée le lendemain de la mort de Louise. Je l'ai récupérée en utilisant Way Back Machine. Je t'envoie tout par courriel.

Le bruit du monte-charge se rapproche.

— File, Doris est là !

*

Au cinquième étage, devant la porte en accordéon du monte-charge, Doris croise Angelina qui se prépare à partir.

Le protocole décidé avec l'association Helping Hands prescrit qu'elle ne doit revenir que le lendemain. Les deux femmes échangent un salut bref. Et sans chaleur.

*

Comme la reine d'Angleterre, Doris Bythewode croise ses jambes au niveau des chevilles. Elle se tient le dos droit. Adam ne peut s'empêcher de penser qu'ils sont raides tous les deux, mais que lui ne l'a pas choisi.

Doris a posé au sol, près de ses pieds, un panier semblable à ceux qu'on utilise pour faire prendre le train ou l'avion à des animaux domestiques. Une serviette-éponge empêche encore Adam de voir sa colocataire à travers les fins barreaux d'acier.

— Avez-vous des Oreo ? Ceux avec du beurre de cacahuète au milieu ? demande Mme Bythewode.

— Non, je préfère les Granola. Ceux au chocolat noir.

— Ah, on ne vous a pas prévenu.

— Non, mais je peux vous offrir du thé. Bien sûr, il faudra que vous le prépariez vous-même.

— Ne vous inquiétez pas. Je peux m'en passer. Vous êtes de la police, on m'a dit.

— Oui.

— C'est affreux.

— Non, je l'ai choisi. C'était ma vocation.

— Si, c'est affreux : une balle dans les vertèbres ! Rendez-vous compte.

— Je me rends compte.

— Vous avez de la veine. Imaginez que vous l'ayez prise en pleine moelle épinière !

— Je l'ai imaginé, en effet.

— Bien sûr, on peut être tétraplégique et heureux. Mais pour réussir sa vie, ce n'est pas l'idéal. Moi, je dis : n'est pas Stephen Hawkins qui veut. En Californie, les tétraplégiques ont droit à de la marijuana sur ordonnance. Ça donne à leur cerveau l'espace refusé à leur corps. Ils peuvent voyager dans leur propre tête. C'est là qu'on trouve l'infini, vous ne croyez pas ? Dans les pensées. Songez-y : chercher toujours plus de pouvoir et d'espace n'a jamais suffi à satisfaire les hommes. C'est une course sans fin. Mais je vous le dis, mes tétraplégiques, ils ont cessé de courir.

— Qu'ils le veuillent ou non, je suppose.

— Comprenez-moi : ils ont cessé de courir après des chimères. Ils trouvent dans leur propre esprit une force et un espace infinis. Quand on vit cela, on n'a pas besoin de Dieu. On a tort de ne jamais parler de la tétraplégie sous l'angle métaphysique. Oui, il faut voyager en soi. J'ai beaucoup voyagé, vous savez.

Dans l'espoir que le verbiage s'asséchera, Adam s'abstient de solliciter un complément d'information. En vain.

— Je suis allée partout où sont nos frères singes ! Un mâle à dos d'argent m'a tapé sur l'épaule, sur les pentes du Gahinga. Il pesait cent kilos, je n'en menais pas large ! J'ai vu les atèles danser sur les cimes, sur les berges du Río Negro. Au sud du fleuve Congo, j'ai fréquenté les bonobos. J'ai étudié les tamarins de la Mata atlántica. J'ai pisté les orangs-outangs avec Birutė Galdikas, à Bornéo. Sacrée bonne femme, je peux vous le dire. Je me suis même fait cracher dessus par Washoe, la femelle chimpanzé à qui on avait appris le langage des sourds-muets. Pour voir les congénères de Clara, je me suis rendue en Colombie. Si vous y allez aussi, visitez Carthagène, mais évitez Barranquilla. Trop industriel. À Santa Fe de Bogotá, passez une journée au Museo del Oro, on y voit des masques d'or dans des salles protégées comme des chambres fortes. Comment se fait-il que les cartels ne l'aient jamais dévalisé ? Des tonnes d'or à tous les étages. Pas du plaqué, mais du vingt-quatre carats, ou davantage, si cela existe. Fort Knox, à côté, c'est mon livret de Caisse d'épargne ! Vous qui êtes de la police, vous devez savoir !

— Non, je ne savais même pas qu'il y avait un tel musée à Bogota.

— Pardonnez-moi, je bavarde, je bavarde, et j'en oublie la raison de ma présence. Comme je dis toujours, revenons à nos moutons, sinon le loup va manger le troupeau. Pour les Oreo, ce n'est quand même pas normal qu'on ne vous en ait rien dit. Parlons de Clara. Le livret, on vous l'a donné ?

— Oui, je l'ai étudié. Je le connais par cœur. Les capucins sont les plus intelligents des singes d'Amérique latine. Clara a vingt-deux ans, ce qui signifie qu'elle est au milieu de sa vie. Sa formation a coûté vingt mille dollars aux donateurs. Elle a peur des inconnus. Il ne faut pas la brusquer. Je dois lui laisser un temps d'adaptation. Elle se montrera hyperactive au début, le temps de s'habituer à moi.

— Surtout qu'il y a des poutrelles ! Et des colonnes comme des troncs d'arbre. Elle se croira sur la terre de ses ancêtres. Les capucins sont des acrobates. Ils vivent dans trois dimensions, pas dans deux comme nous. Ils descendent rarement de leur arbre. Alors, si elle peut aller vers le ciel, elle ne s'en privera pas. Elle sera comme dans un arbre, à la fourche de deux branches ! Elle n'en profitera pas pour vous pisser dessus, ne vous inquiétez pas. J'ai apporté sa litière. De ce côté-là, ça se passe comme avec un chat. Quant à son panier, je vois dans ce rayonnage un espace libre, un peu en hauteur. Une fois l'excitation des premiers temps passée, il faudra veiller à ce qu'elle ne s'ennuie pas. Pour cela, c'est très simple, trouvez sur le Web les caméras en direct du parc national de la Serra da Capivara. C'est au Brésil. Ils filment en permanence une colonie de capucins. Elle adore observer ses cousins.

— Comme les chats qui regardent *Le Roi lion* à la télévision ?

— Oui. Ou les chiens qui aboient devant *Princesse Mononoké*. Clara a eu toute la semaine pour explorer votre appartement. Elle s'y sent chez elle, à présent.

— Dans ce cas, on devrait peut-être la laisser sortir ?

— Bien sûr, où ai-je la tête ? Je dois faire les présentations. Aussi longtemps qu'elle ne reconnaît pas les voix et les sons, elle se tient tranquille, par timidité. Un rien l'effarouche, mais, rassurez-vous, elle va vite comprendre que vous êtes son nouveau meilleur ami !

Avec des gestes prestes mais d'une extrême douceur, Doris retire la serviette-éponge qui recouvrait la cage. Comme Adam ne peut tourner la tête à plus de trente degrés, le petit animal ne lui est pas encore visible. Il faut alors que Doris le prenne dans le creux de sa main et le porte à son regard.

Clara est plus petite qu'il ne l'aurait imaginé.

— Elle pèse deux kilos et demi, même pas le poids d'un bébé humain à la naissance. Pourtant, elle peut soulever des charges de plus d'un kilo. Soit presque la moitié de son poids ! Clara, voici Adam. Adam, voici Clara.

Doris soulève le capucin et le rapproche. Il a le visage couleur chair, les épaules et le haut des bras blonds, une calotte noire sur l'occiput. Le reste de son corps est d'un brun sombre. Le petit singe cache ses yeux derrière ses mains minuscules, comme un enfant de cinq ans qui refuse de voir le monde. Mais, entre ses phalanges, ses pupilles transparaissent. Rien ne semblerait plus innocent… sinon l'image de son enfant à naître qui, d'un seul coup et inexplicablement, submerge l'esprit d'Adam.

Soudain un hurlement strident les fait sursauter : c'est l'alarme de la Chevrolet.

Les mains de Clara tombent. Et révèlent des yeux immenses, effrayés, vernissés de luisances comme des billes noires.

Elle tremble.

Puis, d'un seul coup, elle saute sur la tête d'Adam, qu'elle étreint de ses quatre membres.

Clara a passé son bras gauche sur le front de son nouveau maître, et l'autre à l'arrière de sa tête. Sa poitrine se plaque sur l'oreille du jeune homme. Ses jambes lui enserrent le cou. À travers son corps tiède et pelucheux, il sent le cœur qui palpite. Une étreinte douce comme une allégeance. Entre l'infirme et l'animal, dans la clameur insupportable de cette guerre, une alliance est conclue : je me donne à toi, mais tu me protégeras.

De sa fenêtre, le crétin du troisième étage actionne sa télécommande et désarme la sirène. Clara desserre son étreinte. Elle descend d'un cran et s'installe sur l'épaule d'Adam.

— C'est formidable ! s'exclame Doris. Vous n'avez pas idée de ce qui vient de se passer ! Normalement, la panique aurait dû la pousser à revenir dans mes bras ou à se lancer dans une fuite hystérique vers la colonne et les poutrelles. Au lieu de quoi c'est vers vous qu'elle est allée ! Regardez, à présent, elle descend et s'enroule autour de votre torse, comme elle le faisait, enfant, avec sa mère. Quel miracle. Elle vous a adopté tout de suite ! Je n'avais encore jamais vu ça !

Adam ne l'écoute plus. Clara se tient blottie sur sa poitrine, comme ces enfants que les Sud-Américaines portent au creux d'une écharpe accrochée à leur torse. Toute pression relâchée, elle semble ne plus rien peser. Son odeur, assez sucrée pour voiler une légère aigreur, parvient à ses narines.

— Il est temps de commencer à travailler. Clara, descends et attends dans le canapé.

À regret, le singe se détache d'Adam, mais reste pendu par la main droite au dossier du fauteuil.

— Demandez-le-lui. Il est temps de lui montrer que vous êtes le mâle dominant.

Adam hésite.

— Allons, insiste Doris. Vous avez bien des subordonnés, dans la police ?

— Oui. Des cadets. J'ai surtout une patronne.

— Alors parlez-lui comme vous le faites avec les cadets. Ou comme quand vous donnez un ordre à un suspect.

Adam se racle la gorge.

— Clara, canapé !

Clara se laisse tomber au sol et va se nicher entre les coussins du sofa.

— Bien. Autorité naturelle. Ça nous fera gagner du temps. Dans un groupe de capucins, il y a un mâle alpha et une femelle alpha. Le mâle alpha domine le groupe. La femelle alpha peut dominer les membres du groupe autres que le mâle alpha, qu'ils soient mâles ou femelles. Je vais donc vous apprendre à devenir le capucin mâle alpha. Savez-vous jouer la comédie ?

— Oui, quand je dois faire le bon flic.

— Dans la pièce que nous allons interpréter, le bon flic distribue des demi-Oreo au beurre de cacahuète.

Pour l'instant, ce sera à moi de le faire, vu que vous n'en avez pas encore la capacité physique. Je pourvoirai à l'approvisionnement demain. Le mauvais flic hausse à peine le ton et fronce les sourcils. Vous pouvez froncer les sourcils ?

— En ce moment, j'aurais du mal à lacer mes chaussures ou à jouer de la mandoline, mais froncer les sourcils, oui, c'est à ma portée.

— Faites-le.

Adam adopte, timidement, une expression fâchée. À moitié engloutie au creux des coussins du canapé, Clara, attentive à chaque mot de la conversation et le regard constamment fixé sur lui, prend sa moue d'enfant effarouchée, les mains sur les yeux.

— Dites-lui quelque chose de gentil, demande Doris.

— Pardon, je ne voulais pas te faire peur.

Clara se précipite vers lui. Elle grimpe jusqu'à sa taille et, du revers de la main, lui caresse la joue. Puis, sagement, retourne se nicher sur le canapé. S'il le pouvait, Adam en frémirait de chaque fibre de son corps.

— Très bien, poursuit la vieille dame. Aujourd'hui, je vais vous apprendre comment obtenir de Clara qu'elle accomplisse ses tâches du petit matin : redresser la tête du lit grâce à la télécommande, recaler vos oreillers, déplier la tablette, prendre une bouteille d'eau dans le réfrigérateur, vous l'apporter, l'ouvrir, glisser une paille dans le goulot et la porter à vos lèvres ; vous fournir votre ordinateur, le poser sur la tablette, soulever votre main droite et la placer sur le clavier. Ensuite, à vous de jouer, puisque l'ordinateur contrôle la télé et la radio et vous permet de communiquer avec le monde entier. Même chose quand vous serez dans votre fauteuil roulant. Vous verrez, c'est une affaire de communication entre vous. Encore un mot : elle aime la musique. Où est votre ordinateur ?

— Sur la petite console, dans l'entrée.

— Vous permettez ? Je vais vous faire entendre sa musique préférée.

Adam acquiesce. Doris déploie d'abord la tablette encastrée dans l'accoudoir du fauteuil roulant. Puis va récupérer l'ordinateur portable et revient le poser sur la tablette. Elle l'ouvre.

— Mot de passe ?

— Vous avez toute ma confiance, mais certaines choses ne se partagent pas. Je vous invite à la même prudence dans vos activités en ligne.

— Faisons autrement.

Doris saisit le poignet droit d'Adam, le pose devant le clavier et détourne ostensiblement le regard. Avec une dextérité dont il se serait cru définitivement incapable un mois auparavant, il tape son code.

Doris clique sur l'icône de Spotify, puis entre quelques indications dans la barre de recherche.

Un dernier clic.

Des notes s'élèvent, comme des bulles, du clavier d'un piano. La musique coule, ruisseau sur lequel Clara flotte, extatique, allongée sur le dos, les yeux perdus au plafond.

Adam n'a jamais rien entendu de tel. Ce morceau ressemble au mot de passe de son ordinateur, une succession de chiffres jadis tirés aux dés, suivie d'un point d'interrogation. L'image de l'univers et celle de l'abîme. Le pulsar et la chair. Le hasard qui détermina l'angle selon lequel ricocha la balle, et la force du destin qui la stoppa à quelques millimètres du canal rachidien.

Cette musique, d'un seul coup, brise toutes ses digues émotionnelles. Et il pleure. Doris comprend. Elle ne dit rien. Se contente de garder la main inerte d'Adam entre les siennes. Celui-ci n'y tient plus. Les notes de musique fissurent son corps de béton. Dans son cerveau un tsunami. Dans ses yeux des larmes, encore des larmes.

Clara voit bien des perles couler.

Et se précipite vers Adam.

Alors qu'elle ne s'est jusqu'à présent déplacée que sur ses quatre membres, elle se tient debout sur la tablette, à côté de l'ordinateur portable, tend ses mains vers ses joues. Lui se rend compte que ce ne sont pas celles d'un enfant, comme il l'avait d'abord cru, mais d'une poupée, revêtues d'un épiderme noir, très fin et légèrement caoutchouteux. Clara essuie ses yeux.

Puis elle porte ses doigts à ses lèvres. Boit cette eau salée et éponge sans le savoir, d'un seul coup, tant de peines de cet homme qui pleure.

15

À New York, quand le soleil se lève, il éteint les gratte-ciel au fur et à mesure que le ciel bleuit. Faute de ce spectacle, Angelina enragerait de s'être levée si tôt pour complaire à un témoin.

Elle attend, comme convenu, à l'angle de Chambers et de Centre Street. Un Range Rover rouge s'immobilise devant elle. La porte arrière gauche s'ouvre.

— Montez, on va se tasser.

Angelina reconnaît la voix de Karl Hammerschmidt, avec qui elle s'est entretenue par téléphone deux heures auparavant.

— Il était important que je rencontre votre fils avant votre départ. Comme il est mineur, la présence d'un représentant légal est préférable.

— La compagnie aérienne annonce un peu de retard pour mon vol vers Atlanta. Vous aurez davantage de temps. Je vous présente Zach.

Karl Hammerschmidt se tient sur le siège arrière gauche. Au milieu, son fils Zach flotte dans son costume de collégien plus qu'il ne le porte, tant l'adolescent semble vouloir se rétracter le plus loin possible en lui-même.

Un homme se tient à la place passager, à l'avant du véhicule.

— Arthur W. Eberling est l'avocat de la famille.

— C'est vous qui, normalement, auriez dû venir à mon bureau, dit Angelina. J'ai accepté cet arrangement parce que votre fils n'a que quatorze ans et qu'un tel drame, survenu dans son entourage, a dû le perturber. Il n'est accusé de rien. La présence de M. Eberling à ce stade m'étonne un peu.

— Arthur n'est là qu'en tant qu'ami.

Le chauffeur prend la direction du pont de Brooklyn.

— Si vous n'y voyez pas d'inconvénient, je parlerai directement à Zach.

— Bien sûr.

— Zach, vous étiez avec Louise peu avant sa mort, attaque-t-elle d'emblée. Que faisiez-vous avec elle? Racontez-moi tout ce qui s'est passé, de votre arrivée à votre départ. Personne ne vous interrompra.

Pour que le message soit clair, Angelina a prononcé sa dernière phrase en se penchant vers Eberling.

— Je prépare un exposé sur les jumeaux pour le collège. Mon prof de biologie trouve que c'est une bonne idée. Je veux raconter quel effet cela produit d'être le double d'un autre. Je me suis dit que le mieux était d'interviewer Louise. Je suis allé chez elle. On s'est installés dans sa chambre. Elle n'avait pas beaucoup de temps car elle devait répéter ses morceaux de guitare avant son cours du soir. Je l'ai aidée à préparer sa boîte à rythmes. On a discuté. J'ai pris beaucoup de notes. Je vous les ai apportées.

Le garçon tend à l'inspectrice quelques feuillets où figurent un peu partout les mots monozygote, dizygote, chromosomes, différenciation, gémellité.

— Vous pouvez les garder, j'ai fait des photocopies.

— D'où vient votre intérêt pour ce sujet?

— J'aime bien Fred et George Weasley.

— Qui sont-ils?

— Fred et George tiennent la boutique de farces et attrapes Weasleys' Wizard Wheezes, dans *Harry Potter*. Ils sont jumeaux. Et il y a eu aussi ce jour où Liz a failli se noyer, à la piscine.

— En quelles circonstances ?

— En cours de natation, au SwimJim de la 102e Rue. On ne sait pas trop ce qui s'est passé. Liz a pris peur. Elle a gesticulé dans tous les sens et a bu la tasse. On l'a vue paniquer. Elle a perdu le contrôle et s'est asphyxiée. Le maître-nageur est venu la tirer de là. Il a dû lui faire le bouche-à-bouche. Elle a repris conscience rapidement.

— Où était Louise ?

— Avec moi et d'autres camarades, à l'école. Et, d'un seul coup, on l'a vue suffoquer. Elle n'arrivait plus non plus à respirer. Ses amis lui ont donné des tapes sur le dos et ça s'est arrêté, elle a repris son souffle. On a su plus tard qu'elle avait failli s'étouffer au moment même où Liz était en train de se noyer. C'est comme si elles ressentaient la même chose en même temps, par télépathie. Voilà pourquoi j'ai eu l'idée de cet exposé.

— Ces derniers temps, Louise vous a-t-elle paru inquiète, malheureuse, contrariée ?

— Non. Elle était comme d'habitude.

— Connaissez-vous qui que ce soit, au lycée, qui la harcèlerait ou lui poserait des problèmes ?

— Non.

— Avait-elle un petit ami ?

— Je ne sais pas. En tout cas, elle ne sortait ouvertement avec personne.

— Pourquoi avoir choisi Louise comme sujet d'étude, plutôt que sa sœur Liz ?

— J'ai choisi les deux. J'avais déjà posé mes questions à Liz.

— Avez-vous jamais publié quoi que ce soit d'inapproprié concernant les jumelles sur les réseaux sociaux ?

D'un seul coup, Zach déglutit et rougit.

— Non.

Il ment. Angelina le sait, mais elle ne tirera pas cette cartouche en présence de l'avocat.

— Vous en êtes sûr, je suppose.

— Oui.

— Si jamais quelque chose vous revenait en mémoire, vous pourriez m'appeler. Il vous suffirait de me demander au standard du NYPD. Angelina Obson-Leaf.

Le véhicule glisse sur l'I-278, à Brooklyn. Des panneaux annoncent une circulation fluide jusqu'à l'aéroport La Guardia. Pourtant, Karl Hammerschmidt s'agite sur son siège, cherche un reproche à faire au chauffeur pour se défouler et, en fin de compte, lui lâche :

— Je déteste cet itinéraire. Les passants sont fagotés comme des épouvantails. Il aurait fallu prendre le Triborough Bridge.

À l'avant, l'avocat s'agite aussi. Hammerschmidt fulmine, en réalité, à l'idée que son fils pourra appeler Angelina en son absence, et sans l'en informer.

— Qu'avez-vous fait après votre discussion sur les jumeaux ?

— Rien. Je suis reparti.

— En dehors de Louise, restait-il quelqu'un dans l'appartement ?

— Oui. La porte de la cuisine était ouverte. La cuisinière était là. Elle parlait avec un homme, je crois que c'était un copain de Sidohn, le frère des jumelles.

— J'ai une dernière question à vous poser.

Depuis quelques minutes, Zach a l'air tendu. La présence de son père et de son avocat semble le mettre sur la défensive.

— Aucun de vos professeurs ne semble se rappeler qu'il vous a chargé de préparer cet exposé. Même pas votre professeur de biologie.

C'est comme un coup au-dessous de la ceinture pour Zach. Il change d'attitude. Au lieu de baisser les yeux et de rougir comme il l'a fait voici quelques instants, il se tourne dans la direction d'Angelina avec un air de défi.

— C'était mon idée. Mon initiative. J'avais l'intention de présenter l'exposé à la classe la semaine prochaine.

— Pourtant, vous avez dit que votre professeur de biologie jugeait le sujet intéressant. Comment le pouvait-il, s'il n'était pas encore au courant ?

— On en a parlé à la sortie du cours, il a pu oublier.

À peine Zach a-t-il articulé sa réponse que son père se met à éructer.

— Je ne vous permets pas ce genre d'insinuation. Mon fils vous a dit ce qu'il avait à vous dire.

L'avocat s'inquiète.

— Karl, il n'y a aucune insinuation, ce sont des questions normales.

— Vous mettez en doute la parole de mon fils !

— Karl ! Arrête !

— Savez-vous qui je suis ?

— Oui. Votre firme fabrique des équipements de maintien de l'ordre pour l'armée.

— Et pour le New York Police Department ! Oui, pour la police, inspecteur ! Darren Polanco, ça vous dit quelque chose ?

— Bien sûr.

— Parlez-lui. Il vous dira que ma famille doit être traitée avec considération.

Dans ce genre de circonstance, Angelina a appris à feindre de céder sous l'intimidation. Elle n'ajoute pas un mot. Et reste muette jusqu'à La Guardia, où l'attend

Harry et où elle descend du véhicule. Avant que la portière claque, elle entend l'avocat invectiver son client.

— Beau travail, espèce de crétin !

Pas de doute : le boulot d'Eberling auprès de cette famille consiste avant tout à empêcher Hammerschmidt de faire des conneries.

*

— Alors ? demande Harry quand elle s'installe près de lui dans le Cadillac Escalade. Il t'a parlé de ses vantardises sur les réseaux sociaux, le jeune Zach ?

— Non. Quand il a compris qu'on était au courant, il en était cloué sur son siège. Je m'attends à ce qu'il m'appelle vite. Très vite. De ton côté, le médecin légiste ?

— La mort est survenue par arrêt cardiaque.

— Lui-même causé par la strangulation ?

— En tout cas, il y a une concomitance.

— Rien d'autre à signaler ?

— Un homme de taille moyenne, plutôt qu'une femme, a pu produire cette pression sur le cou. Pas de traces de sperme. Pourtant, elle a été déflorée, avec les doigts. Post-mortem. L'agresseur a dû y laisser des traces d'ADN. Les prélèvements ont été envoyés au labo.

— Notre suspect est donc un véritable détraqué, commente Angelina, écœurée, après un temps de silence.

Elle ne va pas plus loin. Il n'y a qu'au cinéma, pense-t-elle, que les flics se sentent obligés de lâcher des chapelets de jurons pour conjurer et attester le dégoût que leur inspire l'horreur.

La voiture traverse Randall's Island avant de s'engager, face au soleil levant, sur le Triborough Bridge.

— Adam a-t-il appris à son gorille comment jouer aux échecs ?

La question de Harry l'étonne ; et la ramène à une autre réalité.

— D'abord, ce n'est pas un gorille, mais un capucin. La différence d'échelle est la même qu'entre Kenneth et toi.

— Je prends ça pour un compliment. Gringalet d'un côté, et beau mec de l'autre.

— Si tu veux. Quant à jouer aux échecs, je suis sûre qu'elle en serait capable. Son intelligence m'a foutu la trouille, la semaine dernière.

— Ils s'entendent bien ?

— Je n'en sais rien. Ils viennent de faire connaissance. Ils vont passer leur première nuit ensemble ce soir.

— Jalouse ?

— Abruti.

Après la Harlem River, le SUV longe le parc Carl-Schurz et Gracie Mansion, la résidence officielle du maire de New York.

Ils arrivent bientôt devant le siège de Ashford, Wu & Cosgrove LLC, l'agence d'architecture d'Edwin Ashford. À première vue, c'est un simple immeuble-miroir habillé de verre, où se reflètent le ciel et les bâtiments avoisinants. Cependant, s'il s'attarde, l'œil se rend compte que chacun des panneaux vitrés est posé selon un angle légèrement biaisé. Les façades renvoient ainsi l'image d'un monde fragmenté, concassé, déstructuré, cubiste.

*

Le beau-père les accueille à l'arrivée de l'ascenseur.

La firme occupe les trois derniers étages du bâtiment. Toutes les surfaces, du sol au plafond, sont en béton teinté d'ocre dans la masse et incrusté de lattes de chêne flotté. Un peu partout, de longues failles et fractures, que la lumière traverse, percent le revêtement.

Ashford porte un costume gris Paul Smith. Les jambes et les bras, auxquels le couturier concède si peu d'espace, tendent le tissu. Angelina note que ce gris et cette allure contrainte s'accordent bien avec les bureaux entre lesquels ils s'avancent. Ils entrent dans celui d'Ashford, gigantesque espace d'une centaine de mètres carrés. Le long des parois, des maquettes d'immeubles, de centres culturels, de palais sont posées sur des tables d'acier. Sur les murs, des plans de masse, des photographies d'une tour à Bangkok, d'une autre à Pékin, d'un théâtre à Abou Dabi, d'un ensemble d'habitations à Kuala Lumpur. Face à l'entrée, une gigantesque carte du monde sur laquelle scintillent des diodes de différentes couleurs. En plein milieu de la pièce, un bureau de granite. Sous les fenêtres court un long aquarium de dix mètres de long. Des poissons combattants vont et viennent, déployant derrière eux de longues traînes de couleurs métalliques irisées.

— Avez-vous identifié le salopard qui a fait ça ? leur demande Ashford avant même qu'ils aient eu le temps de s'asseoir sur un canapé.

— Non, pas encore. Nous sommes surpris que, dans un immeuble aussi sécurisé, tant de personnes aient pu avoir accès à votre appartement.

— Asseyez-vous. Melinda va vous apporter du café. Le Dakota est un immeuble pourri. Croyez-moi, si j'avais eu le choix, je nous aurais aménagé un appartement fabuleux sur les hauteurs de Brooklyn. Et là, pas d'inspecteurs des monuments historiques pour nous faire chier. On aurait vécu dans un coffre-fort. Et rien de cela ne se serait produit.

— Pourquoi dites-vous « si j'avais eu le choix » ?

— Parce que Caroll a si longtemps habité au Dakota qu'on ne peut plus l'en extraire. Ce serait comme séparer une tortue de sa carapace. La pauvre a vécu tant de chocs dans sa vie. Il y a d'abord eu la fin de sa carrière, au Teatro San Carlo. Croirez-vous que son dernier rôle a été celui d'Azucena, dans *Le Trouvère*, de Verdi ? Un personnage qui assiste à la perte de son propre fils, puis à celle de son fils adoptif ? Le destin nous envoie des signes, à chaque instant. Puis la mort de Tadzio. L'avion s'est écrasé en piqué. Il a tenté de se jeter dans le vide quand l'appareil a approché le sol, s'est pris dans l'hélice, qui tournait encore… Et à présent, Louise…

L'émotion l'empêche d'aller plus loin. Son assistante fait diversion en déposant sur la table basse cafés et bouteilles d'eau.

— Voilà pourquoi nous vivons toujours au Dakota. Pouvez-vous imaginer architecture plus absurde pour une ville telle que New York ? Avec ses tourelles Renaissance, il devait ressembler à Chenonceau. Résultat, c'est le Haunted Mansion de Disneyland.

— On a l'impression que tout le monde peut entrer et sortir à sa guise, remarque Harry.

— Le système de sécurité est une passoire. Certains propriétaires ne verrouillent même pas leur porte quand ils sortent. Ils s'imaginent que personne n'oserait entrer dans le Dakota avec de mauvaises intentions. Depuis que Polanski nous a foutu une mauvaise réputation avec son *Rosemary's Baby*, les imbéciles croient que les sorcières et les fantômes dissuadent les voleurs de tenter leur chance. La sécurité est factice. Demandez à la concierge, celle avec qui fricote votre inspecteur !

Angelina manque de laisser tomber sa tasse.

— Je vous demande pardon ?

— Excusez-moi, c'est leur vie privée. Ils ont bien le droit de prendre des cappuccinos ensemble.

Harry et Angelina se regardent. Ils sont à deux doigts de s'étrangler.

— Octavia n'y est pour rien. Elle note le nom de tous ceux qui arrivent, de tous ceux qui sortent, mais vérifiez les registres. Certains qui sont entrés ne sont pas mentionnés parmi les sortants. On tombe parfois dans les couloirs sur des livreurs égarés, qui entrent d'un côté et parviennent à sortir de l'autre. Des centaines de visiteurs disposent de clés, transmises à leur famille de génération en génération. Normalement, les propriétaires doivent venir accueillir leurs invités à l'accueil, mais la règle n'est jamais respectée.

— Le plus surprenant est l'absence de caméras sur les paliers, remarque Harry.

— Il y en a une sur le nôtre.

— Pardon ?

— Je ne sais même pas si elle fonctionne. Elle est si bien dissimulée que tout le monde a oublié son existence. Orzel l'a installée lui-même, quand il a acheté son appartement.

— Merci, dit Harry. C'est une information précieuse. Bizarre que personne ne nous l'ait mentionnée.

— Parlez-nous de Louise, demande Angelina. Quel genre d'adolescente était-elle ?

— Du genre qui a des ailes et rend le monde meilleur. Un ange.

Il regarde l'inspectrice.

— Croyez-vous aux anges ?

— C'est une question personnelle. Cela concerne la foi de chacun.

— Oui, mais *vous*, croyez-vous aux anges ?

— La Bible en parle. Alors oui, j'y crois.

— Voilà ce qu'était Louise. Une fille gentille, serviable, innocente. C'est peut-être ce qui l'a perdue.

— Que voulez-vous dire ?

— Il y a des gens sur cette terre qui ne supportent pas l'innocence. Qui veulent tout polluer, salir, profaner. Vous savez, ce n'était pas ma fille, mais je l'aimais de tout mon cœur. Je me suis toujours demandé comment Orzel, qui évoluait dans un monde tellement tordu, avait pu enfanter un être aussi parfait.

— Un monde tordu ?

— Vous ne connaissez pas ses toiles ?

— Pas encore, avoue Harry.

— Giacomo Roncali en expose quelques-unes, dans la galerie dont Tadzio m'avait confié la construction, derrière le Lincoln Center. Ce sont de grands formats. Tout est criard et éclaté : les visages, les corps, les âmes. C'est pire que du Francis Bacon.

— Comment Liz réagit-elle à la disparition de sa sœur jumelle ?

— Les mots ne peuvent l'exprimer. Elles étaient une seule personne. Vous imaginez-vous, mort d'un côté et vivant de l'autre ? Moi, je n'y parviens pas. C'est un mystère. Une jeune psychologue reste à ses côtés en permanence. Elle s'emmure. Ne dit rien à personne. Si elle le pouvait, elle se donnerait la mort, j'en suis sûr. Laissez-lui vingt-quatre heures avant de l'interroger.

— Connaissez-vous Zach Hammerschmidt ?

— Oui, c'est un de ses camarades de classe. Elle l'aidait à préparer un exposé.

— Avez-vous jamais observé le moindre comportement déplacé de la part de ce jeune homme ?

— Non. C'est le fils d'un gros industriel. Une famille où on ne rigole pas tous les jours. Il file droit.

— Louise et Liz font de l'équitation, n'est-ce pas ?

— Oui, elles montent à tour de rôle un cheval que je leur ai offert. Il s'appelle Miyako, né de Polynesian et de Geisha, petit-fils de Native Dancer et arrière-petit-fils de Mellow Marsh, lui-même né de Surnatural. Très belle lignée. Miyako est l'autre nom de la ville de Kyoto. J'en ai acheté la moitié grâce à ça !

Il désigne, sur le mur, la photo d'une université à Kigali.

— J'ai acheté Kyoto avec Kigali ! Le Japon avec l'Afrique ! Si Liz parvient à surmonter son traumatisme, ce sera grâce à Miyako. Les jumelles avaient avec lui une entente presque magique. J'ai demandé qu'on le fasse venir du Connecticut et j'ai réservé un box aux écuries Sunrise, à Howard Beach. J'espère qu'il saura l'apaiser.

À son tour, Angelina pointe quelque chose sur le mur opposé.

— Que désignent les lumières qui clignotent ?

— Les vertes correspondent aux réalisations déjà existantes. Les rouges aux constructions en cours. Les bleues à nos proies.

— Vos proies ?

— Des territoires sur lesquels nous devançons les clients en proposant des équipements aux municipalités, aux régions, aux gouvernements. Nous recrutons des chasseurs dans les pays concernés pour faire déboucher les projets et occuper le terrain.

— Qui est Wu ?

— Mon associée. Xiaobing Wu. Elle est d'origine chinoise. Bonne architecte. Elle prend en charge les logements sociaux, les écoles primaires et secondaires, le travail *pro bono*. Elle vit plutôt en Californie. Les firmes dont le nom sonne japonais ou chinois attirent vingt-cinq pour cent de clients en plus.

— Ce sont des statistiques ?

— Mes statistiques personnelles. Croyez-moi, dans le monde de hipsters où nous vivons, ça aide.

— Et Cosgrove ?

— Michael Cosgrove, mon associé du New Jersey. Il dirige notre filiale spécialisée dans les automatismes et la domotique. Tous les bâtiments que nous construisons sont intelligents.

— Comment se traduit leur intelligence ?

— Ils sont bourrés de systèmes d'autorégulation, pour les économies d'énergie, l'efficacité écologique, la mobilité de leurs usagers. Et tout est pilotable à distance, d'un four électrique dans la cuisine de la cantine inter-entreprises à l'ampoule au-dessus d'un canapé.

— Pardonnez-moi, mais ça fait froid dans le dos. Imaginez que le système sache que je suis frileuse et fasse baisser la température pour m'emmerder ?

— Rassurez-vous, cela ne peut pas se produire. Vous jouirez toujours d'une atmosphère idéale.

— Vous êtes arrivé rapidement sur place, après que Giacomo Roncali a donné l'alerte.

— Je me suis précipité. J'ai dû commettre un excès de vitesse et brûler un ou deux feux rouges.

— Qui était déjà là ?

— Giacomo dit que Louise l'avait appelé à l'aide. Je ne comprends pas qu'il ne m'ait pas alerté, plutôt que de venir directement.

— Louise faisait-elle souvent appel à lui quand elle avait des soucis ?

Ashford se frotte le menton. Porte la main à son front. Croise les jambes. Autant de gestes parasites qui expriment généralement la gêne chez un témoin ou un suspect.

— Il a la légitimité d'avoir servi leur père. Les jumelles répartissent leur affection et leur obéissance entre Giacomo, Caroll et moi.

— Ce système fonctionne sans accrocs ni conflits? intervient Harry. Si j'avais la responsabilité paternelle d'un enfant, je n'aimerais pas qu'il accorde plus de confiance à un tiers qu'à moi.

De nouveau, Ashford se frotte les yeux et balaie d'un revers de main un peu de transpiration sur son front.

— Pour vous dire la vérité, je préférerais que les choses se passent autrement. Mais on ne peut pas changer le passé. Je suis une pièce rapportée dans leur vie. Leur père est mort quand elles avaient douze ans. Leurs références étaient déjà forgées. J'ajoute qu'il est plus difficile de voir un nouveau venu se substituer à un Tadzio Orzel qu'à un John Smith. J'aurais pu espérer que le temps émousserait leur peine, que leur chagrin ne serait pas éternel. Pas de veine : comme la renommée du père n'a fait que croître après sa mort, le travail du deuil est permanent. Il ne s'écoule pas une semaine sans que des livres sur lui soient publiés dans le monde entier et que Giacomo les dépose sur la commode de l'entrée. Sans parler des magazines. Elles redécouvrent sans cesse à quel point leur père était un type extraordinaire. Comment lutter contre ça?

— Préféreriez-vous que Giacomo se mette en retrait?

Ashford adresse à Angelina un air de surprise, comme si elle venait de lire en son cœur.

— Giacomo sait se faire aimer. Il soutient Caroll. Sans lui, je ne sais pas comment auraient tourné les jumelles. Pourtant, je ne devrais pas le dire, mais oui, j'aimerais parfois qu'il n'existe pas!

— Est-il aussi très proche de votre beau-fils?

— Sidohn n'est proche que de lui-même. Vous verrez, c'est un garçon à qui tout sourit. Il n'a besoin de personne. Ce n'est pas un avantage dans la vie. Ceux qui ne se sentent redevables de rien y perdent en humanité, vous ne croyez pas?

— Un de ses amis était présent dans l'appartement après que Zach Hammerschmidt en est parti. Le connaissez-vous ?

— Non. Sidohn vous en parlera lui-même.

Angelina se lève.

— Vous pouvez compter sur mon aide à tout moment.

— Je suis sûre que nous aurons encore besoin de connaître votre point de vue. Où pouvons-nous trouver votre beau-fils ?

— À cette heure, il est sûrement au café Bordeaux, sur la 7e Avenue.

16

Le café Bordeaux a été créé par un Français nostalgique de sa ville natale. On sert de grands crus aux œnophiles, d'antiques cognacs aux clients chinois des hôtels Pierre ou Plazza, et des cocktails à base de jurançon aux *millennials*. On fait circuler des toasts au foie gras et à la confiture d'oignons sur des plateaux d'argent. Le personnel affiche un mélange d'obséquiosité et de désinvolture. On pourrait se croire en France.

Les salons en enfilade se remplissent les uns après les autres tout au long de l'après-midi. Ils sont, comme les pièces d'apparat des demeures bordelaises, meublés de dessertes, crédences, tables et fauteuils de style Louis XVI et Directoire, mais repeints en rouge lie-de-vin. Des gravures représentant Bordeaux – la place de la Bourse, le palais Rohan ou le Grand-Théâtre – ornent les murs.

Angelina compose sur son téléphone le numéro de Sidohn Orzel. Dans le deuxième salon, un jeune homme se lève et agite en l'air son propre portable. Les deux policiers du NYPD s'avancent vers lui. Il porte un costume Hugo Boss et des lunettes de soleil. À sa table se tient un autre garçon, plus petit, en jean et blouson d'aviateur.

Sidohn présente son camarade :

— Cosmus Blacher étudie à Cornell, nous sommes dans le même groupe.

Angelina et Harry les saluent et s'asseyent. Ils commandent des jus de fruits.

— Sidohn, interroge Harry, où étiez-vous quand votre sœur Louise a été agressée ?

— À Cornell, en cours de gestion du risque. Le campus se trouve à Ithaca.

— Et vous ? demande Angelina à Cosmus Blacher.

— Je suis dans la filière *reporting financier*. Certains de nos cours sont communs, d'autres pas. J'étais à New York, chez Sidohn. J'avais des bouquins à y déposer pour lui.

— Vous rappelez-vous à quelle heure vous êtes venu ?

— Je n'en avais pas pour longtemps. Je suis arrivé à 14 heures et reparti à 14 h 15.

— Comment pouvez-vous être aussi précis ?

— J'ai compris que vous y attacheriez de l'importance. Alors j'ai imprimé les factures Uber.

Il leur tend deux feuillets. Des documents faciles à contrefaire, mais pourquoi se serait-il donné cette peine, sachant que les deux chauffeurs ne manqueront pas d'être interrogés ?

— Qui se trouvait encore dans l'appartement lorsque vous êtes reparti ? demande Harry.

— La cuisinière était prête à s'en aller, répond Cosmus. Louise travaillait dans sa chambre avec un camarade du lycée. Je les entendais. Le ton montait un peu.

— Ils se disputaient ?

— J'ai supposé qu'ils n'étaient pas d'accord sur la manière de rédiger un compte rendu ou un exposé.

— Quand vous êtes parti, Louise était donc encore avec son camarade. Vous en êtes sûr ?

— Absolument.

— C'est un point important, souligne Angelina.

Elle se rappelle que Zach a donné une version contradictoire, affirmant qu'un jeune homme discutait encore avec la cuisinière après son départ.

— J'en suis sûr. Il y avait quelqu'un dans la cuisine.

Angelina se tourne vers Sidohn.

— Quelles sont, ou étaient, vos relations avec vos sœurs ?

Le jeune homme mord dans un toast. La question aurait dû l'émouvoir. Au lieu de quoi il savoure son foie gras.

— Je dois dire la vérité, je suppose.

— Si c'est une question, c'est la plus étrange qu'on puisse poser à des flics, ironise Harry.

— Ce sont des jumelles. Elles forment un univers en soi. Aussi longtemps qu'elles sont ensemble, les autres n'existent pas. Plus jeunes, elles ont inventé leur propre langage, avec des mots dont elles seules connaissaient le sens. Entre elles, il n'y a même pas un interstice dans lequel se glisser. Au début, je tentais de leur donner de l'amour, mais elles sont imperméables. Elles n'ont jamais rien attendu de moi. Peu à peu, j'ai cessé de courir après leur affection. La mort de Louise me bouleverse. Ce qui lui est arrivé est horrible. Cela me fait une peine immense, mais je ne vais pas me jeter dans l'Hudson pour autant.

Angelina et Harry avalent une gorgée de jus de canneberge.

*

— Décontracté, le mec, constate Harry quand ils reprennent place dans leur véhicule.

— Je le crois. Il n'en a rien à foutre, de ce qui arrive à sa famille. C'est le genre de type dont le seul objectif dans la vie est de se gaver. De fric, de mojitos, de toasts au foie gras et de week-ends à Los Cabos avec des pétasses contrôleuses de gestion.

— Quelqu'un nous ment. Soit son copain qui dit être parti avant Zach, soit Zach qui prétend l'inverse.

— Intéressant, Hammerschmidt junior. J'ai hâte qu'on prenne le thé ensemble.

— Dans tous les cas, si la cuisinière ne discutait pas avec le copain de Sidohn, c'est qu'il y avait un fantôme dans la cuisine… ou quelqu'un d'autre.

— Arrête de déconner avec tes fantômes. Démarre, on file au Dakota.

*

— Harry, as-tu envie de passer à la télé ? demande Angelina alors que le Cadillac Escalade file sur Central Park West.

— Oui, si c'est dans *Temptation Island*.

— Pas de chance, ils n'ont pas encore de version gay. Prépare-toi plutôt pour la rubrique des faits divers. Regarde !

Fox, ABC, NBC et CNN ont garé sur la 72e Rue les fourgonnettes de leurs unités de reportage mobiles, coiffées d'émetteurs paraboliques.

— Estimons-nous heureux qu'ils ne nous soient pas tombés sur le dos plus tôt. Contourne par la 73e.

La voiture longe la façade nord du Dakota, puis les grilles du Mayfair.

— Le seul moyen de leur échapper serait de passer par les parkings souterrains, suggère Harry, qui fait référence à l'allée qui longe l'arrière de l'immeuble et dessert le parking souterrain du Mayfair.

Elle abaisse le pare-soleil pour accéder au miroir.

— Je ne veux pas leur échapper, seulement me préparer à avoir un peu d'allure sur les photos !

Elle remet ses cheveux en place et vérifie son rouge à lèvres.

Un cordon de sécurité a été mis en place devant le bâtiment. Après qu'ils l'ont franchi, Angelina descend du véhicule et fait quelques pas vers les reporters.

— La victime est une adolescente de quatorze ans. L'enquête progresse rapidement. Le bureau de presse vous informera de nos avancées. Nous n'avons rien de plus à annoncer pour l'instant.

L'inspectrice tourne déjà les talons tandis que, derrière elle, monte un brouhaha de questions. Elle sait que le pays tout entier aura désormais, sans délai, connaissance de ses moindres gestes.

*

L'appartement de la famille Orzel est devenu un caveau. Rien, ni lumière ni son, ne passe l'obstacle des doubles vitrages et des lourds rideaux dont la base s'affale sur le parquet. À l'intérieur, la douleur et la sidération, tel un capiton, amortissent le bruit des pas, les paroles, le souffle.

Caroll passe son temps allongée sur le vaste lit, double king size, où elle a tenté, le matin même, de mettre fin à ses jours. Des anxiolytiques la plongent dans une sorte d'hibernation sur laquelle veille une infirmière.

Angelina garde le silence, pour se faire pardonner d'avoir trop parlé lors de leur première rencontre.

Soudain, un elfe traverse le cadre sombre, semblable à celui d'un tableau, que forme l'embrasure de la porte. Angelina ne l'entrevoit que quelques fractions de seconde. C'est une très jeune fille vêtue de blanc.

Que l'inspectrice a l'impression d'avoir déjà rencontrée. Ses cheveux blonds formaient un halo autour de son visage. Elle avait la peau pâle, presque translucide, d'un cabochon d'opale.

— Liz, ta grand-mère t'attend ! lance une voix masculine, dans l'entrée.

La famille a demandé à la police que l'enfant soit autorisée à quitter la ville et à passer les jours suivants chez ses grands-parents, dans leur propriété des Hamptons, face aux dunes qui barrent la baie de Shinnecock. Rien, cependant, ne suturera jamais la plaie invisible, et douloureuse comme celle que laisse une ablation, qu'a découpée au plus profond d'elle la mort de sa moitié.

Trop de douleurs. Angelina s'asphyxie. Cette peine, cette pénombre, ces détresses, elle ne peut plus les absorber. Elle lâche la main glacée de Caroll et sort de l'appartement.

Ayant refermé la porte derrière elle, elle s'y adosse pour reprendre son souffle.

*

Dès sa naissance, le Dakota attira la clientèle la plus huppée de la ville parce qu'on y proposait aux propriétaires, en plus d'une adresse vouée à devenir prestigieuse, des prestations que n'offrait aucune autre résidence. Cent cinquante employés se tenaient à leur service : liftiers, gardiens, blanchisseuses, tailleur, gouvernante, charpentiers, peintres, électriciens, plombiers, palefreniers. Des repas étaient proposés à ceux qui le souhaitaient dans une salle à manger commune, aux dimensions de cathédrale, où le menu, rédigé en français, comportait couramment huîtres, caviar, langoustes, bœuf Stroganoff, arrosés de champagnes et de grands crus. Cette opulence dura jusqu'au milieu du XXe siècle. Le Dakota demeure cependant l'un des immeubles les plus luxueux du monde.

Angelina, Harry et Patrick prennent place dans l'ancienne salle à manger collective, une grande pièce haute et voûtée comme une église, où Octavia a fait servir du thé et des scones.

— Qui a laissé partir la cuisinière ? rugit Angelina.

— Elle n'a rien demandé à personne, elle s'est juste barrée, répond Patrick.

— Où est-elle, à présent ?

— À Tegucigalpa.

— Pardon ?

— Tegucigalpa, la capitale du Honduras. Elle est rentrée chez elle.

— Patrick, tu es en train de me dire que notre témoin clé a passé la frontière sans qu'on l'en empêche ?

— Témoin, en effet, pas accusée. Je lui avais quand même dit qu'elle devait rester à notre disposition. On peut la faire interpeller par la police hondurienne.

La boss peine à contenir sa fureur.

— Patrick, ta connerie serait risible si elle n'était pas pathétique. On parle d'une gamine de quatorze ans assassinée par un détraqué que ton incompétence aura protégé !

— Sais-tu combien de tonnes de papier il faut noircir pour obtenir l'intervention d'une police étrangère ? s'étrangle Harry.

— Je suppose, dit Angelina, que nous allons devoir nous en remettre au disque de la caméra du palier.

Patrick ajuste son assise sur sa chaise. Il noue et dénoue ses doigts nerveusement.

Angelina le dévisage.

— Tu ne vas quand même pas me dire que l'enregistreur est au Guatemala ou au Costa Rica ?

— Il y avait bien une caméra miniaturisée, dissimulée dans le plafonnier. Mais pas de système d'enregistrement.

Harry n'en revient pas.

— On installe parfois des caméras factices, pour faire croire aux cambrioleurs qu'ils sont filmés. Mais, dans ce cas, on ne les dissimule pas, on les met en évidence !

— M. Orzel avait des idées un peu bizarres, les interrompt alors Octavia en ajoutant des scones sur le compotier.

— Nous savons à présent, reprend Angelina une fois la concierge repartie, que Cosmus Blacher, un ami de Sidohn Orzel, est venu rapporter des livres à l'appartement, pendant que Louise était enfermée dans sa chambre avec Zach Hammerschmidt. Blacher s'en est allé. Un autre homme a pris sa place dans la cuisine, où il a parlé avec la cuisinière. Pour connaître l'identité de cet individu, nous avions trois pistes : la cuisinière, l'enregistrement de la caméra du palier et le registre. La cuisinière s'est barrée. L'enregistreur n'a pas enregistré. Il reste le registre.

Ils rappellent la concierge.

Sans qu'on puisse dire si le crime, le stress qui a suivi ou la honte de se voir prise en défaut en sont la cause, Octavia, qu'ils ont connue si maîtresse d'elle-même à leur première rencontre, est au bord des larmes.

— Euh… Le registre ne mentionne personne d'autre.

— Bravo ! Avec un peu de chance, Polanco est en ce moment devant l'immeuble en train d'expliquer aux journalistes qu'il leur donnera le nom de l'assassin d'une minute à l'autre !

Octavia prend pour elle une partie de la violence d'Angelina. Et préfère de nouveau se retirer. Quand elle passe, Patrick lui effleure discrètement la main.

— Fais gaffe, Patrick, prévient Angelina après qu'Octavia est sortie.

— À quoi ?

— J'ai vu ce que tu viens de faire. Tu sais très bien de quoi je parle !

Patrick ne peut contenir son énervement. Brusquement, il se lève et sort.

Angelina se sent soudain comme un général qui part pour la guerre sans la moitié de ses troupes. Sur la seule année écoulée, Adam a élucidé à lui seul plus de cas que tout le reste de l'équipe, Harry mis à part. Sa vivacité, son esprit logique implacable, son courage, son ardeur juvénile manquent cruellement au service. Zelda, elle, fayote auprès de Polanco et se comporte comme une vipère. Et voilà que, à présent, Patrick se révèle incapable, cossard, veule, immature.

— Il l'a toujours été, rappelle Harry. Mais les succès de Leaf faisaient oublier ses défaillances. Tu as été trop indulgente avec ce type. Trop maternelle.

L'adjoint la voit se raidir : elle croit qu'il vient de faire allusion à l'écart d'âge qui la sépare de son mari. Il tente de se reprendre. Elle ne lui laisse pas le temps d'ouvrir la bouche :

— Ne me redis jamais plus un truc pareil ! rugit-elle. Étant la patronne, il est normal que je couvre mon équipe. Ça ne fait de moi ni une matrone ni une mère poule.

Elle est à cran. Harry laisse tomber.

17

La réussite de Chow & Daughter, le *convenience store* à l'angle de la 8e Avenue et de la 37e Rue, se mesure à l'accroissement progressif de sa surface : absorption de trois boutiques voisines, acquisition de l'étage au-dessus de l'établissement d'origine, apposition d'une enseigne géante sur l'ensemble ainsi constitué.

La moitié du rez-de-chaussée est affectée à une zone de restauration en libre-service. Des bacs d'aluminium posés sur un bain-marie maintiennent chauds des plats cuisinés : currys, cuisses de poulet, tranches de porc aux pruneaux, nouilles aux champignons noirs, soupes pékinoises, riz cantonais, ragoûts de bœuf. Sur un lit de glace, de l'autre côté d'une allée, d'autres récipients composent une palette de peintre : vermillon des tomates de l'Indiana, mauve profond des betteraves cuites, vert absinthe des concombres, orpiment du maïs égrené, arc-en-ciel des salades de fruits. On trouve les denrées alimentaires et les conserves sur les rayonnages alentour.

Les cosmétiques, produits d'hygiène et parfums s'étalent sur la seconde moitié de ce rez-de-chaussée.

Un petit escalator mène les clients du libre-service vers une salle à manger aux allures de réfectoire.

Kenneth Quist parcourt les travées de présentoirs avec une attention d'inspecteur de l'administration fiscale, prenant des photos des rayons qui l'intéressent, notant la provenance de quelques produits, touchant, palpant, frottant entre ses doigts la matière des articles.

Son manège intrigue le robuste sexagénaire chinois qui tient la caisse. Celui-ci demande à un employé de le remplacer et se dirige vers Quist.

— Pour s'intéresser à ce point à ma marchandise, estime-t-il, je ne vois qu'un agent du Bureau de la protection des consommateurs ou un concurrent désireux de s'aligner sur mes tarifs. Mais comme vous n'avez pas de scanner…

— Arrêtez votre baratin, intime le policier en exhibant son badge.

— Je n'ai rien à me reprocher.

— C'est ce que disent les trois quarts des locataires de Rikers Island avant la première fouille. Connaissez-vous cet homme ?

Kenneth lui met sous le nez une photo d'Adam Leaf. L'homme soupire. Machinalement, il porte la main à son épaule.

— Oui.

— C'est bien lui qui vous a désarticulé le bras lors d'une descente en juillet, il y a trois ans ?

— Oui. On n'oublie pas ce genre de chose : six semaines d'arrêt de travail. Et vingt-cinq pour cent de motricité en moins !

— Pourtant, vous n'avez pas porté l'affaire devant le tribunal.

— Vous admettrez que les circonstances rendaient ça difficile.

Il réfléchit un instant.

— Et puis, ajoute-t-il en enveloppant son *convenience store* d'un geste du bras gauche. J'ai refait ma vie, comme vous le voyez.

Ken, à son tour, jette un regard circulaire sur l'établissement, d'un air faussement admiratif.

— En effet. Qui croirait que, il y a à peine trois ans, la cantine du premier étage hébergeait un tripot ?

— D'abord, ce n'était pas un tripot, mais un casino.

— Clandestin.

— Oui, mais un *casino* clandestin. Ensuite, j'ai été condamné, j'ai purgé deux ans de prison. Puis, je le répète, j'ai refait ma vie. Je ne comprends pas pourquoi vous venez m'emmerder avec cette vieille affaire.

— À votre place, je ferais tout pour me venger de ce flic qui a coulé mon business. Un jour, vous êtes le roi de Macao, et le lendemain, estropié, dans le box des accusés. Vos ancêtres ont dû cabrioler dans leur caveau.

— Laissez mes ancêtres en dehors de ça, je vous prie. Vous devenez raciste. Et arrivez-en au fait. Que voulez-vous ?

— Vous poser quelques questions.

— Allez-y.

— Vous avez un petit rayon de perruques. Les masques respiratoires près de la caisse, je comprends : les Asiatiques en utilisent souvent. Mais les perruques ! Vous avez une clientèle, pour ça ?

— Oui. Des vieilles femmes qui perdent leurs cheveux. Et parfois des travestis. Il y a un cabaret à cinquante mètres. Qu'est-ce que ça peut vous faire ?

— Leaf, le flic qui a mis au jour votre… cercle de jeu, a été agressé. Il a failli mourir. L'agresseur portait un masque et une perruque.

— Des milliers de commerçants en vendent.

— C'est vrai. Mais je pense que vous auriez, vous, des raisons de lui en vouloir.

— Le pardon n'existe pas chez nous. La mansuétude nous éloigne, beaucoup plus efficacement, de la rancune et de la rancœur.

— Merci pour le sermon. Mais je ne parle pas de votre bras, ni de votre condamnation.

— De quoi, alors?

— Le fric. Quand votre maison de jeu a été fermée, l'argent des paris de la semaine a disparu. Il y en avait pour un demi-million de dollars.

— Je n'y étais pour rien.

— J'ai une théorie : imaginez un flic débutant, issu d'une famille pauvre, impressionnable, qui voit pour la première fois un tel paquet d'oseille. Le tenancier passe un accord avec lui : quand il sortira de prison, ils se partageront le butin, entre-temps mis à l'abri. Mais voilà, le flic est malin. Il veille à rester fauché afin de ne pas attirer les soupçons, et le pauvre bougre se fait rembarrer quand il sort de taule.

— Vous êtes scénariste, à vos heures perdues?

L'ironie du commerçant déplaît à Quist.

— Vous ne seriez pas le premier qui conclut un arrangement foireux avec un flic à court d'argent. Mais organiser une tentative de meurtre, ça ne vous vaudra pas deux années derrière les barreaux, plutôt le reste de votre vie.

Chow regarde le policier en souriant. Calme. Impavide.

Ken ne comprend pas. Dans le regard de son interlocuteur, pas la moindre trace de panique.

— Je vois que vous n'êtes pas au courant, suppose celui-ci.

— De quoi?

— L'argent a été retrouvé. Il ne manquait que vingt mille dollars. Le FBI a récupéré le magot à Honolulu, où l'un de mes croupiers s'était carapaté. Bien sûr, tout a été confisqué. Votre collègue n'a pas trempé là-dedans.

Quist serre les dents.

— C'est donc vrai, ce qu'on dit, triomphe le commerçant.

— Quoi ?

— Que le NYPD et le FBI se tirent la bourre. Vous devriez vous parler, de temps en temps.

Le policier peine à admettre sa défaite. Et c'est à contrecœur qu'il se dirige vers la sortie.

— Un mot encore, menace-t-il en brandissant son téléphone. Si vous aviez la mauvaise idée de raconter notre conversation à qui que ce soit, j'ai là-dedans la preuve que vous vendez des articles contrefaits. Et j'ai fait un tour dans vos cuisines, au premier étage. J'y ai trouvé deux Sri-lankais sans papiers. Alors, un mot de vous, et je vous fais embarquer.

— Chez moi, on dit que les bavardages sont une écume à la surface de l'eau. Je n'ai pas l'habitude de faire de vagues.

Amer et enragé, Quist sort.

Chow était le dernier nom sur sa liste de criminels et délinquants arrêtés par Leaf et susceptibles de lui en vouloir à mort.

18

Dino revient, comme il l'avait promis, avant que le soir tombe.

Et trouve Adam en train de regarder CNN sur l'écran de son ordinateur.

— Ma femme passe à la télé toutes les demi-heures.

— J'ai vu. En pensant à cette pauvre gamine assassinée, j'ai imaginé tout ce que j'aurais perdu si ma vie s'était arrêtée à quatorze ans. La compétition de lutte gagnée à quinze. Le premier baiser à seize. La première bagnole à dix-sept. La première cuite. La première virée hors de la Louisiane, putain, quel bol d'air ! Le premier salaire. Le premier enfant. Le premier divorce. Tous les rires, les voyages, les cadeaux reçus et ceux offerts. Les hontes, les mauvaises actions. Les rédemptions. Tout ça lui a été volé. Elle s'en fout un peu, maintenant. Ce qu'elle a perdu n'était que virtuel. Mais, crois-moi, rien que d'y penser, j'en ai chialé.

— Aide-moi à me coucher.

Dino installe Adam dans son lit mécanisé et l'aide à avaler ses médicaments. Puis il le borde. Il hésite à se retirer, mais finit par laisser son patient en la seule compagnie de Clara. Celle-ci somnole déjà, dans le nid de couvertures de bébé que lui a confectionné Doris sur une étagère, dans le champ visuel du jeune homme.

*

Adam la regarde dans le clair-obscur de la nuit urbaine, après que Dino a refermé la porte du monte-charge. Elle a les yeux entrouverts, mais reste immobile.

— Tu fais semblant de dormir, dit-il. Si on fait semblant ensemble, le sommeil arrivera peut-être. Mais je pars avec un avantage : je viens de m'enfiler deux milligrammes de zopiclone. Bonne nuit.

Comme si elle comprenait le sens de ces mots, Clara clôt ses yeux et s'endort.

*

Leaf lutte d'abord, pied à pied, contre les molécules hypnotiques. La présence d'une étrangère le perturbe, et encore davantage quand il se représente que le capucin a atteint un âge équivalent à celui d'un humain de trente-cinq ans. Clara est, proportionnellement, de sept ans plus vieille que lui ! La respiration du petit singe soulève doucement les layettes roses et bleues dont il s'est enveloppé comme un bébé. En observant cette pulsation, Adam ressent une gêne à partager son intimité avec une aînée, et une frustration de savoir qu'elle a vécu tant d'expériences à jamais incommunicables.

Leaf traverse alors la nuit la plus étrange de sa vie. Les notes de musique qui l'ont ému s'élèvent de nouveau, à peine plus lentes, en se détachant les unes des autres. Chacune, comme une fléchette, vient se ficher sur la voûte des rêves. Les mélodies et les harmonies, sèches et mathématiques, ne portent à aucun sentimentalisme. Elles forment pourtant une équation d'une bouleversante beauté, qui liquéfie le ciel et réduit l'infini aux contours d'une bulle irisée. Adam tente de toucher cette bulle. Sous le drap que Dino a lissé et tendu, son avant-bras droit se soulève. La résistance de la toile fait obstacle à la main qui se tend. Un effort douloureux redresse le membre encore un peu plus. Puis l'avant-bras s'affaisse. La main s'aplatit sur le drap.

*

Le réveil sonne. Il est 7 h 30. Clara, qui s'est perchée sur le barreau chromé supérieur de la tête de lit, bondit sur l'appareil et, d'un coup de poing encore mal ajusté, écrase le bouton qui fait taire l'alarme. Elle vient se poser sur l'oreiller et tend ses doigts vers les sourcils d'Adam. Qu'elle soulève légèrement pour aider les yeux à s'ouvrir. Ce geste enfantin le bouleverse. Il redoutait jusqu'alors de se laisser attendrir et de déchoir en parlant au singe comme on s'adresse à un être humain. Cette crainte se dissipe.

— J'ai mal dormi, dit-il. Des rêves imbriqués les uns dans les autres…

Clara se fige et l'écoute, les yeux bienveillants et grands ouverts.

Adam, resté emmuré dans sa conscience pendant tant de semaines, et dont la durée de ce black-out a exacerbé la sensibilité, en ressent une immense gratitude. Peu importe qu'ils se comprennent ou pas : ils peuvent se confier l'un à l'autre, chacun avec son propre langage. Le capucin émet un gémissement, une sorte de *glissando* satisfait. Il faudra qu'Adam élabore, au fil du temps, un lexique qui rendra ces cris et couinements intelligibles.

— Donne-moi la télécommande.

Clara saisit le boîtier et le place sous la main valide de son maître. Celui-ci presse un bouton pour redresser le lit.

Adam est presque assis. La pression de la tête, amoindrie, permet à l'oreiller de chuter.

— Café !

Leaf laisse pendre le câble de la télécommande. Clara se déplace et bondit sur le comptoir de la cuisine, près de la machine Krups. À sa gestuelle défiante et circonspecte, à ses expressions pétochardes, on pourrait penser que deux ennemis, l'un de chair et l'autre d'acier, se tiennent côte à côte sur le plan de travail, chacun évaluant, cauteleusement, le degré de dangerosité de l'autre. D'un geste furtif, le capucin appuie sur le bouton « power ». Un voyant rouge s'allume. Avec la promptitude de Tom Cruise désamorçant une bombe dans *Mission impossible*, il ouvre le clapet destiné à recevoir la capsule. Y insère le petit cône d'aluminium et referme le réceptacle. Un appui sur un bouton, qu'un adhésif jaune collé à son intention rend mieux repérable, déclenche dans les entrailles de l'appareil un jet d'eau et de vapeur. Un réflexe de recul précipite Clara dans l'angle de la crédence. La veille, Dino a placé une tasse sous le tuyau duquel jaillit à présent un expresso force 10. Clara se met les doigts dans le nez pour empêcher l'odeur d'entrer dans ses narines.

Sa concentration transforme en bruit de fond les paroles d'Adam.

— Pendant mon sommeil, j'ai entendu la musique que tu aimes. C'était magnifique. J'en ai rêvé que mon bras se soulevait…

Alors qu'il prononce ces mots, le regard d'Adam se porte sur le pli du drap, au niveau de son avant-bras. Son visage se fige : le drap est défait, désolidarisé du matelas qui le retenait. Et si…

C'est impossible. Les choses ne se produisent pas ainsi, dans l'inconscience du sommeil, sans effort ni douleur.

Sans oser trop y croire, il s'essaie à soulever son avant-bras. Et y arrive. Il se rend même compte que ses muscles se raidissent du coude à l'épaule, presque imperceptiblement, mais sans que le doute soit permis. L'avant-bras arrive à se redresser de cinquante degrés, et le bras de vingt. Habitué à vivre dans un univers de degrés, chacune de ses victoires se mesure en angle plus ou moins ouvert selon l'ampleur des progrès. Figée et silencieuse, près de la machine à café, Clara le contemple, l'air convaincue qu'elle doit le laisser savourer son exploit. Et par à-coups successifs, qui lui prennent plusieurs minutes, Adam parvient, par ses propres moyens, et pour la première fois, à dégager son bras droit.

Clara vient alors se placer sur le sol. Arc-boutée sur la traverse de la tablette roulante, elle la fait glisser vers le lit. Son maître parvient à placer sa main à plat sur le plateau où se trouve déjà son ordinateur en veille.

La raison d'Adam l'empêche de lier cette prouesse aux notes de piano de ses rêves et d'y voir autre chose qu'une concomitance. Il se jure au moins d'identifier le génie qui a pu accoucher de la musique la plus sublime et encourageante qu'il ait jamais entendue.

Clara revient sur le comptoir de la cuisine. Le café a coulé dans la tasse, assez haute et épaisse pour que soient jugulés les risques de brûlure et de renversement. Elle la saisit par l'anse et, d'en haut, la place sur un tabouret. Puis elle saute sur le sol, attrape la tasse pour l'apporter jusqu'à la table roulante, où elle la dépose en veillant à ne rien renverser. Elle s'applique, comme un enfant qui veut bien faire.

Doris a expliqué à Adam qu'il y aurait forcément des accidents, un peu de vaisselle cassée, quelques hématomes. Pour l'instant, il ne peut s'empêcher d'admirer la maîtrise dont fait preuve son aide à domicile d'un genre si spécial.

Sans même qu'il le lui ait demandé, le singe place une paille surdimensionnée dans la tasse. Sa longueur permet aux lèvres d'Adam d'atteindre l'extrémité sans avoir à se pencher. Une idée folle vient à l'esprit du jeune homme. Ses lèvres dédaignent la paille. Il plie son coude, ce dont il était jusqu'alors incapable… Et ses doigts saisissent l'anse. Mais la tasse pèse cent kilos. Il serre les dents. Le raidissement des muscles du bras pendant la nuit n'était ni une illusion ni un signal trompeur : la tasse décolle. Au prix d'une souffrance presque insoutenable, Adam la pilote jusqu'à son menton, puis jusqu'à sa bouche. L'incliner présente d'autres difficultés. Calculer l'angle, limiter les vibrations, la stabiliser sur la piste d'atterrissage de la lèvre inférieure… Quelques gouttes de café chaud s'écoulent sur la peau de son cou. Il boit ce qui reste avec délice.

L'effort l'a exténué. Il ne lui reste plus assez de forces pour ramener la tasse sur la tablette. Clara s'en rend compte. Elle rattrape la tasse à l'instant même où il allait la laisser tomber.

19

En arrivant aux écuries Sunrise, à Howard Beach, Angelina s'attendait à trouver un hôtel cinq étoiles réservé à des stars des hippodromes, dorlotés par une armée de palefreniers en gants blancs. En réalité, l'établissement se compose seulement d'un mobile-home où est hébergée l'administration, de réserves à fourrage logées dans de longs containers rouges, d'un vaste manège en plein air et d'un bâtiment qui abrite une trentaine de boxes de part et d'autre d'une allée centrale.

L'inspectrice gare son SUV devant le mobile-home, à côté de la Mercedes de Caroll Orzel. Le chauffeur surveille l'entrée de l'écurie, à une trentaine de mètres de là. Quand il la voit approcher, il lui adresse un signe de connivence et quelques mots :

— Dernière stalle, au fond à gauche.

En arrivant au centre hippique, Angelina a remarqué que la plupart des chevaux s'entraînaient sur le manège, tandis que quelques poneys promenaient des enfants entre les arbres qui longent Conduit Avenue. La jeune femme s'enfonce dans le vaste espace caverneux, tiède et dépeuplé. Elle entend une enfant qui chantonne à mi-voix la berceuse extraite du film d'animation *Coco :* « Ne m'oublie pas ».

Le pas d'Angelina fait crisser la paille.

La voix se tait.

Angelina continue d'avancer. Un cheval fait frémir ses naseaux. Dans le dernier box, Liz étreint la tête de l'animal, comme elle serrerait le tronc d'un arbre. C'est pour lui qu'elle chantait. Elle ressemble plus à une fillette qu'à une adolescente. La séparation et la douleur ont rendu dissemblable ce que la nature avait fait identique : son visage semble plus fin et plus creusé que celui de sa jumelle.

Bien que consciente d'une présence intruse, Liz ne bouge pas. Angelina finit par briser le silence.

— Il s'appelle Miyako, n'est-ce pas?

La fillette tourne à peine la tête. Elle reconnaît la jeune femme, l'ayant entrevue au Dakota le jour où sa mère a tenté de se donner la mort.

Pour considérer Miyako, les humains doivent lever les yeux. C'est un colosse. Cependant, la rectitude de son profil, la vivacité de ses yeux, la gracieuse incurvation de son encolure, la finesse de ses jambes donnent à sa morphologie une telle élégance que sa masse se fait oublier. La lumière zénithale des verrières, jouant sur sa robe baie aux reflets caramel, la fait luire comme de l'astrakan.

Sans se donner la peine de répondre, Liz prend le cheval par la bride et l'entraîne à l'extérieur du box. Elle décroche d'un clou un sac dont elle vide le contenu sur le sol de terre battue : des étrilles, des peignes, des brosses en chiendent, des gants de crin.

— Cette brosse sert à enlever la poussière et les poils morts, murmure Liz. Il faut passer la lanière sur le dos de la main.

Angelina hésite. La lanière au dos de l'étrille est distendue et laisse assez de place pour que sa main se superpose à celle de l'adolescente. Mais elle fait ce que Liz semble attendre d'elle.

— On commence par le cou, en traçant des cercles.

Angelina voit sa main suivre celle de l'enfant. Elles sont toutes proches l'une de l'autre. Miyako se laisse faire. Il y prend du plaisir.

— Maintenant, il faut retirer la bourre entre les piquants.

De deux doigts, Liz détache de la brosse des amas de poils morts.

— Et là, reprend-elle, on va vers la gorge et vers la poitrine…

La voix de Liz faiblit.

La main d'Angelina prend le relais et guide la brosse sur le corps de l'animal. Ses bras enveloppent Liz, dont les larmes coulent doucement. Miyako penche sa tête vers elle. Du bout des lèvres, avec une délicatesse infinie, il lui mordille le cou. Liz cesse de pleurer.

*

Liz et Angelina se sont assises sur des tabourets d'écurie, entre deux silos à fourrage.

— Il t'a mordue ? demande Angelina.

— Miyako ? Bien sûr que non. Les juments font ça à leurs poulains quand ils sont malheureux.

— Il ne faut pas se fier à ses impressions… On croit parfois, à tort, que ceux qui nous font du bien nous veulent du mal. Dans d'autres cas, on a bien raison de s'en méfier. Celui qui voulait du mal à ta sœur donnait peut-être le sentiment qu'il l'aimait.

Liz ne saisit pas l'occasion que lui offre Angelina de signaler un comportement suspect de Giacomo. Elle garde le silence. En une demi-heure de conversation, elle n'a pas dû prononcer plus de dix mots.

— Zach Hammerschmidt, dans quelle catégorie le rangerais-tu ?

Enfin, une question d'Angelina qui éveille son intérêt, mais pas au point qu'une réponse jaillisse.

— Sur quel sujet précis portait son étude ?

— Il voulait savoir si la poitrine des filles grossissait au même rythme chez des jumelles.

Angelina peine à déglutir.

— Il a voulu vérifier, poursuit Liz.

— Où cela s'est-il passé ?

— À la maison. Dans la cuisine.

— Vous étiez seuls ?

— Madalena Concepción était partie faire les courses.

— Il s'est montré violent ?

— Je ne lui en ai pas laissé le temps. Quand il a tendu ses mains vers mes seins, je l'ai menacé.

— De quelle manière ?

— J'ai attrapé le couteau à pain. Il a eu peur tout de suite et s'est enfui.

— A-t-il tenté la même chose avec ta sœur ?

— Je ne sais pas, mais je l'ai mise en garde.

Angelina se rend compte qu'elle fait revivre les moments qui ont précédé la mort de Louise. L'adolescente se tend. Sa main tremble.

Angelina sent qu'elle n'obtiendra rien de plus.

— Je pensais que Miyako serait logé dans un palace, dit-elle pour faire diversion.

— Normalement, il l'est, répond précipitamment Liz afin de chasser de son esprit les pensées atroces qui le traversent. Edwin et maman n'ont rien trouvé de mieux pour lui entre Manhattan et les Hamptons. Ce n'est pas si mal. Les propriétaires font des efforts. Ils aiment vraiment les chevaux. Ils les font monter par des enfants autistes, et il paraît que ça les réconforte…

Le chauffeur a mis en marche le moteur de la Mercedes-Benz, dont le ronronnement parvient à leurs oreilles.

— Charlton veut qu'on parte, constate Liz. Il a raison. Mes grands-parents comptent mes minutes de retard. Au-delà de cinq, ils appellent les flics.

— Tu leur diras que la police était déjà là.

L'adolescente sourit.

— Si jamais un cheval me mordille le cou, je saurai grâce à toi que c'est un signe d'amitié.

L'adolescente presse le pas vers la voiture. Charlton adresse un signe de la tête à Angelina. La berline démarre. Sur le siège arrière, Liz s'est repliée sur elle-même. Angelina a le temps de la voir sangloter.

20

Le quartier général du New York Police Department est un énorme cube rouge, à la base duquel d'autres parallélépipèdes forment des protubérances et décrochements. Il fait face, à l'ouest, au bâtiment David N. Dinkins, qui abrite les services municipaux. Celui-ci se déploie comme en paravent à trois panneaux, qui enveloppe le City Hall Park. Un gigantesque beffroi flamand, surhaussé d'un clocheton, le surmonte. Angelina ne peut s'empêcher d'y voir un croquembouche géant.

Le bâtiment administratif fait écran entre son bureau et le gratte-ciel du One Word Trade Center.

— Un immeuble de trente-quatre étages, dit-elle à Harry, nous en cache un autre de cent quatre étages. Passer un jour à côté d'un truc énorme sans le voir me fout la trouille. Dans notre métier, une erreur de perspective peut faire des morts.

— Pour ne passer à côté de rien, j'ai fait expertiser le téléphone portable de Louise. On n'y a rien trouvé de plus que les foutaises que toutes les gamines accumulent sur leur smartphone. Ni insultes ni menaces. Mais des messages, des GIFs, charmants et mièvres à en pleurer, comme s'il en pleuvait.

— Et celui de Giacomo Roncali ? demande Angelina. On a vérifié l'appel qu'il dit avoir reçu ?

— Oui. Il est bien arrivé sur sa messagerie vocale à 14 h 35. Exactement tel qu'il nous l'a décrit.

— J'ai vu Zach Hammerschmidt dans le couloir. Tu l'as convoqué ?

— J'allais le faire, mais il m'a devancée. Il veut nous donner des gages et m'avouer, je suppose, ce que nous savons déjà.

— Son « Twin Girls Challenge » ?

— Oui. Il ne pouvait rien confier devant son père, tellement il avait peur de dérouiller. Entre-temps, j'ai aussi découvert qu'il avait tenté des gestes déplacés sur la personne de Liz.

— Cette affaire pue.

— Exact. Depuis le début.

Angelina se mordille la lèvre. Chez elle, c'est un signe de contrariété.

— Ce qui me fait penser que nous barbottons loin, très loin, de la vérité, ajoute Harry, ce sont les phalanges calcinées. Faire disparaître les empreintes digitales d'une ado de quatorze ans, que nous pouvons reconstituer sans problème et qui, de toute manière, ne figurent sur aucun dossier, n'a pas le moindre sens. Tu te rappelles l'affaire du banquier Orsini ?

— Oui, l'assassin lui avait coupé l'index.

— Il s'en est servi ensuite pour tromper le système de reconnaissance digitale d'une chambre forte. Au moins, il avait une raison ! Mais là, c'est de la pure barbarie !

— Plutôt que chercher seulement des mobiles rationnels à ce crime, on devrait peut-être aussi aller voir du côté des pervers.

— J'attends encore le rapport du service génétique, répond Harry. Tant qu'on n'a pas le résultat des analyses ADN, impossible d'exploiter le fichier des délinquants sexuels, sadiques et autres détraqués. Je dois partir.

J'accompagne Zelda aux archives. Elle pense y dénicher des informations sur l'agresseur de Leaf.

— Je te remercie d'y aller avec elle, dit Angelina. Je préfère garder Kenneth ici. Ce fouille-merde finira bien par nous trouver un indice exploitable.

— Ne te fatigue pas, répond Harry. Je sais bien que tu ne lui accordes aucune confiance dans l'affaire Leaf.

— Il a trop de préjugés contre Adam.

— Que la victime soit un rival plus brillant, de surcroît marié à la patronne alors qu'il n'arrive pas, lui, à garder une cadette dans son lit plus d'une semaine, il y a de quoi énerver.

— Il pense qu'Adam ne nous dit pas tout, qu'il en sait plus qu'il ne l'admet sur son agresseur.

— Kenneth-la-Fouine est un complotiste. Ce qu'il prétend est aussi stupide que croire… que la Terre est ronde !

Harry éclate de rire.

— Adam te considère comme le grand frère qu'il n'a pas eu, reprend-elle. Tu le connais depuis plus longtemps que moi. Alors tu sais qu'il dit la vérité.

— Oui. Zelda doit m'attendre. Je pars. Tire les vers du nez au petit crétin et donne-lui une bonne leçon.

— Je n'y manquerai pas.

*

— Bonjour, Zach. Entre et installe-toi.

Elle lui désigne la chaise longue de cuir brun, semblable à celle qu'on trouve dans les cabinets de psychanalyste, placée dans un angle de la pièce, face au mur.

L'adolescent est vêtu d'un costume Ermenegildo Zegna, qu'il porte avec le même naturel que s'il s'agissait d'un ensemble de jean à soixante dollars. Les riches ont ça dans le sang, songe Angelina un instant, avant de chasser cette idée idiote de son esprit.

Elle remarque ses taches de rousseur. Son menton en galoche. Ses yeux perdus. Son front qui transpire.

Zach ne sait comment s'y prendre pour s'installer sur le siège. Il choisit le côté, sans savoir s'il s'assied ou se couche. Sous ses fesses, le cuir touche presque le sol. Pour perturber témoins et suspects, le fauteuil Freud fait des merveilles. Il moule et emprisonne. Il offre l'abandon, subvertit les stratégies, étouffe dans sa bulle de confort les alibis fallacieux.

— Tu as demandé à me voir. Ton père serait-il d'accord pour que tu sois là sans lui, et sans son avocat?

— Je suppose que non.

— Qu'as-tu à me dire?

— Je me suis rappelé quelque chose.

— En rapport avec notre enquête?

— Oui.

— Je t'écoute.

— J'ai fait une connerie. J'ai lancé un challenge sur les réseaux sociaux. Depuis que Louise est... partie, j'ai essayé de tout effacer. Sur Snapchat, c'est facile, mais sur Facebook, tout le monde a partagé...

— En quoi consiste ce challenge?

— C'est le «Twin Girls Challenge». L'idée est que mes followers peuvent parier sur Louise ou sur Liz.

— Sur quels critères?

— C'est compliqué...

— Zach, tu es venu de ton plein gré, ce n'est donc pas pour m'expliquer que la vie est compliquée. Pour ça, j'ai déjà les œuvres de Kierkegaard dans ma bibliothèque!

— Les gens devaient parier sur celle avec qui je réussirais à coucher en premier.

Il a jeté l'aveu vers le mur, comme pour s'en débarrasser, l'expulser, s'expurger.

— Dans quelques mois, dit Angelina, je vais avoir une petite fille. Un jour, elle aura ton âge. Ce que contiendra son cœur, je n'en sais encore rien. Mais ce dont je suis sûre, c'est qu'il y aura plus d'élégance que dans le tien, qu'elle n'organisera pas de chasse aux beaux mecs et ne prendra pas les hommes pour des objets à utiliser et jeter aux chiottes après s'être torchée avec.

Zach se décompose. Puis se met à sangloter.

— Je vais aller en prison ?

— Pour ton challenge débile, sans doute pas. Mais pour autre chose, peut-être.

— Je ne comprends pas, je vous ai tout dit !

Le garçon transpire. Il voudrait se redresser, mais le fauteuil Freud limite ses mouvements. Se sentant piégé, comme dans un hamac trop profond dont il ne peut s'extraire, l'héritier pitoyable pleurniche.

— Ton étude bidon sur les jumeaux s'intéressait surtout à la psychologie, n'est-ce pas ?

L'adolescent comprend au quart de tour où Angelina veut l'amener.

— La psychologie et la physiologie sont liées. C'est ce que je voulais montrer chez les jumelles.

— En leur tripotant les seins ? C'est ça, ta méthode expérimentale ?

La nature de l'interrogatoire vient de changer. On ne le soupçonne plus d'une blague de mauvais goût, mais d'un meurtre.

*

Zelda a gardé de ses journées de volontariat au service des archives généalogiques de l'Église mormone le goût des microfilms, des fiches, des grimoires couperosés, mités, moisis. Elle a même participé à une tournée en Europe, à l'époque où l'Église avait été autorisée par les autorités locales à archiver les registres d'état civil de plusieurs pays, en échange de leur numérisation.

— Tout ça, raille Harry, pour baptiser par procuration, dans une foi qu'ils auraient récusée, des milliers d'impies et d'athées qui se retrouvent mormons post mortem, du simple fait qu'une paroissienne en ton genre a retrouvé leur lignage.

— Pas que pour ça, Harry. Les archives, c'est le Grand Canyon, la Cappadoce, le Danxia.

— Le Grand Canyon ?

— Des strates, des couches accumulées au fil des âges, le kaléidoscope du passé. Nous sommes des géologues.

— Les géologues trouvent leurs matériaux au grand air. Pas dans un trou à rat comme celui-ci.

Zelda décolle le regard de son écran. Harry n'a pas tort : autour d'eux, des ordinateurs, des lecteurs de microfilms et de longues rangées de meubles à tiroirs. Dans la pièce voisine, qui ressemble aux chais d'une exploitation viticole, des tonneaux de carton s'alignent à perte de vue. Qui contiennent les pièces à conviction de plusieurs milliers de cas non résolus.

— Tout est dans les archives, reprend Zelda, le pouls du monde, sa mémoire, ses remords.

— Fallait-il vraiment faire le déplacement ?

— Rien qu'à New York, la police ne parvient pas à élucider cent cinquante à deux cents affaires criminelles par an.

Elle fait défiler une liste sur son écran.

— Sur les cinq dernières années, le mot-clé « déménagement » associé à « cambriolage » et à « vol » m'a donné des centaines et centaines de cas. Si j'élargis la recherche aux États voisins, New Jersey, Connecticut, Rhode Island et Pennsylvanie, j'en trouve plusieurs milliers.

— Je ferai surveiller mon prochain déménagement par un commando.

— Même avec l'informatique, impossible d'effectuer un tri. Il faut se fier aux intuitions. Bettina travaille au département des *cold cases* depuis vingt ans. Et des intuitions, son cerveau en produit autant qu'un chalumeau oxyacétylénique fait d'étincelles. C'est pour elle qu'on s'est déplacés.

Avec ses cheveux rouge carmin et sa bouille de petite pomme toujours ronde mais fripée et tavelée par le temps, Bettina ressemble à une chanteuse pop des années 1980, une sorte de Cyndi Lauper devenue grand-mère.

— J'ai trouvé ! s'exclame-t-elle. En novembre dernier, un violon Guarneri disparaît pendant le déménagement d'un musicien d'Atlantic City. Même *modus operandi* que dans votre cas : un déménageur inconnu se fait passer pour un membre de l'équipe et vole l'instrument, pour lequel un transport en fourgon blindé avait été prévu le même jour. En avril de l'année dernière, trois œufs de Fabergé appartenant à un collectionneur s'évaporent en même temps que l'un des déménageurs. Le propriétaire n'avait quitté ses trésors des yeux que cinq minutes.

— Là encore, donc, un homme seul, précise Zelda.

— Oui. Fausse moustache, fausse barbe et lunettes noires. On a retrouvé le déguisement dans un étang du Van Cortlandt Park. Troisième cas : l'objet volé est un petit secrétaire français d'époque Louis XVI appartenant à un grand cuisinier. Un homme l'a enveloppé de carton et, au lieu de le déposer dans le camion, l'a porté sur ses épaules jusque dans le métro, où l'on a perdu sa trace.

— Chaque fois, un homme seul, mêlé à une équipe de déménageurs dont aucun ne le connaît, et qui se volatilise.

— Oui. Le premier cas à Atlantic City, le deuxième à Williamsburg, le troisième sur Park Avenue, Upper East Side.

— Dans une zone qui inclut Gansevoort.

— Le tout pendant les dix derniers mois. Chaque fois, seul enjeu de l'opération, un objet précieux.

— On va reprendre ces trois cas à zéro, s'excite Zelda, et examiner les pièces à conviction une par une.

— Elles sont dans les barils 089/282, 839/242 et 224/339, énonce l'archiviste. Bien sûr, vous aurez quelques formulaires à remplir pour y avoir accès.

— Merci, Bettina, je serai de retour demain avec les mandats !

*

Kenneth a pris le relais d'Angelina. Quand celle-ci revient dans son bureau, Zach est assis sur une chaise retournée. Il ne paie pas de mine. Les larmes mouillent sa fine cravate Versace.

« La Fouine, songe Angelina, n'y est pas allé de main morte. »

Le regard de l'adolescent cherche quelque chose, désespérément. Sous le bureau de l'inspectrice, il aperçoit la corbeille. Il se précipite, la place fébrilement sous son menton et vomit.

— Des résultats ? demande Angelina.

— Pas encore, mais ça ne tardera pas, répond Kenneth sur le ton d'un inquisiteur qui sort ses haches pour sectionner les pieds et les mains d'un hérétique.

— En attendant, Zach, dit-elle en ouvrant la porte, je te présente Jack et Zeb.

Deux flics en uniforme, flingue et menottes en évidence, entrent dans la pièce.

Hagard, les yeux ruisselants, le gamin tend ses poignets aux deux flics.

— Reprends-toi, annonce Angelina. On sait que tu n'as pas tué Louise. Je viens d'apprendre que le registre du Dakota, tout comme la caméra du rez-de-chaussée, constate que tu es sorti de l'immeuble à 14 h 30. Cela t'innocente. Jack, Zeb, vous pouvez repartir. Ce petit dégonflé va débarrasser le plancher.

Ils ressortent.

Zach reprend vie.

— Vous n'aviez pas le droit !

— Quel droit ?

— Cette comédie, vous m'avez trompé !

— Fiche le camp, ordonne Angelina. C'était juste notre challenge à nous : montrer à Zach qu'il n'est qu'un petit con. Considère-toi comme chanceux de t'en tirer avec la plus grosse trouille de ta vie. Et si cela te chante, parles-en à l'avocat de ton papa. Je lui raconterai tes expériences de « physiologie ». Ça l'intéressera.

Rageur, l'adolescent resserre sa cravate et ajuste son costume. Il sort ivre de dépit et de colère.

*

Zelda ne peut maîtriser son enthousiasme plus de temps qu'ils n'en mettent à arriver au parking.

— On a enfin une piste sérieuse ! Il faut trouver qui peut écouler à la fois des œufs de Fabergé, un secrétaire Louis XVI, un violon ancien et un autographe de John Steinbeck ! On va remonter vers le criminel par son receleur. C'est chez les antiquaires qu'il convient d'enquêter.

— Ton scénario ne tient pas, proteste Harry. Comment le coupable aurait-il pu savoir qu'Adam possédait un autographe de Steinbeck ?

— Souviens-toi. Tu as toi-même proposé à Adam de le faire expertiser sur Internet. Sur valuemystuff.com. Les résultats sont publics.

— Alors on cherche si d'autres antiquités évaluées sur ce site ont été volées.

— C'est une formidable source d'informations pour un hacker receleur, commente Zelda avant de se rembrunir : Mais tout cela va prendre un temps fou.

— Bonne piste. Pour l'instant, l'affaire Orzel absorbe toute l'attention de Polanco. Mais il n'acceptera pas longtemps qu'on laisse un tueur de flic en liberté. Et il aura bien raison !

21

Kenneth et Angelina sont attablés à une table de cinq couverts, devant un plat de calamars frits et une assiette de torsades à la mozzarella. Il est encore tôt. C'est l'heure où les téléphones de l'établissement font retentir « O sole mio » en guise de sonnerie, où les livreurs s'alignent devant le comptoir pour récupérer les commandes à emporter, où le calot des pizzaioli se frange de sueur. Peu de clients, en revanche, sont déjà à table.

— J'ai l'impression d'être le seul à me concentrer vraiment sur cette enquête, dit la Fouine. Bien sûr, je ne me plains pas.

— Si, un imitateur ne ferait pas mieux, rétorque Angelina. Tu te plains.

— Où sont Harry et Zelda ?

— Ils étaient aux archives. Ils arrivent. Ce n'est pas parce que l'affaire Orzel attire les caméras qu'on doit cesser d'enquêter sur l'agresseur d'Adam Leaf.

— L'affaire Leaf, je te parie qu'on y sera encore dans six mois, grince Kenneth.

— Et les preneurs d'otage de la 13e Rue ? s'étonne Angelina. Et les cambrioleurs de Greenwich Jewelers ? Et l'exhibitionniste de Seward Park ? Qu'est-ce que tu proposes ? Que tous les autres enquêteurs les laissent tomber, pour que tu ne sentes pas seul ?

— Je n'ai pas l'impression que Patrick croule sous le travail, lui !

— Ce n'est pas à toi d'en juger. Parle-moi plutôt de Sidohn Orzel. Je n'arrive pas à croire qu'il se foute de tout à ce point.

— Tu as raison. En réalité, il a besoin d'argent. Il a monté avec son copain Cosmus Blacher une start-up qui a déjà englouti le million de son premier tour de table.

— Dans quel secteur ?

— Les plantes. Ils proposent des pots connectés. Quand la terre est sèche, tu reçois une alerte sur ton smartphone. Si elle devient trop acide, si elle manque d'azote, si elle veut qu'un lombric lui tienne compagnie, tu es prévenue.

— Ça peut marcher.

— Sans doute, mais, pour l'instant, leur logiciel ne fait pas la différence entre une bruyère qui boit comme un poivrot et un pavot de Californie qui n'aime pas se mouiller.

— Il peut toujours s'adresser à son père pour un million de plus, suggère Angelina.

— Ashford refuse. Il n'a même pas contribué à la première levée de fonds.

— C'est pour cette raison que les riches sont riches. Ce sont des kangourous : leur portefeuille grossit sans sortir de leur poche.

— Il n'est pas aussi prospère qu'il y paraît ou le prétend. J'ai obtenu le relevé de tous ses comptes bancaires.

— Tu avais un mandat ?

— Je n'ai pas voulu déranger le juge, se défend Kenneth.

— Quelle délicatesse !

— Ashford est endetté.

— Il fait soixante-dix pour cent de son chiffre d'affaires au Moyen-Orient. Je suis sûre que si tu avais accès aux comptes que ses prête-noms ont ouverts à Doha, Dubaï, Mascate ou Abou Dabi, tu aurais moins envie de lui faire l'aumône.

— De toute manière, il n'aurait aucun intérêt financier à tuer sa belle-fille. La fortune de Tadzio Orzel est contrôlée par Giacomo Roncali. Il n'aurait aucun accès au trust, même si toute la famille mourait.

Harry et Zelda apparaissent à l'entrée du restaurant, qui aspire à présent les cols blancs de tout le quartier. Et se fraient un chemin jusqu'à la table d'Angelina et Ken.

— Patrick ne vient pas ? demande Harry.

— Il devrait arriver, répond Angelina.

— Nous n'avons pas perdu notre temps ! se réjouit Zelda. Adam nous a mis sans le savoir sur la piste d'un gang de trafiquants d'antiquités. Tiens, patronne, j'ai rédigé mon rapport dans la voiture. Il est tout chaud sorti du four : je viens de passer au bureau pour l'imprimer. À propos, on m'a aussi donné ça pour toi.

Elle lui tend une enveloppe.

— Kenneth me parlait d'Edwin Ashford, commente la boss en ouvrant l'enveloppe.

— Je pense qu'il est fauché. Mais je n'en ai pas la preuve.

— Avez-vous commandé ? s'enquiert Harry.

— Oui, c'est à vous de tirer.

— Une *Calabria square pie* pour moi, et une épinards artichauts pour la dame ! annonce-t-il au serveur de leur secteur.

— Par ailleurs, poursuit Kenneth, on a mis hors de cause le jeune latino qui entre et sort du Dakota à son gré. Il a passé trois jours à Washington DC, fait partie d'une organisation de défense des droits de l'homme et préparait avec ses copains une manifestation contre les nouvelles restrictions de l'immigration. Il a été filmé devant la Maison Blanche au moment du crime.

Angelina n'écoute plus. Elle froisse entre ses mains le document qu'elle vient de recevoir.

— Dégueulasse.

Les autres cessent de piocher dans l'assiette de calamars ou d'arroser leur pizza d'huile piquante.

— Pas la moindre trace d'ADN autour du vagin de Louise, poursuit-elle. Normalement, en y enfonçant ses doigts, l'agresseur aurait dû laisser quelques cellules de peau. Là, rien. Cela signifie qu'il l'a déflorée après avoir enfilé un gant de chirurgien.

Zelda tend la main.

Angelina lui passe le feuillet.

— J'ai demandé que le labo recherche aussi toutes les traces d'ADN relevées sur la scène de crime, mais ils sont submergés par des enquêtes sur plusieurs violeurs en série, et sur une multitude de cas d'attouchements et d'abus sexuels au sein de trois organisations religieuses. Dans six mois, on sera encore en train d'attendre, alors que Polanco m'a envoyé un ultimatum ce matin. Les médias deviennent hystériques : il veut un coupable sous les verrous dans les quarante-huit heures.

— Qu'il donne l'enquête à son attaché de presse, dans ce cas ! ironise Zelda.

Un serveur s'approche d'Angelina.

— Un de vos collègues voudrait vous voir, il vous attend dehors.

— Sur le trottoir ? Qu'il entre !

— Il dit qu'il veut vous parler en privé.

— Vous êtes sûr ?

— Oui. C'est celui au crâne rasé.

Angelina se tourne vers les trois autres.

— Patrick veut me voir, mais à l'extérieur.

— Il a peur qu'on lui refile une méningite ?

— Je te l'avais dit, accuse Ken, ce mec ne tourne pas rond.

— Toujours bon camarade, Kenneth, raille Zelda.

L'inspectrice se lève et se dirige vers la sortie.

*

Elle trouve Patrick adossé à un renfoncement du mur de brique, au bout de la devanture du restaurant. Il semble se cacher.

— Tu devrais contacter le casting de *The Walking Dead*, raille Angelina. Tu leur ferais faire des économies en maquillage.

Il lui tend une enveloppe.

— Je suis déjà mariée, Patrick, plaisante-t-elle. Si c'est une lettre d'amour, tu seras déçu.

Il n'esquisse pas le moindre sourire. Elle saisit l'enveloppe.

— C'est ma lettre de démission.

Sa réponse suffoque Angelina.

— C'est toi qui plaisantes, cette fois ?

— Non. Ce que j'ai fait m'interdit de continuer.

— J'ai peu de temps pour finir mes spaghettis carbonara. Arrête de parler comme un illuminé.

— La caméra sur le palier des Orzel, au Dakota.

— Oui ?

— Je t'ai dit qu'il n'y avait pas de dispositif d'enregistrement.

— Oui. Et c'est bien dommage. Ça ne nous aurait pas forcément ouvert de nouvelles pistes, mais ça en aurait éliminé quelques-unes.

— Il y en avait un.

Angelina s'étrangle.

— Tu te fiches de moi !

— Il m'arrive un truc incroyable. Depuis vingt ans, je me dis que je finirai célibataire, qu'aucune femme ne voudra de moi. Depuis, j'ai rencontré Octavia et j'ai l'impression de toucher le ciel.

— En effet, tu ne touches plus terre.

— Être aimé comme elle m'aime, j'ai encore du mal à y croire ! Nous ne contrôlons pas tout ce qui nous arrive. Parfois, la vie frappe un grand coup et on ne sait plus où on en est. Tu es bien placée pour le savoir.

— Pardon ? Tu oses comparer ce qui est arrivé à Adam, qui s'est pris une balle de .40 S&W dans la gorge, à ton amourette avec ta majordome ?

— Je n'ai pas dit cela.

— Si, tu l'as dit, espèce de salaud. Et, de toute manière, quel rapport avec la caméra de surveillance ?

— J'ai voulu aider. Je te promets que je n'avais aucune autre intention qu'épargner à Octavia une injustice.

— Je ne comprends pas.

— Tiens.

Il lui tend, cette fois, un micro-disque SSD.

— Attends. Laisse-moi le temps de respirer. J'ai l'impression d'être sur un wagonnet du Kingda Ka, à Six Flags.

— Sur le disque, tu verras Oliver, le dernier fils d'Octavia, celui qui a vingt ans, entrer dans l'appartement des Orzel juste avant l'heure du crime. Et ressortir en même temps que la cuisinière, à 14 h 50. Elle referme la porte derrière eux.

Angelina prend le disque.

— Le crime a été commis entre 14 h 30 et 15 h 30. Il a donc eu tout le temps d'aller dans la chambre de Louise, de la tuer et de revenir dans la cuisine !

— Et Louise se serait déplacée après sa mort jusqu'à la porte pour la refermer de l'intérieur ? Non, cela ne tient pas. Oliver est innocent. Il ne ferait jamais une chose pareille. Je le connais.

— Pardon ? Mais tu es dingue ! Depuis combien de temps le connais-tu ?

— Trois jours.

— Et ça te suffit pour savoir qu'il ne s'agit pas d'un détraqué ?

— J'ai assez d'expérience pour distinguer un gentil garçon d'un vicieux capable d'apporter au Dakota un chalumeau afin de brûler les doigts d'une adolescente.

— Tu es conscient qu'il était, avec la cuisinière, la dernière personne présente dans l'appartement au moment du crime ?

— Angelina, supplie-t-il, tous les traités de criminologie le disent : la présence sur la scène de crime et l'opportunité de tuer ne suffisent pas à faire un coupable.

— J'ai un chalumeau chez moi. Sais-tu où je le range ?

— Dans la boîte à outils ? suggère-t-il.

— Non. Dans le tiroir de la cuisine. Parce que je m'en sers pour caraméliser mes crèmes brûlées ou pour brûler les petites plumes sur le croupion des volailles avant de les mettre au four. Vois-tu où je veux en venir ? Pense à ça : cuisine, cuisinière, tiroir, chalumeau. Et trace un trait d'un point à l'autre !

— Je reconnais que j'ai merdé. Je n'aurais pas dû dissimuler une pièce à conviction.

— On aurait pu demander son avis à la cuisinière si je n'étais pas entourée de crétins qui dissimulent des témoins ou les laissent filer au Honduras !

— Si j'ai fait ça, c'est parce que Oliver est noir. Sais-tu qu'il a fallu un siècle avant qu'un couple noir ait le droit de s'installer au Dakota ? Là-bas, le fils noir de la concierge n'est pas accueilli à bras ouverts quand il va voir sa copine blanche.

— Sa copine ? Louise, sa « copine » ?

— Non. Liz.

— Veux-tu dire qu'il est amoureux de Liz ?

— Autant qu'elle l'est de lui.

— Patrick ! Vingt ans. Quatorze ans. Tu ne vois pas où est le problème, quelle que soit la couleur du mec ?

— C'est pour ça aussi que j'ai voulu le protéger.

— Je n'en peux plus. Barre-toi, je t'ai assez vu !

— Je suis à ta disposition, comme témoin ou comme parjure, à toi de choisir. La commission de discipline me trouvera chez moi, ou chez Octavia, au Dakota.

Il tourne les talons et hèle un taxi.

Angelina, assommée, regarde le véhicule s'éloigner.

22

Oliver Gleeson a été interpellé, sans opposer de résistance, à l'école de natation où il travaille en tant que maître-nageur sauveteur.

Ce qui frappe Angelina au premier chef, c'est que son visage ne correspond pas à son corps. Le premier est juvénile, hérissé, vers le haut, de mèches si bien entortillées qu'on pourrait les croire tressées. Elles donnent une impression de désordre et de liberté, mais il faut se rendre à l'évidence : un maître de l'art a soigneusement composé cette anarchie capillaire, pour qu'elle puisse résister à l'épreuve de l'eau. La chair, elle, est marouflée de satin noir. Les sourcils épais, le nez peu épaté, les lèvres aux bords retroussés et liserés de mauve, le menton glabre composent au garçon un aspect attirant. Un duvet occupe l'espace, très étréci, situé entre la base du nez et la lèvre supérieure. La bouche, souvent entrouverte, semble suspendue à une question toujours informulée. La face, donc, est celle d'un adolescent.

Le corps, en revanche, est puissamment bâti. Les muscles des épaules, très larges, motorisent des bras capables de fendre les eaux sans jamais s'en fatiguer. La taille est fine. Le jeune homme porte un tee-shirt que les pectoraux, saillants, font flotter sur sa ceinture. On ne sait à qui l'on a affaire… À un athlète adulte qui aurait emprunté ses expressions faciales aux *putti*, *spiritelli* et autres angelots de la Renaissance italienne, ou à un enfant affecté par accident d'un corps surdimensionné ?

Oliver, lui, semble se demander ce qu'il fait dans cette salle d'interrogatoire. Pourtant, il va assez souvent au cinéma pour savoir que des tiers l'observent derrière le grand miroir qui couvre l'un des murs de béton, pour deviner que la table est scellée au sol afin qu'il ne puisse la renverser ou la projeter, pour se douter qu'on n'a pas décidé par hasard de placer face à lui un flic paternaliste, compatissant et… noir.

— En général, quand un mec s'assied sur la chaise où tu te tiens, entame Harry, c'est qu'on ignore encore s'il est coupable ou innocent. Dans ton cas, c'est différent. On sait que tu es au moins coupable d'avoir eu des relations sexuelles avec une mineure de quatorze ans.

Oliver ne bouge pas. Il respire très lentement.

— Comment as-tu connu Liz Orzel ?

— Je travaille au SwimJim de la 102e Rue. C'est un club de natation un peu chicos. Ma mère le recommande aux gens du Dakota et à leurs amis de l'Upper West Side. Un jour, Liz a failli se noyer, et je l'ai réanimée. J'ai fait mon boulot. Je lui ai donné mon adresse email, elle la sienne.

— Quand Louise est morte, on a fouillé toutes ses affaires. On a lu ses journaux intimes, ouvert ses cahiers, déchiffré ses carnets. Tu vois, on est un peu con, ici. L'idée d'en faire autant pour sa sœur Liz ne nous est venue qu'ensuite. Puis nous l'avons interrogée. D'après toi, que nous a raconté Liz ?

Il prend un air soudainement bravache.

— Elle vous a dit que je l'aime. On se complète. Sans elle, je crève. Sans moi, elle crève. On s'aime comme c'est pas permis.

— C'est exactement ce qu'on te reproche. Elle a quatorze ans, et toi vingt. Elle a beau raconter que tu la fais jouir, dans l'État de New York, l'âge du consentement sexuel est de dix-sept ans. Coucher avec une mineure de moins de dix-sept ans est interdit. Mais il y a plus grave : si la mineure en question a quinze ans ou moins, son consentement est sans valeur. Selon la loi, tu n'as pas défloré une mineure consentante. Tu as violé une enfant !

— Je ne lui ai jamais fait de mal ! On était d'accord !

— Où vous rencontriez-vous ?

— Dans le Connecticut, au club d'équitation. Il y a un dortoir. Je prenais le bus.

Sa voix tremble.

— C'est la première fille avec qui j'ai couché. On a tout découvert ensemble !

— Si tu l'aimes, tu l'aimeras encore quand elle sera adulte. Là où le juge et les jurés auront décidé de t'enfermer, tu attendras sagement d'être libéré pour l'épouser et lui faire des enfants. Mais si tu as fait autre chose, quelque chose d'atroce, tu n'auras rien à espérer car tu n'en sortiras pas.

— J'ai rien fait !

La chaînette des menottes cliquette sur la table métallique.

— Tu étais dans l'appartement quand Louise a été assassinée. Tu te trouvais là, alors que Liz montait son cheval dans le Connecticut et qu'il y avait seulement la cuisinière. C'est elle qu'on devrait soupçonner ?

Harry vérifie sa fiche.

— Madalena Concepción Gonzalez ? Soixante-neuf ans ? Oui, c'est peut-être elle, cette vieille dame en quasi-préretraite, un mètre soixante au garrot, qui a étranglé de sa poigne d'acier une adolescente en pleine santé ? Te fous pas de ma gueule.

— Je suis resté dans la cuisine avec elle.

— Vous échangiez des recettes ?

— J'étais venu, après mon travail à la piscine, récupérer quelque chose que Liz avait laissé traîner dans la chambre.

— Quoi ?

— Un paquet de bonbons.

— De mieux en mieux. Tu sais, j'ai l'air sympa, mais si tu continues comme ça, je peux perdre patience. Et, bizarrement, les gens n'aiment pas quand je perds patience.

— Elle ne voulait pas que sa sœur le trouve. Louise nous aurait foutu la honte.

— Explique-moi.

— Liz avait écrit une connerie sur le paquet. Un truc vraiment chelou.

— De quel genre ?

— Elle avait marqué : « Pour moi, le meilleur, c'est Oliver. »

— Pas de quoi fouetter un chat.

— C'était un paquet de bâtons de réglisse. C'était une blague. On rigolait, elle si blanche, et moi si…

— J'ai bien compris. Donc, tu es allé dans la chambre récupérer ce que tu cherchais.

— Oui. Louise jouait de la guitare électrique. J'ai frappé plusieurs fois, elle n'a pas répondu. J'ai essayé d'entrer, mais c'était fermé à clé. Alors je suis revenu à la cuisine. Madalena Concepción devait partir. J'ai quitté l'appartement avec elle.

— Il y a une autre hypothèse, bien plus crédible. Louise est jalouse de ta relation avec sa sœur. Tu es le premier tiers qui parvient à s'introduire entre elles, jumelles identiques. La voir s'éloigner dans ta direction la bouleverse. Tu es fidèle à Liz au lieu, comme certains en conçoivent le fantasme, de te donner aux deux.

Furieuse, sa sœur menace de te dénoncer. Nous savons que, avant sa mort, elle avait fait des recherches sur l'âge légal de consentement sexuel des adolescents. Tu es venu, ce jour-là, soit dans l'espoir de lui faire entendre raison, soit de rétablir l'équilibre en couchant avec elle à son tour. Alors tu entres dans l'appartement quand tu sais que Liz n'y est pas. Peut-être veux-tu simplement rattraper la connerie et les enfantillages de ta copine. Mais tu t'avances dans la pièce et le ton monte. Le son de la boîte à rythme est assez fort pour que Madalena Concepción n'entende pas la gamine hurler. Car toi, tu l'étrangles. Tu fais une saloperie de plus en la violant. Oui, une pénétration avec la main, c'est aussi un viol. Tu ressors.

— Je vous l'ai dit : elle s'était enfermée. Alors, comment j'aurais fait ça ?

— On ne le sait pas encore, mais, crois-moi, on va trouver.

Un policier en uniforme entre dans la pièce et murmure quelques mots à l'oreille de Harry.

— Une organisation de défense des droits civiques des Afro-Américains financera ta défense. Tu vas avoir un bon avocat. En attendant, tu es en état d'arrestation pour relations sexuelles avec une mineure de moins de seize ans.

*

— Polanco va jubiler ! enrage Angelina.

Harry vient de la rejoindre dans la pièce attenante à la salle d'interrogatoire.

— Ce type n'a pas tué Louise, grince-t-il. Il ira en taule pour avoir aimé cette fille trop tôt, mais ce n'est pas un assassin.

— Polanco, néanmoins, lui mettra tout sur le dos, dit Angelina, atterrée. L'enquête court à la catastrophe.

Il est prêt à n'importe quoi pour que les médias cessent de lui marcher sur les babouches. Là, il tient son coupable idéal. Oliver avait des raisons de tuer, puisque Louise était jalouse et aurait pu le dénoncer pour relations sexuelles illicites avec sa sœur. Qui plus est, il était sur place et avait la possibilité matérielle de le faire. Enfin, le témoignage de Giacomo Roncali corrobore cette hypothèse.

— De quelle manière ?

— Roncali a expliqué que Louise pouvait l'avoir appelé à l'aide en raison d'une « urgence sentimentale ».

— Comme une querelle avec Oliver…

— Oui.

— Oliver sera jugé pour viol sur la personne de Liz, mais le cas de Louise n'arrivera pas devant un tribunal tant que nous n'aurons pas expliqué comment l'assassin a pu agir dans une pièce fermée de l'intérieur, et pourquoi il a brûlé les doigts de la victime au chalumeau. Et ça, Polanco arrivera à l'entendre, car il ne veut pas que la presse l'écrabouille. À mon avis, des semaines, voire des mois, vont s'écouler avant qu'on arrive à comprendre ce qui a bien pu se passer dans ce putain d'immeuble maudit.

23

La motricité d'Adam se restaure, non plus par paliers successifs entre lesquels la stagnation de toute force vitale décourage le patient, mais d'une manière continue qui déjoue les prévisions des kinésithérapeutes.

Leaf découvre la névrose des chaînes d'information en continu. Leur spectacle l'électrise, même. Loin de rendre compte du monde tel qu'il est, elles rendent celui-ci épileptique, hystérique, paranoïaque, adonné aux stéroïdes. L'affaire Orzel les a enfiévrées. Une chrysalide massacrée, des doigts carbonisés jusqu'à l'os, un collier de marbrures autour du cou, et l'énigme d'un meurtre commis à huis clos… Autant de mystères qui forment un tapis de braises où se consument la logique et l'intelligence, et sur lesquelles un mauvais vent propulse les rafales de la vengeance et de la fureur. Œil pour œil. La voix du peuple exige donc la mort du jeune Oliver Gleeson.

— Incroyable, le culot de Polanco, se révolte Adam.

— D'après Harry, dit Angelina, venue le voir après une journée harassante, nous allons nous ridiculiser. Car nous n'avons aucune preuve tangible.

— J'ai vu Polanco sur CNN. Il mélange tout. Le viol et le crime. Il fait passer les preuves de l'un pour des pièces à conviction de l'autre.

— Tout ce qu'il voulait, c'était un coupable. On pourra continuer l'enquête sans la pression des médias. Je me demande même s'il n'a pas tout calculé.

— Oui, la bête est repue.

— Je veux dire qu'on va poursuivre sans trop se montrer. Le véritable responsable, se sentant soulagé, prendra moins de précautions. Avec un peu de chance, il commettra une erreur qui l'incriminera. En attendant, nous avons échoué deux fois.

— Deux fois? demande Adam.

— N'oublie pas que j'ai une autre victime sur le dos.

— Une autre?

— Un dénommé Leaf. Là encore, nous pataugeons.

— Je ne vois pas comment tu pourrais l'avoir sur le dos… Mais ça pourrait arriver bientôt. Regarde!

Adam, sans effort apparent, décolle du dossier. De presque dix centimètres.

— Bientôt, tu pourras escalader les colonnes de ton studio plus vite que Clara!

*

Trois fois par jour, Adam s'adonne pendant deux heures à des exercices de rééducation, à l'aide d'accessoires qui semblent sortir d'une boîte surprise de chez FAO Schwarz, ou du rayon loisirs créatifs de Macy's. Clara tente parfois de lui voler son boulier Fisher Price ou ses puzzles de bois, alors ils s'accordent pour jouer ensemble, aussi malhabiles l'un que l'autre, avec son Pique-Billes ou son Mikado surdimensionné.

Lors de ses visites, Dino affecte un air courroucé en ramassant les pièces répandues sur le sol.

— Ma petite-fille me donne moins de travail avec ses affaires éparpillées que vous ne le faites tous les deux.

Adam et le capucin partagent à présent la vie presque ordinaire de deux colocataires. La timidité et le quant-à-soi des premières heures se sont évanouis. Comme le font ses congénères dans les arbres de leur territoire, Clara inspecte chaque matin son nouveau domaine. Elle aime les chromes rutilants et marche en équilibre sur la traverse des haltères d'Adam. Elle découvre une corde à sauter, dont l'utilité lui échappe, la fait tournoyer comme un lasso au-dessus de sa tête et pulvérise une petite Aphrodite de plâtre et un buste de Nietzsche. Elle contemple aussi souvent, sur un mur, au-dessus d'une console, une photo de groupe. C'est une image d'Adam avec les autres membres de sa promotion, à l'école de police. Pointant son visage, elle émet des cris amusés, comme si elle se moquait de ce bleu à l'air emprunté. Elle se suspend régulièrement aux cordes des rideaux comme à des lianes et se propulse sur les placards. Mais c'est dans les poutrelles qui surplombent le studio qu'elle passe l'essentiel de son temps, quand Adam dort ou lorsque kinésithérapeute et aides-soignants se relaient.

Clara peut bien prendre les piliers de fer pour des troncs de manguiers ou de ficus géant, et pour des nœuds de l'écorce les boulons et les rivets qui les consolident, ils vivent dans un quartier où, jusqu'aux années 1970, l'homme industrialisa sa domination sur la nature. Les abatteurs tuaient ici, à coups de merlin, avant de les livrer aux équarrisseurs et aux bouchers, des cohortes de bêtes serviles qui venaient à la mort parce que la sélection artificielle les avait façonnées à cette fin. Ce qui la différencie des animaux soumis, outre son inaptitude à la passivité, c'est sa capacité de résistance. Elle n'oppose pas aux décisions d'Adam un caprice contraire, comme le ferait un chat ou un chien, mais une véritable volonté, qui prétend s'exprimer dans une sorte d'égalité.

Comme entre colocataires ordinaires, c'est ainsi que des litiges surviennent.

Adam regarde ses programmes préférés sur son ordinateur, mais Clara a découvert le pouvoir de la télécommande du téléviseur, qu'elle croit dévolu à son usage exclusif. Elle a repéré sur le boîtier les boutons *on* et *off*, et ceux qui donnent accès à Bloomberg TV, dont les bandeaux mouvants colorés, qui indiquent le cours des valeurs financières, produisent sur elle un effet hypnotique. Elle aime aussi Nickelodeon. Chaque apparition de Bob l'Éponge sur l'écran déclenche chez le capucin un débordement d'euphorie. Quand, à la demande d'Adam, Dino débranche le téléviseur, Clara trouve dès son départ le moyen de remettre la prise en place. À la deuxième tentative de déconnexion, elle exprime son mécontentement en crachant sur le sol. Un compromis est alors trouvé : l'image est accessible, mais pas le son, coupé à partir du panneau de contrôle central de l'appareil.

Avec l'aide d'Angelina, Adam a retrouvé son ancienne tablette Nexus 7 de première génération, qu'il avait remisée dans un carton d'appareils électroniques frappés d'obsolescence. Comme il en a désactivé toutes les fonctions, sauf l'accès au Web, la tablette est connectée en permanence aux webcams du parc national de la Serra da Capivara. Pour le plus grand bonheur du singe, qui passe une partie de son temps à espionner ses congénères, en temps réel, à côté de Leaf qui les regarde parfois avec elle. En semi-captivité, ils utilisent des pierres pour casser des noix, enfilent des brindilles dans les narines afin de se récurer le nez ou se jettent des cailloux à la figure. La tablette devient une fenêtre ouverte sur la vie intime de voisins turbulents, qu'on observe avec l'indulgence due à des étrangers dont on ne comprend pas encore les mœurs, ou de cousins du Kansas qu'on aime bien mais qu'on n'a aucune envie de voir apparaître en ville. Il arrive que les caméras tombent en panne. Clara s'en attriste autant que si ses cousins de l'autre hémisphère étaient décédés. Adam télécharge en urgence un programme de capture des flux vidéo et, pendant deux jours en continu, laisse la tablette enregistrer tout ce qui survient au sein de la colonie. En cas d'interruption de la transmission, Clara se contentera d'un signal différé au lieu d'un direct. Et ne verra pas la différence, les enregistrements faisant office de stock de Valium. Regarder ses congénères l'apaise quelles que soient les circonstances.

Contrairement aux programmes de télévision, les repas, désynchronisés, ne provoquent aucune discorde. Chaque matin, Dino place sur le comptoir de la cuisine une gamelle à compartiments garnie, selon les jours, de graines, quartiers de fruits, poulet cuit et déchiqueté, criquets, yaourt à la banane, riz ou œufs durs. Pendant que Clara prend son petit déjeuner, il dissimule dans le studio une ou deux boîtes à mécanisme d'ouverture secret, livrées chaque jour par Helping Hands, et dotées de fentes juste assez larges pour une main de singe. Elles sont pleines de noix, noisettes, pistaches. Tout au long de la journée, après les avoir découvertes, le capucin bataille pour en extraire le contenu, comme il le ferait dans la forêt en glissant sa main pour dénicher des vers et des cloportes sous les écorces ou dans les arbres creux. C'est renouer avec les comportements naturels de son espèce.

En principe, Dino ou un autre aide-soignant est là pour assister Leaf lors des repas. La cérémonie fascine le singe, qui tente de s'imposer pour tendre vers la bouche du jeune homme la cuillère que tient le professionnel.

Parfois, celui-ci le laisse faire, mais, de plus en plus souvent, c'est Adam lui-même, sur son fauteuil roulant, qui manipule ses couverts de sa main droite redevenue valide.

Quand ils se retrouvent entre eux, Clara et Adam contreviennent à la prohibition des *junk foods* édictée par Doris et Helping Hands. Ils partagent des tacos, des noix de cajou légèrement salées ou des crocodiles Haribo qui collent aux dents, et dont elle a trouvé un sachet qui traînait dans un buffet. Leaf bénéficie d'un régime alimentaire normal. Il ne supporte pas, cependant, qu'une tierce personne lui coupe sa viande comme on le fait aux enfants ou aux édentés. On lui sert donc des aliments faciles à fragmenter : poisson et viandes bouillies plutôt que rôties ou grillées.

Il aime aussi les huîtres. Angelina lui en rapporte parfois du Grand Central Oyster Bar, ouvertes, chair détachée de la coquille. À sa grande surprise, Adam découvre que Clara partage son addiction. Et la laisse subtiliser une part de son festin. Le petit singe gobe les mollusques comme un naufragé se jette sur une ration de survie.

Avec ce délice vient souvent un muscadet français, savouré à la paille. Un soir, alors que le maître dîne au lit et déguste ses huîtres en regardant CNN sur son ordinateur portable, Clara profite de son inattention pour avaler quelques lampées de vin blanc. Leaf ne s'aperçoit de rien. Il boit à son tour, sans remarquer que le niveau de liquide a baissé. Dès qu'il repose le verre, Clara, excitée, le lui vole et grimpe à toute vitesse au sommet des rayonnages. Narguant le jeune homme, elle avale le muscadet d'un trait. Et s'étend ensuite sur le dos, les membres ballants. Bientôt, sa respiration devient bruyante. Adam fait un rapide calcul : si on la rapporte à son poids, vingt-trois fois inférieur à celui d'un homme de taille moyenne, la dose d'alcool qu'elle vient d'absorber pourrait la tuer. La panique le gagne : il y a urgence. Sa main droite cherche à atteindre, sur la télécommande du lit, le bouton rouge par lequel il pourrait donner l'alerte au centre de suivi médical, mais ses doigts ne la trouvent pas. La tension grimpe : le singe respire de plus en plus fort. La télécommande ayant glissé le long du matelas, Adam saisit le câble et le tire. Il sent le boîtier remonter le long de la tête du lit… – un soulagement le gagne – et se coincer entre les draps et la structure d'acier chromé.

D'un seul coup, le souffle de Clara faiblit.

Adam regarde alors vers le meuble où elle s'est perchée, de plus en plus fébrile. Il faudrait qu'il parvienne à glisser son bras sur le côté et à débloquer la télécommande. En dépit d'efforts intenses, il n'y parvient pas.

L'œil ouvert, Clara soudain se fige.

Puis se redresse.

Se dressant, chancelante, en haut du placard, elle saute sur le réfrigérateur. Puis sur le comptoir de la cuisine, marchant les bras étendus de chaque côté, somnambule traversant le gué d'une rivière. Aucun doute, soûle, elle titube, mais tente de venir aider, accomplir sa mission. Sa bouche produit des ricanements étouffés, une ivresse fait rire Adam, heureux de voir tout danger écarté. Mais le rire ne dure pas : le capucin émet un souffle rauque, suivi d'une plainte douloureuse, et chute du comptoir sur le sol en un bruit de sac à linge.

*

L'animal gît, inerte, sur le dallage.

Adam, hébété, est incapable d'appeler les secours. Et Dino n'arrivera que dans une heure.

*

Au bout de vingt interminables minutes, un hoquet secoue le corps du capucin. Leaf écarquille les yeux, comme s'il revenait à la vie, lui aussi. Et voit Clara s'arracher lentement à son coma éthylique. Un spasme lui tord le ventre.

— Tu as mal, balbutie-t-il, inquiet.

Le singe entend sa voix et y trouve la source d'une force mystérieuse. Il tente à deux reprises de se redresser et de se tenir sur ses quatre membres. Et n'y parvient qu'à la troisième. Il clopine alors vers le lit, l'atteint, s'accroche par les mains aux barres chromées qui longent le matelas et se hisse d'un coup à la droite d'Adam, effort qui lui arrache un couinement de douleur.

Et là, Clara se blottit en gémissant contre l'épaule du jeune homme. Celui-ci constate qu'elle a sur les côtes un énorme hématome. Il soulève son bras droit autant qu'il le peut et plie son coude pour que sa paume puisse contenir le crâne de Clara. Un voile blanc passe devant ses yeux.

Un vertige.

Une lueur.

Lui souffre soudain intensément, non de ses propres maux, mais de ceux qui crispent le corps du petit animal. En regardant ces yeux qui l'implorent comme s'il avait le pouvoir de faire disparaître la douleur, Adam se rend compte qu'entre la souffrance de Clara et la sienne, il n'existe aucune différence, seulement la continuité d'un être à un autre. Sa douleur est là, chimique, vérifiable, quantifiable, et en tout point semblable à celle du singe. Eux deux la partagent. Eux deux communient en elle.

— Calme-toi, calme-toi. Quelqu'un va venir. Tout va s'arranger, murmure-t-il.

Clara clôt ses yeux. Pendant quelques instants, Adam s'imagine qu'elle ronronne, mais comprend que, en réalité, ses côtes endolories, et peut-être brisées, rendent son souffle rauque.

*

— Si la moindre goutte d'alcool pénètre encore ici, on arrête tout et Clara ira accompagner un patient plus respectueux ! tonne Doris.

Adam, qui n'en mène pas large, fait reculer son fauteuil roulant de quelques centimètres.

— Normalement, continue l'experte, je ne rencontre ce genre de problème qu'au bout de plusieurs mois, quand une trop grande proximité s'installe entre le patient et son accompagnant.

Angelina, défavorable depuis le début à la présence de Clara, pose sur son visage une expression neutre. Inutile de pousser son avantage.

Clara, elle, est perchée sur l'épaule de Leaf, blottie contre son cou.

— Je passe l'éponge pour cette fois, conclut la vieille dame, mais faites attention à ne pas la presser comme un citron, sinon il n'y aura plus de jus dedans.

Doris n'attend pas la réponse, se contentant de considérer son air contrit. Clara, qui a pris pour elle une partie des remontrances, cache son visage derrière sa main afin d'échapper à l'orage.

*

— Clara ne fait pas que des conneries, explique Adam à Angelina. Écoute ce qu'elle m'a fait découvrir. Clara ! Ordinateur.

Le singe bondit de son épaule et court récupérer le portable sur une table de chevet.

— Quand je suis là, c'est à moi que tu devrais réclamer ces choses, proteste sa femme.

— Tu as raison, pardonne-moi. Mais c'est comme si j'avais une employée. Je n'oserais pas te demander ça. De plus, je ne veux pas traiter Clara comme une invalide. D'après Doris, elle s'en tire avec une grosse ecchymose qui se résorbera rapidement.

Angelina entend deux réponses : il respecte trop sa femme pour lui confier des tâches de domestique, et il ne veut pas vexer Clara. Elle décide de retenir la moins humiliante.

Clara a posé l'ordinateur sur la tablette du fauteuil roulant. De sa main droite, Adam va sur YouTube et lance la musique qui l'a tant ému.

— Jean-Sébastien Bach, *Variations Goldberg*, annonce-t-il.

Angelina prend sa main dans la sienne.

— Comprends-tu à présent, demande Adam, pourquoi on compare toujours la musique à un cours d'eau ?

— Oui. C'est très beau.

— C'est tout ce que cela t'inspire ?

— Je suis contente que tu partages de bons moments avec ce singe.

La réponse glace Adam. Il retire sa main et la soulève.

— Regarde mon bras droit. S'il est redevenu valide, c'est parce que je peux me consacrer tout entier à ma guérison. C'est grâce à Clara que tu peux, toi aussi, te consacrer à ce qui compte vraiment. L'enquête. Le boulot. Et notre enfant. Alors oui, tant mieux si ma vie avec elle n'est pas un enfer aussi horrible que celle avec moi-même !

Cet accès de colère la désarçonne. Par souci d'apaisement, Angelina tend la main vers Clara et tente de lui caresser le front. Le singe capucin se dérobe.

— Clara, sois gentille, intime Adam pour prouver à Angelina qu'il apprécie la tentative de conciliation.

— Ce n'est pas grave. C'est à moi de me montrer plus aimable. Il faut que je sois un peu cinglée pour devenir jalouse d'un singe. Mais j'ai mes raisons, cela dit. La situation n'est pas bonne, au bureau. Je traîne comme un boulet mon échec sur l'affaire Orzel. Le visage de Louise me hante chaque nuit. Sa mère sait pertinemment qu'Oliver n'est pas coupable, et comprendre que le meurtrier est en liberté la torture à chaque minute. Quant à Patrick, il n'a pas été remplacé et je me retrouve en sous-effectif. L'appartement d'Amsterdam Avenue me semble vaste et vide. Et, surtout, tu me manques.

— Ne crois pas le kiné et les médecins. Je ne leur ai pas encore dit que je sens mes orteils se réveiller. Je vais retrouver ma mobilité plus tôt qu'ils ne le pensent. Ils ignorent que vous me donnez tant de force, toi… et elle.

— Promets-moi une seule chose, sourit Angelina. Nous ne la baptiserons pas Clara !

Il éclate de rire.

— Clara sera sa marraine, dans ce cas ! Comme son nom l'indique, elle est au service des anges. Regarde sa capuche noire… C'est celle des moines capucins.

— Des proches de saint François d'Assise, qui aimait les animaux…

— Tes souvenirs de catéchisme ne sont jamais loin.

— En principe, on attend toujours quelques mois avant de choisir le prénom d'un enfant, mais je pensais qu'on pourrait l'appeler Ariana. Si tu es d'accord, bien sûr.

Adam sent des larmes noyer ses yeux.

Ariana, le prénom de sa grand-mère.

24

Adam visualise son corps comme un territoire à reconquérir. Sa tête se trouve à Bergen Point, c'est par le Bayonne Bridge – son cou – que les flux nerveux rejoignent sa ville natale, de l'autre côté du détroit. Les pieds touchent College Avenue. Les bras se tendent, l'un vers Mariners Harbourg et l'autre vers Port Richmond, ce qui fait battre son cœur à Veterans Park. Ses jambes suivent, elles, le tracé de Trantor Place et de Decker Avenue. Il se rend bien compte que tout cela fait pendre son sexe au milieu de sa poitrine, mais la pertinence de la topographie lui importe peu : l'essentiel est qu'il puisse visualiser des voies où rétablir la circulation, encore paralysée sur la plupart d'entre elles. À force de projeter des flux d'énergie mentale vers le triangle Egbert, Adam a fini par ranimer ses orteils endormis. Il suffirait, à présent, que cette énergie remonte jusqu'à la Poste pour que ses chevilles et genoux reviennent à la vie. Chaque mètre de terrain réhabilité lui rend un peu d'espoir.

Toutes les fonctions ne se rétablissent pas selon leur degré d'éloignement des systèmes organiques centraux. Ainsi, le pénis a déjà retrouvé, à défaut d'une grande sensibilité, une part de ses capacités érectiles.

*

L'arsenal de techniques d'autopersuasion que s'est fabriqué Adam n'impressionne pas les médecins, qui se contentent, eux, d'aligner des clichés et recommandations : « Continuez. Les pouvoirs du cerveau sont inexpliqués, mais, en y croyant, le patient contribue à son propre rétablissement. » Et si les encouragements de Michael, le kinésithérapeute, sont salutaires, ils expriment une foi de charbonnier, non un pronostic.

Seul Maxime le comprend vraiment.

— Un centimètre sur le fil en appelle un autre, qu'il rend tangible et nécessaire, dit-il. Il en est de même qu'on chute ou qu'on traverse le plan horizontal avec pour moteur la rage, la vertigineuse rage de vivre. Dans le premier cas, le vide aspire ce qui lui est donné en offrande. Dans le second… eh bien, il faut se débrouiller pour que ce soit pareil et se laisser tirer par une force aussi irrécusable que la gravité. L'amour, par exemple.

— C'est l'amour qui te fait tenir sur le fil et aller jusqu'au bout ?

— Non, le désespoir.

— Explique-moi.

— Pas aujourd'hui. Lorsque ton énergie vitale aura atteint Richmond Terrace !

— Comment le sais-tu ?

— Quoi ?

— Pour Richmond Terrace.

— C'est la seule avenue de Elm Park que je connaisse.

— C'est là que j'ai grandi, près de Maple Avenue, au troisième étage d'un immeuble résidentiel beige. À l'angle, il y avait une nursery, aux fenêtres couvertes d'affiches représentant des enfants heureux. De l'autre côté, un terrain grillagé où l'on jouait au basket. Pas loin, un restaurant mexicain que ma grand-mère avait transformé en quartier général : elle y réunissait ses soutiens pour former une action de classe contre l'entreprise qui avait tué ma mère.

— Mon intention n'était pas de te rappeler ces mauvais souvenirs.

— Ces souvenirs sont une force, vois-tu. Si mon énergie vitale atteint Richmond Terrace et la dépasse, je reprendrai cette action de classe. J'ai conservé les dossiers d'Ariana.

— Tu ne t'arrêteras pas à Richmond Terrace, ton esprit atteindra le New Jersey, et après, on ne pourra même plus le stopper. Aussi sûrement que Clara se jette d'une poutrelle à une autre.

Adam lève les yeux, plus facilement que naguère, depuis que son cou a retrouvé un peu de flexibilité.

Clara enchaîne les voltiges.

— Je crois qu'elle veut attirer ton attention, dit-il. Elle est tombée amoureuse de toi depuis que j'ai regardé avec elle la vidéo de ta traversée des chutes du Niagara.

— Entre artistes, on se comprend. J'aimerais tant pouvoir danser sur la cime des arbres, comme elle !

— Elle a oublié la cime des arbres depuis longtemps. Elle n'y a passé que six mois, dans un élevage, quelque part en Amérique centrale. Ensuite, elle a fait trois films à Hollywood. Puis le cinéma ne lui a plus trouvé d'emploi. Alors, elle a été cédée au laboratoire des sciences cognitives de l'université du Texas à Galveston. Ils ont étudié sur elle les mécanismes du sommeil. Comme les chercheurs n'avaient pas porté atteinte à son intégrité physique, elle a pu être adoptée par l'organisation Helping Hands, qui l'a confiée à une famille d'accueil pour son apprentissage. La plupart des autres capucins qui aident des tétraplégiques proviennent d'un élevage. Désolé de te décevoir.

— Peu importe. Les cimes sont dans ses gènes.

Maxime est vite devenu l'un des visiteurs dont la femelle capucin apprécie le plus la présence. Il joue avec elle. Il lui parle, lui explique qu'un jour ils iront défier le jaguar et le puma sur leur terre, qui est aussi la sienne. Qu'ils grimperont au sommet des kapokiers, effarouchant au passage les paresseux au poil glauque. Que leur audace fera s'envoler les aras bleus dans un fracas de craillements et de plumes froissées. Clara, sans doute, ne comprend rien à ce qu'il raconte, mais elle aime son ton et la chaleur de sa voix. Et se fiche du reste. Pas besoin de kapokier, quand on a à sa disposition des piliers et des poutrelles d'acier.

Pour le singe, Maxime est l'homme des mots qui chantent, et Adam celui de la machine magique. La vélocité du fauteuil roulant l'enchante. Chaque matin, il se place devant lui et trépigne : c'est sa manière de donner le départ de la course. Adam actionne les manettes et se lance à toute vitesse dans le studio, virant si vite que l'engin, parfois, manque de se renverser sur le flanc. À chaque tour de piste, le poursuivant devient poursuivi. L'euphorie dure quelques minutes, jusqu'à ce qu'Adam, jugeant soudain pathétique la futilité de ces instants, y mette un terme provisoire.

*

Depuis qu'on a tenté de le tuer, Leaf n'a senti que deux fois sur sa peau la piqûre du vent et de l'air vif : quand il a été transféré de Madison Avenue à Rochester, et quand il en est revenu. Il n'a plus, entre-temps, respiré l'odeur de salami et de sauerkraut qui s'évade des delicatessen, ni celle des tronçons de baguette empalés sur leur pique chauffante, des saucisses à hot dog grillées, de la moutarde, des bagels au gros sel sur les planchas des vendeurs de rue. Son odorat regrette le parfum du bitume chaud, de l'air saturé d'eau qui jaillit en colonnes de vapeur blanche des conduites brisées. Il n'a plus entendu qu'étouffés par la distance le bruit de carcasses des taxis qui affrontent sans ralentir les nids-de-poule et les fissures des avenues, la modulation acide des sirènes des pompiers, le choc des diables et des charriots de livraison quand leur squelette métallique percute l'arête des trottoirs. Ces sons, ces odeurs, cette poisse habillaient jadis son corps sans qu'il en eût conscience. Ce costume faisait de lui un New-Yorkais.

Un autre sentiment d'insatisfaction frustre Adam depuis qu'il a mis au jour le « Twin Girls Challenge » proposé à ses camarades par Zach Hammerschmidt. Angelina pilote un véhicule embourbé. Il voudrait l'aider à se sortir de l'ornière où a glissé l'affaire Orzel. Et sa propre immobilité forcée le met en rage.

— Viens avec moi, dit-elle en posant sur la tablette de son fauteuil roulant un carton d'invitation gravé.

Il lit à voix haute :

— « Caroll Orzel et l'institut Orzel vous invitent à assister au vernissage de l'exposition *Exultate, Jubilate*, autour de dix œuvres monumentales de Tadzio Orzel. RSVP. »

— J'ai parlé à ton chirurgien. Rien ne s'oppose à ce que tu sortes de temps à autre. C'est facile, avec le monte-charge. Bien sûr, quelqu'un doit être avec toi, mais je devrais faire l'affaire.

— Tu plaisantes ? Tu as vu de quoi j'ai l'air ?

— Rasé, coiffé, avec une belle chemise, tu ressembleras à un trooper de *Star Wars* sur son *speeder bike*.

— Et Clara ?

— Doris dit qu'il faut l'installer avec son doudou dans sa cage. Elle suggère de prévoir une musique d'ambiance afin qu'elle reste calme.

Le cœur d'Adam palpite. La perspective de quitter le cocon dans lequel il a été soustrait au monde lui inspire à la fois de la joie et de la terreur.

— J'ai peur que ce ne soit pas une bonne idée.

— Il y aura tout le clan Orzel. Tu dois avoir envie de rencontrer ceux qui me donnent tant de fil à retordre.

Toucher une corde sensible, sa curiosité. Il fait pourtant la moue.

— Poule mouillée !

Seconde corde sensible : l'orgueil.

— C'est bon. Ne te fatigue pas. Je viens. À moi les mondanités !

25

Dix-huit heures. Le Chevrolet Suburban, spécialement équipé pour le transport des personnes en fauteuil roulant, atteint le bout de l'impasse que forme la 63e Rue Ouest quand elle bute sur les façades postérieures du Metropolitan Opera et du Lincoln Center Bandshell. Un appareillage de vérins et de plates-formes permet au fauteuil roulant de glisser vers le trottoir sans effort ni soubresaut.

L'institut Orzel est pris d'assaut par les collectionneurs, les critiques d'art, les conservateurs de musée et les amateurs. À l'extérieur un cordon de velours tendu au bord du trottoir canalise les invités, dont des hôtesses en tailleur noir vérifient les accréditations. Au lieu de rompre une harmonie, Adam sent que son fauteuil roulant, dont les chromes scintillent, s'accorde plutôt bien avec la foule qui s'introduit dans la galerie : étrange assemblage de *fashion victims*, notables, intellectuels, philanthropes, universitaires, hipsters à barbe de bûcheron et une belle bande de m'as-tu-vu aux cheveux teints en bleu ou vert, bottés d'acier, percés d'anneaux aux sourcils ou au nez, tatoués comme à Moorea et lunettés de verres fumés In The Pocket de Louis Vuitton.

Angelina veille à ne jamais se tenir derrière le fauteuil. Cela donnerait l'impression qu'elle le pousse, quand Adam met un point d'honneur à le piloter seul. Ils entrent et fendent la foule sans difficulté. Les convives s'écartent sur leur passage comme une vague se retire, leur manière de se montrer adeptes d'une philosophie convenablement *inclusive* : lorsque l'engin accroche une dentelle ou la laine d'un cachemire, on glousse au lieu de protester.

Cette civilité contraste avec les toiles accrochées aux cimaises, vastes panneaux figuratifs sur lesquels les couleurs giclent, explosent, se combattent. Certains tableaux représentent des corps hiératiques, sans visage, formant un cercle autour de cadavres déchiquetés lors d'une attaque terroriste. D'autres montrent les funérailles de célébrités au visage enserré de lierres fanés. Sur d'autres encore, Orzel s'est représenté sous les apparences de Karl Marx, de Mussolini ou de Nicolae Ceausescu. Une athlète nue, dos tourné, se suspend à une tringle à rideaux, devant une fenêtre ouverte. Des personnages arrachent la peau de leur visage. Quand leurs doigts raclent les os, c'est une mousse à peine rosie par le sang qui s'accroche à leurs ongles. Ainsi que l'avait annoncé Edwin, les formes sont tordues, les cous désalignés, les membres morcelés. L'artiste a étalé sur les torses, à la spatule et au couteau, des pâtes qui ouvrent et diluent les chairs. Tout est engourdi, endolori, accompli.

— Orzel mêlait du sang, de la terre, des mollusques broyés aux pigments du commerce.

L'homme qui vient de parler est âgé d'une quarantaine d'années. Il porte un pantalon étroit, un gilet et une veste taillée près du corps, chacun d'un imprimé différent. Des chaussures rouges. Des chaussettes vertes. Une cravate mauve. Ce qui passerait chez un autre pour un vêtement folklorique se révèle sur lui d'une suprême élégance. Un visage avenant surmonte cet accoutrement. Un bouc et une moustache très courts, d'un gris pâle, ornent une bouche aux lèvres fines.

— Je suis Giacomo Roncali. Madame, nous nous connaissons déjà. Caroll sera touchée que vous soyez venue.

— Je vous présente mon mari, dit Angelina.

Giacomo s'incline vers Adam aussi naturellement que s'il s'agissait d'un usage universel pour serrer la main d'un autre homme.

— L'œuvre de Orzel peut paraître d'un abord difficile. Mais pensez au mythe de Prométhée, enchaîné par les dieux à un rocher et condamné à se laisser dévorer le foie par un aigle du Caucase. Chaque soir, la torture s'interrompt. L'aigle retourne à son aire. Hélas, le foie se régénère pendant la nuit. L'aigle revient s'en nourrir chaque matin. C'est cela, Orzel. Une célébration de la douleur sans cesse recommencée.

— Quel être peut vouloir exalter la douleur ? interroge Adam. L'a-t-il jamais connue, lui ?

— Non. La vie de Tadzio a été plutôt facile. Il n'avait que vingt ans quand la critique a reconnu son talent. Il a épousé une femme magnifique, donné la vie à trois enfants qui l'ont aimé, gardé la santé jusqu'à sa mort. Ce que son œuvre glorifie, c'est le moment où Prométhée voit partir l'aigle. À cet instant, il se rappelle qu'il est puni pour avoir volé aux dieux le feu de la connaissance et pour l'avoir offert aux hommes. Il se dit peut-être que ça valait la peine d'essayer ! Il peut même croire que l'aigle ne reviendra pas. C'est pourquoi l'exposition s'intitule *Exultate, Jubilate* : en latin, « exultez, jubilez ». Gardez en tête ce moment où l'aigle disparaît. Vous verrez, les toiles vous sembleront différentes.

Giacomo s'éloigne d'eux afin d'aller saluer d'autres invités. Adam défait le col de sa chemise.

— Tout va bien ? s'inquiète Angelina.

— Pour l'instant, oui. J'ai simplement chaud.

Une femme se dirige vers eux. On sent, à l'assurance de sa démarche, qu'elle a traversé ainsi toutes les scènes du monde. Le visage est plein, le front lisse, des joues rondes, traits étrangement associés, chez elle, à une infinie tristesse. Angelina fait les présentations. Caroll garde sa main longtemps dans la sienne, poignée qui évoque celle qu'elles ont échangée après la tentative de suicide de Caroll. Elles n'étaient plus alors détective et victime, mais deux femmes que l'amour maternel rendait sœurs.

— Je connais Oliver, le fils d'Octavia. J'aurais pu l'aimer comme un fils, murmure-t-elle. Il n'a tué personne. Je n'en peux plus d'entendre ceux qui prétendent connaître la vérité. Je vous en supplie, rendez la paix à mon âme.

— Je vous le promets.

— Je voudrais vous montrer quelque chose.

Elle fait quelques pas vers le fond de la galerie. Angelina et Adam la suivent, plus difficilement car le nombre d'invités excède apparemment la capacité du lieu.

— Regardez ce tableau.

Caroll pointe, sur une toile aux couleurs brunes, un homme debout, le dos tourné, bras levé vers l'un de ces plafonniers anciens qu'on éteignait autrefois en tirant sur une cordelette.

— Tadzio a voulu représenter l'instant qui, disait-il, sépare la lumière de la pénombre. Cette quête l'obsédait. Quand je lui disais que cette seconde n'existe pas plus que le purgatoire, il en appelait à la physique quantique. La lampe peut être allumée et éteinte en même temps. Il trouvait stupide ma comparaison avec le purgatoire. Les états intermédiaires ne l'intéressaient pas. Lui préférait les contraires.

Le tableau produit sur Adam un effet hypnotique.

— Je suppose, demande Angelina, que Liz et Sidohn ne sont pas là…

— La présence de Liz serait inappropriée. Elle est restée à la maison, avec Edwin. Quant à Sidohn, il se trouve là-bas, avec Giacomo. Il essaie de lui soutirer de l'argent pour sa start-up, je présume. Edwin ne voulait pas que je vienne, ce soir. Mais que voulez-vous, je transporte ma peine où que j'aille. Si je reste à la maison, elle n'en sera pas moins grande. Veuillez m'excuser, je vais aller parler à mon fils.

Un violoncelliste entame la deuxième suite de Bach en *ré* mineur. Le public se tait quelques instants, puis le brouhaha reprend, plus fort qu'avant. Adam se rend compte qu'il transpire, que son regard ne peut plus franchir la barrière de tous ces corps debout. Alors, il manœuvre le fauteuil pour se placer devant la toile censée représenter l'ombre et la lumière à la fois, et à laquelle son esprit ne cesse de le ramener, et son regard de vouloir s'aimanter. Sur un cartel est inscrit «*Fiat Lux*, Tadzio Orzel, sang et huile sur toile, 2016». Le vertige le gagne. Une chappe de chaleur qui lui bétonne le cerveau. Avec son corps qui semble se détacher du fauteuil afin de s'élever comme une bulle et flotter au-dessus du sol. D'un coup, plus aucun son ne lui parvient. Il lévite en parfait alignement avec l'homme qui figure sur le tableau, se sent même semblable à lui. Son bras gauche – son pauvre bras gauche paralysé – se dresse vers la bille de galalithe qui pend au bout de la cordelette. Et tire pour que tout s'éteigne, et pour que toute quête de connaissance soit accomplie.

Lorsqu'une main se pose sur son épaule, tout s'évapore. Sa silhouette psychokinétique retombe sur le fauteuil. Avec les bruits du monde qui parviennent de nouveau à ses tympans.

— Un simple malaise, commente dans un murmure Giacomo Roncali à Angelina, aux traits effrayés par l'accident. Ne vous inquiétez en rien, nous allons appeler un médecin. En attendant, mettons-le à l'abri de ce vacarme. Je suppose que vous savez manœuvrer ce fauteuil…

— C'est la première fois qu'il sort depuis son… accident, s'excuse-t-elle en débrayant les commandes électroniques. Je suis désolée.

— Ne le soyez pas. Moi-même, ce genre de cohue me donne envie de vomir.

— Ne prenez pas cette peine, murmure alors Adam. Je vais… je vais mieux.

Ils se fraient un chemin jusqu'à une porte située sur le côté. Que Giacomo ouvre. Ils entrent dans un sas qui donne accès à une porte blindée. Roncali présente son œil à une minuscule caméra encastrée dans le mur latéral.

— La sécurité est assurée par des systèmes de contrôle biométrique. Des toiles sont stockées là-dedans, indique le galeriste. Venez, entrez.

Dans la pièce aveugle, que l'épaisseur des murs insonorise, de grands portants de bois maintiennent verticales une centaine de toiles scellées par du plastique.

Il fait frais. Adam respire mieux.

— Tadzio a peint en moyenne dix grandes toiles chaque année, pendant ses vingt-deux ans d'activité, explique Giacomo, sans compter les esquisses, études ou collages. Les musées nationaux ou privés en ont acquis la moitié. Le trust conserve le reste, dans cette chambre forte. Nous nous séparons de deux à quatre œuvres par an, pour réguler les flambées spéculatives.

Reposez-vous quelques instants, je vais voir si on a bien appelé le médecin.

— C'est inutile, s'empresse de dire Adam. Je me sens bien, à présent. Je ne sais pas ce qui m'a pris.

— Je vais au moins vous chercher un peu d'eau fraîche.

Il sort.

— Désolée de t'avoir traîné ici, mon amour.

— Non ! Au contraire. Tu n'imagines pas le bien que cela me fait. Tant d'émotions en une seule soirée, c'est formidable.

Elle le voit soudain épanoui.

Et le reconnaît.

La moitié de la pièce fait office de bureau. Sur le côté, des rayonnages croulent sous les monographies consacrées à Tadzio Orzel, les catalogues de ses expositions dans le monde entier, des essais sur son univers. Derrière le bureau de Giacomo, un simple plateau de verre posé sur des tréteaux, d'autres livres s'empilent à même le sol, consacrés à des artistes dont la plupart inconnus d'Adam. Des objets d'art ornent plusieurs tables basses : statuettes chinoises, petits bronzes vénitiens, lampes à huile romaines. Le regard de Leaf balaie cette accumulation de trésors. Angelina, tout en feuilletant un livre sur les chats du peintre Balthus, vérifie par téléphone la présence du véhicule qui doit les ramener à Gansevoort.

Giacomo revient avec une carafe d'eau et des verres sur un plateau.

Ils se préparent à repartir.

Chaque instant de cette soirée restera gravé dans la mémoire d'Adam.

26

Les passages de Doris remplissent Clara de joie. Son bonheur se manifeste avant même que la vieille dame ait ouvert les portes du monte-charge, comme si elle pressentait son arrivée. Chaque fois, Doris lui fait subir un examen corporel complet : poids, souplesse, état des mains, densité et brillance du poil, hygiène buccale. Puis elle reste une heure et observe le comportement du petit animal en prenant des notes.

Clara utilise ses doigts, fins comme des brindilles, pour remettre en place les mèches d'Adam. Après avoir passé un long moment à fourrager dans sa chevelure, elle affine son travail à l'aide d'un peigne. Doris en prend note.

Clara assimile parfaitement les réglages du four à micro-ondes. Quand elle prépare le petit déjeuner d'Adam, elle emplit une grande tasse de lait, la dépose sur le plateau tournant et referme la porte. Elle appuie trois fois sur le bouton démarrage, ce qui porte la durée de cuisson à une minute et trente secondes. Enfin, en saisissant la tasse par l'anse, elle la porte jusqu'au plan de travail de la cuisine pour son affrontement quotidien avec la machine à café. Doris en prend note.

Clara sait à quoi sert le faisceau laser qu'Adam oriente à l'aide de sa main droite ou de sa bouche pour désigner les objets ou les lieux absents de son vocabulaire. Un coup de faisceau sur l'éponge, puis un autre sur l'éclaboussure de sauce tomate dont il a taché le sol en écartant la tablette : Clara se précipite pour procéder au nettoyage. Doris en prend note.

— Chaque quinzaine, explique cette dernière, je dois évaluer la réussite de l'accompagnement. Tout est consigné.

— Est-ce que vous m'évaluez aussi ? demande Leaf pour plaisanter.

— Je ne m'occupe que d'un primate à la fois.

Entre chaque visite de Doris, Clara acquiert de nouvelles compétences.

Elle répond au téléphone ou, du moins, appuie sur le bouton « décrocher », et tient l'appareil à l'oreille gauche d'Adam quand celui-ci souhaite utiliser sa main droite pour prendre des notes. Elle apprend aussi à se servir du smartphone pour faire des photos. Celles-ci sont mal cadrées, mais Adam et le capucin prennent plaisir à les regarder ensemble. En revanche, elle peine à assimiler le principe de la reconnaissance vocale dont son maître a besoin pour piloter son ordinateur. Elle s'étonne, lorsqu'ils sont seuls, que le jeune homme parle dans le vide. Observe le micro. Scrute l'écran. Manifeste son incompréhension. Si Adam prononce le mot « éteindre » pour mettre la machine en sommeil, Clara se précipite sur l'interrupteur et éteint la lumière. Ces malentendus irritent le petit singe, qui se sent peu à peu défait de ses prérogatives et commence à détester l'ordinateur.

Souvent, quand Adam peine à s'endormir, en dépit des somnifères, Clara vient vers lui, se tient contre son visage, les pieds agrippés à la veste de son pyjama et les bras tendus vers ses tempes. Elle les masse de chaque main, doucement, comme si ce rituel parvenait à provoquer l'arrivée du sommeil. C'est une sensation apaisante, mais le corps du capucin devant son nez empêche le convalescent au long cours de respirer, et il secoue la tête pour l'en écarter.

Parfois, le regard de Clara absorbe celui d'Adam. Les yeux du petit singe sont des bulles. Leur paroi liquide renvoie la moindre lueur environnante. Mais c'est ce qu'ils contiennent, et non ce qu'ils reflètent, qui bouleverse l'homme quand ils s'écarquillent. Ces yeux, jusqu'à leur tréfonds, débordent d'une vie qui n'est pas celle d'un animal, mais d'un petit d'homme. Adam s'y reconnaît comme il le faisait naguère, quand il pouvait encore se raser face au miroir. De même que la douleur, qu'ils ressentent si semblablement, leur regard fait d'eux un grand frère et sa petite sœur, et non les ambassadeurs de deux espèces.

Les comportements de Clara, ses goûts et ses dégoûts, fascinent Leaf. Pour mieux connaître celle avec qui il partage sa vie, il passe un temps considérable à regarder sur YouTube ou les sites de replay de National Geographic des documentaires consacrés aux singes capucins, grâce auxquels il apprend à décrypter quelques comportements. Si elle consacre de longs moments à lui inspecter le cuir chevelu, à ébouriffer ses mèches, puis à le coiffer, c'est parce que ces gestes s'apparentent à l'épouillage dont on fait bénéficier un congénère à qui on veut prouver sa loyauté. Si elle contourne à grandes enjambées tout objet allongé qui traîne sur le sol, c'est parce que les couches les plus archaïques de son cerveau lui indiquent que ce peut être un serpent. Si elle fait preuve d'ostracisme envers les étrangers, c'est parce qu'elle appartient à une espèce plus xénophobe que territoriale.

Adam confronte ces connaissances fraîchement acquises au spectacle que donnent toute la journée, avec deux heures de décalage horaire, les capucins du parc national de la Serra da Capivara. Où il voit combien leur promiscuité exacerbe les chamailleries et les rivalités. Où surgissent petites disputes, empoignades, embrouilles. Clara prend parti pour les uns ou pour les autres, couine en sautillant sur place jusqu'à ce que la querelle soit vidée, afin de montrer dans quel camp elle se range.

Les personnes qu'elle accepte sur son territoire sont Dino, Doris, Michael, le kinésithérapeute qui livre à domicile des jouets rééducatifs de toutes les couleurs, et l'ergothérapeute aux outils d'acier luisants qui assure l'entretien du fauteuil roulant. Elle fuit, en revanche, les médecins et les infirmiers. Leur odeur de clinique et de papier frais, leur arsenal de garrots et seringues les apparentent à l'engeance honnie des vétérinaires et primatologues.

Souhaitant prouver à Adam qu'elle parvient à abdiquer ses convictions par amour pour lui, Angelina tente de surmonter ses préventions à l'encontre de Clara. Et entreprend avec le petit singe un travail de conciliation lent et opiniâtre. Au début, Clara se méfie de cette bienveillance soudaine. Mais, au fil du temps, autorise sa rivale à tenter une caresse. Alors, peu à peu, ses rebuffades perdent de leur vigueur. Enfin, le rapport de force et de confiance s'inverse lorsque Angelina lui offre une peluche représentant… un capucin ! Dont Clara s'empare comme si on venait de lui faire le plus beau cadeau du monde. Elle serre la peluche contre sa poitrine. Elle l'épouille. Elle la berce. La chérit comme le bébé qu'elle n'aura jamais.

Pour la première fois, Clara vient même se jucher sur l'épaule d'Angelina. La présence de cette chose pelucheuse sur la peau de son cou donne à celle-ci des frissons de contentement.

Adam baptise aussitôt la peluche Clarita. Et, d'emblée, le singe ne s'en sépare plus que pour accomplir les tâches qui requièrent l'usage de ses quatre membres. En veillant à placer le bébé synthétique au creux des draps de tissu-éponge bleu et rose dont elle a fait son nid.

*

Malgré le temps qui passe, l'incarcération d'Oliver Gleeson continue de réjouir les médias de la *Bible belt* ou ceux de la frange la plus religieuse des néoconservateurs. De la prison de Rykers Island, où il attend son jugement, le garçon alimente sans le savoir le fantasme du jeune Noir coupable d'avoir étreint, flétri, défloré et sali un ange. Louise est devenue, elle, l'icône des suprémacistes blancs. Octavia, mère louve, défend son fils désespérément. Le dit coupable d'avoir aimé, d'avoir été aimé en retour, mais pas d'avoir tué. Son émotion et son amour maternel laissent ses contradicteurs indifférents.

— Ça me donne la nausée, grogne Angelina en changeant de chaîne.

— Ce n'est que Fox, répond Adam.

— Fox, aujourd'hui, c'est l'Amérique... Je m'en veux tellement !

— Tu n'y es pour rien.

— Tu veux rire ? Nous n'avons pas avancé d'un centimètre sur l'affaire Orzel, et celui qui a voulu te tuer est peut-être, en ce moment, en train de se foutre de notre gueule tout en éclusant des pintes de Budweiser.

L'inspectrice enrage de se retrouver dans une telle impasse. Soudain, une idée lui vient à l'esprit.

— Et si nous n'avions pas bien fait notre travail ? demande-t-elle.

— Tu penses à Patrick ?

— Non. Mais comment a-t-on pu tuer Louise alors que porte et fenêtres étaient fermées ?

— Si on le savait, je suppose qu'un autre qu'Oliver Gleeson serait en taule.

— Putain, mais c'est ça l'erreur ! s'exclame Angelina.

— Explique-toi.

— Nous n'avons jamais remis en cause ce scénario... Si on reprend les faits supposément établis, Giacomo arrive sur les lieux. Il constate que la porte est fermée de l'intérieur. Il descend récupérer le passe-partout auprès d'Octavia, qui remonte avec lui. Devant Octavia, il parvient à faire tomber la clé de l'autre côté. Le passe-partout lui permet d'entrer. Il trouve le corps de Louise. Octavia redescend aussitôt attendre la police. Je me trompe ?

— L'enquête est partie de là, en effet.

Elle se concentre.

— Deuxième scénario possible, reprend-elle. La porte de la chambre n'est *pas* fermée de l'intérieur. La clé est simplement insérée dans la serrure. Giacomo arrive, entre, commet le crime. Il ressort. Va chercher Octavia pour qu'elle lui serve de témoin. Fait semblant de vouloir ouvrir la porte, qui résiste. Il affirme à la concierge qu'elle est fermée de l'intérieur. Il fait tomber la clé. Utilise le passe-partout, inutilement, puisque la porte n'a jamais été verrouillée. Il entre. Pour la première fois, en apparence. En réalité, pour la deuxième. Et voilà comment nous avons pu nous fourvoyer.

— Ce qui manque pour que ta version soit plausible, dit Adam, c'est un mobile !

— Exact. Giacomo semble s'être toujours comporté envers les trois enfants de Tadzio Orzel comme un père de substitution. On a fait une enquête sur lui. Aucun casier judiciaire. Aucune infraction même au code de la route. Un citoyen exemplaire... Mon scénario ne repose que sur une série d'hypothèses.

— Qu'il importe néanmoins d'approfondir.

— Je ferai de mon mieux. Mais j'ai un homme en moins, à présent.

— Patrick ?

— Il passe en conseil de discipline la semaine prochaine.

— Il a fauté par amour. On en est au troisième.

— Trois ?

— Oui, Oliver, à qui son amour pour Liz a fait perdre la raison. Patrick, qui a soustrait des preuves par amour pour Octavia.

— Ça fait deux...

— Et un pauvre flic paralytique en arrêt maladie, qui accepte de bosser quand même, par amour pour sa patronne !

*

La paix entre Clara et Angelina scellée, Adam partage désormais, le cœur plus léger, ses activités favorites avec sa colocataire. Ils regardent ensemble des programmes de télé-réalité à la télévision, ce qui offre au jeune homme la joie de voir sa compagne prendre systématiquement parti pour les candidats les plus vulgaires et les plus vindicatifs. Ils slaloment entre les meubles, à bord du fauteuil roulant transformé en bolide. Clara se moque, tandis qu'Adam s'indigne de ses railleries, des chiots mignons et gaffeurs qu'il regarde sur Facebook. Ils écoutent, encore et toujours, les *Variations Goldberg*, par Glenn Gould. Adam remarque que Clara produit de légers gémissements sur certaines mesures, comme si elle chantonnait bouche fermée. Il prête une meilleure attention à l'enregistrement : le pianiste en fait autant. Clara l'avait remarqué avant lui.

Un jour, après qu'ils se sont noyés dans la musique de Bach, Clara approche son visage de celui d'Adam. Elle projette ses lèvres vers l'avant, adoptant la moue popularisée par Kim Kardashian sur ses premiers selfies.

— C'est grotesque, tu ressembles à un canard !

Le singe reprend la même expression. Adam affiche un air horrifié. Au lieu de s'arrêter, Clara lui tourne le dos. Puis, comme les enfants quand ils se préparent à faire une roulade, elle le regarde à l'envers, la tête entre les jambes, et lui administre la même grimace. Il la chasse d'un revers de main. Elle s'enfuit, vexée, et se réfugie dans son nid où elle prend, pour se faire consoler, Clarita entre ses bras.

*

Le soir tombe. Dino vient donner à Adam son repas, le laver et le mettre au lit. Quelques minutes après son départ, le capucin éteint les lumières. Comme chaque soir avant de s'endormir, Adam se concentre sur l'une des articulations inertes de son corps. Pour s'assurer que la tâche n'est pas physiologiquement impossible, il choisit toujours celle que son kinésithérapeute tente d'assouplir. Sa jambe gauche, par exemple, fourmille, sensation annonciatrice de la restauration des circuits sensoriels. Il s'est aussi fixé comme objectif de plier son bras gauche, ne serait-ce que de quelques centimètres. L'exercice consiste à concentrer toute son énergie sur le circuit que doit parcourir l'influx nerveux, et à libérer tous les canaux qu'il lui faut emprunter. Pour cela, Adam tente de s'abstraire du reste du monde, et de ne laisser ses pensées occupées que par la tâche à accomplir. Rien d'autre ne compte.

Mais, soudain, dans la pénombre, s'allume le voyant de la machine à café. Et Clara se tient sur le comptoir de la cuisine, la lueur rouge se reflétant sur le noir de ses yeux.

— Tu te trompes, ce n'est pas le matin ! La nuit ne fait que commencer.

Indifférent, le capucin laisse la tasse se remplir. Puis, comme chaque matin, il la pose sur un tabouret, bondit sur le sol et la reprend d'en bas.

— Clara, arrête, ce n'est pas le moment !

Mais Clara continue à marcher sur trois membres, le quatrième tenant le récipient. À s'agripper d'une main aux barreaux chromés et à se hisser sur le torse d'Adam.

Et là, à cheval sur cette poitrine, elle regarde, encore et encore. Braquant sur le jeune homme des yeux enflammés d'une expression de défi qu'il ne lui connaissait pas.

— Arrête ! Ce n'est pas drôle ! observe-t-il.

Elle reste immobile. Les deux bras levés, les mains enserrant la tasse de café, telle une idole maléfique, Clara le fixe.

— Tu vas te brûler ! Descends !

Clara, sûre d'elle, le domine. Il sent se serrer contre ses côtes l'étau de ses jambes aux muscles puissants. Les yeux du singe, où brille à présent une lueur venue de l'intérieur, ont quelque chose d'incandescent.

— Je te dis d'arrêter !

Le ton est celui qu'il adopterait en face d'un chien enragé.

Un rictus se forme sur les lèvres du capucin : un rictus qu'on ne pourrait interpréter, chez un homme, que comme l'expression d'une profonde détestation.

— Assez !

Alors, lentement, délibérément, avec une sorte de jouissance calculée, le singe verse le café brûlant sur la poitrine et le cou d'Adam. La première est insensible. La brûlure au cou, elle, pénètre dans les chairs comme la balle qui l'a rendu impotent. Et l'irradie d'une douleur qui l'empêche de prononcer un mot de plus.

Leaf dirige vers le capucin un regard aussi implorant que sidéré.

Or il n'a encore rien vu. Clara fait un écart et pose la tasse sur la tablette. Puis elle revient se placer au-dessus de lui, écarte ses jambes, le regard vissé dans le sien. Enfin, posément, elle pisse et le couvre d'urine.

Bientôt, sa bouche se déplisse, le rictus disparaît. Et un cri de victoire sort de son gosier. Ensuite, elle enjambe Adam et va s'installer sur une poutrelle d'où elle le contemple, humilié, défait, souillé.

Pendant toute la nuit, elle restera là, à l'épier. Parfois, elle descendra, pissera encore et, du bout de ses doigts, tracera sur son visage et sur ses lèvres des traits d'urine fraîche.

27

L'urine a séché une nuit entière sur sa peau. L'odeur colle à chacun de ses cheveux et de ses poils, s'incruste sous ses ongles et dans les replis de l'épiderme. Des lèvres, elle a gagné la langue et le palais, où elle s'est transformée en saveur douceâtre, écœurante au point de provoquer une régurgitation. Il n'est plus que vomissure, pisse, remugle, souillure.

*

— Tu ne peux pas t'imaginer, Dino, elle ressemblait à une furie !

Le vieil homme hoche la tête, peu convaincu.

— Moi aussi, tu me traitais comme un monstre, te souviens-tu ? Cela ne veut pas dire que j'en étais un.

Dino lui rince la bouche plusieurs fois, à l'Oraltide Pro.

Le cerveau d'Adam se met à turbiner. Quelque chose se trame. Dino n'interprète pas les événements de la nuit de la même manière que lui. Avant que le jet de la douche couvre leur voix, Leaf a entendu Doris, Angelina et Michael murmurer, sur un ton plus contrarié que compatissant.

Adam est allongé sur une sorte de claie enfoncée à mi-hauteur de la baignoire. Dino le douche et le shampouine. Puis il recommence : il le retourne, l'allonge sur le ventre et procède à la même opération pour la partie postérieure. Il lave et masse les muscles afin de rendre aux fibres, que l'immobilité amalgame, leur autonomie et leur pouvoir de contraction. L'attache des tendons sur les os, saillante comme une épissure, montre à quel point le corps du policier fut athlétique, naguère.

Adam, lui, ne sent pas la tiédeur de l'eau sur sa peau. Cependant le parfum du savon, de l'huile, du bain de bouche, le font renaître. Sa nuit blanche l'a exténué. Il s'endort sous le jet que Dino fait ruisseler le long de son corps.

*

Rasé, les cheveux encore humides, le buste calé sur le dos de son fauteuil roulant, Adam découvre face à lui quatre procureurs.

— Un tel incident n'a jamais été observé, affirme Doris.

La vieille dame brandit un registre ouvert, où elle a consigné la liste des patients dont s'est précédemment occupée Clara.

— Quelque chose a dû se produire et la déstabiliser. D'où cet accident.

— Accident ? Non, elle l'a fait délibérément. Son regard ne laissait aucun doute à ce sujet.

— Beaucoup de choses peuvent déclencher la perte de contrôle des sphincters, réplique Dino. Tu es bien placé pour le savoir.

Clara se love sur les genoux de Doris, les doigts serrés sur son doudou. Elle détourne son regard d'Adam. Son expression n'affiche aucun sentiment de culpabilité.

Au contraire, elle arbore la petite mine triste d'un enfant qu'une injustice accable. Et le regarde brièvement. Avec, pendant quelques fractions de seconde, un air de triomphe, trop fugitif pour qu'aucun des autres le perçoive.

— Je ne comprends pas, s'étonne Leaf. Je l'ai bien traitée, nous nous sommes habitués l'un à l'autre, nous commencions à nous amuser ensemble… Jusqu'à ce qu'elle fasse ce truc horrible.

— Peut-être commets-tu une erreur d'interprétation, intervient Angelina. Parfois nous croyons voir quelque chose, et notre perception nous trompe.

— Je ne comprends rien à ce que tu suggères, répond Adam.

— Au stand, par exemple, si nous ne corrigeons pas l'erreur de parallaxe, nous tirons à côté du point visé, parce que nos yeux ne le voient pas là où il est.

— Selon toi, j'ai simplement *cru* vivre une situation qui ne s'est pas produite ?

— Bien sûr que non. Elle t'a vraiment pissé dessus. Mais elle n'a peut-être pas eu l'intention de le faire.

Doris intervient avant que le ton monte.

— Il est facile de mal interpréter les comportements des animaux. Il faut être éthologue pour s'y retrouver, parfois ! Je me rappelle le chien de Mary Joan, la fondatrice de Helping Hands. Il vous mordait quand vous tentiez de prendre sa place sur le canapé, mais vous faisait des mamours l'instant d'après. Croyez-vous qu'il essayait de se faire pardonner ? Pas du tout : il cherchait à vous consoler d'avoir subi, de sa part, ce qu'il considérait comme une juste punition, de même qu'on dit à un enfant « j'ai dû te punir, mais c'est pour ton bien ». La preuve : si, croyant qu'il venait de faire amende honorable, on tentait encore de le détrôner du canapé, une nouvelle morsure arrivait aussitôt !

— Je ne comprends pas comment cela rend acceptable qu'après m'avoir pissé dessus, elle m'ait nargué toute la nuit ! Ni en quoi son expression satanique en serait excusable !

Les mots « expression satanique » font tiquer Dino.

— Chez nous, on ne plaisante pas avec ça.

— Clara a eu un instant d'incontinence, explique Doris, et vous en faites une montagne.

— Une montagne ?

— Ou un déluge. Tout ça pour quelques gouttes d'urine.

Adam peine à se contenir.

— Quelques gouttes ? Une putain de cataracte !

— Un peu d'urine. C'est-à-dire quatre-vingt-quinze pour cent d'eau.

— Quand tu auras vu le diable en face, s'indigne Dino, tu sauras que ni humain ni bête ne peuvent avoir une « expression satanique », comme tu dis.

— Personne n'a vu le diable en face, Dino.

— Je veux bien tenir cet incident pour nul et non avenu, assène Doris. À condition que vous redonniez une chance à Clara sans rien faire, cette fois, qui soit de nature à ébranler sa confiance en vous.

Dino poursuit un propos dont le point de départ s'est perdu dans les sables de la conversation. Doris ne vise qu'à faire passer Adam pour un affabulateur. Entre les deux se tient Angelina, vers qui Clara ajuste un regard implorant auquel seul un tortionnaire de bébés chihuahuas arriverait à résister.

Leaf a déjà perdu la partie.

Un poids terrifiant vient de se redéposer sur ses épaules. D'accablement, d'injustice, d'impuissance. Se sentir moins que rien et se voir rappeler, alors qu'il l'oubliait peu à peu, qu'il ne contrôle pas plus sa propre existence que ses abdominaux ou ses quadriceps.

*

Toute la journée, Clara remplit ses offices comme si de rien n'était. Son zèle ne néglige rien. Elle ramasse illico les objets qu'Adam laisse choir. Elle veille à ce que le verre à eau soit plein et les télécommandes toujours accessibles. Elle saisit promptement le livre que son maître lui désigne d'un coup de faisceau laser. Quand il l'a sous les yeux, elle devance sa volonté et tourne chaque page au moment opportun. Elle vient même se blottir, de temps à autre, contre son cou en signe d'allégeance. Cependant, ni ses simagrées ni le soin que mettent Angelina, Dino ou Michael à nier ce qui s'est passé quelques heures auparavant ne fissurent la sidération d'Adam, ni sa sourde inquiétude. Il assiste en spectateur anéanti et hébété à l'absurde ballet qui se danse autour de lui.

— J'aimerais que tu restes avec moi, dit-il à Angelina quand celle-ci fait mine de se retirer.

— D'accord. Mais j'ai rendez-vous en fin de journée chez notre assureur. Il réclame de nouveaux justificatifs. J'en aurai pour deux heures.

— Je ne veux pas rester seul ce soir.

Sa femme se retient de répondre : « Tu ne seras pas seul, Clara est là », quand un coup de sonnette résonne.

— C'est l'infirmier. Je lui ouvre. Je reviendrai vite et je passerai la nuit ici.

*

L'infirmier, comme chaque fin de journée, assiste Adam dans sa toilette, vérifie ses constantes biologiques et lui administre ses médicaments. Puis s'en va.

Adam, pour la première fois depuis la nuit passée, se retrouve seul avec Clara. Qui s'assied sur le lit, à ses pieds, et plonge son regard dans le sien. Dans l'eau obscure de ses yeux, Leaf retrouve, comme d'habitude, leur proximité de primates. Mais ce qu'il reconnaît au-delà de cette pupille, c'est ce qui lui répugne en lui-même. Le reflet ne retient que le pire : la jalousie, l'impatience, la rancune.

Clara gémit. Elle trace de l'index, sous ses propres yeux, le cheminement de larmes imaginaires. L'esprit d'Adam vacille. En appelle-t-elle à sa mansuétude ? Demande-t-elle pardon ?

Soudain, l'expression contrite s'avilit.

Avant même que le jeune homme n'ait pu se forger une opinion, le singe affiche de nouveau la grimace hideuse qu'il l'a vue arborer la veille : les lèvres, tendues en avant comme un bec de canard, se rétractent et s'animent comme celles d'une débauchée qui jetterait au vent des baisers obscènes.

Adam n'a pas eu le temps d'exprimer sa répulsion que déjà Clara se coule entre les draps. Il la sent glisser près de sa main droite et remonter sur son torse. La suite, faute de sensibilité épidermique, il ne la devine qu'en observant les mouvements fantômes du drap supérieur. Clara se tient sur sa poitrine. Il suppose qu'elle fourrage parmi les poils de ses pectoraux, qu'elle poursuit le rituel social de l'épouillage, coutumier à son espèce, un peu plus bas, sur le ventre. Le gonflement du drap se déplace encore. Et encore. Et là, une angoisse innommable : pourquoi un singe s'affaire-t-il autour de son pénis ?

Au prix d'un effort qui lui arrache un râle, il soulève son avant-bras et sa main droite, et les abat sur Clara. Le capucin couine, s'extrait prestement du tissu et se soulève le long d'un pilier jusqu'à sa poutrelle favorite. Avec une expression figée, condescendante, frustrée, butée. Et une immobilité plus effrayante que si elle sautait partout, jusqu'à ce que le mécanisme du monte-charge produise le cliquetis annonciateur du retour d'Angelina. L'entendant, elle redescend prestement jusqu'au chevet d'Adam borde ce dernier et passe le drap par-dessus son bras.

Quand la cabine du monte-charge s'immobilise, elle ouvre sa petite bouche aussi grand qu'elle peut et, avec une force insoupçonnée, mord Adam au poignet.

Les portes métalliques en accordéon s'ouvrent. Angelina entre dans la pièce. Mais Clara a déjà regagné son observatoire au sommet des poutrelles, laissant Adam interloqué. L'incident n'a duré qu'un instant, comme si le capucin en avait mesuré chaque phase, à la seconde près.

Adam a ressenti une douleur périphérique atroce, qu'il ne croyait plus ses chairs capables d'éprouver.

— Clara vient de me mordre, se plaint-il dès que sa femme s'approche.

Il secoue son bras pour le dégager du drap. Aucune trace.

— Ses dents sont pointues comme des canifs. Si elle t'avait mordu, ça saignerait !

Le cerveau de Leaf tourne à plein régime. Clara a-t-elle utilisé le drap pour ne pas laisser de traces ? S'il énonce cette hypothèse, Angelina y verra le prolongement de la paranoïa qu'elle lui a implicitement prêtée le matin même. Mieux vaut ne pas insister.

Sa femme jette sur le canapé un plaid, des draps et un oreiller. Puis file se préparer dans la salle de bains.

— Dors avec moi ! lui lance Adam.

— Tu sais bien que le lit est trop étroit. La dernière fois, j'en ai eu le trapèze tordu. Le kinésithérapeute a mis une semaine pour me le remettre en place.

— S'il te plaît !

Il l'entend ranger ses flacons, jeter des cotons dans la corbeille et se faire couler un bain. Quand elle ne répond pas, il sait que cela veut dire oui.

En l'attendant, il allume la télévision.

*

CNN montre Oliver Gleeson, sortant du tribunal menotté. Le juge a refusé qu'il soit jugé pour le meurtre de Louise Orzel, faute d'éléments tangibles susceptibles de l'incriminer. Il le sera, en revanche, pour le viol de Liz, celle-ci n'étant pas en âge d'avoir pu exprimer un consentement juridiquement valable. Sur le plateau, le chroniqueur judiciaire de la chaîne met en cause le New York Police Department. Dans l'affaire du meurtre, pourquoi a-t-on bâti avec tant de hâte et de désinvolture un dossier d'accusation si léger ? Le journaliste indique que Darren Polanco, directeur du bureau des enquêtes, a refusé d'apporter ses commentaires.

Angelina revient, dans le peignoir d'Adam, trop grand pour elle, les cheveux enturbannés dans une serviette-éponge.

— Polanco croyait qu'on lui foutrait la paix pendant des mois. Il s'est fait des illusions. À présent, on va nous tenir pour responsables de ce merdier.

— Avez-vous fouillé le passé de Giacomo ?

— Rien de neuf. Comme je te l'ai dit : un citoyen exemplaire. Avec les enfants de Orzel, il se comporte en père adoptif. L'an dernier, Louise a perdu un lapin en peluche qu'elle tenait de Tadzio. Il a recruté trois détectives privés pour le retrouver.

— Ils y sont parvenus ?

— Oui, au bout de deux mois. Le lapin a été identifié, éborgné mais en bon état, dans un stock de jouets usagés qu'une organisation internationale destinait aux enfants de Haïti. Il y a six mois, Giacomo a annulé un vernissage à Tokyo et une rencontre avec la princesse Aiko pour être au chevet de Liz qui devait être opérée de l'appendicite. Il veille à l'éducation des jumelles. Il a même offert à Harvard une toile de Orzel d'une valeur de trois millions de dollars pour accroître leurs chances d'y être admises le moment venu.

— Est-ce que le fiston bénéficie des mêmes largesses ?

— Il y a deux mois, Sidohn a été victime d'une intoxication alimentaire qui a failli le tuer. Roncali a fait venir les meilleurs professeurs de Cornell à son chevet afin de lui faire rattraper les cours qu'il avait manqués. Et, pas plus tard que la nuit dernière, son compte à la Chase Bank s'est gonflé d'un million : contribution personnelle de Giacomo Roncali au tour de table de sa start-up.

— En prenant ce genre de responsabilités, il émascule Edwin Ashford. C'est lui qui devrait faire tout ça.

— Ashford s'en fiche.

— Assez parlé des enfants des autres. Approche-toi. Fais-moi entendre ma fille.

Angelina approche du lit. Elle défait la ceinture du peignoir. Son ventre ne ressemble pas encore à un ballon, mais il est désormais assez convexe pour qu'on devine les forces qui le repoussent, de l'intérieur. Adam s'amuse de voir le nombril, jadis creusé dans la chair, saillir légèrement. Sa femme se colle contre son oreille. Il sourit.

— Elle chante !

— Imbécile !

Elle s'allonge sur le flanc pour occuper moins d'espace, du côté de la fenêtre car c'est celui où la main sensible d'Adam, la droite, peut sentir les galbes et la chaleur de son corps. Avant qu'ils s'endorment, une pression sur son mont de Vénus. Elle pose ses doigts sur les lèvres d'Adam.

— Tu avais raison : tu récupères plus rapidement que ne le prétendent les médecins.

— Je ne comprends pas.

Elle serre entre ses doigts le pénis d'Adam. Il ne se rend compte de rien.

— La mécanique fonctionne, mais il manque une courroie de transmission…

Adam regarde vers le bas. Il comprend de quoi elle parle quand il distingue, dans la pénombre, le monticule que forme le drap au niveau de son sexe.

Au-delà, sur la commode en face du lit, ses yeux captent un reflet. Ce sont ceux du singe. Il se tient roidement assis, serrant Clarita entre ses mains. Et ses doigts étranglent la poupée de coton.

— Là, regarde !

Angelina, ensommeillée, tarde à réagir.

— Quoi ?

— Clara. Tu vois son regard enragé ? On dirait qu'elle a des braises à la place des yeux…

La tête de sa femme roule sur le côté. Le capucin affiche une expression angélique, berce la peluche contre son torse.

— Tu ferais mieux de dormir. Tu as des hallucinations. Ne t'en fais pas, ce n'est pas grave…

Adam en admirerait presque l'agilité avec laquelle Clara se joue de lui.

28

Clara manie l'hypocrisie en virtuose : douce devant les tiers, mais d'une méchanceté déconcertante en l'absence de témoins.

Prétextant un épouillage, elle tire les cheveux d'Adam et parvient à y faire des nœuds. Elle joue ensuite à la coiffeuse, son peigne aux dents serrées arrachant les mèches qu'elle vient d'emmêler. Elle ajoute du sel à l'eau, et du piment à la nourriture. Elle soulève les paupières d'Adam, que ses mains ne peuvent protéger, pour y verser quelques gouttes de ce jus de citron qu'elle a abhorré quand elle a exploré pour la première fois le contenu du réfrigérateur. Si Adam s'endort sur son fauteuil roulant, elle bondit sur l'accoudoir, actionne les manettes et le place face au mur. Puis elle déconnecte le câble qui relie la batterie au moteur électrique, limitant ainsi l'horizon de sa victime à une surface aveugle dont elle ne peut s'écarter.

Chaque soir, dès qu'ils se retrouvent seuls, l'ardeur du combat redouble. La délicate, tendre et pelucheuse Clara se mue en goule. Sur la poutrelle au-dessus du lit, ce n'est plus une protectrice qui veille, mais une gargouille.

Le petit singe devient une mégère prompte à renverser sur les parties du corps de son maître qu'elle sait sensibles à la douleur tout ce qui brûle, démange ou pique. Elle arrose les draps d'eau glacée ou, au contraire, interrompt la climatisation et superpose des couvertures pour le rendre fiévreux. Ayant expérimenté ces menus tourments, elle découvre enfin une torture plus efficace que toutes les autres, qui ne laisse pas de trace et ne peut donc l'incriminer.

Un soir, la fatigue est si grande qu'Adam se met à somnoler, toutes lumières allumées. Il n'est que 19 heures. Dans les molles brumes de l'assoupissement, il se sent flotter. Et, soudain, sa tête implose.

Une coulée de lave pénètre son conduit auditif. Le tympan cède aussi facilement qu'un disque de cire. Les osselets de l'oreille moyenne se fracassent les uns contre les autres. Le fluide brûlant remonte le colimaçon de la cochlée et atteint le nerf qui s'enflamme comme une mèche. Adam hurle, cri qui se perd dans un tsunami sonore.

Paniqué, il ouvre les yeux.

Clara se tient sur la tablette qui enjambe le lit, l'iPad serré contre la poitrine. Leaf se rappelle s'être assoupi en le laissant allumé et comprend que le capucin lui a placé sur les oreilles le casque sans fil Master & Dynamic. Comme il sait repérer l'icône de l'application Plex, il a lancé l'intégrale de l'œuvre pour clavier de Jean-Sébastien Bach… à plein volume.

Adam souffre comme ces condamnés dans les oreilles desquels on versait, autrefois, du plomb en fusion. La puissance sonore lui paraît dépasser celle d'un moteur de F35 à la vitesse supersonique. Il voudrait se débarrasser du casque, mais ses mains ne peuvent se hisser assez haut.

Tout ce qui peut encore vibrer dans le corps d'Adam se tétanise. La succession, normalement soyeuse, des notes du *Clavier bien tempéré* se transforme en supplice.

Leaf donnerait tout pour arrêter cette déflagration qui n'en finit pas. Les minutes passent. Le monde extérieur ne produit plus aucun son, mais Leaf lui-même est, tout entier, devenu vacarme. Le bruit, comme le ferait la douleur, annihile la pensée, écrase la moindre sensation, pénètre chaque repli de sa conscience. Il sue, macère dans sa colère et rumine ainsi sa frustration.

La musique fait barrage au sommeil.

Les heures passent, atroces. Une éternité plus tard, la première lumière du jour apparaît, blafarde, entre les lattes du store vénitien. Clara a dormi, elle, dans son nid de layette à la fourche des poutrelles. Quand elle s'éveille, elle approche, grimpe sur le lit. Retire le casque qui coiffe Adam. Repose l'iPad sur la tablette. Une lueur étincelle dans ses yeux : il ne reste plus rien qui témoignerait de la nuit d'enfer passée par le jeune homme.

Le singe vient d'inventer la plus efficace des techniques de guérilla : empêcher, coûte que coûte, l'ennemi de dormir. Elle redresse le lit quand Adam voudrait s'assoupir, tire sur le côté, de toutes ses forces, l'oreiller sur lequel il cale sa tête qui, déséquilibrée, se retrouve en porte-à-faux. Alors, le cou tordu, il ne peut plus accomplir aucune de ses tâches habituelles.

*

De jour en jour, son visage hâve se creuse. Ses yeux roulent au creux de chairs grises et affaissées. Les médecins ne trouvent aucune explication à cet épuisement.

— Tu ne peux imaginer ce qu'elle me fait subir, dit-il à Harry quand celui-ci vient lui rendre visite. Tu es le seul qui puisse me croire. Dino me prend pour un paranoïaque. Doris imagine que je déteste les animaux.

Angelina me soupçonne d'exagérer pour me venger de mon sort.

Clara, sur sa poutrelle, emmaillote Clarita dans un bout de layette.

— Elle a l'air inoffensive, constate Harry.

— Je ne comprends pas ce qui lui passe par la tête.

— L'as-tu maltraitée, même sans t'en rendre compte? Elle pourrait vouloir se venger…

— Au cas où tu ne l'aurais pas remarqué, déglingué comme je le suis, je n'arriverais même pas à porter préjudice à un moucheron.

— Tu lui fais peut-être peur. Et si ton état la déstabilisait?

— C'est une professionnelle. Je ne suis pas son premier patient.

— Regarde-la. Elle se tient loin.

— Parce que tu es là. Quand je suis seul, elle n'hésite pas à s'approcher pour me molester. Elle se glisse même sous mes draps. Je sens sa langue qui me lèche la bite ! Et ses doigts qui me triturent les testicules !

— Je n'appelle pas ça de la persécution ! Sa bouche n'est pas plus grosse que celle d'un chat. Tu ne risques pas l'émasculation.

— Détrompe-toi. Elle a des dents acérées. Une simple morsure et c'est l'hémorragie. Je te jure : elle me veut du mal.

— Comprends que c'est difficile à croire, quand on la voit si aimable.

— Cela devient insupportable.

— Il y aurait un moyen simple de régler le problème.

— Recruter un braconnier?

— Plus simple.

— Parle.

— Une caméra de surveillance. Je ne comprends pas que personne n'y ait pensé.

Leaf semble déconcerté.

— Oui. Tu as raison.

— Je peux m'en charger. Je t'envoie un installateur dès demain.

Adam acquiesce mollement. Ses pensées s'entrechoquent. Harry a raison : pourquoi n'a-t-il pas songé, lui-même, à cette idée simple ?

Adam comprend soudain qu'il ne souhaite pas *vraiment* se débarrasser de Clara, ni convaincre ses proches de l'enfer qu'elle lui fait subir. En vérité, il bénit, parce qu'elle l'a entièrement absorbé, l'absurdité de la situation. Celle-ci lui a fait oublier son sort et toute forme de nihilisme. La métamorphose du capucin et son inexplicable mutation en tortionnaire l'ont fasciné au point qu'il a pensé à *autre chose*. Il s'est trouvé un ennemi. Le singe l'ignore, mais il n'aurait pu lui rendre plus grand service. Adam ne désire pas que Clara soit neutralisée, ou qu'elle lui soit retirée. Ce qu'il veut, à présent, c'est préparer la contre-offensive.

Dans sa tête germent les prémisses de sa stratégie.

Demain, il livrera bataille.

29

Clara ne prend l'ascendant sur Leaf que lorsqu'ils se retrouvent seul à seul, aux heures où aucun tiers ne risque de faire irruption. Le huis clos déclenche la confrontation. Si l'un de ses proches consentait à passer ses nuits près d'Adam, celui-ci pourrait se tenir éveillé et dormir le jour, quand la succession des visiteurs le préserverait des malfaisances du maudit singe. Clara ne disposerait plus alors d'un seul moment d'intimité avec lui.

Angelina dort dans l'appartement de temps à autre, mais ni l'inconfort d'un lit médicalisé prévu pour une seule personne ni les mauvais ressorts du canapé ne conviennent à une femme enceinte. Les beaux-parents d'Adam ayant cautionné l'emprunt contracté pour l'achat de l'appartement d'Amsterdam Avenue, Leaf ne veut pas se sentir davantage redevable à leur égard. Son beau-frère Eddy s'est lancé dans la quête de ses parents biologiques, en Birmanie, et vient de partir pour Rangoon. Maxime prévoit de traverser sur un fil, dans le sens de la longueur, toute la nef de Saint John the Divine. Pas question de le détourner de sa préparation.

En utilisant la commande vocale de son ordinateur, Adam fait défiler la liste de ses contacts. La personne idéale serait insomniaque, oisive ou sans emploi, prête à se dévouer pour lui. Les noms glissent sur l'écran, sans qu'un seul satisfasse ces critères.

On sonne. Nicole, qui a la clé, vient d'actionner la sonnette du rez-de-chaussée pour annoncer son arrivée. Nicole, la fille de l'épicier qui tient le North Village Deli Emporium de la 8e Avenue, qu'Adam emploie un jour sur deux pour une demi-journée de ménage. Quand les portes en accordéon de l'ascenseur s'ouvrent, Clara l'accueille en sautant joyeusement de poutrelle en poutrelle. Elle atterrit sur l'épaule de la jeune fille. Celle-ci se met au travail sans attendre.

Tandis qu'elle commence à passer l'aspirateur, Adam trouve sur Facebook un groupe de discussion, *La Face cachée de la Terre*, réservé aux insomniaques. Où l'on parle d'apnée du sommeil, de somnambulisme, de terreurs nocturnes, d'état confusionnel. Il poste un message :

Cherche insomniaque pour m'aider à défier la nuit et à la consacrer à des études. Ma mobilité physique est restreinte. Il faudra m'aider à lire, ou lire à voix haute pour moi. Je vais préparer à distance un Bachelor Degree of Science *en éthologie. Un haut degré de tolérance envers les animaux est requis car je partage mon écosystème avec un singe de compagnie.*

Les premières réponses arrivent vite. Un passionné l'enjoint de changer de centre d'intérêt et de préférer l'astronomie, mieux adaptée à un travail nocturne. Une jeune femme déplore que les réseaux sociaux deviennent le terrain de jeu des zoophiles et menace de le dénoncer à PETA[1]. Leaf voit affluer les offres de massage, alors que les meilleures manœuvres de leurs prescripteurs échoueraient à attendrir la pauvre viande de son corps figé. Des hypnotiseurs, des magnétiseurs, des rebouteux,

1. People for the Ethical Treatment of Animals.

des coaches de vie, des psychologues autodiplômés proposent aussi leurs services.

Refroidi, il quitte bientôt le groupe.

Fixer l'écran ayant fatigué ses yeux, ils se portent au-dehors, vers Houston Street. Au septième étage de son immeuble, la voisine arrose l'abricotier nain qui orne son balcon. Insomniaque, oisive, prête à se dévouer ! Pourquoi n'y a-t-il pas pensé plus tôt ?

Dans la case « rechercher » de son compte Facebook, il inscrit : Melissa Carmack.

Clara, debout sur la brosse de l'aspirateur et agrippée au manche, se fait promener par Nicole au ras du sol.

Elle jette à Leaf un regard chafouin, comme si elle le devinait en train d'ourdir des manigances.

*

Le capucin est entré dans la vie d'Adam de la même manière qu'un chat – dont il a la taille, la douceur et l'esprit rebelle – trouve sa place au sein d'un nouveau foyer. Le pacte qui détermine les termes de leur coexistence a été façonné par d'autres qu'eux, mais une patience contrainte et solidaire, de cette sorte qui lie les matelots quand un calme plat éternise la traversée, les a rendus accommodants.

Par où, se demande Adam, est arrivée cette hostilité ?

Il a fini par tenir Clara pour une petite sœur étrange, venue du fond des âges. Mais elle, comment le considère-t-elle ? Le déteste-t-elle parce qu'elle voit en lui un monstre irréductible à cette lointaine fraternité, ou parce qu'elle pressent leur parenté ? Le récuse-t-elle comme frère ou, au contraire, consent-elle à ce qu'il le soit au point de ressentir à son encontre ce sentiment qu'on dit parfois le propre de l'homme : la haine ?

Tout a commencé, après une période de concorde, lors de cette nuit cauchemardesque, lorsque Clara, sans signe avant-coureur, a adopté des postures hideuses et agressives. Adam se souvient de s'être défendu en la chassant du revers d'une main encore privée, à cette époque, de tonicité. Il ne peut s'accuser d'aucune violence, faute d'en être physiquement capable.

Il aimerait s'immiscer dans le cerveau de Clara. Il y découvrirait peut-être des failles insoupçonnées. Ne pas pouvoir déchiffrer la situation le met en rage. Il ne sait rien d'autre sur elle, après tout, que ce que Doris a bien voulu lui raconter. « Un tel incident n'a jamais été observé », a-t-elle affirmé après cette nuit-là. Mais comment en être sûr si l'on a dénié, comme on l'a fait avec lui, toute crédibilité aux malades confiés précédemment ? C'est par le passé de Clara qu'il faut commencer.

Doris n'a agité que quelques instants le registre où ces patients étaient répertoriés. Le dernier nom de cette liste, et l'adresse correspondante, se sont gravés dans la mémoire d'Adam : Blaine Bartholomew, à Yonkers.

Il lui faudrait pouvoir enquêter, mais avec l'aide de qui ? Angelina considérerait la requête comme puérile, et Harry ne fera rien tant que la caméra de surveillance installée n'aura validé les accusations.

Il ne peut compter que sur Maxime. Encore faudrait-il que celui-ci consente à soustraire une demi-journée à la préparation de sa traversée de la cathédrale. L'attachement qui le lie au singe garantira que l'enquête ne sera pas défavorablement biaisée.

*

Clara se joue de la webcam installée dans l'angle du plafond. Elle commet ses méfaits en lui tournant le dos, ce qui empêche de distinguer les services rendus à

Adam des sévices qu'elle lui inflige. Pendant la nuit, malgré l'efficacité du capteur basse luminosité, on n'observe rien de notable. C'est vrai, elle coiffe parfois Leaf de son casque Master & Dynamic, mais la scène ne varierait pas si elle le faisait à sa demande.

— Elle est supérieurement intelligente, et supérieurement vicieuse, explique Adam à Maxime.

— Ton esprit ressemble à un papillon dans un bocal. Puisqu'il n'a pas d'espace, il agite les ailes n'importe comment.

— C'est ça, putain, dis que je délire !

— Avec ton sale caractère et tes récriminations, tu nous as donné des raisons de le croire.

Leaf réfléchit un instant.

— Oublions mes élucubrations, alors.

— Je te remercie. Je sens que tu vas redevenir fréquentable.

— Tu m'as dit un jour que ne plus avoir l'usage de ses jambes et de ses bras n'empêchait pas de danser sur un fil.

— Oui, métaphoriquement.

— Et tu devais donner une interview sur ce sujet.

— « Le funambule aux semelles de plomb ». C'est le rédacteur en chef du *New Yorker* qui me l'a demandé.

— Va voir Blaine Bartholomew, c'est la patiente qu'on a confiée à Clara, avant moi.

— Comment le sais-tu ?

— Quand Doris a agité sous mes yeux son foutu registre, j'ai mémorisé le dernier nom. Normalement, les patients n'ont pas le droit de connaître les antécédents de leur singe accompagnateur.

— Tu veux que j'aille voir cette femme ?

— Oui. Je veux savoir si les autres ont été pris des mêmes « délires » que moi. Quant à toi, cela te fera de la matière pour ton article.

— Tu connais le défaut de ma cuirasse, petit con ! Et tu as de la chance, on veut m'interdire de traverser la cathédrale sur un fil. Je suis obligé de retarder.

Adam sourit. Maxime a deux points faibles, auxquels il ne peut résister : les interdits et la curiosité.

30

— Je vais reprendre mes études, annonce Leaf.

Angelina sourit. Enfin, son mari a trouvé le moyen de ne plus laisser ses conflits supposés avec Clara occuper son existence.

— Pour étudier la psychologie sociale et les sciences du comportement. J'ai appelé le DRH du département. Il dit qu'une qualification dans ces matières serait mieux prise en compte dans mon avancement.

Angelina ajuste le drap qui lui monte jusqu'au menton. Elle réfléchit. Adam a raison. La cote dont bénéficient les comportementalistes approche celle des spécialistes de la police scientifique. Leur appui est même déterminant dans les cas de prise d'otages ou de confrontation avec des forcenés.

— Bonne idée. Il faut trouver une université qui propose ce genre de formation à des étudiants dans l'incapacité de se déplacer. Je peux m'en occuper.

— Merci. En attendant, je vais inverser mon rythme de vie. Je n'arrive pas à dormir la nuit, autant que j'en profite pour étudier. Je dors plus facilement dans la journée.

— Si cela doit te permettre de renouer avec les sept heures de sommeil par jour, pourquoi pas ?

— Je n'aime pas me retrouver seul, les soirs où tu n'es pas là.

— Tu as Clara. Elle te tient compagnie. C'est son boulot.

— J'ai besoin d'une présence humaine.

— Penses-tu à quelqu'un en particulier ?

— Pas facile, il me faut une personne disponible, intelligente, qui puisse m'assister. J'ai pensé à ma voisine de Houston Street.

Le visage d'Angelina s'assombrit.

— Melissa ? Mais tu ne l'aimes pas.

— Pourquoi devrais-je l'aimer ?

— Je l'ai rencontrée, quand elle est venue témoigner. Elle est sinistre.

— Très bien.

— Célibataire. Solitaire. Dépressive.

— Parfait.

— Probablement aigrie. En manque de reconnaissance sociale. Avec un déficit affectif gros comme la dette extérieure de la Jamaïque.

La litanie de sa femme, songe Adam, dissimule une jalousie fulminante, à laquelle il ne s'était pas préparé. S'il ne le tue pas dans l'œuf, ce sentiment croîtra, de plus en plus acide, même si rien ne l'alimente.

— Je ne cherche pas quelqu'un d'aimable, la rassure-t-il, au contraire. J'ai juste besoin d'assistance pour manipuler les bouquins, prendre des notes sous ma dictée, me faire gagner du temps en compilant des données. Tant mieux si elle a les travers que tu décris. Je ne veux pas qu'on me distraie.

Un peu de soulagement sur la face de la jeune femme.

— Si c'est ce que tu souhaites, je te suis. Un spécialiste de la psychologie sociale au sein du service, c'est la classe. Les autres équipes chercheront à te débaucher.

— Je ne les écouterai pas.

— Cela vaudra mieux pour toi.

Angela se penche vers son mari pour l'embrasser. Et se fige au moment où leurs lèvres vont se toucher.

— Que se passe-t-il ? s'inquiète Leaf.

— Ne bouge pas, ne dis rien…

Adam voit sa femme s'incliner vers le côté, comme si elle cherchait à rajuster les draps.

— Tu ne te rends compte de rien ?

— Non.

— Je viens de glisser ma main entre ton dos et le matelas. Et au moment où je me suis penchée vers toi, tu t'es soulevé. *Vraiment* soulevé. Pas d'un centimètre ou deux, mais assez pour que, pendant deux ou trois secondes, je ne pense plus au fauteuil roulant, au lit mécanique, à tes jambes qui ne te portent plus.

Depuis qu'il livre bataille contre Clara, Adam a récupéré une partie de ses capacités physiques. Michael, le kinésithérapeute, sent qu'un cap est franchi. Il lui dit souvent : « Tes articulations se mettent à me parler. Je les entends gémir. Elles se réveillent. » Adam sait que, pour Michael, « entendre » et « parler » ne sont pas des métaphores. Le kinésithérapeute entretient un dialogue avec le corps de ses patients. Ses mains deviennent des stéthoscopes à l'affût du moindre bruit venu de l'intérieur des poches synoviales. En quelques semaines, dans les membres de Leaf, dans son bassin, le long de la colonne vertébrale, tout s'est mis à bruisser et murmurer.

En temps normal, Adam jubilerait. Mais il en faudra davantage pour que son corps puisse affronter le petit démon noir qui s'en prendra à lui dans quelques heures.

Ils s'embrassent, Angelina soulagée de savoir que son homme récupère peu à peu ses aptitudes physiques et parie une fois de plus sur l'avenir, Adam satisfait de constater que sa femme ne prendra pas ombrage de l'irruption d'une étrangère auprès de lui.

*

Il ne fait aucun doute que si Adam, valide, a pu inspirer du désir à Melissa Carmack, celle-ci n'en ressent plus aucun envers ses chairs glacées.

Quant à lui, il n'avait jamais vraiment dévisagé sa voisine intrusive, se contentant, chaque fois qu'il la croisait, d'un coup d'œil fugace. Davantage de considération eût encouragé la jeune femme dans ses desseins fantasmatiques. Maintenant que ce temps est révolu, il la regarde avec plus d'attention.

Son front haut sert de promontoire à des cheveux blonds qui cascadent en boucles serrées jusqu'aux épaules. Un nez long mais régulier renforce la verticalité de la figure. Les yeux sont marron clair. Les commissures des lèvres, renonçant à pointer vers le haut, guindent sa moue même quand elle sourit. Adam comprend qu'elle ne cherche plus vraiment à séduire, tant il lui serait en effet facile de laisser tomber sur l'abusive hauteur de son front une frange qui rééquilibrerait les proportions du visage. Il en déduit que Melissa, sans doute en raison de son état dépressif, vit repliée sur elle-même.

— Merci d'avoir accepté, dit-il. Mes angoisses nocturnes deviennent intolérables.

— Je ne pourrai vous aider que pendant quinze jours. Mon congé maladie s'achève.

— Pour moi aussi, c'est une mauvaise période à passer. Je suis sûr que votre présence m'apaisera assez pour que je retrouve un rythme de vie normal.

— Je serai votre… dame de compagnie…

Elle pouffe et ajoute :

— Cela semble sortir d'un roman de Barbara Cartland.

— Je n'en ai jamais lu.

La dénégation, trop rapide, a pu le faire sembler condescendant.

— Grâce à vous, reprend-il pour faire oublier cette maladresse, je vais pouvoir étudier la nuit et me reposer le jour.

— Je suis moi-même insomniaque.

— Cela doit perturber votre vie familiale.

— À trente ans, j'étais déjà deux fois veuve et deux fois divorcée. Ça calme.

— Pas d'enfants ?

— Non, mes insomnies ne perturbent personne. Je passe mes nuits sur mon balcon. De mon côté de Houston Street, la *skyline* est magnifique. Si j'en avais le talent, j'écrirais le roman de ces petites lumières. Derrière chacune d'elles, il y a des personnages. Pour passer le temps, j'imagine leur histoire. Un forçat qui travaille pour une société de nettoyage. Un étudiant qui potasse, la veille d'un examen. Des fêtards qui reviennent d'une discothèque. Un pénitent en prière. Des pervers, aussi, qui préfèrent la nuit au jour. Ensuite, je mélange leurs histoires. L'aspirateur de la femme de ménage empêche l'étudiant de travailler. Il s'en plaint et ils tombent amoureux. Le pénitent convertit le pervers.

— Et les fêtards ?

— Ils font un raffut d'enfer. Leur musique réveille les jambes du paralytique qui reprend ses études. Et se met à danser !

Adam rit. Il ne s'attendait pas à ce que la prétendante transie d'hier soit aujourd'hui capable de l'amuser. Sur sa poutrelle, Clara émet un couinement afin qu'on n'oublie pas qu'elle est là, et qu'elle boude.

— Elle ne comprend pas ce qui se passe, explique Leaf. Normalement, à cette heure, elle dort à poings fermés.

À la grande satisfaction d'Adam, Melissa n'a pas gloussé en découvrant Clara. Elle a seulement constaté sa présence, sans surprise, mièvrerie ni enthousiasme. Sans doute des singes et des chimères, des girafes et des licornes se glissent-ils dans les fadaises qu'elle se raconte. À moins qu'elle n'aime pas les animaux, hypothèse dont Leaf se réjouit sans complexe.

— Je vais vous montrer ce qu'elle sait faire. Clara, deux cafés, s'il te plaît !

Désireuse d'apparaître à cette inconnue sous son meilleur jour, le singe s'exécute prestement. Trois minutes plus tard, les tasses fumantes sont remises à leurs destinataires. De la part de Melissa, pas une trace de la gratitude émerveillée que manifestent les visiteurs ordinaires.

Clara regagne les poutrelles, l'air contrarié. Elle referme sur elle l'enveloppe de ses layettes afin qu'on ne la dérange plus.

— J'ai commandé vingt volumes qui sont arrivés ce matin. Pourriez-vous les déballer ? Il me faudra une semaine pour assimiler leur contenu.

Melissa écarquille les yeux.

— Vous allez mémoriser vingt livres en une semaine ?

— Mon corps est handicapé, mais mon esprit a un avantage sur celui des autres : l'hyperthimésie. Une sorte de mémoire absolue. Je retiens tout.

— Tout ?

— Tout ce que mon cerveau associe à des circonstances particulières de ma vie. Par exemple, votre présence, Clara qui boude, ma première nuit d'études, les fêtards qui réveillent les paralytiques… vont s'accoler à mes lectures et les fixer dans ma mémoire. Vous verrez, vous n'aurez qu'à me poser des questions, quels que soient la page ou le chapitre. J'aurai retenu.

— À l'avenir, ne commandez pas. J'irai acheter vos livres chez Strand Books, où je travaille.

— Comme on le faisait autrefois ?

Sa remarque produit sur les traits de Melissa l'effet d'un gélifiant.

— Pardon, c'est devenu si rare, d'aller chez le… libraire…

— Je suis libraire.

— On m'avait dit bibliothécaire.

— Vous n'avez pas tort, j'ai obtenu un diplôme en *Library Science* à Cal State Fullerton. Mais c'est chez Strand Books, près de Union Square, que j'ai trouvé un boulot. Avez-vous un couteau, pour ouvrir les paquets ?

— Dans une boîte fermée, sur la deuxième étagère du meuble de cuisine, près du micro-ondes. On cache tout ce qui est tranchant, afin d'éviter que Clara ne se blesse.

Melissa commence à déballer les paquets.

— *Patterns of Behavior*, par Konrad Lorenz et Niko Tinbergen, *Primate Ethology*, par Desmond Morris. *Ethology and Neurobiology* de Asif A. Ghazanfar. Les œuvres complètes de Frans de Waal. *Encyclopedia of Animal Behavior*… Il y en a plusieurs volumes. Attendez… Plus de trois mille pages ! Vous plaisantez ! Allez-vous vraiment avaler tous ces livres ?

— Oui, ainsi que ceux que j'ai téléchargés sur ma tablette.

— Vous voulez apprendre à soigner les animaux ?

— Pas vraiment. Ce serait presque le contraire, ajoute-t-il à voix basse.

— Pardon ?

Adam n'a aucun intérêt à partager ses desseins avec qui que ce soit. Il se reprend :

— Je dis que ce serait presque nécessaire… si je voulais devenir vétérinaire. Mais je suis flic.

— Je le sais. Vos collègues m'ont suffisamment interrogée pour que je m'en souvienne. D'où vient votre intérêt pour les animaux ? C'est parce que vous avez un singe ?

— Oui, j'aimerais comprendre ce qui se passe dans sa tête.

— Vous préparez une thèse ?

— Je n'en suis pas là. Pour l'instant, ma femme a trouvé une université qui accepte ma candidature et mes équivalences académiques : Bucknell University à Lewisburg. C'est l'une des seules, pas trop loin de New York, qui propose un cursus en éthologie et comportement animal.

Melissa ne peut masquer son étonnement. Adam devance sa question :

— Sans doute pas le coin le mieux desservi de Pennsylvanie, mais, dans mon état, même un *bullet train* ne me serait d'aucun secours. Ils ont accepté de retransmettre pour moi les cours par Internet. Ça ne leur coûte que le prix d'une webcam. Ils m'ont aussi fait une faveur sur les prix d'inscription.

— Vous parlez d'une faveur ! En réalité, vous les aidez ! Ils ont besoin de gays, de transgenres, d'handicapés, d'Asiatiques, d'Inuits ou d'Afro-Américains pour remplir leurs quotas !

La remarque, dont il ne peut qu'admettre le bon sens, sidère Adam. Pour la première fois, il se rend compte que son fauteuil roulant, la claie sur laquelle on le pose pour le baigner, les appareillages buccaux qui lui permettent d'agir, sont désormais perçus comme indissociables de son identité. Il entre dans des quotas.

— Quand commencent les cours ?

— Dans trois semaines.

— Vous avez tout votre temps, alors. Pourquoi vous jeter à l'eau si vite ?

— Je n'ai que ça à faire. Lire, étudier, comprendre. C'est pourquoi j'ai commandé ces livres. J'ai aussi téléchargé des thèses et des documents universitaires sur le Web.

— Qu'attendez-vous de moi ?

Adam n'attend de Melissa que sa présence. Qu'elle bavarde, tricote, danse, remplisse des grilles de sudoku ou compte les étoiles n'a aucune importance. Il suffit qu'elle occupe le terrain et prive le petit singe de l'intimité dont il a besoin pour commettre ses mauvaises actions. Cependant, la bonne volonté de la jeune femme ressemble à une bénédiction : elle mettra en place les livres les plus lourds sur le lutrin posé sur la tablette du fauteuil roulant, et que son bras droit, encore trop faible, ne pourrait soulever. Elle tournera les pages sans qu'il ait à se servir de sa tige buccale au bout caoutchouté. Ses déambulations dans le studio, ses papotages, ses actions, provoqueront les interférences qui fixent les informations dans la mémoire d'un hyperthimésique.

— Vous serez ma documentaliste. Pour les livres numériques et Internet, je pilote l'ordinateur par commande vocale, mais vous avoir près de moi m'aidera beaucoup. Vous me donnerez un peu de votre énergie.

— J'en suis ravie. Quand reprenons-nous nos études, alors ? Dès demain ?

— La nuit n'attend pas. Commençons tout de suite.

Melissa ne sera pas toujours là. Adam n'a que quelques jours pour comprendre les comportements pervers de Clara et contrer ses manœuvres. Le compte à rebours est déclenché.

31

Pour aller d'Amsterdam Avenue au quartier général du New York Police Department, Angelina a pour habitude de prendre le métro ou un taxi. Lorsqu'elle utilise sa Chevrolet Impala banalisée, elle longe le nord de Central Park par la 110e Rue et prend la 5e Avenue à droite. Dix minutes et deux kilomètres plus loin, elle passe, normalement, devant le MET, le New York Metropolitan Museum.

L'inspectrice s'aperçoit que la 5e Avenue est barrée par la police au niveau de la 84e Rue. Elle présente son badge à l'un de ses collègues :

— Un problème ?

— Pas de quoi chier des mégots. Une manifestation contre le Museum. Deux cents personnes.

— Qui peut en vouloir au Museum ?

— Les #MeToo.

— Pardon ?

— #MeToo, les nanas contre le harcèlement sexuel.

— Il y a du harcèlement au Museum ?

— J'en sais rien. Je suis agent de la circulation. J'arrête les bagnoles, pas les tripoteurs.

— Je peux passer ?

L'agent recule. Angelina se remet à rouler. Un peu plus loin, elle ralentit. Sur le parvis du Museum, des femmes brandissent des pancartes où figurent des slogans : «Musée porno», «Nos enfants ne sont pas des objets sexuels», ou «Honte au MET». Elle abaisse la vitre, côté passager, et se penche pour héler l'une des manifestantes.

— Que se passe-t-il ?

— Ils exposent des saloperies !

— Regardez ce qu'ils font avec l'argent des contribuables !

Angelina saisit le tract qu'on lui tend et lit : «Le Metropolitan Museum de New York expose une toile qui présente une enfant dans une posture clairement sexualisée et suggestive. Nous demandons qu'elle soit immédiatement retirée. Signez la pétition en ligne sur Care2petitions.»

L'image qui illustre le tract représente une adolescente assise sur une chaise longue, les bras en l'air, la jambe gauche pliée et la droite écartée sur le côté. Sa posture laisse apparaître ses cuisses et, à l'entrejambe, une culotte blanche. Dans l'angle inférieur de la toile, un chat lape du lait dans une écuelle. Ce détail naturaliste renforce ce qu'il peut y avoir de troublant dans cette intimité offerte au regard.

Une manifestante, furibarde, surgit et arrache le tract des mains d'Angelina, comme elle vient de le faire à d'autres passants étonnés.

La policière résiste. La feuille de papier se déchire.

— C'est une connerie ! rugit l'excitée.

— Vous pouvez m'expliquer ? demande Angelina.

— On ne veut pas que ce tableau soit montré. Et une abrutie le duplique à trois mille exemplaires sur nos tracts !

Son regard se détourne vers une rousse qui tente, elle aussi, de récupérer les prospectus fautifs.

— Giselle, t'es vraiment trop conne !

L'imprécatrice s'éloigne, continuant d'arracher aux promeneurs sidérés le document qu'on vient de leur remettre.

La partie inférieure du tract déchiré est restée dans la main d'Angelina.

Une manifestante scande : «Balthus, range ton phallus !» D'autres, à l'unisson, reprennent la même formule.

Sur le fragment figure le nom du tableau : «*Thérèse rêvant,* 1938, Balthus (1908-2001)».

Angelina accélère. Au lieu de se rendre au bureau, elle bifurque à droite sur la 14e Rue et fonce vers Gansevoort. Au premier feu qui stoppe sa course, elle adresse un message à Harry pour retarder la réunion qu'ils avaient prévue.

*

Angelina entre chez Adam comme un ouragan.

Le patient est allongé sur le lit, par-dessus les draps. Son kinésithérapeute se tient debout auprès de lui.

— Je vais placer ma main sous ton genou gauche, explique le thérapeute. Écrase-le aussi fort que tu le pourras. Dix fois.

— Bonjour, Michael, dit Angelina au jeune homme. Désolée de perturber votre travail.

Michael n'a aucune intention de la laisser détourner l'attention de son patient. Il commence à compter.

— Un.

— Adam, intervient Angelina, te rappelles-tu le vernissage ?

Leaf ne répond pas. Si cela ne lui était pas douloureux, il hausserait les épaules. Comment aurait-il oublié cette soirée ?

— Deux.

— Des livres et des catalogues d'exposition occupaient deux ou trois étagères de la bibliothèque, sur le côté.

— Trois. Plus fort.

— Quand nous attendions la voiture, j'ai feuilleté un recueil de reproductions de Balthus, des peintures représentant des enfants et des chats. J'ai surtout fait attention aux chats…

— Quatre, concentre-toi ! proteste Michael, qui poursuit son travail sans que rien le perturbe.

— Derrière le bureau de Giacomo, des piles de livres étaient posées à même le sol. Serais-tu capable de te remémorer quelques titres ?

— Cinq, dit Michael.

— Je me souviens d'un très gros ouvrage sur les préraphaélites.

Angelina sort son carnet et note avidement.

— Six.

— Continue, demande Angelina.

— *Mémoires* de Balthus, *Balthus, jeunes filles aux chats*, *Balthus et les jeunes filles*, *Balthus et Rilke*, *Gauguin à Tahiti*.

Il récite mécaniquement, comme s'il décrivait ce qui se trouve sous ses yeux.

— Sept.

— *Gauguin Ia Orana*, *Les Lettes de Paul Gauguin*, *Stu Mead : Breezie*, *Stu Mead, a biography*, *Egon Schiele : Narcisse écorché*, *Egon Schiele : Sämtliche Gemälde*…

— Huit.

— Tu parles allemand, à présent ?

— Non, ma mémoire est visuelle, je photographie les mots et les objets.

— Huit.

— Huit, on l'a déjà fait, Michael, tu triches !

— Sept !

— J'ai compris, OK, trois de plus. C'est ma punition ?

— Oui, répond le kinésithérapeute. Tout ça ne sert à rien si tu ne te concentres pas.

— Pourquoi ces questions ? Tu t'intéresses à la peinture, maintenant ?

— Je m'y suis toujours intéressée. Surtout l'art italien. Mais Balthus, j'avoue, je ne le connaissais pas.

— Qu'a-t-il d'extraordinaire ?

— Huit.

— Je viens de découvrir qu'on l'accuse d'avoir représenté des adolescentes à peine pubères dans des postures érotiques. On voit leur culotte entre leurs cuisses écartées. Je suis passée devant le Metropolitan Museum. Le mouvement #MeToo lance une pétition et réclame qu'une de ses œuvres soit décrochée.

— Neuf. Plus fort, tu ramollis !

— Dans ce cas, il faudrait cacher les bites des gamins et des ados sur les tableaux de Léonard de Vinci et les statues de Michel Ange. On ne pourrait plus aller en Italie ou en Grèce : il y en a partout, je crois. Sans parler des chattes – pas celles qui miaulent – chez les peintres français !

— Quant à Gauguin, j'ai lu un article sur un film qui lui était consacré. Il est établi qu'il avait des relations sexuelles avec des fillettes de Polynésie.

— Neuf !

— Michael, tu me prends pour un con !

— Allez, neuf !

— Tout ça m'intrigue, dit Angelina. Une intuition. Je dois vérifier.

— Je devine ce que tu as en tête. Ne va pas trop vite. Tes prémisses me semblent un peu friables.

— Je sais, mes hypothèses sont fragiles. Je m'y raccroche faute de mieux.

— Dix !

Michael se prépare à relever le genou d'Adam pour libérer sa main droite, quand celui-ci le devance.

— Tu viens de soulever ton genou sans mon aide, constate le kinésithérapeute.

— On dirait que ça te contrarie.

— Non, mais je pense qu'on devrait alerter l'hôpital. On dirait que ta tétraplégie incomplète est… comment dire… de plus en plus incomplète. Cela peut changer le protocole.

— De quelle manière ?

— Ce n'est pas à moi de le dire. Je vais prévenir ton neurologue.

Angelina pince les lèvres. Elle redoute que de telles paroles ne fassent jaillir un geyser de faux espoirs.

— Michael, propose-t-elle pour mettre un terme à la conversation, dix de plus ?

— Espèce de garce, fiche le camp ! lui lance Adam.

Sa femme s'enfuit en riant.

32

Sans doute Clara ressent-elle confusément que l'intrusion de Melissa, aussi bien que la nouvelle organisation du temps, fait partie d'un plan contre elle, car elle ne cherche même pas, par les minauderies qui lui sont coutumières, à annihiler l'éventuelle méfiance de l'intruse.

Le rituel du soir a changé. Doris vient, avant l'heure de pointe sur la ligne A, vérifier que Clara s'acquitte de ses tâches avec efficacité. La cause étant entendue et ne souffrant aucun examen contradictoire, Adam acquiesce sans plus de conviction qu'un automate.

Le jeune homme passe tout l'après-midi dans son lit. Dino prend congé en fin de journée après lui avoir donné son bain et l'avoir placé dans le fauteuil roulant. Puis Angelina partage son dîner avec lui, cuisiné sur place dans la kitchenette ou récupéré chez un traiteur chinois.

Leur conversation porte sur de petits riens, contourne les sujets graves pour ne retenir que ceux qui, par leur innocuité, atténuent le stress : nouvelle manifestation contre la transformation de Park Row en voie piétonnière devant le quartier général du NYPD, choix d'un style décoratif pour la chambre de leur enfant, sensibilité accrue des terminaisons nerveuses d'Adam, que celui-ci considère comme un bienfait, et dont il s'abstient de dire qu'elle éveille une sensation depuis longtemps perdue : la douleur.

Leur repas terminé, ils s'étreignent. Puis elle s'en va. Une routine lénifiante, qui rend leurs frustrations mieux supportables.

Melissa arrive alors, les bras chargés de livres. Adam consacre toute sa nuit à la lecture. Sous le regard de la jeune femme stupéfaite, il absorbe les mots sans paraître leur prêter la moindre attention. Comme une moissonneuse-batteuse du Midwest, Leaf gobe ainsi des kilomètres de lignes. La machine engouffre les paragraphes et les concepts vers le mystérieux vortex de ses entrailles, où elle les métabolise en quelques nanosecondes. Le processus s'interrompt parfois brièvement, comme si l'engin, repu, devait déglutir avant de reprendre sa tâche titanesque.

Melissa a étalé près de la fenêtre un tapis caoutchouté sur lequel, l'essentiel du temps, elle enchaîne des postures de yoga. Souvent, la rue réclame son attention : un ivrogne qui chante à tue-tête, des motards qui font du *wheeling* sur Gansevoort, des noctambules évaluant les chances de réussite d'une procédure d'*impeachment* contre le Président, un clip-clop de sabots sur le pavé qui annonce le passage d'une patrouille de la police montée. Pour le reste, Melissa contemple la pénombre qui règne dans le studio. Les seules lueurs viennent des écrans – de l'ordinateur et de l'iPad –, d'une veilleuse allumée près de la télévision et des diodes du tube lumineux qui surplombe la tablette roulante.

Une routine s'installe. Les jours s'écoulent.

Comme si son esprit, en surrégime, électrisait son corps, la motricité d'Adam s'améliore. Le bras droit recouvre sa mobilité. Leaf peut de nouveau tourner la tête, autant que le permettent, au moins, ses cinq premières vertèbres. Cependant, la main gauche peine à se remobiliser.

La présence de Clara, à l'embranchement de ses deux poutrelles favorites, pourrait s'oublier si sa tête couleur crème surmontée d'une calotte noire n'émergeait parfois. La contrariété raidit les traits. Cette face rageuse contemple à intervalles réguliers l'abîme au-dessous d'elle, sur lequel elle ne peut plus régner.

*

Pas un instant Adam ne s'est retrouvé seul avec le singe depuis plusieurs jours. Le capucin a bien tenté, au début, d'ajuster un ou deux crachats en direction de l'intruse, comme le font dans la jungle ses congénères sauvages, mais la colère tarit la salive et trois gouttes de pluie ne pourraient laisser Melissa plus indifférente. L'animal sent néanmoins que quelque chose s'ourdit. Des livres aux odeurs acides ont envahi l'espace. Sur les écrans défilent, dans le silence, des images de savanes, de brousses, de forêts vierges, de steppes peuplées de créatures inconnues. Qu'Adam contemple l'air captivé, casqué de ses écouteurs. Clara, exclue, rappelle de temps à autre son existence en gémissant, mais personne ne la prend en pitié.

Car Leaf ouvre son esprit à des mondes inconnus.

Il se découvre animal. Les briques constitutives du vivant étant les mêmes, de l'amibe à l'*Homo sapiens* en passant par le concombre de mer, la mante religieuse ou le crapaud buffle, l'éventail des espèces se déploie sans hiatus sous ses yeux, comme un continuum au sein duquel, lui, Adam Leaf, trouve sa place naturelle. Ne croyant ni en Dieu ni en un dessein supérieur, il n'a jamais pensé que, entre l'homme et l'animal, la différence fût de nature plus que de degré. La science ne cesse de repousser la frontière qui les séparerait l'un de l'autre. Le langage, le rire, la capacité d'utiliser et de fabriquer des outils, la compassion, la culture, les émotions, les rituels funéraires… tout ce dont l'orgueil humain et les religions ont voulu faire l'apanage de l'homme s'est révélé trésor partagé. Adam recherche chez les maîtres de la pensée l'exception qui conférerait à l'homme un avantage dont aucun autre être vivant ne bénéficierait. Certains évoquent la haine. D'autres la capacité dialectique à se dire et se contredire. Adam trouve cela maigre.

Son esprit devient baleine bleue : ses fanons filtrent les informations et rejettent les adjuvants qui les dissolvent. Il garde en lui la matière, densifiée à l'extrême, du pur savoir. Il se rappelle le temps où, âgé de douze ans, il se cachait entre les rayonnages de la bibliothèque d'Elm Park, pour y acquérir, en lisant sans les comprendre les textes d'Albert Einstein, la certitude que ses chagrins d'orphelin n'étaient rien face à l'immensité de l'univers.

Adam absorbe tout ce que les traités de zoologie générale peuvent lui apprendre, d'autant plus facilement que lui reviennent en mémoire les connaissances déjà accumulées quand, adolescent, il espéra, comme tant d'autres, devenir vétérinaire. Il passe à la théorie de l'évolution, dont il connaît déjà les grands principes, et entreprend ensuite l'étude des écosystèmes et des espèces qui y prospèrent.

Melissa se retire chaque matin, quand s'annonce la visite du premier infirmier ou aide-soignant. Ceux-ci aident Adam à accomplir les rites physiologiques dont le corps ne peut se dispenser, et à faire sa toilette. À partir de ce moment, la succession des visiteurs – Nicole venue faire le ménage, les médecins, Michael, Dino l'après-midi et le soir, les amis et parents – protège Leaf de tout tête-à-tête avec Clara. Vient le temps, après le déjeuner, qu'il consacre en principe à dormir. Cependant, sa quête lui fait perdre, même de jour, un sommeil qu'elle lui rend moins nécessaire. Il ne cesse d'étudier et ne s'assoupit que lors de siestes éclairs.

Aucune découverte n'assèche la curiosité d'Adam. Aucune fatigue ne le dissuade d'en apprendre davantage.

Il plaint le loup soumis qui courbe l'échine et replie la queue quand le mâle alpha le foudroie du regard. Il admire l'oiseau jardinier australien qui construit un arc de triomphe décoré de fleurs et de coquillages pour séduire celle qui deviendra sa compagne. Il sympathise avec le lionceau qui lutte contre un congénère plus grand que lui et finit par se coucher sur le dos pour signifier sa reddition. Il reconnaît, dans les errances solitaires de l'orang-outang, la déréliction de ces citadins qui se croisent sans se voir. Plus que le partage des gènes, si souvent proches d'une espèce de mammifère à l'autre, la communauté des comportements lui indique qu'il est sur la bonne piste. Il finira par comprendre de quelle faille a jailli la méchanceté de Clara.

33

Quelques minutes suffisent à Maxime pour franchir la gigantesque marquise ondulée qui donne à l'Empire City Casino l'allure d'un aéroport de cité perdue, pour interroger un valet de pied, et pour descendre au deuxième sous-sol. Dans le secteur miteux des machines à cinq *cents*, loin des tables de poker et des roulettes de bakélite où les cols blancs misent des sommes à trois chiffres, il se dirige vers un alignement de stalles vitrées. Ce sont les caisses. Des employés lassés de vivre y officient derrière des hygiaphones. Il les dévisage. Et aussitôt se dirige vers le box le plus à droite.

— Bonjour, êtes-vous Blaine Bartholomew ?

— On ne vous a jamais dit qu'on se présente, avant de parler à une dame ?

— Je suis désolé. Je m'appelle Maxime Legrand.

— Pour changer vos billets de banque, il y a des machines automatiques.

— Je ne joue pas.

Il la regarde à travers la vitre. Son visage est un cône, la gravité ayant laissé glisser vers le bas toutes les adiposités de la face. Elle est assise, énorme masse cylindrique fixée sur son siège par un harnais et un assemblage de tubulures métalliques.

— Pouvons-nous nous isoler pour parler ?

— Non, je suis inamovible. Pour me déplacer, il faut un palan.

Elle rit.

— On me met en place le matin et, le soir, on me hisse à bord d'un break qui me ramène à la maison. Même pas besoin d'aller au petit coin, j'ai une poche urinaire. Chez moi, il n'y a que les bras et les mains qui fonctionnent. Et le cerveau. Mais si peu.

La trivialité de son interlocutrice soulage Maxime. Il se sent autorisé à parler sans ambages.

— Un de mes amis a subi un lourd accident qui l'a rendu tétraplégique. L'hôpital lui a proposé de bénéficier du programme Helping Hands. Je crois que vous vous êtes trouvée dans la même situation…

— Tenez, voilà cinq cents. Je vous les offre. Vous aurez plus de chance de gagner un million avec ça que de m'entendre vous parler de ces salopards. Barrez-vous.

— Mon ami suit le même chemin que vous. Hélas, sa relation avec son capucin n'a pas bien tourné. Il a besoin de vos conseils.

— Je m'en fiche. Chacun son fardeau. Je porte le mien, celui des autres m'indiffère. Changez votre argent. Choisissez la troisième machine, deuxième rangée, elle a le ventre plein.

— Je comprends. Quand on a vécu des moments dramatiques on n'a pas envie d'en parler. Mais mon ami a une grande force mentale.

— Qu'il s'en serve pour casser des briques, alors ! La force mentale, c'est un truc que les bons samaritains ont inventé pour faire croire à ceux qui ne peuvent plus soulever un orteil que tout va bien.

— Vous vous entendiez bien avec Clara ?

Un mouvement, qui ressemblerait à un sursaut chez une personne valide, lui soulève légèrement les épaules.

— Qui vous a parlé d'elle ?

— J'ai entendu son nom au détour d'une conversation, quand mon ami a rencontré les responsables de Helping Hands.

— Pourquoi parlaient-ils de Clara ?

— Je ne me souviens plus, ils expliquaient leur action, ce nom a dû traverser la conversation, parmi d'autres de capucins.

— Vous me prenez pour une baudruche. Ce nom n'a pas pu tomber dans la conversation par hasard. Clara, c'était *mon* capucin !

Elle tremble à présent, ce qui fait onduler les graisses de ses bajoues.

— Pardon si je réveille des souvenirs pénibles. Clara vous a-t-elle… violentée ?

Soudain, l'unique cervicale mobile de Blaine Bartholomew provoque un redressement du menton, sans doute l'expression la plus provocatrice à laquelle puisse prétendre son corps figé.

— Vous vous trompez ! Jamais, jamais je n'aurais pu avoir une sœur plus aimante. Nous étions soudées. Son départ m'a détruite. Il m'a plus coûté que la perte de ma motricité. Imaginez des siamois qu'on sépare. Vous rendez-vous compte ? Le scalpel qui désunit ce qui n'était qu'un ? Quand on m'a annoncé qu'il n'y avait pas assez de capucins et que Clara devrait aider un autre patient, quand on me l'a arrachée, c'était pire qu'une séparation. Je me suis sentie éviscérée. Elle s'accrochait à mon cou. Ils ont dû lui passer une corde autour de la taille pour la détacher de moi et desserrer de force ses doigts qui se nouaient aux miens. Elle tremblait. C'est un crime. J'espère qu'elle le leur fait payer chaque jour que Dieu fait, à présent, et qu'elle en fait baver à celui pour qui on me l'a prise !

Elle va pleurer.

— Partez, à présent. Je n'ai pas le droit de bavarder avec les clients.

Maxime rêvait que l'esprit pût flotter même quand le corps se fige, mais chez Blaine Bartholomew, il n'y a plus de légèreté en rien, ni chair ni âme.

La pesanteur avait envahi chaque espace libre de son être.

*

De retour à Manhattan, Maxime se précipite chez Adam.

— Pour Blaine, dit-il, Clara était une sœur. Ce n'est pas une métaphore. Une vraie sœur. Une jumelle, une siamoise.

Lorsque Maxime a prononcé le nom de Blaine, Clara s'est figée sur la console de l'entrée, où elle jouait avec Clarita. Depuis cet instant, elle ne bouge plus, essayant peut-être de distinguer dans leur conversation d'autres mots qui réveilleraient en elle des échos.

— Je crois que Clara a voulu se venger, dit Adam.

— Blaine m'a dit : «J'espère qu'elle en fait baver à celui pour qui on me l'a prise ! »

— À quoi sert la vengeance ?

— À rien, répond le funambule, puisqu'elle ne corrige pas la situation qui nous a nui.

— Tout ce qui existe a une raison d'être, insiste Adam.

— Alors elle relève peut-être de l'équilibre. Ce qui a penché d'un côté doit ensuite pencher de l'autre. Il faut qu'il y ait dans le cosmos une égale quantité de matière et d'antimatière.

— Tu te fous de ma gueule.

— Oui. On ne pourrait pas, de temps à autre, parler des Oscars, de Flushing Meadows, de la Chine qui nous suce le sang, de Céline Dion ou de la reine d'Angleterre, comme les gens ordinaires ?

— Je suis prêt à parier que tous les patients précédents de Clara étaient des femmes.

— Comment peux-tu en être si sûr ?

— Les capucins vivent en groupe, répond Adam. Quand le groupe devient trop grand, certains mâles s'en vont. Les femelles restent. C'est pourquoi elles finissent plus nombreuses que les mâles. Tu vois où je veux en venir ?

— Clara est une femelle, elle vit avec ses sœurs jusqu'à ce qu'on lui impose de cohabiter avec un mâle. Dans sa logique, les mâles ne doivent pas s'incruster si l'on n'a pas besoin d'eux.

— Blaine, Doris et Mary Joan Willard, la fondatrice de leur secte… Je suis sûr qu'il n'y a jamais eu que des femmes dans l'entourage de Clara.

— C'est absurde, répond Maxime. Il s'agit d'un petit singe qui n'a passé que six mois dans une réserve, qui a fait du cinéma et prend le métro pour se déplacer à Manhattan. Et tu m'en parles comme si on était à Bornéo.

— Il n'y a pas de capucins à Bornéo.

— Ne joue pas au con. Tu m'as très bien compris.

— Je pense que sa mémoire nous dépasse. Celle de ses premiers jours, ou son instinct. On l'a séparée de sa meilleure amie par la violence. Elle veut me le faire payer.

— Pas mal, inspecteur. Mais ça ne tient pas.

— Pourquoi ?

— Pour quelle raison t'aurait-elle traité en ami pendant plusieurs jours ?

— Tu as raison. Elle m'a donné une chance. J'ignore ce qui a foiré. Mais je trouverai.

Maxime se prépare à partir. Adam le retient.

— Rends-moi un service. Toi qui as la confiance de Clara, prends-lui la vieille tablette. Elle est branchée en permanence, sur le comptoir de la cuisine. Clara ne la débranche jamais. Si elle le faisait, l'image s'arrêterait car la batterie ne marche plus.

Clara s'occupe, à cette heure de la journée, à explorer le studio, à la recherche de la boule de fer à mécanisme d'ouverture secret, qui renferme ses noix de cajou et ses tartines aux insectes pilés.

Quand elle voit Maxime débrancher la tablette, elle couine. Les chairs de l'arcade sourcilière se froncent. Les oreilles se dressent. Clara s'est attachée au vieux Nexus 7. Grâce à lui, elle voyage, sans quitter Manhattan, vers les savanes lointaines de la Serra da Capivara, où les capybaras, plus gros rongeurs du monde, étalent leurs cinquante ou soixante kilos au soleil, sur les berges des points d'eau. Elle partage l'enthousiasme des capucins en semi-liberté, quand ils découvrent une nouvelle source de nourriture. Elle tremble avec eux quand elle les voit s'égailler, à peine ont-ils senti l'odeur d'un prédateur. Elle s'attache aux bébés du clan et caresse leur image sur l'écran comme s'ils étaient vraiment là.

Après avoir hésité un moment entre le désir de protéger son trésor et celui de se remplir l'estomac, le singe opte pour le second. Les gestes presque dansés de Maxime le rassurent. Il reprend son exploration.

— Rebranche-la à cette prise, près de la table. Là, je pourrai m'en servir.

Maxime s'exécute.

Adam approche le fauteuil roulant.

— Même si je dois y passer mes jours et mes nuits, je trouverai ce qui a disjoncté dans le cerveau de cette salope.

— Tu deviens excessif et grossier. Il est temps que je parte.

— Oui, tes oreilles sont chastes. Protège-les.

Ils rient. Maxime presse le bouton d'appel du monte-charge.

*

Nicole est arrivée quand le funambule est parti. Adam n'est pas resté seul avec Clara plus de cinq minutes.

Il visionne, en accéléré, quarante-huit heures de la vie des capucins de la Serra da Capivara. Le plus souvent, les singes se contentent de fourrager parmi les buissons, de manger, de boire, de crier, de s'épouiller, de s'invectiver ou de se câliner. Soudain, un incident l'intrigue. Un grand mâle se repaît à l'auge que les chercheurs emplissent de graines à intervalles réguliers. Et une femelle, deux fois plus petite que lui, lui jette des pierres. Le mâle se retourne à peine. Elle essaie alors de plus gros projectiles.

Sans l'impressionner.

Elle approche davantage et frappe plus fort.

Le mâle frémit à peine. La présomption de l'insolente le surprend plus que ne l'affecte l'impact des cailloux.

Elle ne se lasse pas. Dix minutes plus tard, elle en est toujours à le harceler. Adam accélère la vidéo.

Un peu plus loin, alors que ses congénères bâfrent, une femelle ne boit ni ne mange. Un mâle indifférent semble l'obséder. Au lieu de chercher bonne fortune plus loin, elle s'énerve, le bouscule et en vient à le boxer. Il la congédie d'un revers de main, qui la fait bouler à dix mètres.

Adam accélère de nouveau. Les images défilent.

Clara, elle, a trouvé la boule à nourriture, cachée dans la salle de bains, au fond du panier de linge sale. Elle affronte à présent, sur le comptoir de la cuisine, le mécanisme d'ouverture. En venir à bout lui prendra une bonne heure.

Soudain, Adam interrompt le flux des images. Il revient en arrière. Trop loin. Accélère de nouveau, dans l'autre sens. Appuie sur *play*. Contemple les images bouche bée. Une femelle projette ses lèvres en avant, plusieurs fois, face à un mâle revêche, jusqu'à ce que ce comportement capte son attention. Le mâle s'approche. La femelle continue de tendre ses lèvres. Le mâle se tient à présent à deux pas d'elle. Elle lui tourne le dos. Se penche en avant, jusqu'à ce que le sommet de son crâne touche le sol. Elle regarde le mâle entre ses jambes largement écartées, la tête en bas, droit dans les yeux.

Leaf reconnaît l'enchaînement de postures hideuses dont Clara a tenté de le gratifier à plusieurs reprises.

*

— Je vais répondre à vos questions, dit Doris Bythewode. Vous avez de la chance que je me sois trouvée au Whitney Museum. C'est juste à côté. Je n'ai jamais vu autant de singes dans un musée. Non, je ne parle pas des visiteurs. Je pense à l'*Étude pour trois singes*, d'Edward Hopper. Au *Toy Monkey* de Gary Taxali. Au singe de Michael Jackson, par Jeff Koons. Au *Diptyque* de Laura Owens sur rouleaux chinois. Bref, je me suis régalée. Et à présent, vous voulez une conférence sur la séduction chez les capucins.

— Quelques éclaircissements suffiront.

— Je suis heureuse que vous vous intéressiez enfin aux émotions des capucins. Pour vous dire la vérité, ne le prenez pas mal, je vous ai souvent trouvé assez peu sympathique avec Clara.

Celle-ci se tient sur la tringle à rideaux. Sa lippe s'avance alors que la lèvre supérieure reste en retrait, expression d'un mécontentement. Elle n'aime pas ces alliances temporaires, le temps d'une conversation, entre son ennemi et ses alliés.

— Rassurez-vous, reprend Doris, j'ai toujours pris votre distance pour de la maladresse, non pour de la méchanceté. Je veux dire une *véritable* méchanceté, pas celle qui vient en contrecoup du malheur. Bref, je m'égare. Que voulez-vous savoir ?

— Regardez ces images.

Doris place une chaise de cuisine près de la table, à côté du fauteuil roulant. Adam lance la lecture des séquences vidéo. Il commence par les images où l'on voit une petite femelle lancer des pierres à un grand mâle, et celles qui montrent une autre femelle, plus grande, provoquer un mâle à coups de poing.

Doris se concentre et sourit.

— Vous vous intéressez aux polissonneries des capucins !

— Cela ressemble plus à des règlements de comptes qu'à des polissonneries.

— Laissez-moi vous expliquer. Chez les chimpanzés ou les babouins, les femelles manifestent leur disponibilité par des signes extérieurs. Leur vulve grossit, se gonfle, se colore. Un mâle qui se promène dans les parages sait tout de suite ce qu'elles espèrent. Pardonnez-moi d'être un peu vulgaire, mais imaginez une jeune femme qui se baladerait sur Times Square, brandissant une pancarte « ma chatte est à vous ». Chez ces singes, c'est ce qui se passe.

— Et chez les capucins ?

— Rien de tel. Nos petites femelles sont pudiques. Plutôt qu'une provocatrice à Times Square, ce sont de petites pucelles anglaises qui ne peuvent extérioriser, à défaut de leurs organes sexuels, que leurs sentiments. Tout ce qu'elles veulent, c'est attirer l'attention des mâles. Pour ça, tout est bon. Un épouillage bien localisé. Des caresses. Et si rien ne marche, il faut harceler le mâle jusqu'à ce que les provocations l'énervent et qu'il ait envie de se défouler. Vous devinez de quel genre de défoulement je parle.

Adam en arrive à la séquence où une femelle allonge ses lèvres en bec de canard et se met la tête en bas.

— Que c'est laid ! proteste Doris. Ce n'est pas notre petite Clara qui ferait ça ! Pas vrai, Clara ? Tu es une lady, toi ! Pas comme cette traînée !

— Que fait-elle de mal ?

— Elle veut du sexe tout de suite et à tout prix, sans protocole ni préliminaires. Voilà. Regardez ses lèvres qui envoient des baisers. On dirait une prostituée qui cherche un client. Elle se courbe pour que celui-ci comprenne de quoi il s'agit. Elle lui montre à la fois sa bouche et son cul ! Bien sûr, c'est la nature. Il faut que l'espèce perdure.

— Et si le client n'obtempère pas ?

— Elle ne sera pas contente. Pas contente du tout ! Elle se sentira rejetée.

— Vous disiez que Clara ne ferait jamais une chose pareille. Elle doit pourtant bien avoir des besoins sexuels…

Le visage de Doris se referme aussitôt.

— Elle les transcende. En l'absence de partenaires possibles, elle transforme ses pulsions en un attachement sans limite à toutes celles qu'elle doit aider. C'est une sorte de sacerdoce.

— Celles ?

— Pardonnez-moi ?

— Vous avez dit « toutes celles qu'elle doit aider »...

— Vous êtes son premier maître mâle. Cela ne change rien. Vous êtes un *Homo sapiens*. Vous n'appartenez pas à la même espèce. Donc vous n'êtes pas pour elle un mâle opérationnel, je veux dire compatible en termes de tenons et mortaises... Mais je m'égare encore.

Avant qu'elle se retire, Adam demande à Doris de replacer la tablette sur le comptoir de la cuisine. Clara, qui s'y précipite aussitôt, pourra ainsi s'absorber dans la vie du clan de la Serra de Capivara, et en oublier quelques instants, peut-être, sa fureur et sa méchanceté.

*

Adam, pour la première fois, tente d'inverser les points de vue et de considérer sa situation de celui de Clara.

Clara, petite femelle subalterne, a toujours vécu auprès de femelles dotées d'un caractère de survivantes. Maxime, par exemple, a fait de Blaine Bartholomew le portrait d'une mégère inflexible. Adam est prêt à parier que le singe n'a assisté dans le passé que des femmes au courage taillé dans du fer forgé. Des chefs de bande. Des meneuses. Des dominantes.

Mais la voici à présent affectée au service d'un jeune mâle dépassé par les événements.

Parfois apparaît dans le paysage un mâle plus âgé. Aucune écume ne trouble la fermeté et l'autorité de sa voix. Il sait qui il est et où il va. Maxime est un dominant. Cependant, ce visiteur éphémère, devant qui on ne bronche pas, passe son chemin : c'est un grand mâle itinérant, pas le mâle alpha du territoire.

Angelina exerce un pouvoir sur le jeune mâle subalterne cloué à son fauteuil roulant. Il se soumet à elle. Elle prend des décisions en son nom. Cela n'en fait pas pour autant une femelle dominante, car elle doit tergiverser afin de le plier à sa volonté.

En passant de Blaine Bartholomew à Adam Leaf, Clara, femelle dominée, est devenue dominante.

En l'humiliant et en la déconsidérant alors qu'elle se contentait d'exprimer une pulsion naturelle et, de son point de vue, légitime, le petit mâle subalterne, déjà larbin, sans-nom, quidam, s'est abaissé encore plus bas, au rang de bouc émissaire : celui qu'on doit persécuter pour qu'un équilibre se rétablisse. Il est devenu, comme il en existe un dans chaque groupe, le souffre-douleur du clan de Gansevoort.

Adam a cru Clara perverse. Il se rend compte à présent qu'en appliquant un mot humain sur le comportement d'un animal, il s'est voilé les yeux, bouché les oreilles, anesthésié l'intelligence.

Et n'a que trop tardé à comprendre. Dans la société des capucins, le mâle alpha domine la femelle alpha qui, elle-même, domine avec lui tous les autres individus, mâles ou femelles. Parce qu'il ne disposait pas de son intégrité physique, mais aussi parce qu'il pensait en humain et non en animal, Adam ne s'est pas comporté en mâle alpha. Il s'est prêté sans le savoir à un dérèglement des principes sociaux.

Leaf raisonnera désormais en animal, et c'est en animal qu'il identifiera chez Clara, comme elle l'a fait à son encontre, un point de vulnérabilité critique. Où il attaquera. Dans sa position de mâle dominant reconquise, il contraindra la femelle capucin à le laisser disposer de sa vie.

Lui reviennent alors à l'esprit des pans entiers des traités et des thèses d'éthologie ingurgités durant les semaines écoulées. Son cerveau les déconstruit, les fracasse, les réduit en briques, puis il les empile, les réassemble, les associe pour en faire une construction neuve.

Adam sait à présent comment s'imposer en mâle dominant et tout-puissant.

Il fera tonner dans le cerveau primitif du petit singe toutes les terreurs des forêts du Costa Rica, de Colombie, de l'Équateur, et des berges du Rio Negro.

Clara tremblera.

Elle le tiendra enfin pour ce qu'il aurait dû être à ses yeux depuis le début : celui qui soumet et qui domine.

34

Ce soir-là, alors que Dino se prépare à partir, Adam reçoit un SMS de Melissa : « Désolée, je viens de trouver un chaton abandonné et blessé. Je suis à la clinique vétérinaire de Jackson Square. Accordez-moi une heure. »

Adam sait que, de loin, Clara traque sur son visage des signaux, ces vibrations presque imperceptibles qui trahissent les états d'âme. Il s'efforce de ne rien laisser transparaître de la panique qui, d'un coup, le saisit.

Gagner du temps.

— Dino, qu'y a-t-il de vrai dans l'histoire de Lestat de Lioncourt ?

Dino, qui rangeait dans son sac Adidas embrocations et produits hygiéniques, marque un temps d'arrêt.

— Imbécile. Tu veux me piéger. Te foutre du vieux nègre crédule qui va encore te raconter que son aïeul a connu Louis de Pointe du Lac.

— Non, j'essaie de voyager par la pensée. Je vole jusqu'à La Nouvelle-Orléans, du côté de chez toi.

— Crois-tu qu'elle a tout inventé, Rice ? Penses-tu qu'Enkin et Akasha n'ont pas vraiment régné sur le pays de Kemet il y a six millénaires ?

Adam sait que, une fois lancé sur les mythes créés par Anne Rice pour *Entretien avec un vampire*, Dino ne peut s'arrêter, la crédulité des siens, et le respect qui leur est dû, validant selon lui les légendes les plus invraisemblables. Leaf regarde encore le message de Melissa.

Il faut faire durer la conversation.

— Aucun historien sérieux, dit-il, ne sait ce qui s'est passé en Égypte il y a six mille ans !

— Ta pensée peut voyager où elle veut, mais pas à La Nouvelle-Orléans. Nous avons des champs électromagnétiques qui vont te la faire exploser, ta pensée !

— Raconte-moi comment tes ancêtres ont connu Louis.

— Ils entrent en transe, tes historiens sérieux ? Ils communiquent avec les âmes des morts ? Ils parlent aux *lwas* ? Laisse-moi rire !

— Admettons. Mais, Louis, il venait vraiment de France ?

— Tu m'embêtes. Je dois partir.

Dino marche vers le monte-charge. Adam roule à pleine vitesse pour le rattraper.

— Non ! Reste encore un peu.

— Impossible. Ma petite-fille Claudine a perdu sa première dent de lait. Il faut aller la jeter par-dessus les toits pour que le rat vienne la remplacer. Et ne me poursuis pas comme cela, ou je confisque ta batterie.

— Par-dessus les toits ? Dans le Bronx ?

— On montera sur la terrasse de l'immeuble.

Sur sa poutrelle, Clara s'est dégagée de son lit de couvertures. Elle sent sa proie ennuyée. Une brèche s'ouvre peut-être, dans laquelle s'engouffrer.

— Revenons à Louis ! Je ne comprends pas, Pointe-du-Lac, c'est au Québec, pas en France !

— Fiche-moi la paix.

Dino a déjà pressé le bouton d'appel du monte-charge. Adam ne peut plus échapper à ce qu'il redoutait le plus : se retrouver seul avec son bourreau.

*

Dix minutes s'écoulent. Clara regarde fixement l'entrée du monte-charge, qui demeure close. Très lentement, elle descend le long de la colonne d'acier. Chaque fois que la force de ses bras l'abaisse de cinquante centimètres, elle s'immobilise, le regard braqué sur la double porte en accordéon qui devrait normalement s'ouvrir sur Melissa. Au bout d'un moment, elle conclut à l'absence de danger et bondit sur le sol.

Adam et elle se regardent droit dans les yeux. Lui ne voit plus en elle un animal, mais un homoncule, une sorte d'enfant dépravé, une version dégradée et corrompue de tous les ancêtres de l'homme. L'animal en lui jauge l'homme en elle. Ce regard si sombre lui fait perdre ses repères. La peur le gagne, non celle des sévices qu'elle va lui faire subir, mais l'épouvante de ne plus savoir à quelle catégorie du vivant il appartient.

Clara monte sur l'accoudoir du fauteuil roulant. Pour tromper la caméra, avec la douceur des premiers jours, elle lui dépose un baiser sur la joue. Puis elle descend au sol et déconnecte la batterie. Le fauteuil est immobilisé, face à la caméra. Elle s'élance vers le lit. Posée sur les draps, elle glisse sa main gauche sous l'oreiller pour s'emparer, subrepticement, de la pierre noire. Son autre main saisit ostensiblement, sur la table de nuit d'acier chromé, le bâton de baume hydratant pour les lèvres. D'un bond, Clara vient se placer sur les genoux d'Adam. Celui-ci comprend ce qui est en train de se passer. La main droite ne tient le tube que pour duper la caméra, à laquelle Clara tourne le dos. L'objectif captera sa démonstration de zèle protecteur alors que, faisant écran de son corps, le singe se redresse un peu et porte la pierre à la hauteur de sa poitrine. Il veut qu'Adam ne perde rien de ce qui va arriver.

Elle frotte avec lenteur et application la pierre contre son petit vagin, faisant mine de vouloir l'y enfoncer. Les yeux sont mi-clos. La lippe découvre les dents. Elle porte la pierre plus bas. Elle se courbe afin que son corps continue de boucher le champ de la caméra. C'est à présent sur son anus qu'elle applique la pierre. Puis, changeant de main, elle la passe sur les lèvres d'Adam, dont le bras valide s'empêtre dans l'armature de la tablette.

Un spasme de dégoût. Une répulsion irrépressible.

Adam régurgite une partie de son repas.

Son bras parvient à se libérer. Il rassemble ses forces et abat sa main sur Clara qui n'attendait que cela pour s'enfuir en hurlant comme un chat torturé… bien visible dans l'axe de la caméra.

Le dos de Clara ayant masqué ses turpitudes, le visionnage des bandes fera croire que, loin des affirmations d'Adam, ce n'est pas le capucin qui lui fait subir des violences, mais l'inverse. Il passera pour mythomane, violent et imprévisible.

Quelques secondes plus tard, Clara remet furtivement à sa place le talisman profané.

35

Ayant fait un détour par Broadway pour acheter un cadeau à sa petite-fille sur le chemin de la station de métro, Dino n'était pas loin. Appelé à la rescousse, il revient, nettoie la tablette souillée sur laquelle, par chance, l'ordinateur ne se trouvait pas, brosse les dents d'Adam et lui rince la bouche à l'Oraltide Pro. Melissa arrive alors. Dino met en place l'ordinateur et repart en bougonnant.

*

Clara se tient sur le comptoir de la cuisine, ne cessant d'émettre de petits ricanements.

— J'ai confié le chaton au vétérinaire, dit Melissa. La radio montre deux côtes fêlées. Il pense que quelqu'un a dû lui donner un coup de pied. Il va le garder en observation. Il n'y a pas grand-chose à faire, seulement attendre que ça se ressoude.

— Avez-vous pu acheter les capteurs et les enceintes ?

— Oui, je suis passée chez Pirch. J'ai pris les trois capteurs et les cinq enceintes, comme vous le vouliez. Elles sont minuscules, avec connexion Bluetooth. Que comptez-vous en faire ? Écouter de la musique ?

— Pas vraiment. Je vous montrerai. Auparavant, j'aimerais que vous les mettiez en place, la première dissimulée sous la tenture de la fenêtre, la deuxième sous le lit, la troisième derrière le réfrigérateur, la quatrième accrochée au plafonnier de la salle de bains. Posez la cinquième au-dessus de ce placard. Veillez à ce qu'elle soit dirigée vers le plafond.

— Il faudra un escabeau.

— Dans le placard de l'entrée.

— J'espère que vous avez une bonne assurance !

— Que voulez-vous dire ?

— Au cas où je m'estropierais.

L'inanité de la boutade, adressée à un invalide, la pétrifie un instant. Pour écourter ce moment d'embarras, elle se précipite vers l'entrée.

Les deux heures suivantes, Adam se connecte à la banque de sons de la BBC et gave son disque dur d'échantillons sonores.

Le reste de la nuit s'écoule comme de coutume, partagé entre l'étude et le visionnage de documentaires sur Animal Planet et National Geographic.

*

À 6 heures du matin, Clara s'éveille. Elle bâille, s'étire, fait claquer sa langue.

— Café !

Les arcades sourcilières du singe adoptent un tracé circonflexe. Elle vient de sentir dans la voix d'Adam une assurance teintée d'impatience qu'elle ne lui connaissait plus.

Elle s'acquitte de sa tâche, comme chaque matin, pour s'en débarrasser avant d'aller ouvrir le clapet de sa boîte à nourriture. Accéder aux tartines de beurre de cacahuète, aux fruits et aux boules de feuillages fourrées à la crème d'insectes lui prendra une bonne heure, le mécanisme d'ouverture se présentant comme un de ces casse-tête chinois qui obligent à démêler des tiges métalliques perversement solidarisées.

Melissa s'apprête à partir.

— Demain, je reprends mon travail. Je n'ai pas pu faire prolonger l'arrêt maladie. La dépression n'est pas considérée comme elle devrait l'être. La plupart des gens la prennent pour une indisposition émotionnelle, alors que c'est une maladie aussi tangible qu'un cancer.

— Votre compagnie et nos conversations me manqueront.

— Mes insomnies vont redevenir un handicap, alors que vous en aviez fait une chance.

Croyant, comme souvent, n'avoir pas été politiquement correcte, elle s'empêtre dans des excuses inutiles.

— Quand je dis handicap, je n'essaie en rien de me comparer à vous, bien sûr.

— Je n'ai aucun esprit de compétition.

— Continuerez-vous de passer vos nuits à étudier ?

— Non, je vais essayer de revenir à un rythme de vie plus conventionnel.

Un instant de gêne s'éternise. Pour le rompre, Adam actionne la manette de son fauteuil et le dirige vers le monte-charge. Il soulève son bras droit, plus haut que jamais depuis la tentative d'assassinat commise contre lui, et lui serre la main. Le visage de Melissa s'illumine.

— Votre poignée de main est si forte !

— Méfiez-vous, la prochaine fois, je vous briserai les phalanges !

Melissa s'enfonce dans la cabine qui se referme.

Adam serre le poing à plusieurs reprises. Il se sent fier.

36

Le soir tombe. La journée s'est déroulée comme de coutume, si ce n'est que Leaf s'est abstenu de toute sieste ou assoupissement. Il a reçu ses visiteurs avec plus d'enjouement que d'habitude. Il a lu, téléchargé d'autres sons sur la sonothèque de la BBC, regardé de nouveaux documentaires animaliers, étudié une thèse sur les théories éthologiques de l'agression. Il a, enfin, installé sur son ordinateur les logiciels nécessaires au fonctionnement de ses nouveaux équipements, et rendu les commandes activables en un clic ou d'un simple effleurement sur l'écran tactile.

La webcam a été retirée. Elle ne servait en rien la défense d'Adam et lui donnait le sentiment d'un viol permanent de son intimité, à supposer qu'il en restât quelque chose, de cette intimité, après que son corps eut été si souvent dénudé et manipulé.

En fin de journée, tandis qu'Angelina prépare le repas dans la cuisine, Dino prend Leaf dans ses bras. Soixante-douze kilos, qu'il soulève aussi facilement que s'il s'agissait de Claudine, sa petite-fille de huit ans.

— Je suis sûre que, dans une autre vie, vous avez été haltérophile !

Dino aime qu'Angelina lui lance des compliments.

— Chaque fois que vous me dites ce genre de chose, vous me rajeunissez de trente ans, madame Leaf !

— On verra si Mme Leaf dit toujours ça quand j'aurai repris mon poids normal, plaisante Adam.

En guise de réponse, Dino jette le jeune homme en l'air comme s'il allait le laisser tomber, et le rattrape de justesse.

— Très drôle. Dans certains cas, il n'y a pas beaucoup de gloire à se venger !

— J'anticipe celle que j'aurai à te soulever encore quand tu auras récupéré tes quatre-vingts kilos. On est sur la bonne voie. Tu en pesais soixante-cinq quand tu as quitté Rochester. Tu as repris du muscle à un rythme incroyable. Michael a vraiment du talent !

Dino dépose Adam sur une chaise, à la table où sont servis les repas depuis que sa main et son bras droits sont de nouveau fonctionnels. Leaf se sent plus léger, réconforté par l'idée de dîner avec sa femme, et presque impatient de vivre son prochain affrontement avec Clara.

Celle-ci sait que, pour faire bonne figure et entretenir l'illusion de son dévouement affectueux, elle doit se manifester. Elle descend des poutrelles en serrant Clarita contre elle.

Angelina se met à table. Dino a établi une fois pour toutes que cette nouvelle configuration ne changerait rien aux habitudes. Il ne prendrait pas ses repas avec eux. Ils devraient tout avaler en quarante-cinq minutes : le temps qui lui est nécessaire pour ranger le matériel médical et préparer la salle de bains pour les soins et la toilette du soir. Le capucin bondit sur la table, saute sur l'épaule d'Angelina pour l'embrasser sur la joue. Puis regagne son domaine au-dessus d'eux. Angelina sourit.

Adam se sert désormais de sa fourchette avec une dextérité suffisante, même si le bras et la main gauches peinent encore à bloquer les aliments pour qu'il les coupe avec un couteau. Sa femme prépare des menus adaptés à cette contrainte. Ce soir, une salade de tomate, pastèque et feta, et un parmentier de canard qui ne doit rien au traiteur chinois de la 14e Rue, et tout aux congélateurs du North Village Deli Emporium. Le tout arrosé d'un zinfandel californien.

— J'ai étudié la biographie des artistes auxquels Giacomo Roncali semble s'intéresser, annonce Angelina. Stu Mead est américain, mais il vit à Berlin. Il peint des adolescentes à poil. Une de ses œuvres, *Communion*, a été vandalisée dans une galerie par un chrétien radical. Elle laissait supposer qu'une petite fille, représentée de dos, offrait une fellation à un prêtre. Sa biographie dit qu'il se joue des tabous : scatologie, zoophilie, sexualité infantile. Il remporte un grand succès dans le monde entier. Egon Schiele, lui, est mort de la grippe espagnole en 1918, à l'âge de vingt-huit ans. Il a été jugé pour ses dessins érotiques représentant notamment des scènes de masturbation.

— Je ne suis pas sûr que les gens de l'époque se faisaient de l'indécence la même idée que nous.

— Il a été accusé, sans doute à tort, de détournement de mineur en 1912. Cela veut dire qu'il y avait des présomptions.

— Il avait vingt-deux ans, dit Adam. Cela me fait penser à Oliver Gleeson.

— Le cas de Gleeson n'a rien à voir. Tout ce que je veux te montrer, c'est que Giacomo Roncali a beaucoup d'admiration pour des artistes amateurs de très jeunes filles.

— Et les préraphaélites ?

— Des dandys anglais qui peignent des femmes objets, souvent très diaphanes et juvéniles.

— Roncali a peut-être des raisons professionnelles de s'intéresser à ces artistes.

— Possible, admet Angelina. C'est un agent et un expert reconnu dans le monde de l'art. Il a écrit des livres sur Francis Bacon, Lucian Freud et, bien sûr, Tadzio Orzel. Il n'est pas anormal qu'il s'intéresse à d'autres artistes, même sulfureux. Ma théorie de la porte faussement verrouillée de l'intérieur et mon intuition de ses tendances pédophiles ne justifient pas une accusation, et encore moins un mandat d'arrêt… pour l'instant.

— Tu as raison, admet Leaf. Polanco a déjà coffré un gars coupable de tout sauf d'un assassinat. Tu ne peux pas lui faire ce coup-là deux fois !

— Le parmentier est encore congelé, regrette-t-elle. Désolée, j'aurais dû le sortir de sa boîte plus tôt.

Il se prépare à parler. Elle l'interrompt.

— Je t'en supplie, pas de blague sur mes enquêtes qu'il faudrait aussi réchauffer un peu !

Son mari fait l'innocent.

Mais c'est exactement ce qu'il allait dire.

À peine bue la dernière goutte de Ravenswood au fond des verres, Dino soulève de nouveau son patient.

Au lieu de le prendre, comme de coutume, dans ses deux bras courbés en berceau, il le tient par les aisselles, en position debout. Pour la première fois depuis si longtemps, les orteils, puis la plante des pieds, prennent contact avec le dallage. Pour ne pas s'effondrer comme un sac de linge, Adam mobilise les muscles réactivés de ses jambes. Il sent alors ses quadriceps se raidir, ses fessiers se creuser, les muscles jumeaux de ses mollets saillir. Sans Dino, qui le soulève un peu, il s'écroulerait, cependant, tel un bébé qui fait ses premiers pas, empêché de chuter par les mains d'un père qui tient les siennes, il arrive à soutenir lui-même une partie de son poids. L'exercice lui cause toutefois une fatigue extrême. Quand ils sont arrivés à la salle de bains, Dino le reprend entre ses bras pour le poser sur la claie, à mi-hauteur de la baignoire.

— Quelqu'un a prévenu le neurologue? demande Dino à Angelina qui, dans la pièce voisine, se prépare à partir.

— Michael lui a fait un rapport. Nous voyons le docteur Parker la semaine prochaine… Ils disent tous les deux qu'une tétraplégie incomplète peut évoluer de cette manière, mais que, sans la force mentale d'Adam, il aurait fallu beaucoup plus de temps. D'après Michael, Parker prescrira peut-être un renforcement de la kinésithérapie, un allègement des soins médicamenteux, voire un retour à la maison.

Angelina rassemble ses affaires et se presse vers le monte-charge.

— C'est pour cela que je dois partir. L'entrepreneur vient demain à l'appartement prendre les mesures pour élargir les portes de la chambre et de la cuisine, et mettre en place des rampes sur les marches.

Angelina sort. Clara se déplace et s'accroche des deux mains quelques instants, pareille à un petit manteau d'enfant, à la patère près de la porte de la salle de bains.

*

Le temps semble s'être replié sur lui-même. Pas un visiteur ne se présente après le départ de Dino et d'Angelina. Adam s'endort au lieu de rester actif. Les lumières de veille des appareils électriques baignent le studio d'une lueur bleutée. Clara règne de nouveau sur la nuit. Aucune provocatrice ne venant plus lui disputer sa suprématie, elle en ressent une grande surprise et, encore prudemment, de la satisfaction.

Une heure s'écoule avant qu'elle bouge. Et avance vers le lit.

*

Ses paupières s'entrouvrent imperceptiblement.

Clara respire.

Elle approche.

L'un de ses bras se tend vers le haut.

Elle empoigne le barreau supérieur de la tête de lit.

À l'instant précis, un cri à glacer le sang éclate au plafond.

Et les lumières s'allument.

Le singe se laisse tomber. Il tremble et se réfugie sous le lit.

Mais un grondement terrifiant résonne à présent au ras du sol.

Clara bondit. Et se heurte à l'arête du sommier. Son regard enfiévré cherche un asile. Elle tente de se réfugier au sommet des poutrelles, mais, aussitôt, un autre aigle se met à trompeter. Alors, elle dévale la colonne métallique. Avant même qu'elle ait touché le sol, le jaguar rugit de nouveau.

Clara ne sait plus où aller.

Elle pantelle.

L'instinct de survie – ou les leçons de sa mère avant qu'elle en soit séparée – indique qu'il faut fuir à tout prix la harpie qui fond des hauteurs du ciel et agrippe dans ses serres sapajous, saïmiris, capucins ou paresseux, pour les emporter vers son aire où elle les dépècera. Mais où se réfugier ? Au sol, alors que feule un jaguar assassin ?

Jaguar, puma, loup à crinière, aigle féroce, faucon, vautour vocifèrent à l'unisson… Le studio n'est plus que tonnerre, clameur, terreur.

Une seule issue.

Clara se précipite vers Adam. Et se love au creux de son cou, implorant sa protection.

Leaf actionne l'une des commandes préprogrammées sur son ordinateur.

Les bêtes se taisent.

Il ne reste plus, pour faire vibrer la nuit, que la rumeur lointaine des sirènes de pompiers, des portières de taxi qui claquent et des promeneurs qui parlent trop fort sur les trottoirs de New York.

Adam peine à s'endormir. Pour triompher, transformé en prédateur, il s'est rendu imperméable à la pitié. C'est lui qui vociférait avec la harpie, rugissait avec le jaguar, hurlait avec le loup. La terreur infligée à Clara est celle que tous les simiens – singes et hommes – redoutent semblablement depuis leurs origines. Pour vaincre le capucin et le mater, il a renié les origines de son espèce et pactisé avec leurs ennemis communs.

Clara passe la nuit sous les draps, collée à l'épaule d'Adam, comme une petite fille apeurée que le grondement de l'orage précipite dans le lit de ses parents. Avant que les humains remisent ces terreurs dans leurs légendes et leurs religions, songe Leaf, il fut un temps où leur cœur battait aussi fort que celui du capucin bouleversé.

*

Clara s'éveille. Elle s'accroche de tout son poids aux cordons des rideaux pour les ouvrir et faire entrer le soleil.

L'aide-soignant du matin vient laver Adam, vérifier ses constantes biologiques, passer pour la dernière fois un peu de pommade sur ses escarres, quasi cicatrisées, et l'habiller. Michael se présente à son tour afin de diriger la séance de rééducation. Pendant ce temps, le premier arrivé prépare le studio en vue de la journée qui commence. Il regarnit les piluliers, vérifie le fonctionnement du fauteuil et reconnecte la batterie mise en charge pendant la nuit. Une fois tout accompli, ils joignent leurs forces pour placer le patient dans son fauteuil roulant, tâche plus facile que naguère car quelque chose de volontaire guide à présent les jambes vers l'assise et le repose-pieds du fauteuil.

Clara est perturbée, sonnée, soumise. Son regard ne croise plus qu'occasionnellement celui de son ancienne victime. C'est un signe de soumission. Elle reprend ses habitudes lentement, avec circonspection.

Adam bénéficie enfin du statut d'animal dominant. Son équilibre mental, qui vacillait, n'est plus menacé. Cependant, il ressent à présent une étrange culpabilité : celle de lui avoir sacrifié une vertu dont tous les primates sont dotés à des degrés différents, et qui signale leur ascension sur la même pente de l'évolution : la compassion. En avoir manqué à ce point le disqualifie, comme si venait de se réveiller en lui l'être acariâtre et revanchard qu'il fut après son agression. Mais ce qu'il se reproche le plus, c'est d'avoir joui de cette toute-puissance. Au moment où son pauvre corps amoindri enjoignait aux forces de la nature de se mettre à son service, un orgueil mêlé d'ivresse l'avilissait tout en ennoblissant sa victime.

Pour se racheter, il désigne à Clara, d'un coup de faisceau laser, la cachette où se trouvent aujourd'hui ses biscuits préférés : un étui à lunettes que Dino a placé entre des livres, sur une étagère. Le singe court le saisir, revient vers Adam et bondit sur l'accoudoir du fauteuil. Elle ouvre le boîtier et en extrait un Oreo qu'elle brise en deux morceaux, saisit l'un du bout des doigts et le lui offre. Il ouvre la bouche. Elle dépose le biscuit sur sa langue. Alors, alors seulement, elle glisse le second morceau dans sa propre bouche.

Adam et Clara scellent la paix.

Un nouveau monde, un nouvel ordre sont nés. Leaf sait désormais qu'il ne pourra les faire durer qu'en se pliant, quoi qu'il lui en coûte, aux lois archaïques de la dominance, et en rappelant régulièrement à Clara, comme le font ses frères de la jungle, qu'il est le seul, indétrônable, à se tenir au sommet de la hiérarchie.

37

— Obson, ne me foutez pas la honte !

Darren Polanco n'a pas de lèvres. Sa bouche, qui forme un trait horizontal, ne se frange d'un liseré rose que dans les circonstances exceptionnelles où il rit, le plus souvent par complaisance, après une blague du maire, du gouverneur ou de Vivian, sa femme. Sa tête, passée par l'entrebâillement de la porte, ressemble à celle d'un bouddha finement sculpté. Le reste de son corps entend rester dans le couloir.

— Je n'ai aucun projet de ce genre, proteste Angelina, que cette irruption ébahit.

— J'ai déjà un coupable en taule, pour l'affaire Orzel. Si vous en préférez un autre, que les médias n'en parlent que lorsque vous serez sûre de vous. Je ne veux pas passer pour un bouffon. Alors, vos trouvailles, ne les rendez publiques que si ce sont des preuves en béton. Et pas sans m'en avoir parlé avant.

Angelina est perdue. Elle se lève de son bureau pour s'approcher de la porte, mais Polanco a repris son chemin. La capuche de sa djellaba flotte déjà au-dessus de ses épaules, au fond du couloir.

— De quoi parlez-vous ? crie-t-elle.

— Les rideaux, je parle des rideaux !

Angelina reste les bras ballants. Elle n'a pas la moindre idée de ce que Polanco veut dire.

Kenneth-la-Fouine, toujours sur la grève quand monte une marée d'embrouilles, sort du bureau des inspecteurs.

— Je viens de recevoir le rapport du laboratoire. Le chalumeau de la cuisinière des Orzel n'est bon qu'à caraméliser les crèmes brûlées. Le bout des doigts de la victime a été carbonisé par une brûlure plus intense, et rapide. Notre assassin avait donc son propre matériel.

— Il faut vérifier si des dingues ont utilisé le même mode opératoire dans le passé. Croiser les fichiers des sadiques et des pyromanes. Éplucher les registres d'admission des hôpitaux psychiatriques.

— Je m'en occupe. Ah, Morrison voulait te voir.

— Zelda ? Qu'elle vienne.

*

Quand Zelda entre dans son bureau, Angelina est en train de contempler, sur le mur, la reproduction encadrée du tableau de Jean-Michel Basquiat, *Law, God*. Sur un fond de papier écru et tavelé, l'artiste a dessiné le signe *$* entre les deux plateaux d'une balance. Deux rectangles au centre desquels sont inscrits les mots *Law* et *God* sont placés au-dessous.

— Je ne comprends pas ce que tu trouves à ce tableau, proteste Zelda.

— Il donne à réfléchir.

— J'ai beau l'observer, je ne vois pas ce que l'artiste veut dire. Que l'argent met d'accord la loi et Dieu ? Pourquoi sépare-t-il le second de la première, alors ? S'il avait dessiné un plateau pour le dollar et un autre pour Dieu, je comprendrais, mais là, je suis paumée.

— Je n'en sais rien. Il se peut que tout s'équilibre à force de compromis.

Angelina s'assied sur le canapé et, d'un geste, invite l'enquêtrice à en faire autant.

— Aux dernières nouvelles, dit la patronne, tu cherchais un antiquaire ou un receleur susceptible d'avoir acheté à l'agresseur d'Adam son édition originale de Steinbeck.

— Oui, j'admets être en retard sur l'affaire Leaf.

— Ne t'excuse pas, je sais que ça prend du temps. Les cadets de notre dernière fournée ne sont pas très affûtés, les coups de gueule de Polanco stressent au lieu de motiver, sans parler de la défection de Patrick, ni des nouvelles victimes qui se bousculent au guichet.

— En revanche, j'ai avancé sur le dossier Orzel.

— Tu vas me parler des rideaux, je suppose…

Zelda se transforme en lapin apeuré pris dans les phares d'une voiture.

— Oui, j'avais l'intention de le faire. Tu es au courant.

— Apparemment.

— J'ai remarqué que les rideaux, dans la chambre de Louise Orzel, étaient froissés. Les gars de la police scientifique ont tout emporté, et je n'y ai plus pensé. En revenant dans l'appartement avec Ken pour vérifier le chalumeau dans le tiroir de la cuisine, j'ai constaté que les rideaux des autres pièces, eux, tombaient impeccablement.

— Il faut donc que je signe une note pour qu'on examine les rideaux et analyse toute trace suspecte…

Zelda se mord les lèvres. Elle n'a plus le choix et doit cracher la suite :

— J'ai voulu gagner du temps, et j'ai déjà demandé ça aux mecs du labo.

— Bonne idée, ironise Angelina, tout en fureur retenue. Merci.

Trois mots, trois blocs de glace. Angelina se fout d'elle, mais le choc est évité de justesse.

— Tiens-toi bien, poursuit Zelda. Devine ce qu'on a trouvé dans les fibres du tissu ?

— Je pourrais le demander à Polanco, puisque tu lui en as parlé avant même de m'avertir.

Zelda se rogne le coin d'un ongle.

— Je me suis plantée. J'aurais dû venir te voir d'abord. Mais Polanco passait par là, il m'a posé des questions. Je lui ai répondu.

— Te fatigue pas. Dis-moi ce qui a été découvert. Dans les fibres.

— Du sperme !

Angelina comprend tout de suite l'enchaînement qui découle de la découverte.

— L'assassin a tué Louise, résume-t-elle. Il l'a déflorée post mortem avec sa main gantée, puis il s'est masturbé. Et ensuite s'est essuyé sur le rideau !

Quand elle ne veut pas mettre d'images sur ce genre de mots, Angelina s'efforce toujours de les aseptiser en ne les considérant que comme des faits objectifs.

— Nous avons donc un échantillon de sperme.

— Oui, mais pas exploitable, répond Zelda en lui tendant un feuillet. Le labo ne livre aucun détail. Échantillon dégradé, apparemment. Peut-être à cause d'une trop longue exposition à l'air.

— Attends, ils disent qu'un laboratoire agréé à Washington DC pourrait faire mieux.

— Tous les labos sont submergés. Dans trois mois, on sera encore en train d'attendre.

— Ta copine Bettina travaille toujours au service des *cold cases* ?

— Oui. Au réfrigérateur. C'est grâce à elle qu'on a identifié des modes opératoires semblables à celui de l'agresseur d'Adam.

— Si je me souviens bien, elle est mariée à l'un de tes amis.

— Oui, Kyle Donovan.

— Toujours si mes souvenirs sont bons, c'est Kyle qui t'a fait rencontrer Bettina.

— Oui.

— Et Kyle dirige le laboratoire Masters & Cooper à Washington DC, où tu l'as connu lors d'une enquête alors qu'il n'était encore que simple laborantin.

— Oui… Et?

— Masters & Cooper est le laboratoire fédéral agréé qui analyse les échantillons ADN lorsque nos propres services échouent.

— Parce qu'ils sont mieux équipés, ils décryptent les ADN dégradés. Mais ils sont débordés, comme les autres labos. Nous serons en bas de leur liste d'attente.

— Il faudrait obtenir qu'on passe en tête, sourit Angelina.

— Tu voudrais que je demande ça? Il faudrait une raison valable!

— Et si un flic était la victime, par exemple?

— Oui. Mais la victime n'est pas un flic.

— Elle le serait, si on avait commis une erreur.

Les yeux de Zelda sortent de leurs orbites.

— Quelle erreur?

— Imagine que l'analyse ait été sollicitée sur le dossier Leaf.

— Adam aurait été violé? demande Zelda.

— Non, bien sûr que non. Mais nous penserions que le sperme appartiendrait au même agresseur.

— Qui goberait ça?

— Un mormon, si c'est un autre mormon qui le lui fait croire, et s'il s'agit d'un prétexte administratif pour aller plus vite.

Angelina se déplace vers l'angle de son bureau où se trouve un yucca en pot. Et se prépare à changer de sujet.

— Tu prends très à cœur l'affaire Orzel, dit-elle. On voit bien que tu as pratiqué l'athlétisme.

— Quel rapport ? s'étonne sa subordonnée.

— Tu te sers de l'affaire Orzel comme d'un tremplin pour mieux gagner l'estime de Polanco.

Zelda, décontenancée, ne sait plus quelle tournure va prendre la conversation.

— Tu as été la plus acharnée à retrouver l'agresseur d'Adam, mais depuis tu fais du sur-place.

Sa voix se fait plus dure.

— Que l'affaire Orzel fasse oublier que nous avons un agresseur de flic à coffrer est inacceptable. Si on avait mieux avancé sur ce dossier, je ne serais pas à ce point en situation de faiblesse face à Polanco aujourd'hui !

Elle vient même de crier.

Panique. Zelda doit éteindre l'incendie.

— On a retrouvé, dit-elle, trois œufs de Fabergé volés lors d'un déménagement en avril de l'année dernière. Le vendeur les tenait d'un autre antiquaire. Même *modus operandi*. J'ai demandé à des cadets de remonter la piste. C'est Kenneth qui dirige les opérations.

— Jusqu'où l'avez-vous remontée, la piste ?

Zelda se gratte le nez. Puis passe ses deux mains dans ses cheveux. Laisse la gauche retomber et garde la droite sur sa nuque. Angelina décrypte la gestuelle : son équipière redoute de perdre la face.

— J'ai compris : tu n'en sais rien. Tu étais trop occupée à lécher le cul de Polanco pour travailler sur deux dossiers à la fois !

— Comment peux-tu dire ça ?

— Nous sommes nées le même mois de la même année. Tu n'as jamais digéré que j'aie le job et pas toi. Depuis, tu rêves que je me plante.

— C'est toi qui as fait mettre en taule le serial killer de Parkchester ! Normal que tu aies eu la promotion. Je n'ai jamais souhaité que tu échoues.

— Tant mieux, parce qu'il y a d'autres moyens d'atteindre ton but.

Angelina souffle le chaud et le froid. Ce que Zelda déteste.

— Adam va avoir besoin de moi pour aller plus loin, reprend la patronne en reposant le vaporisateur sur un angle de son bureau.

Elle caresse son ventre.

— Et, dans trois mois, j'aurai besoin d'une sorte de… substitut.

Zelda reconnaît le mot qu'elle a employé, quelques semaines plus tôt.

— Une semaine, dit Angelina.

— Pardon ?

— Pour l'ADN. Donne-leur une semaine, pas davantage. Et pour Adam, je veux une avancée significative sous quinze jours.

Un sourire de Zelda.

— Sinon, complète Angelina, je cracherai tellement de feu qu'en comparaison les dragons de *Game of Thrones* auront l'air d'allume-gaz pour réchaud de camping.

Un regard vers le tableau.

— Tu avais raison, dit Zelda.

— À quel sujet ?

— Le tableau. L'équilibre est dans les compromis.

*

En fin de journée, Angelina se dirige vers le North Village Deli Emporium. En chemin, devant la vitrine de l'Urban Outfitters de la 6e Avenue, son regard croise celui d'une femme plantureuse, cheveu rêche, yeux adornés de cernes gris, matrice ballonnée sous une ample poitrine. Et pourtant radieuse. Florissante. Accomplie.

La jeune femme s'éloigne du miroir et continue à marcher, soutenant à deux mains son ventre, que parcourent des secousses venues de l'intérieur.

*

— Ariana réclame des cours de danse, dit-elle à son mari. Elle gigote comme une ballerine.

Adam se rend compte qu'Angelina resplendit.

— Tu es allée chez le coiffeur, constate-t-il en approchant d'elle tandis qu'elle s'incline pour l'embrasser.

— Et je me suis offert un massage facial. Notre fille ne doit pas avoir une mère constamment exténuée, bouffie, irritable. Je m'en veux de m'être négligée pendant six mois.

Leaf ne dit rien : il se sent coupable d'avoir sous-évalué ce qu'ont coûté à sa femme, physiquement comme moralement, sa paralysie, l'atrocité du sort réservé à Louise Orzel, leur endettement, les difficultés de leur vie quotidienne. Il se rend compte qu'elle a toujours été belle à ses yeux. À chaque heure, à chaque minute, à chaque seconde du calvaire qu'il lui a imposé. Et que cette beauté, pour lui, demeure la même qu'au premier jour.

Angelina déballe les victuailles qu'elle range, au fur et à mesure, dans le réfrigérateur et le congélateur déjà trop pleins. Des fringales incessantes et un instinct nourricier apparu au sixième mois de grossesse lui font accumuler les provisions, au risque de les gâcher.

La jeune femme s'immobilise. Elle prend soudain conscience du calme qui règne dans le studio. Pour la première fois, le petit singe a cessé d'occuper tout l'espace.

Elle observe le capucin qui, justement, s'approche à pas lents.

— Que s'est-il passé avec Clara ?

— Rien.

— Elle a l'air inhibée. Regarde. Elle baisse les yeux.

— Elle a peut-être enfin trouvé sa place.

— Tu ne lui as rien fait de mal ?

— Tu es vraiment en train de me poser cette question ? Je n'arrive pas à le croire. Tu me prends pour Jack l'Éventreur ?

— Excuse-moi. C'est simplement qu'elle se montre si… docile.

Clara agrippe le pantalon d'Adam, escalade sa jambe et vient se poser sur son genou, la tête blottie au creux de l'aine.

Angelina refrène une expression dubitative.

*

Adam refuse que Clara redevienne son ennemie, mais, dans la nature, la hiérarchie se réajuste à chaque instant : l'animal dominant doit rappeler sa légitimité et affermir sa position avant même que ses rivaux ou vassaux ne tentent de s'en émanciper. C'est par la répétition qu'opère l'apprentissage. Si Clara oubliait les règles et se remettait en tête de le persécuter, Leaf ferait hurler la jungle et, l'instant d'après, apparaîtrait de nouveau comme celui qui neutralise la menace et régit le monde.

L'animal dominant dispose d'une arme encore plus redoutable : l'arbitraire.

Qui contesterait une autorité qui s'exercerait sans aucune raison apparente, hors de tout ordre et de toute logique ? Une autorité dont on ne comprendrait ni les axiomes déclencheurs ni les contrecoups ? Personne. C'est ce qui fait de l'arbitraire l'instrument ultime de la puissance.

Alors que Clara, docile et respectueuse des règles, tente d'extraire sa nourriture de sa boîte à secret quotidienne, Adam, d'un clic, fait résonner dans le studio, par l'enceinte située au ras du sol, le rugissement d'un jaguar.

Grelottant de peur, le singe dégringole de la poutrelle où elle se tenait et court vers le lit comme si sa vie en dépendait.

Mais le fauve redouble de férocité : en tombant au sol, Clara s'est mise à portée de ses griffes.

Adam pousse alors un hurlement.

Le prédateur, comme effrayé, se tait aussitôt. On entend s'éloigner un feulement contrarié. Le silence revient.

Clara bondit sur le fauteuil. Comme la veille, elle se réfugie sur l'épaule d'Adam, qu'elle croit être son sauveteur puisque, d'un simple cri – et d'un glissement du doigt sur son écran – il a dompté le plus féroce carnassier des forêts pluviales.

Débarrassé de toute haine et de tout esprit de vengeance, Adam sent son cœur fondre quand le capucin se blottit contre lui. Il lui caresse les tempes et la nuque avec douceur, retient au creux de sa gorge, puisqu'il lui fallait bien se comporter en animal, un « pardon » qui ne demanderait qu'à se faire entendre. Il songe que sa fille, un jour, se jettera semblablement vers lui quand il lui parlera du loup des récits enfantins, quand elle s'identifiera au Petit Poucet égaré dans la forêt des bêtes, quand il évoquera, comme tous les parents, les ogres et les sorcières. Elle se rendra alors compte que la poitrine de son père la protège, comme un rempart, des noirceurs du monde, et que, entre ses bras, elle n'a rien à redouter. Animal sauvage, puis *Homo sapiens*, Adam effraiera avant de consoler : une duperie venue tout droit des origines animales de l'homme.

Alors qu'il tient pour divagations puériles les contes de fées que les tenants des religions monothéistes gobent sans sourciller, il vient d'accomplir, des pires injonctions de la Genèse, l'une des plus absurdes et néfastes : « Soyez féconds, multipliez, remplissez la Terre, et assujettissez-la ; et dominez sur les poissons de la mer, sur les oiseaux du ciel, et sur tout animal qui se meut sur la Terre. »

Aux yeux de Clara, il est devenu Dieu.

38

— Comment peux-tu avaler une chose pareille? demande Adam lorsque le serveur pose sur la table de fer forgé blanche, devant Angelina, une salade de kale, quinoa, abricots secs et piments rôtis.

— C'est bon pour Ariana, répond-elle en posant ses mains sur le versant supérieur de son ventre gonflé.

Adam saisit de la main droite son sandwich au bœuf, oignons caramélisés et provolone. Sa gauche se hisse assez haut, désormais, pour qu'il parvienne à lever son verre à la hauteur de ses lèvres. Il peut aussi se pencher sur son assiette et manipuler sa serviette. En une semaine, après qu'il a réussi à atteindre aux yeux de Clara le rang de divinité, son corps et son esprit se sont libérés. Des flots d'électrons se sont remis à courir le long des fibres nerveuses. Les muscles des cuisses et des mollets, les pectoraux, les dorsaux, ont commencé à se réchauffer, première étape vers une sortie de l'hibernation. Les ceintures scapulaire et pelvienne, dérouillées, retrouvent leur souplesse.

Après des mois de claustration, Leaf ne désirait rien autant que se retrouver à l'air libre. Ce déjeuner en plein air à Central Park lui offre le plus grand des bonheurs.

Le beau temps des derniers jours d'automne a attiré sur la terrasse du Tavern on the Green plus de touristes que d'employés de la Trump International Tower et des autres immeubles de bureaux de Columbus Circle.

— Pour prendre la place de la femelle alpha, explique-t-il, une femelle subalterne doit séduire le mâle alpha. Si jamais la femelle alpha s'en aperçoit, elle sera tuée. C'est pourquoi elle agit en douce.

— Je suppose que je suis la femelle alpha…

— Oui.

— C'est trop d'honneur.

— Zelda, la femelle subalterne…

— Et Polanco est le mâle alpha.

— C'est ainsi que les choses se passent chez les loups, confirme-t-il. Le plus souvent la femelle subalterne s'en tire avec des plaies profondes de cinq centimètres.

— Mes canines ne sont pas assez longues.

— Je croyais pouvoir comprendre ce qui se passe dans la tête de Clara, poursuit Adam. En réalité, j'y ai trouvé ce qui se produit dans la nôtre. Nous sommes des animaux avant tout. C'est pour cela que nous optons pour la violence, que nous violons, que nous tuons. Nous transgressons l'ordre social parce que nous ne parvenons pas à transgresser celui que la nature nous impose. Nous subissons comme tout le règne animal ces injonctions : séduire à tout prix, se battre pour survivre, défendre son territoire, assurer la perpétuation de l'espèce. Elles viennent des replis les plus profonds de notre cerveau reptilien.

— Si nous n'étions *que* des animaux, proteste sa femme, nous ne serions pas ici, en train de déjeuner en utilisant des phrases complexes pour parler de nous-mêmes, sur cette terrasse entourée de gratte-ciel, survolés par des avions qui défient la gravité.

Nous n'aurions pas inventé les moyens de détruire notre planète et nous ne nous acharnerions pas à aller jusqu'au bout de ce projet. Nous n'admirerions pas Léonard de Vinci, ni Mozart, ni Einstein. Nous n'aurions pas construit Notre-Dame de Paris, ni l'Acropole, ni les pyramides.

En parlant, elle a inconsciemment porté la main à la petite croix qu'elle porte autour du cou. Adam s'abstient de le lui faire remarquer.

— Je peux te prouver que, même dans nos calculs les plus humains, nous restons, avant tout, des animaux.

— Comment as-tu l'intention de t'y prendre ?

— Demain, à 8 h 30. C'est l'heure à laquelle tout le monde cherche une place pour se garer.

— Ce que tu dis n'a ni queue ni tête.

— Tu comprendras demain. D'ici là, dors à Gansevoort, ce soir.

Angelina fait la moue.

— Ton lit est si exigu.

— Tu iras au bureau ensuite, insiste Adam. Et ce soir, on regardera ensemble le documentaire sur Tadzio Orzel diffusé sur Thirteen.

— Si c'est pour regarder la télévision comme un vieux couple, je ne peux pas résister !

*

Le documentaire *Tadzio Orzel, l'homme qui rasait son chat* a été réalisé sur plusieurs années par une équipe britannique. Il doit son nom à un épisode méconnu de la vie de l'artiste. Alors qu'il commençait seulement à peindre, Orzel, né de parents polonais ayant fui le régime du général Jaruzelski pour s'installer à Barcelone, n'avait pas les moyens de s'offrir les pinceaux qui lui convenaient. Il rasait alors son chat pour les fabriquer lui-même. À la même époque, le magasin où il se procurait ses couleurs bradait le violet, dont la plupart de ses bons clients ne voulaient pas. D'où la dominante mauve qui caractérise la première période du peintre.

Le film montre la jeunesse de Orzel, son obsession pour les heures les plus sombres de l'histoire européenne du XXᵉ siècle, pour les dictateurs, pour la souffrance et la solitude. Il évoque son rejet de la modernité, ses inspirateurs, de Vélasquez à Bacon en passant par Van Gogh. Les variations de sa palette, des camaïeux parme, prune et violine des premières années, aux explosions de couleurs des dernières.

On l'entend se confier aussi sur sa vie privée. Il dit être tombé amoureux d'une voix, celle de Caroll di Valmontone, avant de rencontrer celle à qui elle appartenait. Il raconte avoir appris, alors seulement, qu'elle n'avait d'italien que son nom de scène, et qu'elle partageait avec lui un goût des choses brumeuses et funèbres. À l'en croire, leur morosité les a rapprochés.

Une mélancolie morte à la naissance de leur fils Sidohn, événement qui a coïncidé avec l'explosion de sa palette chromatique. Quelques années plus tard, celles de Liz et Louise ont éclairé sa vie. Adam se rappelle les paroles de Giacomo Roncali : « Ce que son œuvre célèbre, c'est le moment où Prométhée voit l'aigle partir. *Exultate, Jubilate* ! Exultez, Jubilez ! »

Des images d'archives montrent Orzel en vacances avec sa famille, à Ein Gedi, au bord de la mer Morte. À Venise, sur une gondole avec Caroll. Sur un atoll des Tuvalu. Le visage de l'artiste est juvénile. Il porte un bouc très court. Sa démarche de marin qui brave la houle lui donne l'air de danser en permanence. Son tee-shirt laisse deviner un corps habitué à la fréquentation des salles de sport. Il ne ressemble en rien au portrait-robot habituel des peintres, blafards et déjetés.

Aucune caméra, en revanche, n'était là pour filmer ses derniers instants, à bord d'un Cessna 400 pris dans une tempête au-dessus de Gdańsk.

Le documentaire se termine sur les obsèques du créateur. On y voit Elton John, Lady Gaga, Jeff Koons, Bernard Arnault, Rabih Kayrouz et, au premier rang, Caroll Orzel et ses enfants, ainsi que Giacomo Roncali. Edwin Ashford se tient sur le côté. L'architecte, explique le commentateur, a construit à la demande du défunt, sur la 63e Rue Ouest, une galerie vouée à exposer et à conserver ses œuvres. Ashford deviendra, quelques mois plus tard, le nouvel époux de la veuve. Le film se conclut sur des images au ralenti de Orzel jouant avec ses filles à Central Park, avec le Dakota Building en toile de fond.

Après le générique, Angelina actionne la télécommande pour éteindre le téléviseur.

— Qu'en dis-tu ? demande-t-elle.

— Caroll est un ara bleu.

Elle affiche un air dubitatif.

— Explique-toi, je ne suis pas zoologue.

— L'ara bleu vit en Amérique du Sud. Vu du dessus, il est d'un bleu électrique, vu du dessous, d'un jaune d'or. Il a sur la tête quelques plumes vertes. Ses joues sont blanches.

— Ce sont les costumes d'opéra qui t'inspirent cette comparaison ?

— Non. L'ara est avant tout monogame. Il n'a qu'un partenaire, pour toute la vie.

— Et alors ?

— Tu as vu les images, comme moi. Tu n'es pas zoologue, mais tu connais la psychologie humaine. Cet amour si profond, jusqu'au cœur des cellules de Tadzio et Caroll, ces enfants nés de la peinture et de la musique, cette mélancolie sublime. Tu as noté tout cela, n'est-ce pas ?

— Oui, en effet. Tes mots sont justes, mais je ne devine toujours pas où tu veux en venir.

— Toutes ces choses que rien ne peut remplacer se seraient évanouies en moins d'un an ?

— Elle a épousé Ashford onze mois plus tard. De fait, c'est un peu… précipité.

— Il ne peut y avoir d'amour dans ce remariage. Caroll est l'épouse d'un seul homme. Il est mort, mais elle l'aimera jusqu'à son dernier souffle. Elle vit avec un fantôme étincelant, Orzel, et une doublure très pâle, Ashford. Une star et un figurant. Le grand ara bleu a épousé un petit perroquet gris du Gabon.

— Bravo. Brillant. Mais ce ne sont que des mots. Et ils ne font pas avancer mon enquête.

— Si j'étais le perroquet gris, j'en voudrais à l'ara défunt.

— L'ara défunt a été tué par un Cessna 400 défectueux, rendu dangereux par un excès d'humidité, comme douze autres, pendant la fabrication des fibres de verre constitutives des ailes, au Mexique. Aucun rapport avec l'assassinat de Louise. Que le perroquet gris n'aime pas Tadzio Orzel n'a pas importance aujourd'hui.

Adam prend un air défait, mimique qui fait rire Angelina.

— Ne fais pas semblant d'avoir perdu ta plaidoirie. Je ne prétends pas que tu as tort, mais que ton raisonnement ne s'applique pas au bon dossier. On dort ?

— Oui. On dort. Demain, je te prouve que nous ne sommes pas *que* des animaux, mais que nous le sommes *avant tout*.

*

Au quai 40 se trouve le plus vaste parking de Manhattan, espace gagné sur l'Hudson, qui peut accueillir mille sept cents véhicules.

— Je ne comprends pas ce que nous faisons ici, se plaint Angelina quand ils arrivent à bord de sa Chevrolet Impala banalisée. Je pensais que nous irions au zoo…

Ils se présentent à l'entrée. L'inspectrice se prépare à payer, quand Leaf la devance en exhibant son badge du NYPD.

— Nous resterons une ou deux heures, dit-il à l'employée. Nous allons marauder entre les travées, mais ne vous inquiétez pas, il n'y aura aucun grabuge.

Il se tourne vers sa femme.

— Allons sur le parking de la terrasse.

Angelina s'exécute.

Ils atteignent le toit.

— Reste sur le côté. J'ai glissé un chronomètre dans la poche gauche de ma veste. Prends-le.

— Qu'attendons-nous, au juste ?

— Lui, par exemple !

Un homme marche vers sa voiture.

— Déclenche le chronomètre quand il ouvrira l'une des portes.

Le conducteur déverrouille d'abord le hayon arrière pour y déposer sa mallette.

— Top ! indique Adam.

Angelina déclenche le chronomètre.

L'homme entre dans l'habitacle, démarre et recule.

— Stop !

L'inspectrice regarde le cadran du chronomètre.

— Trente et une secondes, annonce-t-elle.

— Parfait, nous sommes dans la norme.

— Quelle norme ?

Adam ne se donne pas la peine de répondre.

— La jeune femme, là ! dit-il.

Angelina déclenche le chronomètre dès que la conductrice ouvre la portière avant. Elle l'interrompt au moment où elle démarre.

— Trente secondes.

— Parfait. Encore une fois. Le couple avec les bagages, là-bas.

— Trente-cinq secondes. Vas-tu enfin m'expliquer à quoi rime ce cirque ?

— La moyenne, établie par les chercheurs de l'université de Pennsylvanie, est de trente-deux secondes.

— Ils n'avaient rien de mieux à faire ?

— Attends. C'est maintenant que ça devient intéressant. Avance-toi, plus près de la sortie. Où les gens préfèrent se garer.

— Toutes les places sont occupées.

— Restons sur le côté, de nouveau. Observe. Ces deux amoureux vont partir. Une autre voiture attend leur départ pour prendre la place. Voilà, ils ouvrent la portière.

Angelina déclenche le chronomètre.

Le véhicule se met en mouvement.

— Quarante-sept secondes.

Adam la regarde, triomphant.

— Pourquoi cet air victorieux ? Parce qu'il leur a fallu quarante-sept secondes ? Elle vient peut-être d'avoir son permis de conduire.

— Nous sommes des animaux. Nous occupons un territoire. En temps normal, nous n'y attachons pas une grande importance, mais il suffit qu'un autre humain le convoite pour réveiller cet instinct territorial qui vient tout droit de notre part animale. Une place de parking est dégagée en trente-deux secondes si personne d'autre ne veut l'occuper, mais en quarante secondes si un automobiliste l'attend derrière nous. Il existe une variante. Si le postulant klaxonne ou vocifère, sa durée d'attente augmente de quarante pour cent.

Angelina ne veut l'admettre, mais ce que raconte Adam l'amuse et pique sa curiosité.

— Tu as vu la voiture qui a dû patienter. C'est une Ford Fiesta. À laquelle il manque un enjoliveur, et dont l'aile avant droite est cabossée. Probablement une voiture achetée sur le marché des occasions.

— Sans doute.

— Roulons.

Angelina démarre.

— Lentement.

Ils font le tour des terrasses.

— Ralentis ! Même situation. Un couple et trois enfants arrivent. Ils vont récupérer leur monospace. Observe : la voiture qui attend leur emplacement, une XJ.

Les deux véhicules manœuvrent. La Jaguar se gare.

— Alors ? interroge Adam.

— Trente-cinq secondes.

— Si un plus beau véhicule indique un statut social supérieur, l'emplacement est libéré plus rapidement. En d'autres termes, si un lion arrive, le chacal dégage et lui laisse la place. Ce que tu viens de voir en plein New York, ce sont des animaux qui défendent leur territoire, ou qui volent celui des autres. Le niveau d'agressivité peut monter très haut. Considère les hommes comme des animaux *avant tout*, et tu trouveras l'explication de la plupart de leurs instincts criminels.

Angelina mime avec exagération un applaudissement silencieux et ironique.

Derrière eux, un coup d'avertisseur résonne.

— Que faisons-nous ? demande-t-elle. On le laisse passer ? C'est une Hyundai, plutôt bas de gamme.

— Prends ton temps, alors !

— D'accord. Je compte jusqu'à quarante.

39

La boutique d'antiquités occupe un renfoncement d'Atlantic Avenue, non loin de Flatbush, sur les hauts de Brooklyn.

— Il leur a fallu au moins deux neurones pour trouver ça ! se moque Zelda en découvrant le nom sur la vitrine : La Chasse aux trésors.

L'inspectrice place deux flics devant l'entrée principale. Deux autres pour sécuriser l'issue de secours. Un troisième duo bloque tout passage par l'arrière. Les deux derniers policiers restent près d'elle.

Il est 6 heures. La propriétaire dort au-dessus de son commerce. Zelda sonne. Sonne encore. Sonne une troisième fois. Des rideaux s'écartent, une fenêtre s'ouvre. Une femme d'une soixantaine d'années, ensommeillée, proteste :

— Putain, c'est Halloween ou quoi ?

Elle découvre que ses visiteurs portent l'uniforme.

— Perquisition ! crie Zelda en brandissant un mandat signé par le juge.

— Faites chier !

— Descendez et ouvrez !

Quelques instants s'écoulent. On entend un pas rapide glisser sur l'escalier. L'antiquaire actionne, de l'intérieur, le rideau électrique qui protège la boutique.

Puis déverrouille la porte vitrée, dont l'ouverture fait tintinnabuler les clochettes d'un carillon.

Zelda et ses hommes n'attendent pas. Ils passent devant elle et entrent.

— Bonjour quand même, dit la femme aux cheveux en bataille.

— Vous êtes Mariella Gillian ?

— Oui. Je présume que vous ne venez pas acheter un cadeau pour votre belle-mère. Sinon, j'ai un beau plat à asperges en faïence de Delft du XVIIIe siècle.

— Tenez, voilà un peu de lecture.

Zelda tend le mandat.

Mariella Gillian ne le regarde même pas. Elle le pose sur un scriban de merisier.

— Ce n'est pas le premier ? s'étonne la policière.

— Si, mais ça ne doit pas se lire comme du Stephen King. J'ai peur de m'ennuyer.

— On peut s'asseoir ?

— Dans la pièce voisine, si vous voulez.

Elle se dirige vers un local attenant, séparé de la boutique par une porte vitrée à double battant. Il tient lieu de bureau.

— Les gars, vous m'attendez un moment ? ordonne Zelda. Ne cassez rien. Pas d'autre éléphant que moi dans ce merdier, s'il vous plaît.

— On ne fait pas de politique, répond l'un des policiers.

Elle rigole et suit l'antiquaire dans son repaire.

Sur une table des années 1950 sont posées des tasses et un peu de vaisselle. Un quignon de pain finit de sécher sur un torchon. Un compotier contient, en vrac, des bananes, quelques mandarines, des facturettes de carte de crédit, une vapoteuse et des bijoux anciens.

Sans demander son avis à l'intruse, Mariella Gillian lui a déjà servi un café.

Zelda extrait de sa sacoche un document d'une vingtaine de feuillets reliés par un boudin de plastique bleu.

— Sur chaque page, un objet volé avec sa photo. Chacun d'eux a été dérobé lors d'un déménagement. Regardez-les bien et dites-moi si vous les reconnaissez.

L'antiquaire feuillette le registre, l'air attentif, mais indifférent. Rien n'accroche son attention.

— Non, ça ne me dit rien. Dommage, d'ailleurs, car ce sont de belles pièces.

— Vous voulez jouer au plus con ? Observez.

Zelda lui présente les trois œufs de Fabergé.

— Un antiquaire de Denver vous les a achetés il y a quatre mois.

— Il détenait une facture ?

— Une fausse. Mais il témoignera sous serment s'il le faut.

— Je ne me souviens pas. Vous savez, les antiquités, ça va, ça vient. J'essaierai de retrouver à qui j'aurais acheté ces machins.

— C'est ça, vous n'étiez qu'une intermédiaire.

— Oui.

— En attendant, on va visiter votre gourbi.

— Faites comme chez vous. Si vous cassez quoi que ce soit, je porte plainte.

Zelda revient vers la boutique.

— La chasse au trésor est ouverte ! dit-elle aux deux policiers.

Registre en main, ils quadrillent le terrain, comparant toutes les marchandises aux photos. Au bout d'une heure, échec total.

— Par ici ! appelle Zelda.

Elle leur désigne un buffet orné de colonnettes galbées et décoré de bas-reliefs représentant des scènes de chasse.

— Il y a une porte, derrière.

En effet, la partie supérieure du chambranle d'une ouverture, visible à l'arrière du meuble, dépasse la corniche et le fronton du meuble.

— On va devoir pousser le mastodonte, annonce Zelda à l'antiquaire.

— Je vous souhaite bien du courage. Il doit peser deux cents kilos.

— Avec votre soulève-meuble et des patins de téflon, pas de problème.

— Où allez-vous trouver ça ?

— Tous les antiquaires en ont. Les vôtres sont sur la console où vous posez votre machine à café.

— Possible.

— J'apprécie votre esprit de coopération. Diego, appelle Stanley et Jim. Qu'ils viennent aider.

Quelques instants plus tard, les quatre hommes parviennent à faire glisser le buffet sur le côté, libérant la porte.

— La clé ! demande Zelda à Mariella Gillian.

— Je ne l'ai plus.

Zelda se met face à elle et la regarde droit dans les yeux.

— Ne déconnez pas. Ça commence à mal tourner pour vous. À votre place je n'aggraverais pas la situation. Le juge risquerait de ne pas aimer.

Résignée, l'antiquaire ouvre.

Zelda entre avec ses hommes. Dans une pièce aveugle, garnie de rayonnages, où la plupart des objets figurant dans le registre sont posés. Sur un délicat fauteuil Louis XVI, Zelda trouve même un livre enveloppé de papier de soie.

Fébrile, elle examine les indications qui figurent sur sa fiche :

« Des souris et des hommes, *édité par Covici Friede en 1937. La page de garde comporte la date et la signature de John Steinbeck.* »

Un sourire triomphant aux lèvres, elle manipule à présent l'ouvrage. Avec précaution. Et le regarde sous toutes ses coutures. C'est bien celui qui a été volé à Adam Leaf.

*

Zelda, Harry, la Fouine et Angelina sont attablés au Famous Calabria Pizza.

— Depuis le début, Zelda avait raison, commente Harry. Le mobile de l'agression est crapuleux.

Kenneth l'interrompt.

— Adam a dit qu'il avait pris une douche entre le moment où les déménageurs sont partis et celui où il a été agressé. Que s'est-il passé pendant ce temps-là ?

— On le sait déjà, explique Zelda. Durant le déménagement, le mec a fait main basse sur le livre précieux. Au moment de partir, il s'aperçoit qu'il a oublié quelque chose. Un de ses masques, puisqu'il en a changé plusieurs fois, ou un de ses mouchoirs tachés de sang. En tout cas un objet qui portait son empreinte génétique, et qu'il a accroché, selon le témoignage de Melissa Carmack, à la poignée d'une fenêtre.

— Il traîne au rez-de-chaussée de l'immeuble, résume Angelina, le temps que les autres déménageurs se dispersent. Il s'aperçoit de son oubli, remonte, sonne. Adam, sous la douche, n'entend pas. La porte est fermée, mais non verrouillée. L'autre l'ouvre, comme le font les cambrioleurs, en se servant d'une simple carte de plastique souple, ce qui ne laisse pas de trace d'effraction. Il entre. Tandis qu'Adam se lave, il récupère ce qu'il a oublié. Et voit le Glock accroché à la poignée de porte de la salle de bains. Là, il pense qu'il en tirera un bon prix, s'en empare. Mais Adam sort. Le type n'a pas eu le temps de s'enfuir. Ils luttent, le coup part, le mec s'échappe.

— L'antiquaire, Mariella Gillian, est en taule, précise Zelda. Elle a déjà parlé et dénoncé le receleur qui l'approvisionnait, un Russe originaire de Voljski, dans la province de Volgograd. Le type a senti le vent tourner dès qu'il a compris qu'on avait retrouvé la trace des œufs de Fabergé. Quand on est allé l'arrêter, il s'était déjà carapaté vers son pays. Pour se reconvertir, il n'aura pas de mal à trouver d'autres trafics juteux.

— On a du mal à faire extrader des assassins, se plaint Angelina, alors un petit trafiquant, inutile de dire qu'on ne le reverra jamais.

— Ce qui met l'agresseur d'Adam en sécurité, puisque c'était notre seul moyen de remonter jusqu'à lui, conclut Harry.

— Oui, se désole Zelda. Lui aussi a eu le temps de franchir la frontière du Mexique, du Canada ou de changer de galaxie.

Angelina hésite à féliciter son équipe. Après tout, ils n'ont remporté qu'un demi-succès : un mobile a été identifié, une filière criminelle démantelée, mais celui qui a agressé leur collègue reste en liberté. Puis elle pense à Polanco, qui relâchera sa pression si le dossier est classé.

Elle va vers le comptoir et commande une bouteille de chianti classico. Le serveur la débouche. Elle la rapporte elle-même à la table.

Elle sert les trois autres et lève son verre, d'abord vers Zelda, puis vers les autres.

— Bravo. Beau boulot. Bien sûr, j'aurais préféré qu'on coffre ce salaud.

— Il réapparaîtra peut-être un jour, déclare Harry.

Dont le ton montre qu'il n'y croit pas.

Ils boivent.

Dans la bouche d'Angelina, le vin ne lave pas l'amertume.

40

Dans sa panoplie d'expressions préprogrammées, Milton Parker utilise la moins coutumière, sourcils haussés, cornée projetée vers l'avant, tension des oreilles en arrière. Elle signifie : « Vous m'époustouflez. »

— Je savais que vous récupéreriez l'essentiel de vos fonctions motrices, ment-il avec une effronterie d'ivrogne. Mais que vous le fassiez si vite me laisse sans voix.

— Les équipes médicales et paramédicales m'ont beaucoup aidé, dit Adam par politesse.

— Sans cette confiance en vous, nous aurions perdu courage, précise Angelina.

Le neurologue adopte une posture de Christ qui ressuscite Lazare sans vouloir s'en vanter.

— Votre mari est une force de la nature, voilà tout !

Leaf voudrait que cette conversation s'achève. Il ne supporte pas qu'on parle de lui comme s'il était absent. Pourtant, absent, il l'est, tant la fatigue le fait flotter près du plafond.

À la fête foraine du Mont-Sinaï, il a gagné le pass complet : radiographie, électroencéphalogramme, IRM, prélèvement et analyse du sang, des urines et des selles. Il n'a pas manqué un seul tour de manège.

Le neurologue, à présent, pérore en tournant autour du fauteuil roulant.

— Vous n'avez plus besoin de ce char d'assaut. Vos jambes sont déjà capables de porter la moitié de votre poids. On va vous fournir un fauteuil roulant manuel Drive DeVilbiss et une bonne paire de béquilles. Ça remusclera vos bras et vos épaules.

Il se tourne vers Angelina.

— Vous avez fait élargir les portes de votre appartement ?

— Les ouvriers en ont déjà agrandi une.

— Désolé, vous aurez fait ces travaux pour rien. Le Drive a une largeur standard. Les plans inclinés sont en place ?

— Oui.

— Parfait. Pour la reprise d'activité, allez-y en douceur. On réduira les traitements médicamenteux progressivement. Quatre séances de kinésithérapie par semaine, au moins pendant les trois mois qui viennent. Si le lieu de travail le permet, rien ne vous empêche de vous remettre dans le bain.

Angelina est prise au dépourvu.

— Adam peut se remettre au travail ? demande-t-elle pour être sûre d'avoir bien entendu.

— Rappelez-moi votre âge, monsieur Leaf.

— Bientôt vingt-neuf ans, énonce Adam aussi machinalement que si on lui demandait l'heure.

— Dans combien de temps, votre anniversaire ?

— Trois mois, deux semaines et trois jours.

— Votre cerveau fonctionne à cent pour cent.

— Oui, répond précipitamment sa femme. Sans aucun doute.

Le neurologue se place près du patient.

— Vos fonctions internes sont rétablies : métabolisme, respiration, activité cardiaque… En revanche, il faut renforcer les muscles, et ce n'est pas en demeurant assis dans un fauteuil électrique que vous y parviendrez. Le rapport de Michael indique que la récupération de la motricité s'accélère. Il faut aussi stimuler le mental. Rien de tel, pour cela, que de reprendre contact avec une activité professionnelle.

Parker se tourne de nouveau vers Angelina.

— Le bâtiment du NYPD est-il adapté aux personnes à mobilité réduite ?

— Il date de 1973, mais tout a été mis aux normes.

— Bien sûr, pour l'instant, pas question de conduire, de mener des activités qui requièrent un engagement physique ou de porter une arme. Vous n'avez ma bénédiction que pour un job de bureau.

Angelina exulte.

— Enfin, ajoute Parker, j'informerai Doris Bythewode qu'elle peut vous débarrasser du singe.

Adam retombe du plafond où il semblait flotter. Et s'écrase comme un parpaing dans l'assise de son fauteuil.

Ses mains sont glacées.

Il se rappelle que Clara ne lui a pas été donnée, mais confiée. Alors que c'est son combat avec elle, intelligence contre intelligence, corps contre corps, qui l'a arraché à la pétrification. Il a donc besoin de sa combattante, de son amie-ennemie, de cette adversaire-complice qui l'aide à explorer les méandres de l'esprit criminel.

— Je ne suis pas sûr, bredouille-t-il, de n'avoir plus besoin de Clara. Elle me réconforte. Après toutes les détresses que j'ai traversées, c'est vital.

— On m'a dit qu'il n'y a pas longtemps vous l'accusiez plutôt de vous maltraiter, s'étonne Parker.

— J'étais troublé.

— Je pense que Helping Hands voudra récupérer cet animal. D'autres victimes attendent ses services.

— C'est impossible.

Angelina sursaute. Est-ce le même homme qui, là, refuse de rendre le capucin alors qu'il l'accusait naguère de tous les maux ?

— Je regrette, insiste le neurologue. Ni notre institution ni le centre de réadaptation de Rochester ne sont des animaleries ou des refuges où l'on adopte des animaux de compagnie. Nous devons reprendre Clara.

— La loi vous en empêche.

— Adam, c'est de la folie, intervient sa femme. Tu vas revenir à l'appartement d'Amsterdam Avenue. Bientôt, il y aura un bébé à la maison. Qu'est-ce qui te prend ?

— J'ai mes raisons.

— Tu n'as pas le choix. On doit rendre Clara.

— Le Rehabilitation Act de 1973 et les ajouts qui lui ont été faits en 1988 et 1990 m'autorisent à détenir un « animal de soutien émotionnel ». Rien ne peut s'y opposer.

À quel moment, se demande Angelina, son mari a-t-il pu prévoir que ces informations juridiques lui seraient nécessaires ?

— Si, répond Parker, nous pouvons nous y opposer. Vous avez le droit de posséder un animal de soutien émotionnel. Soutien, d'ailleurs, qui ne repose sur aucune preuve scientifique. Mais vous ne *possédez* pas Clara. Elle vous a été confiée à titre temporaire. Si vous désirez un foutu animal de soutien émotionnel, achetez un ragondin, un poisson rouge ou un canari. Dans notre beau pays, les compagnies aériennes sont même obligées de vous les transporter ! Mais ce singe appartient légalement à Helping Hands, pas à vous !

Parker abandonne du coup son répertoire de mimiques compassionnelles, en rage.

— Adam, tempère Angelina, parlons de ça plus tard. Le véhicule nous attend sur Madison Avenue.

Parker, visage fermé, tend à Angelina plusieurs feuillets.

— Voici l'adresse pour le nouveau fauteuil, l'ordonnance pour la pharmacie, la prescription pour le kinésithérapeute. Quant au singe, rendez-le sans faire d'histoires. Au revoir.

*

Comme le lui a demandé Harry, Kenneth-la-Fouine l'attend dans son bureau, contigu à celui de la boss. C'est une pièce de petite taille, décorée de portraits des héros de la conquête par les Africains-Américains de leurs droits humains et civiques : Frederick Douglass, Martin Luther King, Harriet Tubman, Rosa Park, Nelson Mandela et quelques autres.

Harry termine, dans le couloir, une conversation avec un cadet, à qui il demande de lui récupérer les clés de l'une des salles d'interrogatoire.

— Tu voulais me voir, dit-il en rejoignant son visiteur.

— C'est au sujet de l'affaire Leaf.

Harry s'assied, l'air contrarié.

— Elle est bouclée.

— Justement, je crois qu'elle ne devrait pas l'être.

— Explique-toi.

— Leaf a dit s'être battu contre son agresseur, au corps à corps.

— Oui.

— Et n'avoir jamais vu son visage.

— En effet.

— Pendant cette bagarre, le masque et la perruque seraient donc restés parfaitement en place ?

— C'est possible.

— Combien de temps faut-il pour prendre une douche ?

— Cesse de jouer aux devinettes.

— Moi, je mets dix minutes. Et encore, je ne me rase pas sous l'eau. Donc, Adam prend sa douche. Si l'agresseur s'aperçoit qu'il a oublié quelque chose, pourquoi glande-t-il dix minutes en bas au lieu de remonter directement ?

— Il a pu s'apercevoir de son oubli dans la rue.

— On l'aurait vu rebrousser chemin sur les caméras. Or elles le montrent, au contraire, s'engouffrer bien plus tard dans la station de métro de la 14e Rue. Il est d'abord remonté au studio.

— Où veux-tu en venir ?

— Je pense que Leaf ne nous dit pas tout.

— Tu n'as pas le droit de mettre en doute la parole d'un autre flic sur de simples impressions. N'oublie pas que l'hypothèse de Zelda a été démontrée sur la base de faits concordants.

— Je demande la permission de continuer l'enquête.

— Refusée.

— Sur quel motif ?

— Nous avons retrouvé l'objet volé, ce qui nous a permis de remonter la filière. Enquêter davantage est donc sans objet.

— J'ai un copain médecin, insiste la Fouine. Il m'a raconté l'histoire d'un de ses confrères recevant un malade qui souffre. La maladie est facile à diagnostiquer : c'est un début de peste. On le soigne, mais le mec continue de présenter des symptômes dans tous les sens. Il meurt : il avait à la fois la peste et le choléra.

— Et la morale de ton joli conte ?

— On peut avoir à la fois la peste et le choléra, de même qu'on peut recenser dans un groupe de déménageurs à la fois un voleur et un assassin. L'un chourave le livre, l'autre flingue Adam. Si l'on s'occupe seulement du voleur, on n'a aucune chance de retrouver l'assassin.

— Deux malfaiteurs au lieu d'un. Il fallait y penser. Je ne sais si c'est un fantasme ou une hypothèse. On va y réfléchir.

— En attendant, proteste Kenneth, on se contente de ce qu'on a ? Alors qu'un flic a failli se faire buter ?

— Je comprends tes doutes. Mais nous avons d'autres cas à traiter. Il en arrive de nouveaux chaque matin. Faut pas que tu te disperses.

— Je peux te poser une question ?

— Jusqu'à présent, j'ai plutôt eu l'impression que tu te dispensais de ma permission.

— Le jour de l'agression de Leaf, tu as lancé un avis de recherche contre un homme nommé Argon Schlagen. Son profil correspond trait pour trait à celui de l'agresseur d'Adam.

— Aucun rapport. C'est une vieille histoire dont je me suis occupé il y a dix ans. Un chauffard, le cerveau carbonisé par les drogues, qui a renversé une petite vieille. Sorti de détention psychiatrique, il devait se signaler chaque semaine à son commissariat. Il ne l'a pas fait. Comme il peut être dangereux, j'ai lancé un avis de recherche. Des signalements comme ça, j'en fais dix par semaine. Ça te va ? Quand tu auras fini de te prendre pour Mary Higgins Clark, tu me feras le plaisir de t'occuper des dossiers en attente qui traînent sur ton bureau depuis un mois.

— Je continuerai d'enquêter sur mon temps libre.

— Tu ne m'as pas compris. J'ai noté tes doutes. Merci de m'en avoir fait part. À partir de maintenant, c'est moi qui continuerai l'enquête sur l'affaire Leaf, si c'est nécessaire.

La déception et une sorte de rage contenue crispent la mâchoire de Kenneth.

— Est-ce aussi la décision de la patronne ?

— Ça le sera.

Kenneth tourne les talons et sort.

41

Giacomo Roncali porte une veste parme, sur un gilet couleur beurre frais et un pantalon bleu électrique. Pas un poil n'excède la longueur assignée à son bouc et à sa moustache gris perle, sauf à la lisière des zones de peau glabre, où un dégradé maîtrisé produit une impression de douceur.

Harry et Adam lui font face, dans une salle réservée aux interrogatoires. À ce stade, rien n'autorise la police à le traiter autrement que comme un simple témoin. Cependant, Harry sait par expérience qu'entre quatre parois de béton, assis sur une simple chaise de fer, exposé au regard de ceux qui se tiennent peut-être derrière le miroir sans tain, même un beau parleur innocent commence à chercher dans sa conscience de quelle peccadille il pourrait au moins s'accuser.

— Pardon de vous recevoir ici, dit-il. L'atmosphère est un peu froide, mais nous serons plus tranquilles.

— Vous devriez confier la décoration à Jonathan Adler. Il saurait vous égayer ça.

— Il faut nous pardonner, plaide Adam. Le NYPD en est resté au mobilier Martha Stewart.

Roncali sourit.

— Heureux de vous revoir. Je me souviens de vous. Nous avons parlé de Prométhée.

— Et de son aigle vorace.

— L'idée d'un repas de foie frais vous avait retourné l'estomac.

— Je vais mieux !

Pour donner davantage de poids à ses mots, Leaf cabre son fauteuil roulant sur les roues arrière, tout en pivotant sur place.

— Félicitations pour votre convalescence, le complimente Roncali.

Harry, un peu largué par leur échange, va fermer la porte et revient s'asseoir, ce qui indique son intention de passer aux affaires sérieuses.

— Nous avons pensé, dit-il, que vous pourriez nous aider à mieux percevoir les relations entre les membres de la famille Orzel.

— Connaissez-vous le documentaire qu'a diffusé Thirteen récemment, *Tadzio Orzel, l'homme qui rasait son chat*? demande Adam.

— Oui, c'est une production anglaise un peu collet monté. Les Britanniques ne pardonnent pas à Tadzio d'avoir avalé Bacon pour le régurgiter à sa manière. Sacrilège ! Moi, je dis que Bacon a mangé Vélasquez et que Orzel a dévoré les deux à la fois.

Harry ne pige rien de ce que raconte son interlocuteur, mais tente de faire bonne figure.

— J'ai trouvé le film plutôt respectueux, dit Adam.

— Le ton était plus adapté à une star de la téléréalité qu'à un grand artiste.

— Orzel donnait prise à ce traitement. Sur les images d'archives, il n'a pas l'air de fuir les caméras.

— Avec des loustics comme Koons, Cattelan ou Hirst, aucun artiste n'a plus le choix.

— Comment avez-vous connu Orzel? intervient Harry pour reprendre l'initiative.

— J'étais inscrit à la Stanford School of Business. Je séjournais à Barcelone dans le cadre d'un échange universitaire avec l'université Raymond-Lulle. Sur la Plaça de Catalunya, un type faisait signer des pétitions contre l'art abstrait. Ça n'avait aucun sens, mais des journaux s'intéressaient à son happening. J'ai signé. C'était Orzel. Il m'a demandé de lui offrir une bière. On s'est installés sur une terrasse de café des Ramblas. Il était hâbleur et drôle. Nous avons sympathisé. Plus tard, je suis devenu directeur commercial de Häagen-Dazs. C'était l'époque où la marque voulait se donner une image élitiste, alors on a parrainé une exposition au MoMa. Qui s'appelait « L'au-delà de l'abstraction » et où trois toiles de Orzel étaient exposées. Elles m'ont bouleversé. On s'est retrouvés au vernissage. Il venait de remporter ses premiers succès. On a bu. Il m'a posé des questions sur le marketing des crèmes glacées. Mes réponses lui ont plu. Il m'a dit : « À présent, tu vas vendre de la peinture ! » Un mois plus tard, j'étais son agent exclusif.

— Quand *L'homme qui rasait son chat* a été diffusé, dit Adam, les journaux ont parlé de Orzel. Ils ont mentionné des faits dont le documentaire ne parlait pas. Des rumeurs, sur sa période espagnole.

— Vous parlez de sa bisexualité ?

— Oui.

— On sait tout de Orzel. Il ne cachait rien. Si le documentaire ne l'évoque pas, c'est parce que les Anglais sont restés victoriens !

Il éclate de rire, d'un rire qui s'arrête net quand Harry pose la question suivante.

— Étiez-vous son amant ?

— Si j'avais été homosexuel ou bisexuel, j'aurais sans doute adoré l'être. Tadzio n'était pas seulement un grand artiste, c'était aussi une *sex bomb*. Le film le laisse deviner. Mais j'aime les femmes. Seulement les femmes.

— Pourtant, vous n'êtes pas marié, et on ne vous connaît pas de relations durables ou marquantes.

— Je ne savais pas que cet entretien porterait sur ma vie privée.

— Nous ne cherchons qu'à mieux connaître la famille de Tadzio Orzel, à travers ceux qui l'ont approchée, dit Harry.

— Cela nous aidera à comprendre le contexte du crime, précise Adam.

— Si on pouvait parler de Louise, ce serait peut-être plus utile que de savoir ce qui se passe dans mon lit.

— On nous a rapporté une histoire : la recherche épique d'un doudou…

Roncali pose ses coudes sur la table et s'avance vers Harry. Posture de confort. Sans doute un bon souvenir, songe Leaf.

— Ce n'était pas un doudou, mais un lapin en peluche. Louise l'a perdu l'an dernier. Elle avait déjà treize ans. Elle le tenait de son père. Sa perte la bouleversait. Vous a-t-on dit que j'ai recruté des détectives pour le retrouver ?

— Oui. On sait aussi que vous avez annulé un vernissage à Tokyo parce que sa sœur allait être opérée…

— Appendicite. On ne peut jamais exclure l'hypothèse d'une péritonite foudroyante. Je suis hypocondriaque.

— On connaît aussi votre générosité envers Sidohn Orzel, vos contributions à l'éducation des jumelles. Pourtant, vous ne faites pas partie de la famille.

— Tadzio considérait que si. J'étais comme un frère pour lui, alors je protège les siens. Je m'inquiète pour eux comme je le ferais pour mes propres enfants, si j'en avais. Quand Sidohn a failli mourir, j'en ai tremblé.

— Son intoxication alimentaire ?

— Oui. Il y a deux mois.

— N'est-ce pas frustrant de n'avoir pour famille que celle d'un autre ? Vos parents, votre sœur, vos nièces et neveux vivent à Palerme. Vous ne les voyez presque jamais.

— Je vais à Palerme pour Noël, et pour les vacances des jumelles. On vous a bien renseigné. Cependant, vous vous trompez sur un point. J'ai une famille à New York. Elle vit sur la 63e Rue Ouest. Ce sont les œuvres de Tadzio. Je les abrite. Je les protège. Nous nous parlons. Nous vivons ensemble.

— Dans quels pays avez-vous voyagé ces dernières années ?

— J'ai séjourné dans la plupart des pays d'Europe de l'Ouest pour des réunions avec des conservateurs, des collectionneurs, des éditeurs. J'ai participé à des vernissages, des conférences, des dîners de gala à Londres, Paris ou Munich. Je suis aussi allé en Afrique du Sud. Les artistes sud-africains forment une avant-garde incroyablement dynamique. En Australie, en Russie, au Canada, pour des expositions. En Chine pour des inaugurations de musées. Bref, je voyage beaucoup. Mon métier ne me laisse pas le choix.

— Inde, Afrique de l'Ouest, Asie du Sud-Est ? renchérit Harry.

— Non, pas depuis plusieurs années. Pourquoi aurais-je dû me rendre dans ces pays ?

— Je me demandais simplement si l'art contemporain était populaire dans ces régions.

— Pourquoi me posez-vous ces questions ? Je pensais que le coupable de l'assassinat de Louise était sous les verrous et l'affaire close.

— Oui, Oliver Gleeson a pu entrer dans la chambre de Louise et la tuer pour une raison liée à sa relation avec Liz, explique Harry. Mais ce scénario n'explique pas pour quelle raison on a trouvé Louise les doigts brûlés jusqu'à l'os. En outre, il repose sur l'hypothèse que la porte n'était pas fermée de l'intérieur, car il a bien fallu que l'assassin ressorte.

— Quand je suis arrivé, la porte était fermée à clé !

— Votre témoignage est de nature à innocenter Oliver Gleeson. Si vous le maintenez, il faudra bien chercher l'assassin ailleurs.

Harry laisse passer un instant de silence, pour solenniser ce qui va suivre.

— Êtes-vous absolument sûr que cette porte était fermée de l'intérieur ? Vous avez pu le croire, alors qu'elle n'était que bloquée et qu'un coup d'épaule aurait suffi à l'ouvrir. Vous avez pu mal manipuler la poignée.

— Chez moi, la porte d'un placard se coince sans arrêt. Il faut presque un bélier pour l'enfoncer. Pourtant, elle n'est équipée ni d'une serrure ni d'un verrou, et je ne me dis pas qu'elle est fermée de l'intérieur. Celle de la chambre l'était.

— Vous en êtes certain ?

Ils attendent la réponse de Giacomo. L'enjeu est clair : qu'il soit coupable ou innocent, il n'a aucun intérêt à répondre « non ». En effet, si Oliver Gleeson est disculpé, les soupçons se dirigeront prioritairement vers lui, dernière personne à avoir pu entrer dans l'appartement vide. Si, au contraire, il répond « oui », cela voudra dire qu'il s'enferre stupidement dans un mensonge susceptible de lui nuire… ou qu'il dit la vérité, ce qui rendrait le mystère inexplicable.

— Je vous répète que je suis capable de voir si une porte est verrouillée ou si son bois a gonflé. Elle était bel et bien fermée de l'intérieur. Lorsque Octavia est arrivée avec le passe, j'ai dû faire tomber la clé en la poussant dans le barillet de la serrure.

— Comment, dans ce cas, l'assassin a-t-il pu se volatiliser ?

Adam et Harry sont conscients que jamais Roncali ne pourra répondre à cette question et que, s'il le pouvait, il ne s'y risquerait pas. Le second décide alors de changer de tactique.

— Nous pensons que peut-être Louise jouait de la guitare électrique quand Oliver est entré. En utilisant une boîte à rythmes dont le son a pu couvrir ses cris.

— C'est horrible.

— Lorsque vous avez découvert le corps, où se trouvaient la guitare et la boîte à rythmes ?

— La boîte à rythmes était sous la fenêtre.

— Et la guitare ?

— Par terre, à gauche du fauteuil où se tenait Louise. J'ai dû la déplacer pour approcher.

Un cadet entre et dépose sur la table des tasses de café et des verres d'eau. Avant de ressortir, il murmure quelques mots à l'oreille d'Adam et lui remet discrètement une enveloppe.

— Savez-vous, demande ce dernier, que Caroll Orzel est en train de s'entretenir avec notre chef de service, le détective Angelina Obson ?

— Oui. Et que nous soyons convoqués en même temps nous a étonnés.

Harry sucre son café et le touille. Giacomo, lui, le porte directement à ses lèvres.

— Ce n'est pas du Borbone, mais ça ira, dit-il.

Leaf extrait de l'enveloppe une photo, qu'il pose sur la table, à l'envers.

— Comment avez-vous connu Caroll Orzel ?

— Un jour, Tadzio est tombé amoureux d'une voix. C'était Caroll qui chantait, à la radio, le rôle de Didon dans un opéra de Purcell. Il était en transe. Et ce n'est pas une métaphore. Son attirance charnelle pour son timbre est venue avant son désir pour la femme. Alors qu'il n'était jamais grossier, il m'a dit : «Je veux baiser cette voix ! » Je n'aurais jamais imaginé qu'une simple voix puisse provoquer un tel émoi sexuel.

— C'est pourtant ce qui se passe chez les oiseaux, intervient Adam. On dit que les femelles choisissent les mâles selon la beauté et la puissance de leurs vocalisations. Elles y voient la démonstration d'une capacité à défendre le territoire.

— C'est souvent la même chose à l'opéra, plaisante Giacomo. Rappelez-vous les concerts des Trois Ténors : Domingo, Carreras et Pavarotti. Celui qui gueulait le plus fort gagnait !

— Revenons à Caroll, suggère Harry qui se sent exclu chaque fois que la conversation prend l'allure d'un colloque de spécialistes.

— Orzel a voulu aller entendre Caroll di Valmontone au Teatro Colón de Buenos Aires. Elle interprétait Octavian dans *Le Chevalier à la rose*, de Richard Strauss, un rôle d'homme traditionnellement joué par une femme. Cela n'a fait qu'accroître son excitation. Rappelez-vous qu'il se montrait alors ouvertement bisexuel. Ils se sont plu au premier regard. Il est resté en Argentine jusqu'à la fin de la série de représentations et ils se sont mariés quelques mois plus tard.

Leaf manipule le cliché qu'on lui a remis quelques instants auparavant.

— Nous voulons être sûrs, dit-il, que le cercle familial ne comportait pas d'autres proches ayant un accès direct à l'appartement des Orzel.

En tapotant la tranche de la photo sur la table, Adam réussit à troubler Giacomo. Son regard, de plus en plus, se focalise sur le tap, tap, tap du carton sur le métal, bientôt obsédant.

— Vous connaissez déjà tous les familiers des Orzel. Bien sûr, Edwin reçoit parfois à dîner de gros clients ou des personnalités politiques. Une partie de son business dépend de ce genre de relations publiques. Quant à Caroll, elle n'a pas besoin de se vêtir de noir : le deuil est en elle. Elle n'aime donc pas recevoir. Les visiteurs et amis sont dès lors peu nombreux.

— Edwin ne prend-il pas ombrage de ce deuil interminable ? demande Harry.

— Sa patience est immense. Il est follement amoureux de Caroll. Il s'est sans doute dit, en l'épousant, que passer après un géant rendrait sa tâche plus difficile, mais qu'une femme aussi exceptionnelle en valait la peine.

Adam cesse de jouer avec les nerfs de Giacomo. Il pose devant lui la photo d'un homme de belle allure, mâchoire carrée, œil bleu et cheveu blond. Une cicatrice barre la lèvre. Cette imperfection pose sur ce visage la marque qui lui manque, celle de la capacité à souffrir.

— Connaissez-vous cet individu ? interroge Leaf.

— Non.

— C'est un chanteur. Kenzy McMillan. Il joue en ce moment dans *Hamilton*, au théâtre Richard Rodgers.

— Quel rapport avec Caroll ?

— Nous avons des raisons de penser qu'ils entretiennent une relation amoureuse.

Giacomo, d'un coup, peine à respirer. Sa main soudain tremblante se dirige vers le verre d'eau. Qu'il porte à ses lèvres. Mais, aussitôt, il reprend ses esprits.

— Excusez-moi, j'ai eu un instant d'absence. Je pense à Edwin. Il ne mérite pas ça. Il fait si chaud, ici.

— Merci de nous avoir consacré autant de temps, conclut brusquement Harry. Vous pouvez repartir, à présent.

— J'espère que vous arriverez à tirer de tout cela quelque chose d'utile à votre enquête.

Tandis qu'il se lève, encore un peu fébrile, Adam actionne les roues de son fauteuil et le raccompagne jusqu'à l'ascenseur. Ils prennent congé l'un de l'autre.

Leaf rejoint ensuite Harry devant la salle d'interrogatoire.

— Kenneth l'attend en bas, dit ce dernier. Il se tient prêt à le suivre. Les filatures précédentes n'ont rien donné, on verra bien si ta combine lui a fait perdre son sang-froid. En tout cas, tu as touché juste. On sent bien que ce n'est pas pour Edwin qu'il est affecté, mais pour lui-même. D'où as-tu sorti ton Kenzy McMillan ?

— Il ne se produit pas dans les *musicals* de Broadway, c'est le soliste vedette du chœur mormon du Tabernacle. Il a dix enfants, une seule femme depuis trente ans, et il prêche la chasteté en dehors du mariage. C'est Zelda qui m'a donné ces tuyaux.

— Et la photo ?

— Elle vient d'une agence de casting. Un autre homme.

— Si tout se passe comme tu l'imagines, Roncali demandera des comptes à Caroll. Ils vont vite se rendre compte que ce Kenzy McMillan ne joue pas dans *Hamilton*, que ta photo était une fumisterie et qu'on les a manipulés.

— Ils n'y comprendront rien, mais cela le déstabilisera.

— Je reconnais ta théorie : l'enquêteur doit lui-même provoquer le désordre pour que les suspects et les témoins perdent leurs points de repère et commettent des erreurs…

— Je ne l'ai pas inventée. J'ai vu ça au cinéma.

Harry passe derrière le fauteuil roulant. Il se penche un peu et pose ses mains à plat sur les pectoraux d'Adam, en un geste qui se veut paternel.

— Content que tu sois de retour, gamin.

— Au cinéma, le copain ému mettrait plutôt ses mains sur les épaules de son protégé, pour que ça paraisse plus viril.

— C'est ça, petit, fais le malin. Tu ne perds rien pour attendre. Attends de n'avoir plus besoin de ton fauteuil, on réglera nos comptes.

42

Sidohn Orzel semble se demander ce qu'il fait dans le bureau de Zelda. Il remarque, accroché derrière la porte qu'elle vient de fermer, un tableau qui regroupe les photos des dix criminels les plus recherchés du pays, répertoriés du plus sexy au moins avenant. Une association de victimes, ayant eu connaissance du classement élaboré par Zelda et ses copines du service des archives, s'en est plainte. Depuis, la porte rend le tableau, précédemment placé sur le mur face à l'entrée, invisible quand elle est ouverte, c'est-à-dire l'essentiel du temps.

Le garçon se pose nonchalamment en travers d'une chaise de bois, les jambes croisées sur le côté, pour mettre en valeur ses Caravaggio de Stefano Bemer. Ces chaussures constituent, ce jour-là, la partie de sa personnalité qu'il veut faire passer pour la plus digne d'intérêt.

— Cessez de balancer votre jambe, ça me donne le tournis.

Apparemment, sa dégaine n'impressionne ni n'intimide Zelda. Il se redresse.

— D'où vient ce prénom, Sidohn ?

— Mes parents m'ont conçu lors d'un voyage en Thaïlande. Il doit vouloir dire « sublime inspiration » ou une connerie du genre.

— Quelles étaient vos relations avec Louise, et quelles sont-elles avec Liz ?

— Je l'ai déjà dit à vos deux collègues, le détective Obson et le détective Sommer. Je n'étais pas proche de Louise, et je ne le suis pas non plus de Liz. Si vous aviez des jumeaux ou des jumelles dans votre entourage, vous sauriez qu'ils forment une sorte de couple complètement fermé. Autant essayer de s'introduire dans le conseil d'administration des Illuminati ! Les jumelles et moi n'avons jamais partagé grand-chose. Elles ne me considéraient pas comme un grand frère, mais plutôt comme un étranger à peine moins étranger que la plupart des autres mecs. Maintenant que Louise est partie, je me rapproche de Liz. Je la sens en demande, mais il faudra du temps avant qu'on devienne intimes.

— Jamais d'altercation avec sa sœur ?

— Non. Ça paraît inouï, mais, avec des parents friqués, on n'a même pas de conflits territoriaux. Chacun a sa chambre, son propre espace, et tous les privilèges qu'il désire sans que ce soit au détriment des autres.

— Comment avez-vous vécu la disparition de votre père ?

— On ne vous l'a pas dit ?

— Non.

— Je me suis fait couler un bain chaud. J'ai pris un rasoir de barbier acheté sur Columbus Circle, à la boutique The Art of Shaving, et je me suis tranché l'artère fémorale. La femme de ménage est entrée dans la salle de bains : elle avait oublié sa serpillière et je n'avais pas verrouillé la porte. Mon suicide épique est devenu pathétique. On m'a recousu.

— Je suis désolée d'apprendre cela. Votre père comptait beaucoup pour vous.

— Comme tous les enfants, j'appelais mon père « papa », mais parfois je disais « Tadzio », rien que pour me sentir supérieur au reste des humains, qui disaient « Monsieur » ou « Orzel ». Bien que je n'aie jamais rien compris à son œuvre, j'étais son fan inconditionnel. Sa mort m'a dévasté.

— Je suis sûr que votre beau-père fait de son mieux pour que votre vie garde un sens.

— Oui. Bien sûr.

Son regard se perd un instant.

— Quel souvenir gardez-vous du temps passé avec Giacomo Roncali, quand vous étiez gosse ?

— C'était cool. Lorsqu'on restait à New York, il nous emmenait au zoo du Bronx. On allait se faire peur avec les momies du Metropolitan Museum. On a vu trois fois *Les Miz* au Shubert Theater. En hiver, on patinait sur le grand réservoir de Central Park et sur la patinoire du Rockfeller Center.

— Il vous emmenait en vacances ?

— Oui, notre mère partait tout l'été pendant la saison des festivals de musique classique. On la rejoignait avec Giacomo et mon père pendant deux semaines, à Aix-en-Provence, Orange, Salzbourg, Glyndebourne, selon les festivals où elle était programmée. Le reste du temps, mon père repartait peindre ou s'occuper de ses affaires. Nous, on allait chez Giacomo, en Sicile. Il nous faisait visiter Taormina, Syracuse, Messine. Parfois, nous prenions un bateau jusqu'aux îles Lipari : Stromboli ou Panarea. On se roulait dans la poudre de pierre ponce qui recouvre les plages blanches.

— Sur la plage, Giacomo vous faisait-il des massages ?

— Non, il nous étalait un peu d'écran solaire dans le dos, comme tous les parents.

— Vous avez dit « comme tous les parents ». Vous le considériez comme un parent ?

— Il faisait le job.

— Prenait-il beaucoup de photos de vous au bord de la mer ?

— Non.

— Avez-vous une copine ?

— Oui. Ça va, ça vient.

— Avez-vous jamais été victime d'attouchements ou d'abus sexuels ?

— Non, jamais. Pourquoi, vous me trouvez perturbé ?

— Giacomo Roncali vous parlait-il de ses voyages à l'étranger ?

— Il voyageait quand nos parents étaient à la maison. Il allait aux vernissages auxquels mon père n'assistait pas. Et quand ils partaient ensemble, c'est parce que notre mère restait à New York entre deux séries de représentations à la Scala ou à Covent Garden. Giacomo nous racontait ses voyages, il nous rapportait des souvenirs.

— A-t-il jamais mentionné des séjours au Cambodge, au Sénégal, en Inde ?

— Non, je ne crois pas. Ah, j'ai saisi : vous le prenez pour un pédophile !

— Qu'est-ce qui vous fait dire ça ?

— Vous me posez des questions sur les destinations où l'on trouve des petites filles à louer ou sur les attouchements que j'aurais subis… Je comprends, à présent. Votre collègue philippin nous a raclé l'intérieur de la joue avec un coton-tige. C'était pour récupérer notre ADN. Vous cherchez un pervers sexuel ! À mon avis, vous n'allez pas dans la bonne direction… Tous pédophiles ! Ah, ah ! Je suppose que c'est un fantasme de flic ! Je connais votre question suivante…

— Dites. Pour voir.

— Giacomo m'a donné un million pour renflouer ma start-up. Vous allez me demander si j'ai dû le sucer en échange ? Ne vous donnez pas cette peine : la réponse est non.

Zelda le regarde de travers. Elle l'a détesté dès qu'il est entré dans son bureau.

43

— Puis-je vous appeler Caroll ? s'enquiert Angelina.

Au lieu de lui répondre, Caroll prend sa main et la pose avec délicatesse entre les siennes. Ce même geste les a rapprochées, celle qui attendait un enfant et celle qui venait d'en perdre un. Elles restent ainsi immobiles et fraternelles.

Un serveur du Famous Calabria Pizza apparaît avec une bouteille de barolo.

— Je vous remercie d'être venue jusqu'à moi, Caroll. Je n'aurais pas aimé vous recevoir au bureau. Et un bon vin vaut mieux qu'un mauvais café.

— Tadzio disait toujours que, dans le barbaresco, le raisin chante comme une soprano, alors que dans le barolo, il prend la voix plus grave de Marguerite dans *La Damnation de Faust*. Même cépage, le niebolo, mais deux tessitures différentes.

— Je connais mal l'œnologie, et encore moins l'opéra…

— Les sopranos ont une voix qui monte très haut, souvent cristalline. Je suis une mezzo-soprano : la mienne va aussi vers les aigus, mais elle descend surtout davantage dans les graves. Elle est plus charnelle, plus profonde. Je sers du barolo à mes fans, mais beaucoup de spectateurs préfèrent le brillant léger et juvénile du barbaresco.

— Au diable le barbaresco. Je demanderai au patron de le rayer de sa carte !

Un silence.

— Comment allez-vous ?

— Je tiens. Comme sur scène, quand le corps est mort dans le texte mais que l'actrice continue à vivre. Mon mari m'apporte une aide merveilleuse. Il a renoncé à ses voyages, le temps que nous reprenions tous notre souffle. Je m'occupe de Liz. Sidohn fait des efforts pour la soutenir aussi. Nous nous rapprochons les uns des autres.

— Je suppose que Giacomo Roncali vous libère des contraintes matérielles, si pesantes dans ces situations.

— Giacomo est un ange. Il s'arrange pour que rien de trivial ne parvienne jusqu'à nous.

— Il gère le trust Orzel, n'est-ce pas ?

— En effet. Tadzio avait tout prévu. Un cercle de juges retraités contrôle la gestion. Ils sont payés à vie pour cela, avec un système de prime à la dénonciation qui bloque toute tentative de malversations. Giacomo gère le trust, flanqué d'un économiste. Ils se surveillent l'un l'autre. Tadzio a laissé un capital dont les revenus nous permettent de vivre.

— Et l'activité de votre mari ?

— Elle vient en complément de nos ressources. Nous n'avons pas à nous soucier des lendemains. C'est une chance incroyable.

— Votre mari pourrait se sentir exclu de cette sorte d'assurance vie.

— Il est normal que Tadzio se soit soucié de l'avenir de sa femme et de ses trois enfants avant tout. Vous verrez, quand votre petite fille sera née, votre mari deviendra un paratonnerre, une ombrelle, un parapluie, tout ce qui enveloppe et protège. Tadzio connaissait Edwin, mais ne se doutait pas que je l'épouserais.

— Giacomo Roncali semble exercer sur vos enfants des prérogatives quasi paternelles.

— Un véritable papa poule. Un père de substitution présent quand il le faut, comme s'il pressentait les instants où les enfants pourraient avoir besoin de lui.

— Vous est-il souvent arrivé de laisser vos enfants seuls avec lui ?

— Je chantais sur les scènes du monde entier. Tadzio courait les vernissages. Il fallait bien, parfois, trouver des solutions pour eux. Nous aurions pu les envoyer dans un internat, en Suisse, mais nous aurions eu l'impression de les abandonner. Giacomo prenait la relève.

— Cette intimité si fréquente d'un homme sans lien de parenté directe avec vos enfants ne vous a jamais inquiétée ?

Elle rit, d'un rire triste, comme un peu de gris clair sur le noir du deuil.

— Tadzio ne voulait pas que certaines choses soient tues. Les jumelles aussi bien que Sidohn ont su très jeunes ce qu'était le sexe. Un jour, deux ou trois ans avant sa mort, il les a réunis tous les trois et il leur a parlé de la pédophilie. Si qui que ce soit avait effleuré leur corps, nous l'aurions su.

— C'est une information précieuse pour nous. Nous voulons être sûrs de connaître tous ceux qui avaient accès à votre appartement. Louise avait-elle un professeur de guitare ?

— Oui, celui de musique du lycée.

— Venait-il à domicile ?

— Non. Louise apportait sa guitare au lycée. Ou en utilisait une de l'établissement.

— Jouait-elle fréquemment ?

— Elle s'entraînait tous les jours. Elle adorait Queen et Nirvana.

— Sa musique et le bruit de la boîte à rythmes auraient-ils pu couvrir des cris ?

— C'est une guitare électrique. Le son était assourdissant quand nous étions là, et cataclysmique quand elle était seule. Le comité des copropriétaires s'est d'ailleurs plaint à plusieurs reprises. Les voisins du dessous, un couple New Age qui a fait fortune dans le commerce des fleurs, se montraient les plus virulents. Edwin a fait installer une moquette pour insonoriser au moins le plancher. Je ne suis pas fan de la musique qu'elle jouait. Je pense aussi qu'elle a choisi le rock pour casser son image diaphane, mais surtout par réaction contre moi. C'est normal : une adolescente trouve sa voie en s'opposant aux siens. Avec elle, l'opposition n'était que musicale, grâce à Dieu.

— En effet, grâce à Dieu. Vous attirez beaucoup d'amour et de bonté, Caroll. L'amour de Tadzio Orzel, d'Edwin, de vos enfants... et la bonté de Giacomo Roncali, qui fait tout pour que votre vie soit harmonieuse. Vous ne méritiez certainement pas ce grand malheur.

— Personne ne mérite de grand malheur, Angelina. Personne.

44

Le bureau d'Angelina a été réaménagé pour que le fauteuil roulant d'Adam n'ait pas à manœuvrer comme au championnat de slalom automobile de Daytona, ce qui signifie qu'on a rapproché les meubles des murs afin de ménager de plus larges espaces vides.

La boss porte un pantalon de coton imprimé. Les fesses appuyées sur le bord de son bureau, elle écoute Zelda.

— Sidohn est un enfant gâté. Il vénérait son père. Plus rien ne compte pour lui depuis qu'il est mort. C'est pourquoi il est devenu une sorte de hipster qui glande tout en casant aussi souvent que possible les mots start-up, disruptif ou *churn rate* dans la conversation. Il flotte au-dessus de tout. Pas d'animosité envers Louise, plutôt une sorte d'indifférence liée au fait que sa sœur n'a jamais eu besoin de lui, ayant près d'elle une jumelle. Il dit n'avoir jamais subi de Giacomo la moindre pression de nature vaguement sexuelle. À l'entendre, les trois enfants ont passé une partie de leur vie avec Roncali, qui les a traités comme de petits princes. Quant à Sidohn lui-même, il n'a pas de mobile. Mais un alibi vérifié, puisqu'il était en cours à la fac, à Ithaca, au moment du meurtre, c'est-à-dire à deux cent quatre-vingts kilomètres de distance.

— Harry et Adam, c'est votre tour…

— Roncali est parfaitement maître de lui-même, répond le premier. Il a toujours entretenu avec les enfants, du vivant de leur père ou après sa mort, une relation d'une intimité absolue. Il a fait semblant de ne pas comprendre qu'en lui posant des questions sur ses voyages, nous tentions de savoir s'il se rendait sur des hauts lieux de la prostitution enfantine.

— Pourtant, reprend Angelina, sa bibliothèque est bourrée d'ouvrages représentant des enfants à poil. Outre les livres d'art que j'ai remarqués, Kenneth, en mission d'inspection, a trouvé chez lui des albums du baron von Gloeden, un photographe sicilien qui a vécu pendant les XIXe et XXe siècle et qui prenait comme modèles des ados à peine pubères. Il y avait aussi des recueils semi-érotiques du début du XXe siècle. Roncali s'est justifié en disant qu'il préparait un livre sur les représentations de la puberté dans l'art contemporain.

— Facile à dire, constate Zelda.

— Il ne suffirait pas que Roncali soit pédophile pratiquant, ce qui n'est pas la même chose que pédophile abstinent, dit Harry. Il faudrait qu'il soit aussi sadique. Sans quoi les brûlures des doigts au-delà du troisième degré ne s'expliqueraient en rien. Or aucune trace de lui dans les fichiers des suspects habituels. L'adresse IP de son ordinateur a été identifiée. Pas la moindre connexion avec les sites spécialisés. Pas de dépenses suspectes payées en carte de crédit non plus. Je l'ai fait suivre. J'ai le relevé de tout ce qu'il a fait, et de toutes les personnes qu'il a rencontrées pendant deux semaines. Rien d'anormal.

Ces informations ne satisfont pas Angelina.

— Il a le profil d'un refoulé, dit-elle. Regardez sa mise. Trop apprêtée. Trop calculée. Tout est canalisé, même sa voix qui ne sort jamais d'un registre de flûte à bec.

— Pourtant, nous lui avons donné la possibilité de charger Oliver Gleeson, explique Adam. Une occasion unique de couper court à tout risque d'être soupçonné lui-même. Au lieu de quoi il a persévéré dans son histoire de chambre fermée de l'intérieur.

— J'ai parlé à la mère, explique Angelina. Elle m'a dit que deux ou trois ans avant sa mort, Orzel avait réuni près de lui Louise, Liz et Sidohn pour les mettre en garde contre la pédophilie et, croit-elle, les en préserver. Les jumelles avaient donc neuf ou dix ans et Sidohn treize ou quatorze. Il était trop tard. Les trois gamins étaient fous d'affection envers Roncali. C'est le syndrome Michael Jackson. Tout pouvait rester un secret, un doux secret, entre eux. Un jour, peut-être, Louise se montre trop bavarde, avec une camarade d'école ou avec Edwin… Le secret est éventé. Roncali risque d'être démasqué. Cela lui fait un mobile.

Harry ouvre son carnet de notes.

— Je suis allé interroger de nouveau Edwin Ashford, il y a deux semaines. Tu m'avais demandé de vérifier si l'un des enfants avait jamais parlé d'attouchements sexuels. Il tombait des nues. Il a fallu que je le retienne pour qu'il n'aille pas casser la gueule à Roncali. Ton hypothèse est sans fondement de ce côté-là. Ce n'est pas à Edwin qu'un des gosses aurait dénoncé un abus sexuel.

— Angelina, intervient Adam, je ne crois pas que nous ayons des preuves ou des indices suffisants pour inculper Roncali.

— Son histoire de porte fermée ne tient pas, répond-elle. Personne ne passe à travers les murs. Comme je te l'ai déjà dit, je pense que la porte était ouverte. Il a pu entrer, tuer Louise, ressortir en alignant bien la clé verticalement dans la serrure ouverte, et aller chercher Octavia sous prétexte de récupérer le passe-partout. Toutes les serrures de l'immeuble sont à l'ancienne. Il a pu simplement, avec le passe, pousser la clé côté intérieur, la faire tomber sur le sol et faire semblant de donner un tour de clé pour entrer. J'ai moi-même essayé de faire tout cela, sans la moindre difficulté.

— « Il a pu », dit Adam. Cela ne veut pas dire qu'il l'a fait. Et nous n'avons aucune preuve que Louise « aurait pu » vouloir le dénoncer pour abus sexuels. Je pense Roncali plus attiré par Caroll que par ses enfants. Nous ne faisons pas du bon travail. Et ton état te rend hyper sensible à l'horreur de la pédophilie. Tu pourrais en voir là où il n'y en a pas.

Angelina blêmit.

— Mon « état » ? Ah, je vois ce que tu veux dire : une femme enceinte est forcément un peu dingue, c'est ça ? Elle a des lubies, des hallucinations, le cerveau qui travaille au ralenti !

Un cadet entre dans la pièce et remet un document à la chef. Celle-ci se prépare à le poser négligemment sur son bureau pour poursuivre sa diatribe quand un simple regard sur le feuillet la fige instantanément.

— Pardon, dit Adam. Je n'aurais pas dû parler de ton « état ». Il n'empêche qu'on ne comprend rien à cette affaire.

Sa femme finit de lire.

— Inutile d'aller plus loin, dit-elle en regardant Adam. C'est moi qui ai raison. Zelda, tes amis de Washington ont fait du bon boulot. On a retrouvé le sperme de Roncali sur les rideaux de la chambre.

— Ça veut dire que ce vicelard s'est essuyé les mains après s'être masturbé sur le lieu du crime, dit Zelda. C'est à gerber.

— Adam, tu disais que nous ne comprenions rien, n'est-ce pas ? raille Angelina. Roncali sera bien obligé de nous aider, quand il aura une paire de menottes à la place de son bracelet Cartier et de sa montre Lange & Söhne. Où est Kenneth ?

— Du côté du Famous Calabria Pizza.

— Qu'est-ce qu'il peut bien foutre là-bas ? demande Angelina.

— On voulait vérifier le degré de proximité entre Roncali et Caroll Orzel, répond Adam. On a inventé un amant imaginaire à Caroll, pour voir si ça le rendrait jaloux. Il était tétanisé. Ken l'a suivi. Roncali s'est précipité au Calabria Pizza, où il a attendu que tu sortes pour retrouver Caroll.

— Ça prouve quoi ? Qu'ils sont amants ? Vous déraillez. Roncali était peut-être bouleversé de croire que Caroll et Edwin allaient rompre, et que cela risquait de détruire la famille ! Qui a eu cette idée d'amant imaginaire ?

— C'est moi, dit précipitamment Harry pour protéger Leaf.

L'empressement ne trompe pas Angelina, qui se tourne vers Adam pour lui lancer :

— Je suppose que c'est ton « état » qui te pousse à faire ces conneries ! Harry, appelle Kenneth. Demande-lui où est Roncali et fais-le coffrer !

45

Du palier du deuxième étage, où il se tient avec son chargé de relations publiques – un type doté d'un diplôme de Harvard et d'un look de rappeur, dont la mission consiste à rendre cool l'image de la police – les éructations de Darren Polanco s'entendent jusqu'au *shack*, la salle de presse du NYPD. Les invectives visent Angelina, qui maintient entre elle et l'ouragan une distance de quelques mètres.

— C'est inconcevable ! se plaint le directeur. Arrêter un criminel, à trois mois des élections, sans prévenir les journalistes et sans la présence de la moindre caméra !

— Vous avez raison, tempère le *spin doctor*. Mais songez plutôt à ce qu'Obson vous offre : un criminel *et* un violeur, puisque l'arrestation de l'un n'innocente pas l'autre !

— Ah oui, avec ça, on peut tenir au moins trois semaines sur les chaînes d'information en continu.

— On a loupé l'arrestation de Roncali, mais on offrira aux networks quelques fuites exclusives. Ensuite, nous braquerons les projecteurs sur la convocation du grand jury. Ajoutez à cela quelques images volées à Rykers, les confidences d'un codétenu, des interviews de la famille Orzel… Les élections seront vite arrivées.

Tout en marchant le long du couloir, Polanco tire sur les pans de son costume croisé anthracite, resserre sa cravate couleur rouille, vérifie que sa braguette est bien fermée. Le temps de ce rituel lui suffit à changer d'humeur. Il fait signe à Angelina.

— Obson, quand je vous donnerai la parole, lance-t-il, n'oubliez pas de dire que nous avons *volontairement* accusé Oliver Gleeson du meurtre de Louise Orzel afin que le véritable coupable se sente en sécurité et commette des imprudences.

— Et si on me demande laquelle de ces imprudences l'a compromis ?

— Ne commencez pas à finauder ! rugit-il.

— Invoquez le secret de l'enquête, suggère l'attaché de presse, même s'il ne vaut plus quand l'investigation est achevée.

— Un mot encore, ajoute Polanco. À la fin de la conférence de presse, j'annoncerai des promotions au sein du service. Si vous vous sentez visée, vous aurez raison.

Ses fines lèvres se courbent. Un sourire. Il est satisfait de son effet. Et, sans laisser à la policière le temps de le remercier, d'un air martial, ouvre la porte de la salle de presse.

*

Un protocole de réinsertion professionnelle écourte de deux heures les journées de travail d'Adam. Comme chaque jour, Michael vient le chercher au 1, Police Plazza, le prend dans ses bras pour le placer dans sa voiture et le ramène au studio de Gansevoort. Là, il fait de même pour le poser dans son fauteuil roulant, avant de monter avec lui jusqu'au studio.

— Bientôt, plaisante Adam, j'aurai passé plus de temps dans tes bras que ma femme dans les miens !

Michael redescend ensuite récupérer son matériel et garer son véhicule.

*

Adam attend dans son appartement, où Clara est restée seule quelques heures. Et ne perçoit aucun bruit. Il s'avance. Rien n'indique qu'un autre être vivant vit ici.

— Clara ! Montre-toi. Je sais que tu es là !

Leaf fait le tour du studio. Et entend enfin un souffle très léger. Clara se cache. Au moment où il ouvre le réfrigérateur pour y prendre une bière, le ciel lui tombe sur la tête. Une boule de chair s'arrime à son crâne comme la créature d'*Alien* enlace de ses tentacules la face de ses victimes. Il tente vainement de s'en débarrasser, secoue la tête autant qu'il le peut, c'est-à-dire faiblement, sent que quatre mains minuscules tirent ses cheveux au point d'en arracher quelques-uns. Il hurle. Clara saute par terre, puis grimpe sur ses genoux, escalade son torse et vient se poser tranquillement sur son épaule.

— Tu as trop regardé *La Panthère rose*, dit-il. Si tu veux devenir Cato, il faudra mieux t'entraîner.

Le capucin se contente d'inspecter, de son long auriculaire, le conduit de ses oreilles.

Le monte-charge s'immobilise. Michael arrive avec sa mallette d'instruments de torture.

— Pourquoi es-tu tendu à ce point ? demande-t-il dès le début de la séance de massage.

— J'ai repris le boulot. Je me suis un peu trop libéré. Ça n'a pas plu. Et j'ai peut-être fait une connerie en inventant un truc débile pour confondre un suspect. Bref, une journée de merde.

— Essaie de te détendre.

La séance dure une heure. Adam sent tour à tour ses chairs s'affermir et se relâcher sous les doigts de Michael. Celui-ci réveille individuellement les fibres de chaque muscle et tendon. Il les connaît avec un extraordinaire degré de précision hérité de ses études d'anatomie, mais aussi de sa carrière universitaire de lutteur gréco-romain.

Après le massage viennent les exercices. Qu'Adam exécute avec une vigueur particulière.

— Calme-toi, recommande Michael. La rééducation ne doit pas être émotionnelle. Ne te venge pas sur moi de ta sale journée. Quand je te bloque le bras, repousse le mien, mais ce n'est pas une compétition ! Regarde, tes biceps ont déjà pris du volume.

— C'est à force de faire rouler le fauteuil. Avant, la batterie électrique s'en chargeait.

— Non, le fauteuil stimule les triceps. À présent, arrête de parler, tu te déconcentres.

Le téléphone sonne. Leaf prend le portable posé près de lui. Et reconnaît le numéro. Mais s'abstient de répondre, ce qui le fait passer pour un patient concentré sur les soins qu'on lui donne.

Sur sa poutrelle, Clara agite les bras et les jambes en cadence, comme si elle reproduisait les mouvements de son maître

*

L'heure de la relève sonne. Un coup de téléphone d'Angelina à Michael lui annonce son arrivée.

Le kiné récupère son matériel, aide Adam à se rhabiller. Puis, le soutenant par les aisselles, le fait marcher tout autour de la pièce. Croyant à un jeu, Clara étend les bras afin que son maître en fasse autant avec elle. Elle agite même ses jambes pour simuler une déambulation.

— Sur la balance du marché aux bestiaux, on dirait que tu soutiens toi-même les deux tiers de ton poids. Pas si mal en si peu de temps. Encore quelques semaines et tu marcheras, avec des béquilles pour commencer.

Le monte-charge est là, Michael disparaît.

*

Adam n'est seul avec le singe que quelques instants. Il en profite pour écouter le message sur son répondeur téléphonique. « Bonjour monsieur Leaf ». La voix de Doris. « On me dit que vous vous sentez mieux. Je dois récupérer Clara. Puis-je passer demain soir ? Vous vous êtes tellement plaint de ses services que vous serez sans doute heureux d'en être débarrassé. Sans contrordre de votre part, je serai là demain à 17 heures. »

Il savait que ce moment viendrait. Mais ne s'attendait pas une seconde, en revanche, à en avoir à ce point l'estomac retourné.

Le capucin a changé sa vie. Ils ont expérimenté, ensemble, l'indifférence et la haine. Sous ses yeux, il était nu, conchié, amoindri, perfusé, entravé, humilié. Pourtant, savoir que Clara n'aura vu en lui qu'un *Homo sapiens*, un lointain cousin un peu pathétique, dont la déchéance ne changeait pas l'essence, le conforte. Il lui est aussi reconnaissant de n'avoir jamais pensé qu'un pantin reposait sur ce lit, simple paquet de chairs et d'os, trophée hideux, à peine vivant, que seule l'inépuisable énergie de la méchanceté faisait encore vibrer.

Pour elle, jamais il n'a cessé d'être un homme.

« Pour réécouter ce message, appuyer sur 1. Pour le conserver, sur 2. Pour le détruire, sur 3. »

Adam presse le bouton 3.

Les portes du monte-charge s'ouvrent sur Angelina.

*

— Tu n'aurais jamais dû te comporter comme cela ! jette cette dernière de but en blanc.

— Tu es en train de bousiller cette enquête, rétorque Adam, et ta carrière par la même occasion ! Nous ne comprenons rien à ce cas, et tu fais arrêter un suspect que nous aurions eu intérêt à garder sous la main afin qu'il nous conduise vers la vérité !

— C'est toi qui me donnes des leçons ? Après tes manipulations foireuses, qui feraient s'écrouler le dossier avant même que le procureur ait tourné la première page ?

— Comment expliqueras-tu la manière dont la victime a eu les doigts brûlés, ou la façon dont l'assassin est entré dans la pièce ?

— Pour les doigts brûlés, Roncali finira par le dire.

— Il n'en sait rien !

— Tu vis dans son esprit, Jiminy Cricket ?

— Par où l'assassin a-t-il pénétré dans la pièce ?

— Je l'ai déjà démontré !

— Non, tu l'as supposé ! Le juge voudra des preuves !

— Mais, bordel, Adam, tu ne comprends pas que j'ai une preuve ! Le sperme ! Rappelle-toi tes cours de criminologie. C'est une preuve SUFFISANTE ! Elle me dispense d'en chercher d'autres ! Les jurés adorent ça !

— Il y a beaucoup d'innocents que les jurés ont adoré condamner !

— Ce mec est coupable !

— Il faut suivre l'instinct animal.

Angelina est stupéfiée. Son mari perd la tête

— En psychologie clinique, dit-elle, on appelle ça un délire.

— Depuis que j'ai étudié l'éthologie, depuis que je l'ai expérimentée avec Clara, je ne vois plus les hommes de la même manière. La police aussi bien que la justice devraient tenir compte de ce qu'il y a d'animal en nous.

— Tu finiras par penser que tout est excusable, si nos instincts nous gouvernent : que fais-tu du libre arbitre ? Le bien ou le mal : c'est un choix humain.

— Ce qui nous transforme quand nous devenons horribles, ce n'est pas l'animal qui se réveille en nous, c'est l'*Homo sapiens* qui s'impose. Tu pars du principe que le pire vient de notre part animale. C'est faux, mille fois faux ! Prends des singes. Pour se nourrir, ils doivent appuyer sur un bouton qui libère de la nourriture dans leur cage et, simultanément, fait subir sous leurs yeux un choc électrique à un congénère. Que crois-tu qu'ils vont faire ?

— Je n'en sais rien.

— Ils arrêtent de bouffer plutôt que de laisser leur copain souffrir. Deux singes, dans des cages adjacentes, reçoivent en récompense pour une même tâche, l'un deux croquettes, et l'autre une seule. Au bout d'un moment, le plus défavorisé renvoie sa croquette à la gueule de l'expérimentateur. Entre la faim et l'injustice, il choisit la faim. La compassion et la soif de justice sont programmées chez cet animal qui est en nous !

— Tes théories me font peur, mais le pire, c'est que tu oses m'attaquer devant toute l'équipe. Tu me fais passer pour une névrosée obsédée par la pédophilie au seul motif qu'Ariana va bientôt naître ! Comme si ton propre bébé était une nuisance : quel père dirait, ou même penserait, une chose pareille ?

— Donc je serais un mauvais père parce que je pense que ton esprit est ailleurs ?

— Ne crie pas ! Elle entend tout !

— Je ne m'emporterais pas si tu choisissais mieux tes mots.

— Tu as été immobilisé trop longtemps. Ta liberté te monte à la tête. J'ai l'impression que tu deviens fou. Nous ne vivons plus dans le même monde…

— Demain, laisse-moi voir Roncali. C'est tout ce que je te demande.

— À la prison ?

— Non. À sa galerie d'art, 63e Rue.

— Tu t'imagines que je vais déranger le juge pour te faire plaisir ?

— Je peux avoir l'aide de Kenneth ?

— Tu le méprises, c'est un fouille-merde.

— Justement, c'est ce dont j'ai besoin.

— Un dingue et un parano complotiste, belle équipe !

— Ça veut dire oui ?

— Oui, vas-y. Plante-toi. Deviens la risée du service. Le plus vite possible. Comme ça, j'en aurai fini avec tes conneries pseudo-scientifiques sur l'animalité de l'homme. Je ne veux plus les entendre. Et si tu remets encore une fois mon autorité en cause, je t'arrache les yeux.

46

Blaine Bartholomew vit à Yonkers, Wendover Street, au rez-de-chaussée d'une maison de bois dont une bibliothèque associative occupe le seul étage. De plain-pied avec la rue, et s'ouvrant sur elle par de larges portes automatiques, deux autres appartements jouxtent le sien.

Maxime gare le pick-up GMC Sierra qui lui sert à transporter le matériel nécessaire à ses exploits.

Il s'avance vers le logement du milieu, au numéro 33.

Et sonne.

Un chien aboie.

Un bruit de galoches qui traînent sur un parquet grinçant.

La porte s'ouvre. Le visage d'un homme âgé, grand, chauve, les yeux bleus presque gris, apparaît dans l'entrebâillement.

— Vous êtes Maxime Legrand ?

— Oui.

— Ma fille m'a dit que vous avez appelé.

— Trois fois. Trois fois, elle m'a raccroché au nez.

— Seuls ses mains et ses bras sont valides. Elle a bien le droit d'en abuser.

L'œil de l'inconnu pétille. Maxime ne s'était pas attendu à trouver de la gaieté dans ce qu'il croyait être le royaume du bourdon.

— Rassurez-vous. Elle peut aussi applaudir.

— Vous êtes son père ?

— Oui. Peter Bartholomew. Et voici Omelette. On voulait l'appeler Hamlet, mais l'assistante du vétérinaire ne connaissait pas Shakespeare. Elle a mal transcrit son nom.

Omelette est un basset hound peu farouche, qui a déjà couché ses dix kilos sur les chaussures Hugo Boss de Maxime.

— Si vous voulez voir Blaine, avancez. Elle est dans le salon.

L'appartement est humble, petit mais décent, bien qu'un peu de moisissure ourle le bas des papiers peints. Les lattes du plancher craquent. On voit sur des photos encadrées une jeune fille souriante, harnachée à une aile volante et prête à se jeter d'une falaise, ou équipée de cordes et de mousquetons devant une paroi rocheuse à escalader. Maxime ne veut pas poser de question, mais quand il se retrouve dans la même pièce que Blaine, il se rend compte, en la comparant avec ces images, que si le corps et le visage sont devenus méconnaissables, ce qu'il y a de perçant dans le regard reste identique.

Sur son fauteuil roulant bourré de dispositifs électroniques, elle se tient plus raide que ne le faisait Adam. Son tronc semble empalé sur une tige d'acier.

— Vous me harcelez, dit Blaine. Si vous continuez, j'appellerai la police. Et si c'est sexuel, je fais venir TMZ et Daily News. Que voulez-vous ?

— Je vous ai parlé de mon ami, qui s'est relevé d'une tétraplégie incomplète. Il se nomme Adam.

— Celui qui m'a volé Clara, je me souviens. Que les morpions de mille putes lui dévorent le pubis.

— Ainsi soit-il, enchérit le père, dont on ne sait si le ton ironique vise Leaf ou la grossièreté assumée de sa fille.

— Si vous êtes venu me demander de lui apporter quelque aide que ce soit, j'ordonnerai à Omelette de vous arracher la couenne du cul.

— Mon ami a plutôt une sorte de cadeau à vous faire.

— Un cadeau? Personne ne m'offre de cadeaux. Si vous êtes venu vous payer ma fiole, vous n'allez pas faire de vieux os.

— La boîte est dans ma voiture. Je vais la chercher. Vous me direz ensuite si vous acceptez le présent ou si vous le réexpédiez à l'envoyeur.

*

Leaf appelle le commissariat d'Hudson Street.

Quelques minutes plus tard, deux officiers arrivent toutes sirènes hurlantes. On leur a déjà signalé des chiens errants, des chats fugueurs, mais un singe évadé, c'est bien la première fois.

Adam leur montre la fenêtre ouverte par laquelle l'animal s'est enfui. Les policiers enregistrent son témoignage. Il leur enjoint de ne pas rendre l'affaire publique, pour plusieurs raisons. Le petit singe, d'abord, est à peine plus gros qu'un chat et ne représente aucun danger. Il se réfugiera sans doute rapidement à Central Park où, entendant leurs cris de ralliement, il rejoindra les singes du zoo. Ensuite, attirer l'attention sur Adam pourrait perturber une enquête en cours.

Les deux hommes acquiescent. Ils se renseigneront, cependant, sur la réglementation qui exige, peut-être, l'intervention d'un vétérinaire armé d'un fusil à seringues hypodermiques anesthésiantes. Comme cela impliquerait une battue dans toute la ville, le maire ne donnera vraisemblablement pas son accord à une telle opération.

Avant que les policiers se retirent, il les alerte sur les appels qu'immanquablement ils recevront d'une furie nommée Doris Bythewode. Elle portera plainte, leur dira pis que pendre de lui, l'accusera d'avoir volontairement laissé s'enfuir le singe. Qu'ils n'oublient pas, entre un collège valeureux qui a réchappé de justesse à un crime et une mégère injuste et vindicative, envers qui ils doivent se montrer loyaux.

*

Les larmes de Blaine n'en finissent pas de couler. Des vannes se sont ouvertes, aux commissures de ses yeux et dans son cœur. Le capucin s'accroche à son cou comme une ventouse. Elles sanglotent toutes deux. Le père s'est levé. Il caresse les cheveux lustrés de sa fille. Quand les premiers spasmes de l'émotion sont passés, Maxime reprend la parole.

— Il s'agirait d'un pacte, énonce-t-il. Mon ami est aussi attaché que vous à Clara. Il vous propose d'en assurer la garde ensemble, sans que personne le sache jamais. Adam occupe un studio à Manhattan, avec un monte-charge adapté aux fauteuils roulants. Clara s'y sent chez elle, sans doute parce qu'il y a des colonnes et des poutrelles. Il va le quitter dans quelques jours. Vous pourriez vous y installer avec elle. Bien sûr, c'est plus loin de l'Empire City Casino. Ce n'est même pas à Yonkers.

— Non, non ! s'exclame Blaine comme si la simple évocation d'un désagrément risquait de dissiper le mirage d'une si belle aubaine. Je ne travaille pas au casino pour le fric, mais pour m'occuper l'esprit. Sans cela, et sans Clara, ma vie n'aurait aucun sens. Si elle est de retour, tout change. Le casino me paie une misère. Grâce à la prévoyance de mon père, qui avait une bonne position au service comptable d'une compagnie d'assurances, mes pensions couvrent mes dépenses ! Je suppose qu'il pourrait rester avec moi…

— Adam est prêt à vous permettre d'occuper le studio gratuitement. Il est assez grand pour qu'on y installe deux lits jumeaux.

Le père de Blaine agite l'index de droite à gauche.

— Si votre ami le permet, nous préférerons payer un loyer, cela nous permettra de mieux nous sentir chez nous.

— En tout cas, il prendra en charge les frais alimentaires de Clara. Il faudra trouver une solution pour qu'un vétérinaire la voie régulièrement sans que cela attire l'attention.

— Problème réglé. Mon demi-frère est véto. Nous étions à bord de son ULM à deux places quand l'accident s'est produit. Il pilotait. Petite erreur d'appréciation des distances entre nous et un pylône. Il s'en est tiré sans une égratignure. Le choc a compressé ma colonne vertébrale comme un César. Inutile de vous dire qu'il n'a rien à me refuser et qu'il sera discret !

— Je peux donc annoncer à mon ami que vous êtes d'accord.

— Dites-lui que si mon état le permettait, je l'embrasserais !

Maxime regarde Clara. Elle lui tend la main. Il lui offre son index. Qu'elle saisit comme le ferait un bébé.

47

C'est la première fois qu'Adam entre dans le Dakota Building. Kenneth, dos aux marches, fait franchir au fauteuil roulant les trois ou quatre degrés qui mènent à l'accueil. Derrière le comptoir, Octavia Gleeson les salue.

— Mme Orzel nous attend, indique Ken.

Elle leur tend le registre à remplir et à signer.

— Je me souviens de vous, dit-elle. Vous étiez là le jour du… le jour du crime.

— Oui. En effet.

— Vous connaissez la direction de l'ascenseur. Je préviens Mme Orzel de votre arrivée.

*

— Cette femme a un foutu sang-froid, juge Adam quand ils sont dans l'ascenseur. Elle était bouleversée de nous voir, mais seul le tremblement de sa main l'indiquait.

— On a coffré son fils. Elle a de quoi être troublée.

— Un fils innocent du meurtre, mais qui demeure en prison.

— Oui, puisqu'il baisait la sœur de la victime. Une mineure. Ils ont six ans d'écart !

Leaf ne répond pas. Il songe simplement que son écart d'âge avec Angelina est de quatre ans supérieur à cela.

— C'est avec elle que Patrick Cannon s'est maqué avant d'être radié par le conseil de discipline, tu es au courant ?

— Oui.

Ils sont arrivés. La porte s'ouvre, Kenneth aide Adam à manœuvrer.

*

Caroll les reçoit vêtue d'une robe de chambre de satin bleu. Elle porte des chaussons Repetto qui glissent sur le sol. Un mélange de colère, stupeur, culpabilité, dévaste son visage. Elle salue brièvement Kenneth et tend la main à Adam.

— Vous êtes le papa d'Ariana, n'est-ce pas ?

Cette simple phrase, qui désigne, pour la première fois, Leaf comme père plus que comme flic, le fait frissonner de la tête aux pieds, autant que son corps le lui permet.

— J'attendais votre visite, poursuit-elle en se tordant les doigts. Mais je pensais que Roncali – je n'arrive plus à dire « Giacomo » – arrêté, votre enquête s'achevait…

— Nous voulons seulement procéder à quelques vérifications dans l'appartement, explique Adam.

— Je ne comprends pas comment j'ai pu me laisser abuser à ce point. Il semblait prévenant, seulement motivé par l'affection qu'il portait à notre famille. Aujourd'hui je me sens coupable, moi, du meurtre de Louise. Sans la confiance que je lui ai accordée si longtemps, elle serait toujours en vie. Edwin avait raison. Il n'a jamais aimé Roncali, m'a parfois recommandé de l'éloigner de nous. Ma faute est aussi impardonnable que si j'avais moi-même massacré ma fille.

Elle se tait, incapable de prononcer un mot de plus. Des larmes sourdent au coin de ses yeux. La douleur la submerge. Et la fige en Pietà de plomb, *mater dolorosa* écrasée, broyée, terrassée.

Adam se sent incapable de trouver les mots qui anesthésient et apaisent l'âme. Quand bien même le pourrait-il, sa certitude que le galeriste est innocent biaiserait ses paroles. Elle écourte son embarras en balbutiant :

— Sentez-vous libres d'aller et venir dans tout l'appartement. Liz dort dans la chambre de Sidohn, désormais. Nous n'entrons plus dans celle des jumelles, mais la porte est ouverte. Je suis à votre disposition dans la bibliothèque si vous avez des questions à me poser.

Elle se retire dans une pièce située à droite, au fond du couloir, en leur indiquant d'un geste la direction du grand salon, relié au couloir par une double porte. Les deux hommes s'y avancent.

— Que cherchons-nous, au juste ? interroge Ken.

Adam a la tête en l'air, le regard perdu dans les moulures du plafond et dans les chapiteaux ornementés des pilastres corinthiens. Un détachement apparent qui agace son collègue.

— Je ne sais pas. Des signes. Je crois que nous cherchons des signes.

— Me voilà bien avancé.

— Inspecte la cuisine. Caroll a dit à Harry que la cuisinière était revenue du Honduras. Et fais ce que tu aimes faire. Fouine.

Kenneth sort.

Leaf observe autour de lui.

Sur le tablier de la grande cheminée est posé un coffret vitré. Qui contient, ainsi que l'indique un cartouche, le « dernier pinceau utilisé par Tadzio Orzel avant son décès », flanqué de deux statuettes d'Igor Mitoraj, un sculpteur polonais, représentant deux torses de femmes qu'un bras d'homme enlace.

Adam fait pivoter son fauteuil roulant pour observer la pièce et s'imprégner de son atmosphère. Sur une console Art déco, une cave à cigares et une biographie de Tadzio Orzel, quelques céramiques de Gaudí, des photos de Louise, Liz et Sidohn. Un bouquet de lances africaines se dresse dans une haute vasque dorée posée à l'angle de la pièce. Près d'une des deux fenêtres, une lunette d'astronomie braquée vers le ciel repose sur son trépied.

Adam, puisqu'il y a été autorisé, fait rouler son fauteuil jusqu'à la chambre parentale. Un tableau est accroché en face d'un lit double si vaste que tous les trompettistes du NYPD Band pourraient y dormir sans se toucher. La toile représente une femme nue, de dos. En face d'elle, un homme flotte en l'air. Seules les jambes sont visibles. L'esprit hésite entre deux hypothèses. Soit cet individu s'est pendu. Soit il lévite, sorte de Christ en assomption.

Le mobilier de la chambre est moderne. Aucune harmonie avec l'ameublement du reste de l'appartement n'a été recherchée. Edwin Ashford dort du côté gauche, ainsi que l'indique la présence d'un valet de bois chargé d'une veste de tweed. Sur la tablette sont rangés des boutons de manchettes. Deux cravates s'accrochent aux tiges de laiton latérales. Sur la plateforme inférieure reposent des chaussures de tennis. Des cotons, des flacons, des houppettes, des boîtes, encombrent le plateau d'une coiffeuse logée entre les deux fenêtres. Deux fauteuils, de plexiglas, mais de style Voltaire, prolongent la ligne que forme, face aux fenêtres, une longue console d'acier brossé. D'un côté de cet alignement, une porte ouvre sur la salle de bains. De l'autre, c'est au dressing qu'on peut accéder. Celui-ci est doté d'une antichambre carrée. Elle donne à droite sur le cercle que délimitent les placards d'Edwin Ashford, et à gauche sur celui que forment les rangements de Caroll.

Adam va directement vers la gauche. Il ne dispose d'aucun mandat de perquisition, mais la propriétaire l'a explicitement autorisé à explorer l'appartement. Le cercle du dressing s'inscrit dans un carré, ce qui signifie que les étagères et les placards ont d'autant plus de profondeur qu'ils s'enfoncent dans les angles. Les penderies sont perpendiculaires à l'utilisateur, qui doit les tirer vers lui pour révéler les trésors accrochés aux cintres : des dizaines, peut-être des centaines, de robes signées de grands couturiers, de Dior à Rabih Kayrouz ou Rahul Mishra. Deux placards sont réservés aux chaussures, principalement des Pierre Hardy et des Manolo Blahnik. Les lingeries, les dentelles sont rangées dans des tiroirs tapissés de papier de soie.

Leaf se lasse de ces frous-frous.

Il se prépare à rebrousser chemin quand un détail attire son attention : deux légères traces de suie, verticales, sur les vantaux d'un placard haut perché. Il s'approche. Sous ce placard s'en trouve un autre, à hauteur d'homme. Adam en ouvre les deux portes. Il sursaute. Par contrecoup, le fauteuil recule un peu.

Le souffle coupé, il contemple l'incroyable tabernacle que son indiscrétion vient de révéler.

Une tablette rétractable forme, quand elle est tirée, au bas d'une grande niche, une sorte d'autel. Dans la cavité, des bougeoirs garnis de cierges mauves et des coffrets translucides sont rangés sur de petites étagères disposées en corbeille, sur les côtés. L'un des coffrets porte la mention, soigneusement calligraphiée, « Cheveux de Tadzio après son pari stupide, Santorini », suivie d'un smiley. Il contient, non pas une mèche de cheveux, mais toute une poignée, ainsi qu'une photo de l'artiste sur le fauteuil d'un barbier grec. Un autre est bourré de billets d'avion, de tickets d'entrée dans des musées du bout du monde, de cartes magnétiques d'hôtels conservées après le *check out*. Un autre encore renferme un moulage des mains de Orzel.

Au bas du placard sont posées les liasses enrubannées de lettres reçues du peintre. Elles entourent un sachet fermé d'un lien de soie mauve, posé sur une coupe d'argent. Voilà, devine Adam, le ciboire sacré pour lequel a été imaginée cette mise en scène du deuil.

Il hésite. Se sent iconoclaste, profanateur, impie. Il saisit délicatement le sachet et dénoue le ruban.

Et en extrait, avec une délicatesse de physicien atomiste manipulant une bombe thermonucléaire, une ampoule scellée à ses deux extrémités. Elle contient un liquide rouge et visqueux. Un cartouche, calligraphié de la même main que les autres reliques, indique : « Sang de Tadzio Orzel ».

Adam en a un haut-le-cœur.

Cet appartement est un mausolée.

Caroll et Orzel y résident, l'une vivante et l'autre mort, pour que dure jusqu'à l'éternité, au-delà de toute raison, leur passion immarcescible.

Ce sépulcre sert d'écrin à l'amour d'une chanteuse psychotique avec un fantôme. Et, paradoxalement, au lieu d'en être épouvanté, et de juger repoussante cette insanité, Adam se sent infiniment proche de cette femme et de sa démence. Il a vécu, lui aussi, dans un sanctuaire imaginaire d'où la mort était refoulée. Sa grand-mère assassinée continuait d'y écouter la radio en prenant son bain, et de râler contre les fluctuations du marché immobilier.

*

Kenneth finit son inspection au moment où Adam, le cœur fêlé, achève la sienne et prend congé de Caroll.

— La cuisinière dit que Louise s'enfermait bel et bien dans sa chambre, parfois, quand elle jouait très fort, explique Kenneth. Elle avait peur qu'on vienne l'engueuler et lui débrancher sa guitare. Son beau-père menaçait de la casser ou de la donner aux pauvres. La chambre a été gardée intacte. Plus personne n'y entre. En fait, tout l'appartement ressemble à un musée.

— Tu ne crois pas si bien dire. Tu as remarqué ? Il y a des souvenirs du mari défunt partout, mais pas la moindre photo du nouveau…

— À sa place, je demanderais à ma meuf de choisir entre lui et moi.

— Il n'ose peut-être pas poser la question, s'il sait que la réponse sera non.

— Ou il s'en fiche.

— Difficile de lutter contre un spectre.

Ils roulent vers la 63e Rue Ouest.

*

Quand ils arrivent, la partie de la rue qui forme une impasse est barrée par la police. Le juge a fait extraire Giacomo Roncali de sa cellule, conformément à la demande d'Adam. Un assesseur du magistrat et un représentant de la prison de Rykers Island se tiennent devant la galerie.

Ils se garent. Kenneth sort en premier et récupère le fauteuil roulant. Il aide Leaf à s'y installer.

Deux policiers font descendre Roncali, poignets entravés, d'un véhicule blindé. Il porte une chemise bleue et une veste marron. Il est méconnaissable, ayant préféré raser son bouc et sa moustache, à défaut de pouvoir les entretenir, comme dans le passé, avec une méticulosité d'orchidophile. Comme si toute tension avait déserté son visage en même temps que son allure de mousquetaire, les traits, affaissés, dénotent la résignation d'un homme qui a tout perdu et croit que rien ne peut plus le sauver.

Adam va se présenter à l'assesseur du juge et demande que les menottes soient retirées. L'homme de loi refuse. Leaf insiste. L'assesseur accepte que Roncali ait les mains libres, mais seulement à l'intérieur du bâtiment.

Deux policiers armés accompagnent le prisonnier jusqu'à la porte de la galerie. On lui restitue le trousseau de clés qui lui avait été confisqué. Il actionne la télécommande pour relever le volet roulant. Puis il ouvre la double porte vitrée. Les trois hommes entrent. Adam et Kenneth en font autant.

À l'intérieur, Leaf propose à Kenneth, comme il l'a fait à l'appartement des Orzel, de procéder à une inspection générale.

Ken le prend par le bras et l'entraîne à l'écart pour ne pas être entendu de Roncali.

— En somme, murmure la Fouine, les interrogatoires excitants, c'est toujours toi. Tu ne veux pas que je fasse le ménage, pendant ce temps ?

— Je t'ai dit d'entreprendre un tour d'inspection. C'est à moi qu'on a confié la mission. Que je roule en fauteuil ne t'autorise pas à contester ce que je demande.

— En effet, c'est à toi qu'*on* a confié la mission.

Il a bien souligné le « on » pour que le sous-entendu de favoritisme soit clair.

— Maintenant, pendant que *tu* fais avancer l'enquête, je vais rester à *ma* place et aller passer la serpillière.

Il s'éloigne, furieux.

Adam demande à Roncali d'ouvrir la pièce blindée qui sert de bureau et de réserve. Celui-ci présente son iris droit au capteur. Le système biométrique produit un léger bip, et la porte s'ouvre.

Ils entrent tandis que les deux policiers de l'escorte montent la garde.

— Je vous avais trouvé aimable, gronde alors un Roncali glacial. Lors de notre première rencontre, quand vous vous êtes évanoui, votre sensibilité m'a touché. J'étais loin d'imaginer que vous étiez capable de vous transformer en crapule.

Il a le visage tendu, et creusé par la fatigue et l'angoisse.

— Je suis navré de vous avoir déçu. Je voulais savoir si vous étiez amoureux de Caroll.

— Vous lui avez inventé un amant imaginaire. Si j'ai couru vers elle, ce n'est pas par jalousie, mais pour la prévenir que vous mettiez son mariage en péril en propageant des ragots.

— Les mains qui tremblent, le regard qui bascule, la maîtrise de soi qu'on s'impose si fort que cela se voit de l'extérieur, ce ne sont pas des marques d'énervement, mais bien de jalousie.

— Je ne vous permets pas de supposer que j'ai une liaison avec Caroll.

— Je ne le suppose pas.

— Je ne comprends pas.

— Je pense que vous êtes simplement amoureux. Un amoureux langoureux, transi, paralysé. Pas un amant.

Ils se tiennent debout au milieu de la pièce.

— Caroll, dit Giacomo, a approché un corps céleste d'une incroyable densité, qui se nommait Tadzio Orzel. Toute la lumière de son âme s'y est absorbée. C'est la loi de l'attraction universelle. Cette femme n'appartient plus au même monde que nous.

— Assez de mots. Rappelez-vous qu'ils ont trouvé votre sperme sur les rideaux. Une preuve suffisante pour que vous finissiez vos jours en prison. Économisez votre salive. On vous prend pour l'assassin de Louise Orzel et je suis le seul à ne pas gober ça. Alors faites-moi gagner du temps. Répondez par oui ou par non. Pas de bobards, et je vous croirai. Êtes-vous amoureux de Caroll Orzel ?

Roncali hésite un instant. Puis il regarde Adam.

— Oui, mais je n'ai jamais couché avec elle. Elle ne sait même pas que j'éprouve des sentiments à son égard.

— Êtes-vous attiré par les enfants ou les adolescents ?

— Bien sûr que non ! Cette accusation m'indigne. Je ne comprends pas pourquoi votre femme s'est mis cette idée en tête. Est-ce un crime, de se sentir responsable des enfants d'un ami ?

Leaf se déplace vers les empilements de livres, derrière le bureau.

— Regardez ces ouvrages d'art, dit-il. Ils sont bourrés de gamins et d'adolescents dénudés.

— Vous pensez que je les regarde pour satisfaire mes instincts ?

— Oui.

— Ouvrez, je vous prie, le tiroir central de mon bureau. Il n'est pas verrouillé. Prenez la chemise grise, sur le côté gauche.

Adam ouvre la pochette et en sort un document d'une vingtaine de pages.

— Lisez, intime Roncali.

— C'est un contrat d'édition, avec Taschen.

— C'est l'une des maisons d'édition les plus prestigieuses du monde en matière d'ouvrages sur l'art.

Adam survole le texte, prononçant à voix haute les mots qui lui sautent au regard.

— Auteur : Giacomo Roncali. Titre : *De Degas à Gauguin. Comment regarder les œuvres des peintres et sculpteurs pédophiles.* Date de livraison du manuscrit, nombre de pages, conditions financières, etc.

— Voilà pourquoi tous ces volumes se trouvent derrière mon bureau. Ne faites pas partie des imbéciles qui croient que seuls des violeurs pédophiles photographient le Manneken Pis !

— Avez-vous essuyé vos mains couvertes de sperme sur le rideau de la chambre de Louise ?

— Non. Je le jure sur ce que j'ai de plus précieux.

— C'est une preuve matérielle difficile à récuser.

— Je sais. Je n'en dors plus. C'est tellement... vulgaire !

Adam reçoit ce qualificatif comme un coup à l'estomac. Comment, accusé d'une telle ignominie, cet homme peut-il se contenter de dénoncer une... vulgarité ?

— Avez-vous eu l'impression, pendant les dernières semaines, d'être surveillé, ou suivi ?

Giacomo désigne le mur latéral.

— Il y a dans cette chambre forte plusieurs centaines de millions de dollars en œuvres d'art. Je peux vous dire que j'ai intérêt à réarmer le système optique chaque fois que je pars, même s'il est redondant avec le système de code secret. Tout est sécurisé, mais je ne veux pas courir le risque que des malfrats me kidnappent, croyant que je pourrais leur ouvrir les portes. C'est pourquoi je change régulièrement mes itinéraires. Je n'ai rien remarqué de particulier.

— Comment ce trésor est-il protégé ?

— Vous l'avez vu, c'est un système biométrique. Reconnaissance de l'iris. Selon l'œil que je présente, droit ou gauche, le système comprend si je veux ouvrir de mon plein gré, ou sous la contrainte. Ashford, Wu & Cosgrove LLC a mis en place un système inviolable. La protection est maximale. Il y a aussi des détecteurs de température, d'hygrométrie, de fumée. En cas d'incendie, les fusibles des sprinklers fondent à 57 °C, au lieu de 68 °C ou 79 °C pour la plupart des modèles courants. L'extinction se fait par brumisation dense.

— Quelles relations entretenaient Edwin Ashford et Tadzio Orzel ?

— Des relations normales entre fournisseur et client. Tadzio a fait construire par Ashford et ses associés deux de ses maisons, à Ibiza et en Californie. Ils avaient surtout une passion commune, sans laquelle Orzel se serait sans doute tourné vers un architecte à la mode, du genre de Rem Koolhaas, Zaha Hadid ou Shigeru Ban. Cette passion les a rapprochés.

— Quelle passion ?

— Le jeu de go. Ils pouvaient tenir des parties de deux cent cinquante coups. De véritables marathons. Ils allaient aussi, ensemble, assister à des compétitions dans le monde entier. Ils ont même séjourné à Séoul pour suivre pendant deux semaines un stage privé de Lee Chang-ho, l'un des meilleurs joueurs du monde.

— Misaient-ils de l'argent ?

— Vous n'y pensez pas ! C'est un jeu d'une profondeur quasi spirituelle.

— Le go ? Est-ce comparable aux échecs ?

— Non. Dans le go, la stratégie ne vise que la conquête du terrain. Les pierres sont blanches ou noires. Il y en a trois cent soixante et une. Il s'agit d'encercler celles de l'adversaire. Les pierres piégées sont appelées des «prisonniers». En somme, vous devez vous rendre maître du monde.

— Qui gagnait le plus souvent?

— Edwin Ashford. C'est pourquoi leur relation ne s'est jamais dégradée. La passion de Tadzio pour le go n'était jamais assouvie. Après sa mort, Edwin a continué de travailler pour le trust. Il a épousé Caroll.

— Par amour?

— Je ne vois pas d'autre raison. Il n'a pas accès au trust.

Kenneth a terminé sa tournée d'inspection. Adam lui demande, d'un geste, de patienter.

— Je vous ai fait sortir de cellule dans l'espoir que vous m'aideriez à vous innocenter. Je suis déçu. Vous n'avez toujours rien à me dire qui justifierait la présence de votre sperme sur le lieu du crime?

— Je ne me l'explique pas moi-même.

— Vous donnez l'impression de n'avoir aucune sexualité. Cela laisse supposer une dissimulation de déviances. Y a-t-il une femme dans votre vie?

Roncali semble hésiter. Il n'a pas l'habitude d'accorder sa confiance. Les deux hommes se jaugent. Adam sent qu'un déclic se produit dans le cerveau de son interlocuteur.

— *Une* femme, pas exactement.

— *Des* femmes?

— Oui.

— Deux?

— Non.

— Trois?

— Non. Davantage.

— Vous fréquentez des prostituées.

— Avec elles, il n'y a pas de traîtrise. Pas de faux-semblants. Chacun sait à quoi il s'engage et ne s'engage qu'à cela.

— Où les trouvez-vous ? Sur Internet ?

— L'échange est contractuel, mais cela n'empêche pas les rencontres à l'ancienne. Voir les personnes qui s'offrent au désir. Les savoir là en chair et en os. Échanger des regards, se sourire. Ces instants inutiles sont le papier de soie dans lequel j'enveloppe la relation. On ne fait pas semblant de se faire la cour, mais on y met quelques formes. Alors que sur Internet...

— Ça ne répond pas à ma question.

— Club LaBelle, 58e Rue Ouest et 1re Avenue.

— Je vous remercie, dit Adam à Giacomo. On va vous raccompagner à Rykers Island.

D'un geste, Leaf indique à l'escorte que l'interrogatoire est terminé. Les deux hommes préparent les menottes.

*

— En plus du ménage, demande Kenneth devant le véhicule, je dois encore faire l'infirmier ou je te laisse ramper jusqu'au siège ?

La portière est ouverte du côté passager, mais Kenneth ne fait pas un geste pour assister Adam.

— On ne t'imposera plus ça à l'avenir, si ça t'emmerde à ce point, rétorque ce dernier.

— *On* est trop sympa !

— As-tu vraiment envie de ce genre de confrontation débile ?

— Non, mais je crois que tu nous prends tous pour des blaireaux. Les autres sont contents de gober la fable du voleur d'antiquités, mais moi, je renifle une arnaque grosse comme le mont Rushmore !

— T'es dingue.

— Tu sais comment on m'appelle ?

— La Fouine.

— Oui. La Fouine. Un bon flic, c'est ça. Une fouine. Ça fouille, ça furète, ça gratte, ça racle. Et la fouine, quand les autres s'y attendent le moins, elle déterre une chose à laquelle personne n'a pensé.

— De quoi tu parles, putain, on dirait un ivrogne qui ne sait plus ce qu'il dit !

— Celui qui t'a pété une vertèbre, je pense que tu le connais. Sinon, tu admettrais que tu l'as vu sans son masque, ne serait-ce que quelques secondes. Tu veux connaître ma théorie ?

— Vas-y. Défoule-toi.

— Ce mec, il a délibérément retiré son masque ou sa perruque avant de t'agresser. Ta voisine n'est pas une mythomane. Et tu sais pourquoi il a fait ça ?

— Au point où tu en es, continue.

— Il voulait que tu le voies, que tu le regardes dans les yeux ! Il est venu régler un compte avec toi !

— Tu as fini de divaguer ?

— Non. Normalement, tu devrais insister pour qu'on aille le traquer jusqu'en enfer. Mais toi, on dirait que tu t'en fous. Le bon apôtre Leaf a déjà pardonné. Le mec voulait te tuer, mais il faut l'excuser : c'est un fan de Steinbeck !

— Je te répète que je n'ai pas vu son visage et que je ne connais pas ce mec. Cela dit, je ne vois pas pourquoi j'essaierais de te convaincre. Crois ce que tu veux, j'en ai rien à foutre.

— Je comprends ça, puisque tout le monde juge normal de clore le dossier, Harry le premier. Moi, je trouve ça louche.

— Qu'est-ce que tu as contre moi, pour passer au niveau nucléaire ?

— Rien contre toi. Mais contre les types qui salissent notre uniforme, tout.

— Tu devrais prendre quelques jours de repos.

— N'y compte pas. Je vais rester jusqu'à ce que je découvre ce qui cloche dans ton scénario. Ce jour-là, *on* devra bien me remercier d'avoir, cette fois, vraiment fait un peu de ménage !

Kenneth soulève Adam, d'une force que sa rage accroît, et le balance sur le siège de la voiture.

Il plie le fauteuil roulant et le jette à l'arrière.

48

Angelina a aligné, le long du mur du studio, des cartons où elle jette, plus qu'elle ne les range, les vêtements d'été qu'Adam n'aura plus l'occasion de porter cette année, ainsi que des monceaux de torchons, serviettes éponges, peignoirs, draps de lit, couvertures.

— Doris Bythewode a déposé une plainte contre toi, au nom de Helping Hands. Elle a rameuté les dirigeants de The Humane Society. Ils ont le droit de se porter partie civile. Tu risques cinq mille dollars d'amende et, si ça tourne mal, jusqu'à cinq ans de prison. Ariana viendra te voir en taule.

— Arrête de t'agiter. Ce n'est pas bon pour elle. Laisse les déménageurs faire le boulot.

— Je n'arrive pas à croire, avec ton prêchi-prêcha sur les animaux, que tu aies pu balancer cette pauvre bête par la fenêtre.

— Je ne l'ai pas balancée par la fenêtre. Elle s'est enfuie.

— Comme ça, sans aucune raison ?

— Exactement. Sans aucune raison.

— Comment crois-tu qu'elle survivra quand l'hiver sera arrivé ?

— Elle est hyper intelligente. Elle saura sauver sa peau.

— En attendant, tu seras responsable si elle blesse quelqu'un. Rappelle-toi que tu la présentais comme un danger public.

— J'étais de mauvaise foi, tu le disais toi-même.

— J'espère que quelqu'un la recueillera et préviendra la police.

Elle poursuit ses rangements et s'attaque à la bibliothèque.

— Je vais t'aider, dit Adam.

Il rapproche son fauteuil des étagères.

Elle fait un pas de côté pour s'éloigner de lui. Il ne sait quelle contenance adopter.

— Regarde-moi, demande-t-il après un long silence.

Elle tourne son visage vers lui.

Il s'aperçoit qu'elle a les yeux humides. Elle n'a pas encore digéré qu'il fasse cavalier seul. De l'entretien avec Roncali, Kenneth n'a pu lui donner qu'une version tronquée, puisqu'il se tenait à l'écart. Adam sent qu'Angelina lui en veut toujours.

Il prend appui des deux bras sur les accoudoirs et, comme un gymnaste sur des barres parallèles, se soulève de son fauteuil. Il a les genoux fléchis mais les pieds au sol et se tient presque sur ses jambes.

Fier, il espère que son exploit fera oublier l'orage et la rancœur.

La pression exercée par ses bras fait soudain reculer le fauteuil.

Angelina se précipite et bloque les roues au moment où Adam va basculer dans le vide.

— Je l'ai échappé belle ! s'exclame-t-il avec une gaieté forcée. Tu vois, nous formons une bonne équipe.

Au lieu de se laisser gagner par son désir de réconciliation, elle éclate en sanglots.

Sa femme s'assied au sol et couvre son visage de ses mains. Les larmes sourdent entre ses doigts.

— Pardonne-moi, dit-elle. C'est ridicule. Je me sens si perdue. Clara qui s'enfuit, l'enquête, la trahison de Patrick, cette pauvre adolescente, Caroll si courageuse, et toi que je ne reconnais plus. Tout cela me bouleverse.

— Ça va s'arranger. Dans quelques jours, nous serons ensemble, dans notre bel appartement en face de la cathédrale. Ariana va arriver. Nous oublierons le reste.

Elle se relève et essuie ses joues du revers de la main.

Puis pousse le fauteuil roulant vers la table où elle a disposé des sushis achetés près du bureau et s'installe à son tour.

Dans l'espoir de la faire rire, Adam fait mine de vouloir utiliser ses baguettes. Ses doigts étant encore malhabiles, le sushi valdingue jusqu'au bout du plateau.

— Au Japon, dit-elle, les amateurs mangent leurs sushis avec les doigts.

Elle lui sert un verre de bière Asahi.

Adam change de méthode et saisit ses sushis manuellement. Elle sourit, enfin.

Il boit et prend un air grave avant d'annoncer :

— Je sais qui a tué Louise Orzel.

Elle cesse de sourire.

— Dans cette affaire, dit-il, il y a un babouin et un lion. C'est le lion qui a tué, pas le babouin.

— Je sens que je ne vais pas avoir d'autre choix qu'écouter tes conneries.

— Donne-moi ma chance.

— Vas-y.

— Chez les babouins, un mâle isolé, s'il veut faire partie d'une bande, la rejoint progressivement. Il s'approche chaque jour un peu plus, en regardant ailleurs, jusqu'à faire partie du paysage. Le temps passant, le mâle dominant ne le prend plus pour une menace. Mais ce que veut le babouin, c'est séduire sa femelle préférée.

Elle lui a tapé dans l'œil. Il ne la regarde toujours pas directement, mais continue de l'approcher, mètre après mètre, au fil des jours. Quand il parvient près d'elle, il fait mine de ne s'intéresser qu'à son bébé. Il habitue celui-ci à sa présence, il se montre gentil, prévenant. Et la mère finit par accepter qu'il prenne son enfant dans ses bras.

— Il doit prouver sa capacité à être un bon père ?

— Oui.

— Tu parles de Giacomo.

— Oui. Giacomo est ce babouin subalterne, amoureux de Caroll. Problème : Caroll est en couple avec le mâle dominant, Tadzio Orzel. Le petit mâle Giacomo séduit Caroll en devenant le père idéal de ses enfants, alors que leur véritable père passe son temps à autre chose que leur éducation. En somme, Giacomo conquiert Caroll par ricochet, en séduisant les enfants d'abord. Il les aime. Il est aimé d'eux. On pourrait le prendre pour ce qu'il n'est pas : un pédophile.

— Très joli conte. Parfait pour les enfants. Garde-le pour le jour où ta fille voudra que tu lui racontes des histoires avant de s'endormir.

— Je continue. Le mâle dominant meurt. Giacomo reste un subalterne. Un troisième larron se présente, qui va prendre le pouvoir. Mais ce n'est pas un babouin. La suite au prochain épisode…

Elle utilise ses baguettes pour mimer un roulement de tambour.

— Pourquoi pas maintenant ? Tu me laisses sur ma faim.

Son ironie glace Adam.

— Je continuerai quand tu me prendras au sérieux.

— Je crois que je préfère *Game of Thrones*, mais bravo. C'est captivant, le public aimera. Il faut dormir. Demain, tu déménages.

— Je reviens au foyer conjugal.

— Comme si un film se rembobinait.

— Je suis content d'avoir pu sous-louer le studio.

— Le proprio est un rat. Si on a rendu les clés avec quelques jours de retard, ce n'était pas pour organiser des rave parties. Il a abusé de la situation.

— Il avait le droit.

— Les déménageurs arrivent demain matin à 7 heures.

— Oui, les déménageurs. C'est la routine, à présent.

— C'est une autre société. Ils présenteront leur carte d'identité. On vérifiera leur probité en remontant quatre générations, et on les gardera en otages pour garantir ton intégrité physique.

— Dans ce cas, on peut dormir sur nos deux oreilles !

49

Kenneth Quist entre dans le bureau de Harry sans frapper. Une fureur refoulée rétracte ses traits et les rend plus tranchants qu'à l'ordinaire.

— Si je te dis que boire un litre de ta propre urine va allonger ton pénis de dix centimètres, que les Zombariens et les Skraaldiens de *Men in Black* vont te peler le cul, et que Polanco est la réincarnation de Dracula, tu penseras que je te considère comme un con, n'est-ce pas ?

— Y a des chances, répond mollement Harry.

— Mais quand tu me parles d'une petite vieille ordinaire percutée par un chauffard ordinaire il y a dix ans, tu me prends pour Einstein, c'est ça ?

— Ce n'est pas l'heure de ta séance de ju-jitsu, de *battle rope* ou de *kundalini* yoga ?

Kenneth a une chaudière dans la poitrine. Il suffit de lui fournir un excès de combustible - indifférence, railleries, provocations - pour que la machinerie suralimentée tombe en rade. Harry connaît la manœuvre.

— Le comité d'entreprise propose des stages de tir à l'arc, dit-il en affichant un calme provocateur. Ça défoule aussi.

Il fait semblant de ne pouvoir décoller ses yeux d'une déposition qu'il était en train de lire.

— Que veux-tu exactement? Ah oui, la petite vieille. Quel est le problème?

— Tu sais très bien ce qu'est le problème. Ce n'est pas juste une petite vieille. C'est la grand-mère de Leaf. Ariana Landen.

— Oui, renversée et tuée par un chauffard il y a dix ans. Le mec est sorti de détention psychiatrique au bout de dix ans. Il devait pointer à un poste de police et s'astreindre une fois par semaine à un contrôle de son état mental. Il s'est soustrait à cette obligation. J'ai émis un avis de recherche. Il n'y a rien à dire de plus.

— La victime était connue sous le nom d'Ariana Leaf. Pourquoi en avoir fait une Ariana Landen sur l'ensemble des rapports?

— Tu me parles d'un truc vieux de dix ans. Landen était son nom de jeune fille. De toute manière, qu'est-ce que tu en as à foutre? Que son nom complet figure sur les rapports de police l'aurait ressuscitée?

— C'est comme si on avait voulu effacer son lien de parenté avec Adam.

— Cesse de fantasmer.

— Le signalement du type qui a tué la vieille dame dit que le mec est défiguré, ce qui expliquerait le masque respiratoire que portait l'agresseur d'Adam. Pour le reste, même taille et même corpulence.

— T'as quel âge, Quist?

— Vingt-trois ans. Quel rapport?

— Je pensais qu'on ne devenait parano qu'en vieillissant. Écoute-moi bien. Oui, le salaud qui a bousillé par accident la grand-mère de Leaf est recherché. Mais cela n'a aucun rapport avec l'agression qu'a subie notre collègue. Ou alors dis-moi lequel.

— Comme par hasard, ce dingue sort de l'hôpital psychiatrique et Adam se fait agresser, le jour même?

— Réfléchis deux secondes avant d'escalader l'Annapurna. Si j'avais, même par accident, tué un proche d'un flic, je me tiendrais éloigné de lui au lieu d'aller prêter main-forte pour déménager son appartement. Si l'un des deux hommes avait une raison d'agresser l'autre, ce serait plutôt Adam. Qu'Ergon Schlagen veuille se faire oublier et disparaître dans la nature, je veux bien le croire. Mais ta théorie du mec qui continue de rôder auprès du petit-fils de sa victime ne tient pas debout.

— Je comprends ton argument. Quelque chose m'échappe encore. Mais je pourrais trouver.

— Comment ça, tu « pourrais trouver » ?

— Si tu me confiais l'enquête sur ce Ergon Shlaguen.

— Bordel ! L'obstétricien de ta mère a trop appuyé sur le forceps. Sur quel ton dois-je te le dire ? Il n'y a PAS d'enquête sur Ergon Shlaguen. Seulement un avis de recherche. Tu comprends ce que ça veut dire ? On le cherche, on le trouve et l'affaire est réglée. Il n'y a pas plus d'enquête que d'anaconda mutant réfugié dans les égouts de New York ! De toute manière, je crois que tu vas avoir mieux à faire.

— Je ne comprends pas.

— Palenco ne t'a rien dit ? Tu vas bosser sur une affaire fédérale.

— Avec le FBI ?

— Oui, l'affaire du serial killer de Staten Island.

Les mâchoires de Kenneth se serrent. L'image de ces surhommes de fêtes foraines tractant un semi-remorque à la seule force de leurs maxillaires vient à l'esprit de Harry. Il l'en chasse immédiatement, car Ken se prépare à rugir. L'autre le devance :

— Ce n'est pas ma décision. C'est celle de Polanco. Tu as toi-même demandé à changer de service, paraît-il.

La patronne aurait d'ailleurs apprécié que tu lui en parles en premier.

Kenneth sent qu'il doit garder son sang-froid, car Harry le devine prêt à s'emporter et le pousse à la faute. Il laisse passer trois secondes avant de lâcher :

— Bravo. Bien joué.

Il fait mine d'applaudir, comme au théâtre, sans que ses mains produisent le moindre bruit.

— Quelque chose me dit que l'affaire Leaf et l'affaire Ergon Shlagen se confondent, et qu'Adam et toi êtes les seuls à savoir ce qui n'en fait qu'une. À présent que je pourrais le découvrir, vous me faites virer.

— Tu obtiens une promotion que tu as réclamée. Je n'appelle pas ça être viré. Et surtout, mets-toi bien ça dans la tête : il n'y a pas d'affaire Schlagen.

— D'accord. Face au mari et à l'adjoint de la boss, je m'incline. Mais la vérité, c'est comme les cadavres. On les démembre avant de les balancer au feu, on les coule dans le béton, on les jette à l'eau. Et un jour, on trouve un bout de fémur dans les cendres, un mur se met à suinter du sang, un macchabée gonflé comme un zeppelin remonte à la surface. Ce jour-là, je ne ferai pas semblant : j'applaudirai vraiment.

Harry fait celui que la lecture de ses dossiers a coupé du monde.

Il relève à peine le nez, l'air distrait et bienveillant :

— On te fera suivre ton courrier. 26 Federal Plaza, n'est-ce pas ?

50

Une enseigne fixée sur la façade porte l'inscription « Club LaBelle, Spa ».

Deux bodybuilders gardent l'entrée. Le premier, un chauve au visage fermé, jauge les postulants. L'autre veille au grabuge et se tient prêt à liquider les mauvais coucheurs.

— Vous venez pour la première fois, constate le physionomiste quand Adam se présente devant lui.

— Oui.

— C'est pour Jenny ?

— Jenny ?

— C'est sa spécialité. Elle prend soin des gens comme vous.

— Il faut une formation spéciale ?

— Mettez-vous à la place des filles. Elles n'ont pas forcément toutes l'envie ou les qualifications.

— Je serai content de voir Jenny, oui. Il n'y a pas de plan incliné ?

— Pas besoin. Mon collègue s'en charge.

Adam n'a pas le temps d'acquiescer que le deuxième bodybuilder le soulève déjà dans ses bras. Son collègue plie le fauteuil comme un origami et le transporte en haut des marches. L'ensemble de l'opération ne prend pas plus de quelques secondes.

Le chauve ouvre la porte, le videur propulse le fauteuil dans le vestibule. Ils disparaissent.

Adam se retrouve dans une pièce semi-obscure, où flottent des odeurs dont le mélange produit un effet vaguement écœurant : eucalyptus, arnica, cire fraîche. Elle est décorée de statues de danseuses Art déco. Des tentures obturent les fenêtres et les portes. Au mur, une grande horloge permet de mesurer le temps consacré à chaque client.

Une femme d'une cinquantaine d'années apparaît.

— Bonjour, Coco, je suis la mama-san.

— Mama… ?

— Mama-san. C'est japonais. C'est quand même plus élégant que proxénète, non ?

— Je cherche une fille.

— Je me doute, Coco, sinon tu serais allé au Duane Reade d'à côté. Ils ont une promotion sur les crèmes à récurer et sur les déboucheurs d'évier.

— Une fille en particulier.

— Je vais prévenir Jenny. Elle est très douce et expérimentée. Je n'irai pas jusqu'à dire qu'elle a câliné Stephen Hawkins, mais elle aurait pu. Elle fait aussi les aveugles. C'est trois cents dollars l'heure et cent la demi-heure supplémentaire. Crème ou huile parfumée ?

— Pardon ?

— Pour le massage, crème ou huile ?

— Je ne réclame pas particulièrement Jenny. J'aimerais voir la fille que demande l'un de mes amis, Giacomo, un type toujours tiré à quatre épingles, taille moyenne, entre quarante et cinquante ans…

— Coco, tu ne te rends pas compte que certains boulots requièrent des talents particuliers. Quand tu as une fracture du tibia, tu choisis un vrai médecin ou un pédicure ? Et au mariage de ta fille, pour faire la pièce montée, tu prends un pâtissier ou un maçon ?

Crois-moi, dans ton cas, il faut un doigté qui ne s'improvise pas.

Une jeune femme âgée d'à peine vingt ans soulève une draperie et les rejoint. Elle porte un déshabillé Victoria's Secret couleur champagne qui lui arrive au-dessus des genoux. Un ruban de satin est noué sur le plexus, assez bas pour que ses seins s'épanouissent. Jenny sourit sans montrer ses dents. Cela donne à son visage une expression blasée et avenante à la fois.

Adam ne peut dissimuler sa contrariété.

— Quelque chose ne va pas? demande la jeune femme, affectée par ce qu'elle croit être un rejet de sa personne.

Leaf hésite. Il regarde la mama-san. Elle a le regard implacable d'un chef de gare qui n'entend pas laisser longtemps son train à quai.

Jenny prend la main du visiteur, qui se laisse entraîner.

Ils se retrouvent de l'autre côté des draperies, dans une grande pièce entièrement carrelée. Des chaises longues entourent un bassin orné de mosaïques. Avec des atlantes sculptés comme piliers. Sur leurs têtes s'appuie une galerie qui court sur trois côtés. On y voit passer, fugitivement, des jeunes femmes en peignoir. Qui portent des plateaux chargés de serviettes éponges, de carafes, flacons et bols à onguents, sans émettre le moindre bruit quand elles entrent et sortent des chambres où les clients les attendent.

Jenny pousse le fauteuil vers l'une de celles situées au niveau de la piscine.

— Pas besoin, proteste Adam, je manœuvre moi-même.

Elle se penche vers lui. Ses lèvres touchent ses cheveux. Et murmure :

— Ici, c'est moi qui prends les choses en main. Laisse-toi faire.

La pièce pourrait passer pour la chambre d'un couple bourgeois, à Paris ou à Vienne. Un lustre à pendeloques surplombe une table basse qui croule sous les fleurs coupées. Un baldaquin blanc met en valeur la couche. Des lubrifiants et des préservatifs sont posés sur la table de nuit, dans une coupelle de faux albâtre. Une baignoire d'angle invite à se mouiller à deux, séparée de la chambre par des balustres de polypropylène aussi transparents que du cristal.

Jenny s'agenouille devant le client et commence à déboutonner sa chemise.

— Je ne suis pas venu pour ça, proteste Adam.

Elle continue. Un bouton de plus.

— Jenny, arrêtez !

Elle s'immobilise.

— Oui, je suis à vos ordres.

— Je ne suis pas là pour jouer à ça non plus.

— J'ai compris. Je vais te sucer directement.

— Non.

— Ne t'en fais pas. Des bites endormies, ma bouche en a réveillé plus d'une.

Elle ouvre le zip du pantalon.

— Je cherche quelqu'un d'autre.

— Tu as tort. Moi, je saurai te donner du plaisir même si tu ne peux pas bander. Les autres se contenteront de te mâchouiller.

— Je *peux* bander !

— Tant mieux. Je sais les vides que vous autres avez à combler, connais vos appétits inavoués. Avec vous il faut aller déterrer le plaisir bien en profondeur, là où il se cache à force de se sentir réprimé. J'adore cette chasse au trésor. Ce que vous croyez avoir de moins, pour moi, c'est quelque chose en plus. Quand je fais jouir un paralytique imperméable au plaisir, je me sens la reine du monde. Ça fait de moi une sainte.

Agenouillée devant lui, elle extrait son sexe de son caleçon.

— Jenny, arrêtez. Je suis vraiment venu pour autre chose.

Quand elle lui manipule le sexe, il bande. Alors elle lui lèche le gland à petits coups de langue.

— Je recherche une fille qu'un ami m'a recommandée.

Elle se fige, referme sa bouche, comme déçue.

— C'est un type anormalement élégant, précise Adam.

— Comment peut-on être « anormalement » élégant ?

Sentant que la partie est perdue, elle tente de remiser son sexe dans le sous-vêtement. Mais il bande trop.

— Ça ne rentre plus, sourit-elle.

— Il faut attendre.

— C'est ça, l'ennui, quand on est bien équipé.

Leaf est dans un fauteuil roulant, braguette ouverte, la bite défouraillée, face à une post-adolescente si ravissante que, dans un film, elle serait une pucelle offerte aux concurrents d'un jeu barbare. Le tout sous un lustre de cristal. Songeant à l'incongruité de la scène, il éclate de rire.

— Je n'arrive pas à croire que nous ayons cette conversation !

Elle rit avec lui.

— T'es vraiment bizarre, comme type, mais gentil.

Sans plus avoir à forcer, elle replace son pénis dans le caleçon.

— On se concentre ? demande-t-il.

— D'accord.

— Une personne est anormalement élégante quand elle semble ne pas évoluer dans la vraie vie, sans qu'on comprenne pourquoi.

— Je ne vois pas.

— Quarante-cinq ans, taille moyenne, l'air malicieux, aussi bien élevé que s'il donnait des cours de maintien. Toujours parfumé.

— Quel parfum ?

— Quel parfum ? J'en sais rien. Le genre de parfum à trois cents dollars la goutte.

— Dommage. Pour nous, le parfum, c'est comme les oreilles décollées, les yeux vairons ou une cicatrice sur la pommette. On s'en souvient. Qu'est-ce que tu lui veux, à ce type ?

— C'est un habitué. J'ai les mêmes goûts que lui. Je voudrais savoir avec quelles filles il couche.

— Ces fantasmes, c'est pas des trucs dégueu ?

— Non.

— Je ne porte pas de jugement. C'est simplement pour mieux cibler. Tu sais combien de filles travaillent ici ?

— Dix ?

— Quatre-vingts. Je les interrogerai. File-moi ta carte et donne-moi une semaine. Certaines ne viennent que le week-end.

Il écrit son numéro de portable sur un papier, et s'en sert pour envelopper trois cents dollars. Elle lui rend l'argent et glisse le reste dans son corsage.

— Les bons comptes font les bons amis, proteste Adam.

— T'es trop mignon. Garde tes sous. Dommage, je t'aurais fait monter au ciel. Comme quand Jésus dit à Lazare : Lève-toi et marche !

— Ce n'est pas Lazare, mais je suis sûr que tu aurais réussi.

Ils se préparent à sortir. Avant de repasser sous la tenture, Jenny s'agenouille de nouveau devant lui.

— La braguette, j'ai oublié la braguette.

— Je peux la fermer moi-même.

— Je veux juste en profiter pour dire au revoir à l'habitant.

Elle remonte la fermeture Éclair. Puis elle l'embrasse sur la bouche. Il y prend du plaisir.

*

Sur l'application Uber, Adam demande une voiture capable d'embarquer un fauteuil roulant. On lui annonce une heure d'attente. Il s'installe, près de la devanture, dans un bistrot qui fait face à LaBelle.

Une vingtaine de minutes plus tard, son téléphone sonne.

— J'ai trouvé celle que tu cherches, annonce Jenny. Elle finissait un client dans la chambre à côté.

— Je suis au bistrot d'en face. Venez me retrouver.

— On va se faire crier dessus par la mama-san, mais, après tout, on a bien le droit d'aller griller une cigarette. On arrive.

Quelques minutes s'écoulent. Leaf se rend compte de la puérilité de sa démarche. N'importe quelle fille peut débarquer, prétendant être celle qu'il cherche afin d'en tirer un profit quelconque.

Jenny sort de LaBelle. Près d'elle se tient une très belle femme, de cinq ou six ans plus âgée. Grande, le cou qui lui propulse la nuque et le menton très haut au-dessus des épaules et des seins, les reliefs du visage marqués, comme ceux d'un masque africain, les fesses, bombées, semblant courir après le corps, qui les devance, elle impressionne. Adam entend la fille murmurer :

— C'est pas lui, pas lui du tout.

Jenny fait les présentations.

— Voici Wanda.

Elles s'installent et commandent des bières.

— Pourquoi disiez-vous « ce n'est pas lui », en parlant de moi ? s'enquiert Adam.

— Le collectionneur, répond la nouvelle venue. C'est pas toi, le collectionneur.

— Je ne comprends pas.

— Ton copain, c'est bien un dénommé Gia ?

— Giacomo, oui, on peut dire Gia.

— Il est gentil, Gia. Courbettes, baisemain et tout le tralala. Pas un de ces gougnafiers qui se vengent des misères que leur font subir leur femme.

— Qui est le collectionneur ? demande Adam.

— Un drôle de type. Venu me voir, une fois, il ne m'a même pas effleurée. Il a dit : « Je veux seulement faire du business. » J'ai pensé qu'il dealait. Pas du tout ! Il m'a parlé de Gia. Il voulait acheter un préservatif. Pas un neuf : une capote usagée, avec du jus dedans, le sperme de Gia !

— On voit de ces tarés, tu ne peux pas t'imaginer, s'indigne Jenny.

— Il m'a donné mille dollars, poursuit Wanda. J'aurais pu lui refourguer le foutre de n'importe quel habitué, mais il m'a dit qu'il le saurait. Il a ajouté que si je me mettais en tête de l'arnaquer, ou si je racontais tout à Gia, il me ferait casser les dents, l'une après l'autre. Alors j'ai obéi. Il est revenu dix jours plus tard. Je lui ai remis son petit cadeau. Et moi, j'ai reçu mille dollars de plus.

Leaf sort de sa poche la photo d'Edwin Ashford.

— C'était lui ?

Wanda regarde Jenny, les yeux écarquillés. Elle désigne Adam.

— D'où tu l'as sorti, ce bouffon à roulettes ? T'as pas compris, crétin ? Toutes les dents, les unes après les autres.

— On soupçonne ce mec d'avoir tué une adolescente de quatorze ans. Alors, Wanda, on trouvera des gorilles pour protéger tes crocs s'il le faut, mais tu vas répondre à ma question, bordel !

— T'énerve pas comme ça, tempère Jenny.

— Qui t'es, pour me causer comme ça ? s'indigne la prostituée. Regarde-toi, tu pourrais même pas donner une baffe à un hamster !

— Wanda, t'énerve pas. S'il parle comme ça, c'cst qu'il est flic.

Cette fois, Leaf sort de sa poche une photo du corps de Louise.

— C'est celui qui a commis ça que vous protégez ?

Wanda prend la photo pour la voir de plus près. Son visage se fige.

— Il portait des lunettes noires et une casquette plate, mais c'est bien lui, admet-elle après quelques instants de mutisme.

Devant le bistrot, la voiture d'Adam est arrivée.

Leaf tend une carte à Wanda.

— Il faudra venir me voir à cette adresse pour une déposition officielle. Sinon, on vous tiendra pour complice.

Il pose trente dollars sur la table.

— Ça devrait suffire, pour les bières et pour le dérangement.

51

Au lieu de revenir chez eux, Adam a eu l'impression qu'il arrivait chez elle : un territoire que la présence d'Angelina a colonisé, tel un parfum qui se diffuse sans qu'on puisse l'arrêter.

Il se rappelle le projet qu'ils avaient formé d'emménager juste avant leur mariage. Ils auraient célébré leur union au Snug Harbor Cultural Center and Botanical Garden, sur les berges de Staten Island, non loin d'Elm Park, le quartier de New York où il est né. Il retrouve même sur un guéridon du salon le prospectus qui les avait fait rêver…

Angelina sort de la cuisine, une bouteille de bordeaux et un verre à la main.

— Au moins, le fauteuil roulant passe toutes les portes. Ce n'aurait pas été le cas avec ton *Sandcrawler* de deux tonnes.

Sa femme semble avoir décidé que le retour à la maison justifiait une trêve.

Adam repose le prospectus sur la pile de paperasse et prend le verre de vin que lui tend Angelina.

Qui perçoit immédiatement sa tristesse.

— J'espère que tu n'as pas de regret. Me marier à l'hôpital, avec un homme en vie, l'homme que j'aime, était le plus beau jour de mon existence.

Les quinze mille dollars de la noce au Snug Harbor, je les aurais volontiers payés pour notre cérémonie. Si l'idée te venait que j'ai été privée de ce dont rêvent les petites filles, oublie-la.

Comment a-t-elle deviné que c'est précisément de cette spoliation à son encontre qu'il se sent responsable ?

*

Il n'a pas fallu plus de vingt-quatre heures pour que l'appartement d'Amsterdam Avenue ressemble à un havre au cœur de la ville. Vue des fenêtres, au dixième étage, la cathédrale Saint John the Divine forme une montagne de pierre, ancre de leur appartement, jetée par-dessus bord, qui les arrime au réel et les empêchera de dériver. Angelina s'y rend chaque matin pour une courte prière, avant de partir au bureau.

Tout a été déballé avec l'aide d'Eddy, le frère d'Angelina. Chaque chose se trouve déjà à sa place. Le bureau d'Adam est rangé, les gravures représentant des scènes du quotidien de la police au XIXe siècle sont accrochées, le portrait de sa grand-mère posé sur son bureau, aucune tranche de livre ne dépasse les autres sur les étagères. La pierre noire, enfin, a trouvé sa place dans la chambre, sur la table de chevet.

Un plan incliné, solidement arrimé sur les deux marches à gauche de l'entrée, permet à Leaf de passer sans encombre du vestibule à la chambre et, de là, à son bureau aussi bien qu'à la salle de bains.

Une autre rampe d'accès, de l'autre côté de l'entrée, rend la chambre d'Ariana accessible en fauteuil roulant. Elle est déjà meublée, et décorée dans l'esprit de *La Reine des neiges*.

*

Adam confirme à Angelina qu'il est parvenu à louer le studio de Gansevoort Street, et que la locataire est une personne handicapée ayant bénéficié, naguère, des services de Clara.

— Je l'ai connue par Doris Bythewode, dit-il.

Accommoder la vérité, ou n'en dire qu'une partie, n'est pas la travestir, songe-t-il pour justifier ce mensonge.

— Décidément, ce singe se rappellera à nous jusqu'en enfer ! constate son épouse.

— Il faut avoir vécu dans un fauteuil roulant pour mesurer les services que rend ce monte-charge ! Sans parler du fait qu'il s'ouvre directement sur le studio.

— En tout cas, ta locataire a payé trois mois d'avance. Cela nous donne un peu d'oxygène.

Toutes les conditions sont réunies pour qu'Adam éprouve, ou puisse tenter de le faire, les états de conscience qui augurent le retour du bonheur. Même si, bientôt, une atroce sensation de manque prend le dessus. Clara n'est plus là, à le haïr et à l'aimer, à le combattre et à l'aider. Il a beau savoir qu'elle n'est pas loin et qu'il la retrouvera bientôt dans le paysage familier de leur petite jungle d'acier, l'absence de sa sœur sauvage et fragile le diminue.

Il y a aussi les mots terribles qu'a prononcés Angelina : « toi que je ne reconnais plus ». Il pense au jeu qui rassure les amoureux. M'aimerais-tu encore si j'étais… moche ? Pauvre ? Estropié ? Malade ? La réponse est toujours « oui ». Mais quand le jeu finit, quand le réel mène la danse, tout change. On a beau se convaincre que la compassion n'a pas de limite, faire semblant de croire que l'adversité n'aura jamais de prise sur les sentiments, on s'aperçoit, submergé par la honte, que non, je ne t'aime pas de la même manière si tu es laid ou impuissant. Comme on veut demeurer noble plus longtemps, on n'admet pas qu'on a échoué à vivre un amour que rien n'ébranle. Qu'on n'a pas pu être à la hauteur.

Adam entend sonner le portable qu'Angelina a oublié dans la cuisine. Elle se précipite et décroche.

— Non, Zelda, je ne perds pas encore les eaux. Arrêtez tous de plaisanter avec ça.

Elle revient vers le salon.

— Quelle chaîne ? demande Angelina. Bloomberg ? En ce moment ?

En deux tours de roue, Adam s'approche de la table et attrape la télécommande.

— Adam vient de l'allumer. Ça passe en boucle ? D'accord, je regarde. À plus tard.

Elle s'assied sur le canapé, du côté où Adam a placé son fauteuil.

« Le tribunal s'est laissé influencer par des expertises biaisées… » C'est Edwin Ashford qui s'exprime, interviewé dans la rue par une journaliste de la chaîne financière. « Nous prouverons que la tour Sarab de Doha s'est effondrée, voici deux ans, consécutivement à une modification non autorisée de nos plans par l'entrepreneur. La tour Quartz de New York ne représente aucun risque de même nature. »

La journaliste rend l'antenne au studio. Des échanges qui s'ensuivent entre spécialistes, il ressort qu'un immeuble de cinquante étages construit par Ashford, Wu & Cosgrove LLC au Qatar s'est écroulé lors d'une tempête, deux ans auparavant. Et que l'enquête vient de prouver une erreur d'ingénierie de la firme. Sa responsabilité étant engagée, Ashford tente de se défendre en faisant peser la faute sur les épaules d'un sous-traitant. Pour la compagnie, la catastrophe pourrait être fatale. La valeur boursière de la société a d'ailleurs chuté dès l'effondrement de l'immeuble, effondrement immédiatement suivi d'annulations de commandes. Les banques ont aussi résilié les emprunts qui finançaient d'autres projets. Les autorités s'interrogent à présent sur une possible similarité entre la tour écroulée de Doha et une autre, en cours de construction à New York, dans le secteur de l'East Village.

— Ça veut dire que, depuis deux ans, dit Angelina, contrairement à ce qu'on pensait, Ashford est dans une merde financière noire.

— Et personne ne nous l'a dit !

— La famille et les proches ont pu imaginer que ça n'avait pas de rapport avec l'enquête. À juste titre.

— Je sais que tu crois avoir arrêté l'assassin, suggère Adam, mais il vaudrait mieux prendre la peine de faire une ou deux vérifications.

Angelina se lève.

— Tu as raison. Sinon, on pourrait nous le reprocher. J'y vais. J'appellerai Ashford de la voiture pour le prévenir que j'arrive.

— Je viens avec toi.

— On mangera un sandwich en route. Attrape !

Elle lui lance les clés. Il les saisit à la volée. Elle ne pensait pas qu'il en serait capable.

— Très drôle ! dit-il. Arrêter des innocents ne te suffit pas. En plus, il faut que tu te foutes de la gueule des infirmes !

— Petit con !

*

Le chantier de la tour Quartz se situe non loin du croisement de la 8e Rue et de l'Avenue C.

L'immeuble repose sur quatre piliers. Au lieu de le soutenir à chaque angle, comme c'est l'habitude, ils sont placés au milieu de chacune des façades. Une plazza et trois jardins occupent, au sol, l'espace ainsi libéré au-dessous des angles en porte-à-faux. Le bâtiment de cinquante étages semble flotter sur ces pilotis.

Après qu'Angelina et Adam ont montré leurs badges et demandé à voir Edwin Ashford, la policière est invitée à se coiffer d'un casque de chantier et à chausser des bottes. L'agent de sécurité n'entend pas, en revanche, laisser passer le fauteuil de Leaf.

— Le chantier n'est pas accessible aux handicapés ? demande l'inspectrice. Vous n'êtes pas en règle, alors !

L'employé, désarçonné, balbutie.

— C'est pour leur sécurité… Comment voulez-vous que…

— Vous me laissez passer, et pas lui. C'est de la discrimination.

— On veut juste empêcher que les gens prennent des risques !

— Vous laissez une femme enceinte en prendre, des risques. Mais un jeune homme sportif en fauteuil roulant, il n'a pas le droit ?

L'employé ne sait plus où il en est.

— Je ne savais pas que c'était illégal.

— On passera l'éponge pour cette fois.

— Je dois appeler mon chef.

Un contremaître arrive.

— M. Ashford vous attend sur la terrasse. Il m'a envoyé à votre rencontre. Excusez l'agent de sécurité, il fait de son mieux.

Il s'adresse à Adam :

— Le casque est obligatoire. On oubliera les bottes.

L'agent de sécurité tend un casque à Angelina, qui le pose sur la tête d'Adam.

— Pourquoi ces précautions? demande-t-elle. L'immeuble est presque fini.

Ils s'avancent vers la batterie d'ascenseurs.

— C'est la période pendant laquelle on démonte les grues et les échafaudages, explique le contremaître. On décolle les films de protection des vitres et des surfaces lisses, on pose les sous-plafonds, on construit les aménagements intérieurs. Vous ne risquez plus de chuter dans le vide, mais vous pouvez encore vous prendre un bloc de marbre sur la tête.

— Espérons qu'il glissera sur le plastique.

Devant les cabines attendent déjà une demi-douzaine d'hommes équipés de cordes, mousquetons, sacs à magnésie, harnais et baudriers d'escalade. Un ascenseur s'immobilise, en route vers les sous-sols. Ils laissent se refermer les portes coulissantes et attendent. Un autre arrive, réservé aux spécialistes de la varappe chargés de nettoyer les façades, qui s'y engouffrent. Une troisième cabine s'ouvre enfin.

Tête baissée, mais le corps en proie à une grande agitation, une femme sort. Elle sanglote.

— Caroll? lance Angelina.

La femme s'immobilise. Elle relève la capuche de son manteau de laine, qui dissimulait ses larmes. C'est bien Caroll Orzel.

— Je suis désolée, dit-elle, je ne peux pas vous parler maintenant.

En un instant, son apparence change. Elle essuie prestement ses larmes d'un revers de main et, avec elles, toute expression de souffrance. Aucun spasme ne secoue plus ses épaules. La tragédienne vient de poser sur son visage le masque de la quiétude. L'inspectrice n'est pas dupe. Elle la prend par le bras pour l'éloigner.

— Quelque chose ne va pas? murmure-t-elle en aparté.

— D'une mère en fureur, je vous épargnerai les cris.

Deux secondes avant qu'elle s'explique :

— C'est un vers de Racine, un dramaturge français.

— En fureur ? s'inquiète Angelina. Pourquoi ? Avant que vous ayez eu le temps de sécher vos larmes, j'ai bien vu que vous étiez bouleversée.

— Votre enfant s'appellera Ariana, n'est-ce pas ?

— Oui.

Angelina ne parvient pas à maîtriser la conversation. Caroll semble dans un état second.

— Ariana : celle qui tend le fil grâce auquel on ne s'égare pas, dit Caroll. C'est un joli prénom.

— Je ne vous comprends plus. Voulez-vous un verre d'eau ? Un siège ?

— Le prénom de votre fille, chérissez-le pour l'éternité.

— J'en ai bien l'intention.

— Je pense à la rose.

— Quelle rose ?

— Celle qui n'existe plus que par son nom.

Angelina est perdue.

— Vous devriez vous reposer, propose-t-elle.

Un homme en costume, coiffé d'une casquette, s'avance vers Caroll.

— Votre chauffeur est là, dit Angelina. Rentrez chez vous.

— J'ai quelque chose pour vous.

Elle ouvre son sac à main et en extrait deux billets de théâtre.

— Je chante mercredi au Metropolitan Opera. Edwin a voulu que je me replonge dans ce bain-là. Il pense que ça m'évitera de sombrer. Je joue Dona Elvira, dans le *Don Giovanni* de Mozart. Vous verrez, c'est une femme plus courageuse que moi. Pourtant, elle aussi fait naufrage.

Le chauffeur tend son bras à Caroll.

— Vous viendrez, n'est-ce pas ? Le parterre est accessible aux fauteuils roulants.

Le chauffeur l'entraîne vers la sortie. Elle se retourne.

— Il ne faut pas que les choses n'existent que par leur nom, ne l'oubliez pas.

Elle s'éloigne. Ses stilettos produisent sur le sol de marbre un cliquetis de métronome.

Angelina revient vers Adam. Ils se regardent, émus.

— Qu'a-t-elle bien pu vouloir dire ? interroge la policière.

— Elle est sortie de l'ascenseur bouleversée. Je suppose qu'elle n'a pas d'autre raison d'être là qu'une visite rendue à son mari. Il s'est donc passé quelque chose de traumatisant.

— Une dispute ?

— Peut-être, répond Adam. En nous voyant, elle a essayé de se reprendre. Arrivée voûtée, elle s'est redressée en une fraction de seconde.

— Comme si elle entrait en scène.

— Cependant, elle était ailleurs.

— Elle est intelligente. Il peut y avoir un message dans ses citations littéraires.

— Tu veux dire que ce serait comme des énigmes à résoudre ?

— Oui. Edwin Ashford pourra peut-être nous y aider…

*

Quelques instants plus tard, l'ascenseur s'immobilise au cinquantième étage. Sur un palier immense. Avec des portes vitrées donnant, d'un côté, sur un spa, et, de l'autre, sur une gigantesque salle de sport. En face de l'ascenseur, deux ouvriers s'activent autour d'un pilier où est fixée une plaque de marbre. Ils sont en train de la desceller à coups de taillants, de ciseaux et de massettes. La pierre s'effrite. Les débris tombent sur le sol avec des bruits de grêle.

Avant que toute la dalle se détache, Adam et Angelina ont le temps de lire les mots « Terrasse Caroll Ashford », au-dessus d'une flèche qui dirige les visiteurs vers un escalier.

— Par ici, je vous prie, dit leur accompagnateur.

Une plate-forme mobile permet au fauteuil roulant de parvenir sur la terrasse. Angelina et son guide gravissent les marches.

Un jardin zen couvre le toit de l'immeuble. Des graviers et des sables ratissés ondulent comme les rides que forme sur l'eau un galet qui ricoche. Ils encerclent des rocs et des pierres. Des arbres de taille décroissante trompent l'observateur et lui font surestimer la surface disponible.

Les visiteurs s'attendaient à trouver Edwin Ashford en pleine réunion de chantier, entouré de contremaîtres, ingénieurs et techniciens, mais il est seul, à l'arête de la façade. Ni parapet ni garde-fou : rien, en apparence, n'empêcherait une simple bourrasque de le précipiter vers l'abîme. En réalité, des panneaux de verre de trois mètres de haut, à peine sortis de la fonderie et quasi invisibles, préviennent les chutes.

Ils le rejoignent en empruntant une étroite passerelle de bois. Celle-ci forme un sentier qui entoure l'édicule où s'abritent les machineries et systèmes de sécurité de l'immeuble, traverse en ligne droite une étendue sableuse et court le long des murailles transparentes. Quand ils arrivent à lui, ils le découvrent le regard perdu dans l'infini d'un autre jardin minéral, hérissé de béton : Manhattan. Il ne tourne pas la tête vers eux, mais a senti leur présence.

— Vous en voyez beaucoup, des toits aussi beaux que celui-ci ? interroge-t-il.

— Non, répond Angelina. J'en vois de plus haut perchés ou plus verts. J'en vois avec des piscines ou des jardins suspendus, mais aucun ne se compare au vôtre.

Edwin consent à se tourner vers eux, tend la main à Angelina, puis à Adam. Les deux hommes se rencontrent pour la première fois.

— Bonjour. J'espère que votre fauteuil a pu passer partout sans encombre.

— Aussi facilement qu'une voiture de golf sur le dix-huit trous de Mar-a-Lago.

— Nous avons tout prévu. Mais sait-on jamais, quand des ingénieurs vous salopent le boulot.

— Vous pensez au drame de Doha ? demande Angelina.

— Vous avez remarqué, au rez-de-chaussée, les angles de l'immeuble ?

— Oui, répond Leaf, ils sont en porte-à-faux.

— C'est ce qui permet de ménager quatre espaces libres au niveau de la rue. Sous chaque angle, vous pourriez loger une cathédrale ! Pas mal, non ?

— Très beau, en effet.

— Les piliers sont situés au milieu des façades, d'une hauteur de huit étages. Ils soutiennent des chevrons inversés. Sur notre tour de Doha, le principe est identique. Tout est calculé pour que ces piliers résistent à des vents perpendiculaires. Ceux qui attaquent l'immeuble par les angles ne l'ébranlent pas plus qu'un enfant qui souffle sur son assiette pour refroidir la soupe. Sauf quand ces connards d'ingénieurs sous-traitants choisissent un acier de récupération pour fabriquer les chevrons.

— C'est ce qui a provoqué l'écroulement de la tour ? s'enquiert l'inspectrice.

— Oui. Comme j'ai utilisé les mêmes plans pour les deux bâtiments, les clients paniquent.

— Pourtant, ici, vous avez pu employer de l'acier de bonne qualité, je suppose.

— Cent pour cent américain. Nucor. Et pas du recyclé. Aucun risque.

— J'ai consulté les résultats financiers de la firme, dit Adam. Votre branche domotique résiste, mais, pour le reste, vous êtes en mauvaise posture.

L'expression d'Ashford change. De neutre, elle passe à froide et méfiante.

— Vous êtes bien placé pour savoir que le destin peut jouer de sales tours. Ça ne veut pas dire que tout est fichu.

— Je ne crois pas au destin, dit Adam.

— Là n'est pas la question.

— Après l'écroulement de la tour Sarab, à Doha, votre agence a subi des pertes vertigineuses. La prospérité de votre famille repose à présent sur la seule fortune accumulée par Tadzio Orzel, n'est-ce pas ?

— Ma fortune, c'est ma famille, et l'amour que je porte à ma femme. Ma détresse, ce n'est pas la perte de mes profits, mais celle de ma fille. Vous serez aimable de vous en souvenir.

L'architecte revient à la contemplation du vide. Angelina fait semblant d'en faire autant. Son regard embrasse les ponts Williamsburg, Manhattan et Brooklyn. L'East River luit sous le soleil comme une longue plaque de tôle. Cependant, ce qu'elle observe vraiment, du coin de l'œil, c'est le visage d'Edwin Ashford. La contrariété lui contracte légèrement la mâchoire. Rien d'autre ne trahit son agacement. Adam reste silencieux.

— Quand vos difficultés financières ont commencé, demande Angelina, Giacomo Roncali vous a-t-il proposé son aide ?

— Oui.

— Sous quelle forme ?

— Un prêt de dix millions. Pas assez pour éponger les dettes liées à la défection de mes clients arabes, mais suffisamment pour calmer les banques. J'ai refusé.

— Pourquoi ? s'étonne Leaf.

— Je ne voulais pas dépendre de cet argent-là. Une question de fierté. Je suis sûr que vous pouvez comprendre.

— Comment la fondation Orzel peut-elle posséder de tels fonds et en disposer aussi librement ? Une œuvre de Orzel vaut cinq à dix millions. Les plus-values reviennent aux acquéreurs initiaux. Quand les prix flambent, ce sont eux qui en bénéficient.

— Roncali a placé des dizaines de toiles dans des réserves. Il ne les met en vente que lorsque les conditions du marché sont réunies pour qu'elles crèvent des plafonds. Harvard devrait lui créer une chaire de « business *post mortem* ».

— Le capital de la fondation est hors de proportion, même avec les prix des toiles aux enchères.

— Exact. Et ce ne sont pas les droits dérivés qui font la différence. Non. Il y a un secret. Orzel a bluffé les critiques en représentant les noirceurs des dictatures. Mais ces crétins ne savent pas l'essentiel.

— D'où vient l'argent, alors ? s'impatiente Adam.

— Vous ne vous êtes pas demandé pourquoi Orzel et Roncali étaient si liés ?

— Vous n'avez pas à nous interroger sur ce que nous savons ou ne savons pas, rétorque Leaf. Poursuivez.

— Je vous prie, moi, de ne pas me parler sur ce ton. L'assassin de ma fille est en prison et votre enquête est close. Je vous reçois par pure courtoisie.

— Mon collègue est impatient d'entendre la suite de votre récit, s'excuse Angelina. Il n'avait pas l'intention de vous brusquer.

— Puisque vous me le demandez aimablement, je poursuis. Quand Roncali a rencontré Orzel, à Barcelone, il a eu une intuition. Il a compris que Tadzio deviendrait un puits de pétrole, mais qu'il fallait le repackager. N'oubliez pas que, à l'origine, Roncali est un homme de marketing.

— Le « repackager » ? s'étonne l'inspectrice.

— Oui. Roncali n'a pas quitté son poste chez Häagen-Dazs parce qu'il avait entendu la voix des muses. Il est simplement passé à la caisse après avoir monté l'une des plus belles mystifications du monde de l'art. Les œuvres de Orzel les plus cotées représentent des dictateurs en manteau gris dans la pénombre, n'est-ce pas ?

— Oui, nous les avons vues, acquiesce Angelina.

— Ce qu'on ne sait pas, reprend Ashford, c'est que Orzel était le petit-fils de l'un d'entre eux, et l'arrière-petit-fils d'un général polonais proche des nazis. En d'autres termes, il est leur héritier ! Roncali a réussi à expurger cela de sa biographie. Comme cette ascendance se situe du côté maternel, les historiens n'y ont vu que du feu.

— C'est absurde, dit Adam. Le public jugerait formidable qu'un descendant des pires dictateurs trouve sa vocation à les réduire en pièces. Quel est l'intérêt d'une telle imposture ?

— Le public et les médias trouveraient moins sympathique que l'argent des toiles serve à faire oublier le pognon hérité d'un tyran et d'un supplétif nazi. Si la fondation est si riche, c'est parce qu'elle prospère sur ce trésor.

Comme la pluie commence à tomber, ils se déplacent vers le petit édifice qui abrite l'escalier, au centre de la terrasse. Angelina et Edwin Ashford passent devant.

— Quand vous disiez que vous ne vouliez pas de cet « argent-là », demande Angelina, c'est à ses origines que vous faisiez allusion, et non au fait que la fortune appartient à votre épouse ?

— Vous avez bien compris.

Adam, sans être vu, extrait de son porte-cartes son badge d'entrée au parking du 1, Police Plazza qui lui est, compte tenu de son état, de peu d'utilité. Il le jette discrètement en direction de cinq ou six rochers qui semblent tenir concile au milieu des galets. Le badge tournoie comme un spinner et atterrit derrière une pierre dont la forme évoque celle d'un chat couché.

Angelina continue de discuter avec Ashford.

— Que va-t-il advenir de la fondation, maintenant que Roncali se trouve derrière les barreaux ?

— C'est à ma femme qu'il faut poser la question. Il y a un protocole secret, établi par Orzel.

En quelques impulsions sur les mains courantes des roues, Adam rapproche son fauteuil d'eux.

— Secret ? interroge-t-il.

— Oui. Qu'attendre d'autre d'un type qui a trompé ses biographes, les médias et les critiques jusqu'à aujourd'hui ? Tout a été combiné avant sa mort. Orzel aimait les magouilles. Au jeu de go, je le sentais venir dix coups à l'avance.

— Vos stratégies devaient surpasser les siennes.

— Oui, sans doute. Je gagnais souvent.

Il s'immobilise au milieu du chemin.

— Regardez. La pluie fait briller les pierres. La grosse roche verticale, là-bas, vient du mont Haguro, au

Japon. Elle symbolise la montagne des immortels. De l'autre côté, la pierre plate évoque la tortue de la longévité. Une grue l'observe. C'est la pierre plus haute. Elle représente le bonheur. J'ai créé ce jardin zen pour ma femme. Il porte son nom.

— Nous l'avons croisée en arrivant, dit Angelina. Elle avait l'air bouleversée.

— Je le suis aussi. Nous n'arrivons pas à faire le deuil de Louise.

La pluie se fait plus drue. Ils pressent le pas. Edwin utilise un talkie-walkie pour prévenir leur chaperon que ses visiteurs sont prêts à repartir.

Il attend l'ascenseur avec eux, à l'étage inférieur. Quand la cabine arrive, le contremaître est là, prêt à les raccompagner.

Au cours de la descente, Adam et Angelina se gardent de commenter leur visite. Adam observe le badge de l'homme qui les guide et s'efforce de garder son nom en mémoire. Bixente Iraçabal.

52

Angelina est partie à 7 h 30.

La veille, quand ils sont revenus de la tour Quartz, Adam s'est fait réprimander par le directeur des relations humaines, son protocole de réinsertion professionnelle lui interdisant de travailler plus de quatre heures par jour. Comment le petit cadre couleur de nuage ne se rend-il pas compte que la pratique du télétravail rend impossible le contrôle auquel il prétend? Hors des locaux, Leaf établit son calendrier comme il l'entend.

De fait, Adam passe plus de temps dans la chambre d'Ariana qu'à son bureau. À la force des bras, dont le diamètre a doublé, il peut à présent s'extraire de son fauteuil roulant sans aide extérieure, et s'y réinstaller quand vient le moment.

Assis par terre, il devient le roi du monde. Tout est ergonomique. Le mobilier de sa future fille correspond parfaitement à l'amplitude de ses mouvements. Il pose son ordinateur sur la petite table incrustée de jeux psycho-éducatifs et de dispositifs d'apprentissage de la motricité. La tasse de café sur le repose-pieds du fauteuil. Le téléphone sur son chargeur à induction, à même la moquette. La princesse des neiges, en son palais de cristal, occupe tout un panneau de mur.

Aurait-il pu trouver meilleure inspiration qu'un personnage qui se libère de ses doutes, de sa rigidité, de toutes les scléroses et se sent enfin *délivré* ?

Le portable sonne. C'est Maxime.

— C'est bon, dit le funambule. On peut faire comme tu me l'as demandé. Je suis à Morningside Park avec trois stagiaires. Je viens te récupérer. Il faudra ensuite que je finisse le cours, et on se rendra sur ton foutu chantier. Ça te va ?

— Comme dans un rêve.

*

Dix minutes plus tard, Adam attend sur le trottoir.

Le GMC Sierra se range à l'emplacement orné d'un fauteuil roulant peint sur le sol.

— Embarque !

Leaf prend appui sur ses accoudoirs et se redresse, étend sa jambe gauche, puis la droite. Celles-ci ne peuvent encore le porter, la masse musculaire du torse, si vite accrue, pesant lourd. Mais au moins il peut, les jambes flageolantes, se maintenir en équilibre précaire en s'accrochant à la galerie de toit qui équipe le pick-up.

Maxime ouvre de l'intérieur la portière coulissante. Adam se suspend à la galerie, balance ses fesses vers le siège. Les jambes suivent et trouvent naturellement leur position. Le funambule veille à ne plus intervenir. Chaque jour, Adam effectue un pas supplémentaire vers l'autonomie. Il n'y a plus qu'à charger le fauteuil sur le plateau arrière et démarrer.

La circulation est fluide. Ils arrivent bientôt au parc Morningside.

Sur la pelouse, un adolescent ambitionne de rapper sur un fil. Il s'exerce à placer quelques pas de hip-hop, ne cesse de tomber, chaque fois dans une grande cabriole qui le fait exploser de rire.

Maxime, lui, en le voyant, ne rigole pas.

— N'essaie pas d'imposer à tes pieds, à ton cœur, à ton souffle, le rythme de tes mots, de ta colère ou de ta danse. Dis à tes mots, à ta colère, à ta danse, qu'ils doivent s'embarquer sur tes pieds, sur ton cœur, sur ton souffle. Tant que tu feras l'inverse, tu chuteras. Je connais une sculpture chinoise qui dit tout. Elle représente un cheval au galop. Il semble planer. Quand on le voit de près, on découvre qu'un seul pied touche le sol. Sauf que ce n'est pas le sol, c'est une hirondelle. Tes mots, ta colère, ta danse, ce sont le cheval. Le fil, c'est l'hirondelle. Entraîne-toi.

Il se tourne vers deux filles qui, sagement, vont et viennent sur une ligne de fer bien tendue.

— Encore cent allers-retours, ordonne-t-il, et d'autres jusqu'à ce que la plante de vos pieds devienne le yin, et le filin le yang.

Il approche d'Adam et le porte vers le fil des stagiaires.

— Lève les bras.

— Ne fais pas ça, tu vas me bousiller l'épaule et l'omoplate.

— Lève les bras !

Maxime le soulève, comme un enfant, jusqu'à la hauteur du câble.

— Prêt ?

— Non !

— Je m'en fiche. Accroche-toi !

Les doigts de Leaf se referment.

Maxime, qui le soutenait par la taille, l'abaisse afin que ses bras se tendent. Puis se retire. Adam se retrouve alors suspendu au câble comme un peignoir de bain qui sèche.

— Maintenant, fais vingt tractions.

— Je ne suis pas sûr que mon kiné approuverait.

— Qu'il aille se faire foutre. Vingt tractions ! Et vous, les filles, ne lui marchez pas sur les doigts !

Maxime étant sur son territoire, on ne discute pas. Le funambule s'éloigne. Adam commence ses tractions. Chaque fois qu'il tente de hisser son corps au niveau du câble, ses biceps deviennent durs comme du bois. La flexion endolorit le muscle, qui peine à retrouver sa souplesse à l'extension. Quand il écarte les mains, la douleur s'amoindrit. Alors, il produit l'effort plus lentement et finit par ne plus avoir le sentiment que son épaule se déchire à chaque traction.

Bientôt, clôture de la séance de travail. Les stagiaires reviennent au sol, l'un après l'autre. Vingt tractions, et trois tonnes d'acide lactique accumulées dans les fibres du biceps et du triceps plus tard, Adam s'interrompt aussi et se laisse tomber sur l'herbe.

Les élèves démontent les haubans, enroulent les câbles et les chargent sur la plate-forme du Sierra.

Leaf cherche son fauteuil du regard. Maxime l'a éloigné de vingt mètres. Exprès. Inutile d'appeler à l'aide. Immanquablement, un rabrouement s'ensuivrait. Adam se met à ramper. Sa chemise et son pantalon se couvrent de chlorophylle et de traces terreuses. Il parvient au fauteuil, s'agrippe aux roues pour se soulever, s'agenouille comme il peut. Ses fesses atteignent enfin l'assise.

— Merci pour la compassion, dit-il à Maxime quand celui-ci revient, ayant pris congé des élèves.

— Tu n'as pas besoin de compassion, mais de coups de pied au cul.

— Ne deviens pas conventionnel. Nous ne sommes pas dans un film de Clint Eastwood.

— Où allons-nous ?

— 8e Rue, Avenue C.

*

À l'entrée du chantier, l'agent de sécurité est celui de la veille. L'homme fronce le sourcil en voyant les traces de boue sur la chemise d'Adam. Qui se sent comme jaugé par un physionomiste à l'entrée d'une discothèque.

— Je suppose qu'Edwin Ashford n'est pas là aujourd'hui.

— Non. On ne le voit pas tous les jours.

— Dans ce cas, je voudrais voir Bixente Iraçabal.

— Il vous attend ?

— Non, je viens à l'improviste. J'ai oublié quelque chose lors de ma visite d'hier.

— Je vais le prévenir. Veuillez attendre dans le hall.

Quelques instants plus tard, le contremaître apparaît, surpris. Et remarque, sur les genoux du jeune homme, un sac de sport vide.

— Comment puis-je vous aider ?

— J'ai dû laisser tomber ma carte de parking, explique Adam. Sans doute au dernier étage, ou sur la terrasse. Je connais le chemin. Mon ami va m'assister. Ne vous donnez pas la peine de venir, je n'en aurai que pour quelques instants.

— Je crois savoir que vous êtes de la police. Il serait plus convenable que je vous accompagne.

— D'accord.

Au cinquantième, deux ouvriers sont en train de lisser l'emplacement où se trouvait la plaque de marbre.

— Changez-vous le nom de la terrasse ?

Iraçabal réfléchit une ou deux secondes, juge la question anodine et répond :

— Oui, le marbrier avait commis une petite erreur.

Devant le regard interrogateur du visiteur, il précise :

— Il avait gravé « Terrasse Caroll Ashford ». Et aurait dû mettre « Terrasse Caroll Orzel ».

— Je comprends.

— En plus, c'est du marbre italien. Dommage de gâcher.

Tandis qu'ils parlaient, Maxime faisait mine d'inspecter le palier.

— Je ne vois le badge nulle part, dit-il.

— J'ai dû le perdre sur la terrasse, explique Adam. Pouvons-nous y aller ?

— Bien sûr. Vous savez manœuvrer la plate-forme, pour le fauteuil roulant. Vous gardez votre doigt appuyé sur le bouton jusqu'à l'arrivée en haut. Pendant ce temps, votre ami et moi prenons l'escalier.

Quand le paysage zen s'étale sous ses yeux, Maxime affiche une expression extatique. Son regard, que le symbolisme du jardin a d'abord émerveillé, suit à présent la ligne de l'East River.

— Trop compliqué, intervient Leaf.

— De quoi parles-tu ?

— Tu es en train de tendre mentalement un câble entre les trois ponts suspendus. Abstiens-toi. C'est risqué, et tu n'auras jamais les autorisations.

— Je ne demande pas toujours la permission.

— C'est pourquoi on te repère comme un loup blanc qui débarquerait dans une maternité.

Entendant cela, Bixente Iraçabal s'adresse à Maxime :

— Vous êtes le funambule qu'on voit à la télé ?

— En général, je suis entre deux flics. C'est à ça qu'on me reconnaît.

Iraçabal éclate de rire.

— Je suis un fan ! Vous vous souvenez quand vous avez laissé poireauter le policier qui voulait vous cueillir au bout du câble, au quatre-vingt-sixième étage des tours Petronas, à Kuala Lumpur ? Pour le faire attendre davantage, vous avez multiplié les allers-retours, plus de quatre cents mètres au-dessus du vide ! Le mec était vert !

— Vous m'aimez en provocateur. D'autres disent que je suis un artiste.

Iraçabal se place tout près de lui et chuchote :

— Vous êtes en repérage ?

— Oui, mais ne le répétez à personne.

Iraçabal vérifie qu'ils sont seuls et mime les trois singes, celui qui n'entend rien, celui qui ne voit rien, celui qui ne dit rien. Partager un secret avec Maxime Leblanc, quel pied !

Pendant ce temps, Adam s'extasie et prend un air soulagé.

— Le voilà !

Et il désigne le badge, à quelques mètres de la passerelle en bois.

Aussitôt, Iraçabal va le récupérer, en veillant à ne pas déranger l'ordre des galets.

— Si on déplace une pierre de trois centimètres, les patrons nous tombent dessus !

Ils rient tous les trois.

Quand ils prennent l'ascenseur pour repartir, Adam profite des bavardages d'Iraçabal, grisé de se trouver face à une célébrité, pour appuyer sur un bouton d'étage, au hasard.

L'ascenseur s'arrête au trentième. La porte, en s'ouvrant, révèle une activité de fourmilière. Des ouvriers arrachent le Polyane qui couvre le sol, décollent les films de protection des surfaces vitrées, percent, vissent, boulonnent, percutent, soudent, brasent, liment, poncent.

— Pardon, nous ne sommes pas au bon endroit, s'excuse Iraçabal.

Leaf a déjà avancé son fauteuil, ce qui bloque le système optique de fermeture.

— Enfant, je rêvais de visiter un chantier comme celui-ci. Ça vous embêterait si je jetais un coup d'œil ?

Sans attendre la réponse, il s'avance dans l'allée centrale.

Une sirène résonne. La plupart des employés quittent leur poste.

— C'est l'heure de la pause déjeuner, explique Iraçabal, soulagé que les témoins soient moins nombreux à constater qu'il introduit sur le chantier des visiteurs non autorisés.

Maxime le prend par le coude et le distrait en lui racontant comment les policiers qui l'arrêtent lui demandent des autographes avant de verrouiller la porte de sa cellule.

— Certaines traversées n'ont d'intérêt artistique que si elles sont illégales, pérore-t-il pour qu'Adam puisse profiter de la diversion.

— C'est une sorte de rébellion !

— Vous comprenez ma démarche. Vous êtes formidable. Vous devez, vous aussi, être un rebelle, à votre manière. Je suis artiste en résidence à Saint John the Divine. Venez me voir, un de ces jours !

Iraçabal n'en peut plus. Se sentant reconnu, identifié par un artiste célèbre, peu lui importe qu'à ce moment-là, sans qu'il s'en aperçoive, Leaf slalome entre les postes de travail désertés, vérifie le labeur des ouvriers, furète dans leurs outils.

Soudain, les portes d'un ascenseur s'ouvrent sur un homme, âgé d'une trentaine d'années. Le voyant apparaître, le contremaître se fige et blêmit. Le nouveau venu le foudroie du regard. Il regarde Maxime et lui tend la main.

— Je suis Michael Cosgrove. Le Cosgrove de « Ashford, Wu & Cosgrove LLC », l'agence d'architecture.

— Maxime Leblanc, funambule.

— J'ignorais que nous employions des artistes de cirque sur ce chantier.

— Quand un acrobate tombe, réplique Maxime, il n'entraîne que lui-même dans sa chute. Quand un architecte échoue, tout le monde choit.

— Très drôle, grince Cosgrove. Pour votre gouverne, la tour Sarab était vide quand elle s'est effondrée. Si on cessait de plaisanter ? Bixente, par qui M. Leblanc a-t-il été autorisé à pénétrer l'immeuble ?

— Aucune autorisation, répond Maxime pour éviter de mettre le contremaître dans l'embarras. Je vais où le vent m'autorise à aller.

— Je comprends. Vous êtes un amuseur. On va voir si vous divertirez aussi la police. Bixente, pendant que j'appelle les flics, alertez les vigiles.

Il prend son téléphone portable et compose le 911.

— Vous m'avez demandé ?

Adam vient de rouler jusqu'à eux. Et présente son badge du New York Police Department. Cosgrove raccroche.

— Je suis désolé, s'excuse Leaf. J'étais hier sur la terrasse avec votre associé, Edwin Ashford. Et j'y ai laissé tomber mon badge de parking, que je suis venu récupérer. Mon ami Maxime m'a accompagné. C'est moi qui ai demandé à M. Iraçabal si je pouvais, pour le plaisir, jeter un coup d'œil sur le chantier.

— Je croyais l'enquête sur l'assassinat de Louise Ashford bouclée.

— Elle l'est.

— Alors pourquoi vous trouviez-vous avec Edwin hier ?

— Il restait des détails à régler. C'est fait.

— Très bien. Vous n'avez plus qu'à regagner la sortie, alors.

— J'ai lu des choses sur vous, monsieur Cosgrove.

— Rien qui puisse me faire condamner, j'espère.

Il fait entendre un rire presque enfantin.

— C'était un article, dans *Scientific American*. Vous parliez de votre spécialité, la domotique. C'était fascinant.

— Je me souviens. Le mariage à trois de la robotique, des objets connectés et du numérique. Je suis content que cela vous ait intéressé. On ne parle jamais de la domotique mise au service des personnes en situation de handicap. Vous n'imaginez pas à quel point cela pourrait changer leur vie, votre vie.

— Je suis en train de redevenir valide, mais je vois bien les avantages.

— Voulez-vous une démonstration ?

Le contremaître respire : le flic a retourné Cosgrove comme on fait valser une crêpe dans la poêle.

— La technologie me passionne. Alors, oui. Merci.

Cosgrove reprend son smartphone. Il pianote quelques commandes.

— Schubert, Brahms ? Scott Joplin ? Non, soyons radicaux : Wagner, *L'Or du Rhin*.

Immédiatement, les sonneries de cuivres de la montée des dieux au Walhalla résonnent sur tout le plateau, répercutées par les parois de béton.

— Ça, ce n'est rien, vocifère Cosgrove afin que sa voix couvre le son des trompettes. Tout ce que vous allez voir, je le commande *via* mon téléphone !

Les spots et rampes de l'étage s'allument et s'éteignent au rythme de la musique.

— Je peux commander les lumières de tous les niveaux. Imaginez le spectacle en pleine nuit !

Il s'exalte, fier de l'œuvre accomplie.

— Les installateurs viennent de mettre en place les machines à café. Regardez celle-là, là-bas.

Il désigne un automate situé à une vingtaine de mètres.

— Combien de sucres ? demande-t-il à Maxime.

— Aucun.

— Expresso, double expresso, allongé ?

— Cappuccino.

La machine se met en marche.

— Allez vous servir. Le système ne transporte pas encore les consommations !

Le funambule se déplace. Et revient avec un cappuccino parfaitement préparé. Cosgrove interrompt le *light show* et arrête la musique.

— Je peux tout faire. Moduler la température et la réduire quand il n'y a personne, grâce aux capteurs de présence. Bloquer les ascenseurs à l'étage de mon choix. Allumer ou éteindre n'importe quel ordinateur, lampe ou photocopieuse. Demander à l'immeuble, en temps réel, combien de personnes sont à la cantine. Impressionnant, non ?

— C'est vrai. Je suis bluffé. Pourtant, j'ai eu un singe qui faisait tout cela pour moi !

— La prochaine fois que vous viendrez, prévenez-moi. Vous épargnerez une engueulade à l'agent de sécurité. Bixente va vous raccompagner. Je suis heureux que vous ayez récupéré votre carte de parking. Je rassurerai Edwin.

*

Aussitôt dans la rue, Adam ne peut s'empêcher de bloquer le frein de son fauteuil, de se basculer vers l'arrière et d'effectuer une pirouette en wheeling.

— Tu vois, plaisante-t-il, tu n'es pas le seul artiste de cirque !

— « Artiste de cirque ». Quel connard.

— Ce type est un paon. Il est devenu inoffensif et vulnérable quand il a fait la roue. C'est comme ce Bixente, un petit macaque fayot qui lèche le cul du mâle alpha tout en confondant dominance et célébrité.

Leaf exécute une autre pirouette.

— Qu'est-ce qui te rend si joyeux ?

— C'est une bonne journée. Nous avons probablement sauvé un innocent.

— Roncali ? Je croyais que vous aviez découvert son sperme sur le lieu du crime.

— Oui. J'en connais une qui me trouvera un peu gonflé de vouloir aller contre les faits. Disons qu'il me reste quelques énigmes à résoudre. En attendant, on va aller 86e Rue Est, au niveau de la 1re Avenue. Je dois vérifier un truc.

— Il avait raison, le mec. Artiste de cirque, c'est un métier de loser. Merci pour la promotion.

— Quelle promotion ?

— Chauffeur de maître. J'ai oublié mes gants blancs, mais j'y penserai la prochaine fois.

— On ne souligne pas les faveurs qu'on fait à ses amis. C'est un proverbe mexicain.

— Que tu viens d'inventer.

— Oui. On y va ?

— Oui, monsieur. À votre service, monsieur. Que monsieur veuille bien prendre place.

Adam s'installe, Maxime place le fauteuil roulant sur la plate-forme, démarre et roule vers le nord par la 1re Avenue.

— Nous allons chronométrer le parcours. Je veux savoir combien de temps prend le trajet, du cabinet d'architecture d'Edwin Ashford à son domicile, sur Central Park West. Roule sans commettre d'infraction, mais sans traîner non plus.

— Mon pourboire en dépend-il ?

— On parle de rechercher la vérité. Ta vénalité me consterne. Démarre.

53

Le lendemain. Huit heures. Le chauffeur de l'entreprise spécialisée dans le transport de passagers invalides s'arrête devant l'immeuble de Gansevoort Street. Et convient avec Adam qu'il reviendra le chercher d'ici trois quarts d'heure.

Leaf se rappelle juste à temps qu'il doit actionner le bouton de l'interphone, en simple visiteur.

Un grésillement.

Il donne son nom.

La porte s'ouvre.

Quand le fauteuil sort du monte-charge, un objet volant non identifié se propulse à travers le studio. Il file d'une poutrelle à l'autre comme zigzague un éclair, rebondit sur le dessus des meubles tel un galet qui ricoche sur un plan d'eau, emplit tout l'espace de ses sauts et envols, à grand renfort de couinements. L'allégresse et la joie de retrouver Adam rendent Clara hystérique.

Elle finit d'ailleurs sa course sur son épaule, grimpe sur son crâne, qu'elle commence à épouiller en signe de bienvenue et d'allégeance.

Coiffé de cette étrange toque, Adam s'entend apostropher, sans salutations préalables :

— Alors c'est à vous qu'elle en a fait baver !

Face à lui, Blaine se tient raide sur son fauteuil, près de la porte de la salle de bains. Derrière elle, son père manipule un fer à friser électrique Dyson, sorte de sèche-cheveux, très silencieux, prolongé d'un accessoire autour duquel s'enroulent les mèches. Omelette, le basset hound, gît dans son panier, amorphe ou ensommeillé.

— Papa, tu tires trop fort, grince-t-elle.

Leaf balaie du regard les lits jumeaux disposés parallèlement, sous la fenêtre, l'austérité des murs dénudés de leurs étagères, l'élan de la verrière vers le gris du ciel nébuleux. Tout lui est à la fois familier et étranger. Cet endroit où il a cru laisser, comme une rémanence, quelque chose de lui, n'en a rien conservé. Même les lieux où nous pactisons avec la mort, songe-t-il, nous oublient comme si nous n'avions jamais existé. Désormais, dans la froideur minérale de ce qui fut son domicile, des photos encadrées représentant les jeunes années de Blaine, disposées sur une table, et un diplôme d'astrophysique de l'université du Massachusetts à Amherst accroché au mur, attestent qu'il n'est plus chez lui. Il comprend que l'Adam Leaf *d'avant* n'est plus. Une bouffée de nostalgie le prend alors à la gorge.

Le jeune homme, troublé, observe la scène qui se déroule devant lui. Blaine, appareillée d'acier étincelant, ressemble à une walkyrie. Un vieil homme fourrage dans la chevelure de la créature mythique, comme s'il cherchait fortune dans une rivière aurifère. «*Freak show*», songe Adam.

— Clara, descends, ordonne-t-il.

Le capucin s'agrippe à la manche d'Adam et dégringole jusqu'à sa taille. Là, il s'allonge sur ses genoux.

— Viens ici, Clara, réclame Blaine.

Aussitôt, elle part se lover sur les genoux de la jeune femme.

— On dirait que nous nous disputons l'autorité parentale, s'amuse Adam.

— Nous pouvons la partager. Mais, en fin de compte, c'est toujours vers moi qu'elle viendra, réplique Blaine du tac au tac. Vous êtes marié ?

— Oui.

— Je suis sûr qu'elle a dix ou quinze ans de plus que vous. Qu'elle gagne davantage d'argent. Qu'elle a le pouvoir.

— Les hasards de la vie ont voulu qu'il en soit ainsi, répond-il. Ç'aurait pu être l'inverse.

— Ils ont bon dos, les hasards de la vie.

— Je ne vois pas le rapport entre ma vie privée et le fait que je vous loue ce studio afin que nous puissions rester, l'un et l'autre, proches de Clara.

— Mieux vaut admettre et comprendre ce qu'il y a d'animal en nous, plutôt que le nier, énonce Blaine.

Leaf a l'impression de s'entendre parler.

— Pas besoin de me faire la leçon. J'étudie l'éthologie à l'université Bucknell.

— Lewisburg ? Ça fait une trotte. Vous ne devez pas être bien assidu.

— Avec mon travail, en effet, ce n'est pas facile. Je suis les cours à distance.

— Vous avez vécu avec Clara. Elle vous a révélé que chaque homme est avant tout un animal. L'animal en vous est un subalterne. Comment vous en accommodez-vous ?

Leaf sent un filet de sueur froide glisser jusqu'au bas de son dos. Cette femme, qu'il n'avait encore jamais vue avant d'entrer dans la pièce, le transperce. Il se sent ébranlé, humilié, ignorant aussi. Son intelligence vacille : pourquoi ne s'est-il pas appliqué le prisme de lecture qu'il a défini pour l'affaire Orzel ? Il ne s'est jamais demandé : que doivent mes comportements passés, présents et futurs à l'animal que je suis ?

La question l'épouvante.

— Je ne l'ai pas encore apprivoisé, cet animal, finit-il par répondre.

— Il vous fait peur. Je vois même qu'il vous terrorise. Il doit y avoir des raisons. Mais bon, comme vous dites, c'est votre vie privée.

Jusqu'ici, le père de Blaine, concentré sur son ouvrage, s'est gardé d'intervenir. Il regarde Adam et abandonne sa réserve.

— Pouvez-vous me tenir ça, s'il vous plaît ?

Mécaniquement, sans que son esprit y prenne la moindre part, le policier approche son fauteuil, contourne celui de Blaine et saisit le fer à friser. L'interrogatoire l'a rendu aboulique.

— Il faut le faire glisser de cette manière, explique le vieil homme. Rassurez-vous : seulement le temps pour moi de récupérer une brosse dans la salle de bains.

Leaf se met à entortiller les mèches ainsi qu'on vient de le lui montrer. Étrangement, ce geste l'apaise. Il le reproduit une ou deux fois. « Sorti premier de l'académie de police, me voilà devenu assistant coiffeur, songe-t-il. Je touche le fond ». Il s'apprête à se rebeller quand le père de Blaine revient.

— Pardon, dit-il en reprenant l'instrument, j'aurais pu demander à Clara.

Adam ne sait plus qui il est. Son utilité se confondrait avec celle d'un singe ?

— J'ai désiré votre mort, déclare Blaine.

Adam n'en croit pas ses oreilles.

— Vous êtes trop aimable.

— Pardon. Vous savez à présent ce qu'on peut ressentir quand on perd une petite sœur. La plupart des gens mesurent la détresse que provoque la disparition d'un chien fidèle. Imagineraient-ils, *a fortiori*, celle qu'entraîne la perte d'un presque-humain? Comme moi, vous avez subi ça. Il faut que cela nous rapproche.

— Je ne vois pas comment nous pourrions nous sentir proches. Votre arrogance, votre amertume, votre agressivité…

— C'est bien. Encore quelques efforts et vous finirez par le rendre combatif, l'animal castré qui vous habite.

Son père remise les instruments de coiffure.

Elle change d'expression.

— Je me comporte mal, dit-elle. Je vous agresse alors que vous m'avez fait le cadeau qui va me maintenir en vie.

Elle déplace son fauteuil roulant afin de faire face à la lumière du jour. Clara en profite pour sauter au sol, escalader un tabouret et se propulser sur le plan de travail de la cuisine. Elle s'accroche à la poignée d'un placard, dont elle se sert de point d'appui pour ouvrir la porte adjacente.

— Vous me trouvez jolie? demande Blaine.

Adam la contemple. Elle ressemblerait à Jabba, dans *Star Wars*, si celui-ci portait une perruque de longs crins noirs et se maintenait à la verticale par la vertu de sangles solidarisant ses épaules et le dossier.

— Non.

Elle le regarde. Avec dans les yeux une forme d'admiration.

— Bien. Vous n'aimez pas les faux-semblants. Nous pouvons nous entendre. À défaut d'être amis, nous arriverons à être alliés.

— Nous le sommes déjà, répond Leaf. J'ai décidé de passer les examens d'habilitation à la possession d'un primate. Et me sens capable de l'obtenir dans deux ou trois mois.

— Il faudra encore acquérir la propriété de l'animal.

— Je parviendrai à agir en ce sens. Je trouverai le moyen de m'introduire dans les administrations compétentes. Mais, entre-temps, je veux étudier Clara, et rédiger un mémoire. Le moment venu, il deviendra ma thèse de doctorat.

— Vous allez vite !

— Je suis entré très tôt dans la police, mais j'ai suivi des études de biologie et de criminologie, en étudiant libre. J'ai la chance de ne pas partir de zéro.

— Comment puis-je vous rendre ce que vous m'offrez ?

— Je vous le dirai. Vous m'aiderez dans mes observations.

Redescendue du plan de travail de la cuisine, Clara escalade la roue du fauteuil et se hisse jusqu'aux genoux d'Adam. Elle passe ses longs membres autour de sa taille. Comme Adam lui caresse le crâne, on l'entend gémir de plaisir.

Adam se rend alors compte que la femelle singe a enfoui l'une de ses mains dans sa poche et l'a enfoncée profondément, jusqu'à lui toucher le sexe. Il la rabroue, refusant de revivre les moments pénibles du passé. Vexé, le capucin revient vers Blaine.

Adam, Blaine et son père règlent encore quelques questions logistiques. Les pattes d'Omelette s'agitent. Peut-être rêve-t-il qu'un lièvre s'enfuit devant lui ? Leaf se prépare à partir quand il sent dans sa poche quelque chose qui ne s'y trouvait pas à son arrivée. Deux biscuits Oreo au beurre de cacahuète ! Une bouffée de honte le gagne : il a mal compris. C'était une offrande, et non une agression.

Clara s'en rend compte et, en quelques sauts, bondit sur sa tête et l'épouille quelques instants avant de le laisser repartir.

54

Jamais, de toute leur vie, ils ne sont allés à l'opéra. La perspective d'une soirée au Lincoln Center met en veilleuse leurs dissensions.

— J'ai le trac, avoue Angelina.

— Ce n'est pas toi qui chantes.

— Mes parents m'ont proposé dix fois de les accompagner pour entendre du Verdi, Puccini ou Wagner. Je me foutais d'eux. Et maintenant, je vais passer pour une idiote.

— Tu sais combien coûte un billet comme celui-là ? Pour se l'offrir, il aurait fallu que ma grand-mère vende trois appartements sur Park Avenue. Malheureusement elle a dû se contenter des deux pièces de Staten Island…

Adam est assis sur le bord du lit, face au miroir de la grande armoire. Il tire sur les pans de sa veste de velours bleu nuit achetée dix ans auparavant et jamais portée depuis. On dirait un adolescent emprunté qui va à la remise de diplôme de son frère aîné.

— J'ai l'air con, non ?

— Oui.

Sa femme, placée derrière lui, ajuste ses boucles d'oreilles, deux petits disques de fine céramique rose et blanche. Il s'écarte, révélant dans le miroir la robe rouge d'Angelina, dont la coupe en cloche ne cherche pas à dissimuler son ventre bien bombé.

Puisque la trêve est déclarée, autant en profiter, songe Adam.

— J'ai l'air con, dit-il, mais toi, tu es très belle, madame Leaf.

— Je plaisantais, mon amour. Si je n'étais pas mariée, et si tu le méritais, je t'embrasserais tout de suite.

— Ne te prive pas.

Elle le fait basculer sur le lit. Leurs lèvres se joignent.

— Si on fait l'amour, on arrivera en retard ? interroge Leaf.

— Oui. De plus, ça décuplera mon stress. Et puis, Ariana veut écouter de la belle musique, pas son papa qui ahane sur mon ventre.

— J'« ahane » ? Ça veut dire quoi ?

— C'est le bruit que font les bûcherons quand ils abattent un séquoia.

— Le séquoia sera toujours là quand on reviendra, je suppose…

Bip du smartphone. Elle le consulte.

— Le chauffeur Uber nous attend.

Elle aide son mari à se replacer en position assise et approche du lit le fauteuil roulant. Il s'y assied à la force des bras.

Tous deux quittent l'appartement. Dans l'ascenseur, ils se tiennent par la main. C'est leur première sortie en amoureux depuis longtemps.

*

Leurs places sont au parterre, au dixième rang. Le fauteuil roulant occupe un espace réservé sur l'allée. Angelina s'installe sur le siège voisin.

Leur regard n'en finit pas de se perdre, semblable à un moineau qu'une vitre brisée laisse s'introduire dans une halle, qui cherche une échappatoire et, n'en trouvant pas, finit par se sentir chez lui. Il s'accroche, avant de rebondir, à chacune des cinq rangées de balcons, aux lames perforées et aux brins de bronze qui s'entremêlent en une œuvre énigmatique au-dessus du cadre de scène, aux douze lustres de cristal – placés si bas qu'ils doivent à coup sûr obturer la vue des spectateurs – conçus pour donner l'impression d'une explosion stellaire. L'oiseau frôle de ses ailes les murs revêtus d'un bois de rose africain réputé pour ses qualités acoustiques, caresse la soie damassée du plus grand rideau de scène du monde et, grisé, se pose sur le bord d'un des disques du plafond, qui rayonnent en pétales gigantesques autour du monumental lustre central, et qu'un million de feuilles d'or 23 carats font étinceler.

Soudain, Adam serre la main de sa femme : comme par magie, les douze lustres périphériques se mettent à monter silencieusement. Et viennent se coller au plafond, signe annonciateur du début de la représentation.

Adam sourit en pensant à sa grand-mère, pour qui le savoir en train de fréquenter Mozart dans l'un des monuments les plus opulents du monde aurait été perçu comme une forme de couronnement social.

— Je pense qu'ils vont chanter en italien, glisse sa femme.

Ils apprennent dans le programme, presque par cœur, le résumé de l'action, avant de découvrir que la traduction des répliques s'affichera sous leurs yeux, sur le dossier du fauteuil.

Le spectacle commence.

*

Les violents accords de l'introduction orchestrale prennent Adam à la gorge. Il a beau savoir qu'ils annoncent, avant même le lever de rideau, la mort de Don Giovanni, la certitude lui vient, comme dans une transe, que ce morceau a été composé pour lui. Sur le coup de poing des premières notes, suivies de silences brefs et funèbres, son agresseur exhale une haleine fétide au-dessus de son épaule, un coup de feu part, un jet de lave lui transperce le cou, il s'effondre. Puis vient, à peine Leaf a-t-il eu le temps de se remettre, un passage allègre, fébrile, passionné : son cœur qui bondit quand Angelina prononce les mots « Moi, Angelina Obson, je te prends, Adam Leaf, pour être mon mari, dans la richesse ou la pauvreté, dans la maladie ou la santé... » : les paroles les plus galvaudées du monde. Mais qui, dans leur cas, sonnent comme un triomphe. Le thème sombre revient, profond, anxieux, fatal : angoisse de voir un jour l'usure et les malentendus lézarder leur amour, anéantir leur couple, peut-être...

Adam se tourne vers sa femme. Elle se tient droite, maîtrisant son émotion. Entend-elle, comme lui, raconter leur propre histoire, ou seulement le chef-d'œuvre d'un composteur autrichien d'un autre siècle ?

Le rideau se lève. Les héros entrent en scène : trois femmes, en particulier, qui souffrent, chacune à sa manière, des turpitudes d'un séducteur cynique. Caroll interprète Donna Elvira, une amante blessée qu'aucune preuve de ses fourberies ne dissuade d'aimer Don Giovanni. L'inextinguible douleur d'avoir perdu une fille rend poignantes les larmes que verse son Elvira.

À l'entracte, Adam et Angelina vont contempler la toile monumentale de Marc Chagall, *Le Triomphe de la musique*, du côté nord du foyer. L'artiste a représenté une femme ailée qui embouche une trompette tandis que, autour d'elle, des danseurs et des anges violoncellistes, violonistes, hautboïstes peuplent un ciel rouge.

On leur refuse, de l'autre côté, l'accès aux *Sources de la musique*, partie de l'étage occupée par un restaurant où l'on sert du caviar.

— Jamais de caviar pour une femme enceinte, plaisante Adam.

— Je suis heureuse qu'Ariana entende une musique qui nous rapproche de Dieu.

— Dommage que le metteur en scène insiste sur les passages qu'il trouve drôles. En réalité, l'histoire est tragique. Des personnages malheureux, des mensonges, des faux-semblants, une course à l'abîme. Elle est longue, ta route vers Dieu !

— Le public rigole quand le valet fait ses pitreries, commente Angelina. Je suis d'accord avec toi, il aurait mieux valu assumer cette noirceur.

— Même si Don Giovanni mourait, Elvira l'aimerait encore, de même que Caroll aime toujours Tadzio.

— Je te l'accorde, Caroll n'arrive pas à réémerger. Deux ans qu'elle porte le deuil de son mari. Celui de sa fille ne l'aide pas à en sortir.

— Rappelle-toi ce que j'ai découvert chez elle. Sa chambre est un mausolée. Elle croit Orzel toujours là. C'est comme Elvira, qui a la nostalgie du temps où elle était avec Giovanni. Je te parie que, dans la partie suivante, elle lui demandera de l'aimer encore !

Une sonnerie annonce que le deuxième acte va commencer.

Ils s'avancent vers le couloir qui dessert les fauteuils d'orchestre.

— Tous les mecs te matent, chuchote Adam à l'oreille d'Angelina. Tu es si belle.

— Regarde plutôt les gamines que ton petit costume bleu met en transe.

— Quand on aura les moyens, on prendra un abonnement !

*

— Don Giovanni est gay, proclame Adam alors que le fauteuil roulant dévale la pente qui mène à la 7e Avenue. Son problème, c'est qu'il se plaît dans son placard et ne veut pas faire son *coming out*. Il drague des femmes pour se convaincre qu'il est hétéro.

Angelina commande un Uber.

— Tu sais ce qui me rapproche de lui ? interroge son mari.

— Tu deviens gay, à présent ?

— Non. Si je l'étais, il y a longtemps qu'Harry m'aurait ouvert les yeux. Je parle de convictions : Don Giovanni sait que nous ne sommes que des êtres de chair, un assemblage de molécules, et que les superstitions existent pour nous en consoler.

— Les Uber sont à soixante dollars. Ils exagèrent.

Adam, pense-t-elle, est reparti dans ses délires matérialistes. Et elle préfère ne pas entendre. Elle regarde autour d'eux. Les taxis sont pris d'assaut.

— On va remonter la 8e et prendre un *cab* un peu plus haut. Je suppose que tu mets les religions dans le même sac que les superstitions.

— Le Commandeur n'existe pas. Au début, il incarne les conventions sociales. À la fin, il représente la connerie des crédules. C'est pourquoi Giovanni le combat. Don Juan veut vivre dans un monde rationnel, un monde où on ne croirait ni aux spectres ni aux dieux. Il défie la bêtise.

— Oui, mais il perd et se retrouve en enfer !

La remarque d'Angelina contrarie Adam.

— Ça le rend encore plus admirable. Sais-tu ce que cela me rappelle ?

— L'héroïsme de ceux qui cherchent un taxi à 11 heures du soir près du Lincoln Center ?

— Prométhée. Avec l'aigle qui lui bouffe le foie. Ce qui compte, c'est le moment où l'aigle s'éloigne. Pour Giovanni, ce n'est pas l'instant où il perd la partie, mais celui où il a entraîné dans son doute quelques naïfs pétris de certitudes.

— Taxi en vue.

Un taxi jaune s'arrête au bord du trottoir. Le chauffeur, un latino haut comme un tabouret de bar, et sosie presque parfait de Danny DeVito, descend aussitôt pour aider Adam à s'installer. Puis replie le fauteuil roulant sans qu'Angelina ait à s'en préoccuper.

— Ne vous embêtez pas. J'ai eu le même pendant deux ans. Je sais comment ça marche.

Angelina ne veut pas se monter indiscrète. Il la devance.

— Accident de ski, dit-il. À Aspen. Un rocher rond recouvert de trois centimètres de neige. Je l'ai pris pour une bosse. Rassurez-vous, tout va bien, à présent.

Il range le fauteuil dans le coffre et se met au volant de sa Buick plus toute jeune, tandis qu'Angelina s'assied près de son mari.

— Nous allons au 1080 Amsterdam Avenue, dit-elle. C'est juste en face de…

Adam l'interrompt.

— On va d'abord au Dakota Building, Central Park West, c'est tout près d'ici.

— Pardon ? Tu dérailles : qu'est-ce qu'on va foutre là-bas à l'heure qu'il est ?

— T'en fais pas, je veux juste te démontrer que je ne dis pas que des conneries.

Sa femme se renfrogne.

Ils arrivent au Dakota cinq minutes plus tard.

— Et à présent, on fait quoi ? grogne-t-elle.

— Quand je te l'indiquerai, déclenche le chronomètre de ton smartphone.

Il s'adresse au chauffeur.

— 86e Rue Ouest et 1re Avenue.

— C'est le bureau d'Ashford !

— Contente-toi de déclencher le chrono. Maintenant !

Le chauffeur démarre.

Ils arrivent bientôt devant la firme d'Edwin Ashford.

— Stoppe le chrono !

Angelina s'exécute.

— Alors ?

— Trente-deux minutes.

— En pleine journée, c'est quarante minutes. Je l'ai vérifié avec Maxime.

— Que cherches-tu à prouver ?

— Giacomo a découvert le crime à 15 h 40. Rappelle-toi ce qu'il nous a dit : il a appelé le 911, puis Caroll, puis Edwin. Dans cet ordre. Ashford nous a raconté avoir quitté son bureau aussitôt. Et il est arrivé sur les lieux du crime à 15 h 50.

L'inspectrice comprend où son conjoint veut en venir.

— Ashford a menti, assène-t-il. Il n'a pas pu arriver en vingt minutes, en début d'après-midi, alors que nous en avons mis trente-deux en pleine nuit, sans embouteillage. Il était donc déjà en route quand Roncali l'a prévenu.

— 1080 Amsterdam Avenue, demande Angelina au chauffeur.

La Buick redémarre. Elle se tait.

— Tu fais la gueule ?

— On parle d'un père à qui on annonce la mort de sa fille. Tu peux te mettre à sa place. Admettons : on ne l'a pas averti au bureau, mais alors qu'il se trouvait dans sa voiture, en train de se rendre à un rendez-vous ou de rentrer chez lui. La police lui pose des questions. Il répond machinalement. Il croit avoir reçu l'appel de Roncali à son bureau. Et se trompe.

— C'est tout ce que tu trouves à dire ? Un père qui serait incapable de se rappeler le moment précis où on lui a annoncé la mort de sa fille ? T'as déjà vu ça où ?

— J'ai l'impression que tu veux avancer à reculons ! Le boulot est fini, Adam ! Roncali en taule. On a trouvé son sperme sur le lieu du crime. Tu vas encore me parler du chalumeau, mais, crois-moi, il finira bien par nous expliquer cette horreur.

Elle lui prend la main.

Ils viennent de passer la soirée à l'opéra. Ils ont entendu la plus belle musique du monde. Sur les marches du Metropolitan et sur la plazza du Lincoln Center, ils se sont sentis désirables. D'un accord tacite, ils admettent donc que seul le silence prolongera un peu cette magie et fera durer leur trêve.

De retour chez eux, ils font l'amour.

Le lendemain, dimanche, elle ira à la messe. Lui écoutera les variations Goldberg. Tandis qu'elle s'endort sur sa poitrine, il entend Don Giovanni chanter :

Là ci darem la mano,
Là mi dirai disì[1].

1. « Là, nous nous donnerons la main, là, tu me diras oui. »

55

Chaque dimanche, des cohortes de travailleurs latinos et de personnes âgées venues des *nursing homes* du voisinage s'engouffrent sous les ogives monumentales de Saint John the Divine. Elles se mêlent aux amateurs venus admirer le célèbre triptyque dédié par Keith Haring aux victimes du sida et les œuvres expérimentales de plasticiens reconnus ou en devenir. Des curieux tournent autour des coffres ouvragés contenant des textes sacrés tibétains. Les guides de l'office de tourisme désignent d'un doigt levé, à la croisée du transept, la coupole de pierre nue d'une voûte byzantine inachevée. Il en faudrait cependant bien davantage pour emplir les trois mille six cents mètres carrés de la nef gigantesque et caverneuse.

L'orgue de la cathédrale n'est pas le plus grand de la ville, mais à coup sûr le plus puissant. L'organiste fait sonner les tuyaux situés à droite, au-dessus du chœur. Il peut aussi actionner un jeu de trompettes qui surplombent l'entrée de la nef. Les vantaux entrebâillés dispersent la musique à tous vents. On pourrait penser que le peuple d'Israël fracasse de nouveau les murailles de Jéricho.

Fenêtre ouverte pour jouir de la musique qui monte jusqu'à l'appartement, Adam profite du temps qu'Angelina passe à l'office pour mettre ses affaires en ordre. Il vérifie les comptes des hôpitaux et des pharmacies, compare le montant des dépenses à celui des remboursements effectués par la compagnie d'assurances. Il déballe aussi les cartons de couches-culottes et d'équipements pédiatriques arrivés tout au long de la semaine, trie le courrier de la veille. Pour lui, un magazine de high-tech et la lettre d'un ami d'enfance. Pour Angelina, une carte postale de Bagan, envoyée de Birmanie par Eddy, revenu à New York depuis deux mois.

La carte montre des pagodes par centaines. Dont les pointes dorées percent la canopée d'une forêt tropicale qui s'étend à l'infini. Sur la table de travail de sa femme, où il la dépose, il remarque un feuillet débordant d'une chemise. L'intitulé « Gand Jury » attire son regard. Il fait glisser la feuille vers lui. Cette note officielle spécifie que le grand jury qui doit décider l'inculpation officielle de Giacomo Roncali se réunira le samedi suivant. À ce stade, la décision des jurés ne fait aucun doute : ils mettront en marche le rouleau compresseur qui écrasera l'accusé.

Un téléphone portable sonne. Celui d'Angelina. Dans sa hâte de filer à l'église avant que plus dévot n'ait eu le temps de lui voler sa place au premier rang, elle l'a oublié dans le salon. Sur l'écran s'affiche « Hôpital du Mont-Sinaï ».

Il décroche.

*

Comme chaque fois qu'elle communie, Angelina revient apaisée, les traits détendus. La cathédrale, se moque généralement son mari, propose à ses clients « le meilleur lifting de la ville ».

Angelina range son manteau dans le placard de l'entrée, largue son sac à main dans un coin et pose sur la console le livre de messe et de cantiques.

Adam l'embrasse.

— L'évêque a célébré l'office en personne. L'organiste a joué le *Choral du veilleur*. Tu aurais aimé.

D'un coup, elle remarque un peu de flamme dans les yeux de son conjoint. Et ce n'est pas l'incandescence de la foi qui les fait briller.

Il l'invite à s'asseoir et lui sert un verre de vin rouge.

— Tu m'as raconté que Caroll comparait sa voix à un vin italien, le barolo, dit-il. Il faut vérifier. J'ai acheté cette bouteille hier chez Citarella. Prends-en une gorgée. Tu la recracheras dans ce bol, pour qu'Ariana ne devienne pas pochtronne avant de naître.

Il a allumé le téléviseur et le lecteur de DVD. Elle fait la moue. Cette mise en scène ne lui dit rien qui vaille.

Comme il l'a suggéré, elle fait tourner le barolo dans le verre bombé afin de libérer ses arômes. Qu'elle respire. Puis déguste une lampée, qu'elle recrache vite dans la coupelle.

— Il est sublime, confirme-t-elle. Caroll a raison : il chante comme elle.

Adam récupère le verre et déguste à son tour.

— Tu es allée prier ton dieu pour davantage d'humanité et de justice dans le monde, n'est-ce pas ?

— Oui, le monde que j'aimerais pour notre fille.

Elle s'assied sur le canapé.

— Un monde, complète Leaf, où l'on ne mettrait pas des innocents en prison. J'ai vu sur ton bureau l'avis de constitution du grand jury.

Elle soupire.

— Nous en sommes là : tu fouilles dans mes affaires…

— Le document était bien en évidence sur ton bureau.

— Je t'en supplie. Nous sommes dimanche. J'ai acheté des huîtres et un poulet rôti au citron. Ne recommence pas avec tes élucubrations.

— Angelina, tu dois m'écouter ! Je t'ai prouvé, hier, qu'Edwin Ashford a menti sur un point essentiel. On ne peut pas faire comme si on l'ignorait. Il a tué Louise !

— Mais tu n'as aucune preuve, juste des présomptions. Que je ne partage pas, en plus ! Le jury s'en fichera. Le juge montrera aux jurés le morceau de rideau maculé de sperme, dans un bel étui de plastique transparent qui passera de main en main, et que pèseront tes suppositions face à ça ?

— Edwin est un lion.

— Encore tes conneries.

— Le lion ne supporte pas qu'un mâle soit passé avant lui. Regarde ces images.

Adam saisit la télécommande du téléviseur et celle de l'Apple TV. Il lance la lecture d'un documentaire de la BBC et accélère jusqu'au moment qui l'intéresse.

Dans la savane, trois lionceaux jouent avec leur mère. Près de celle-ci se tiennent ses sœurs. Toutes paraissent désemparées. Elles font partie, explique le commentaire, du harem d'un grand mâle mort quelques jours auparavant. Un autre mâle arrive du fond de la savane et se dirige droit vers elles, soudain saisies d'une extrême agitation. Elles semblent terrifiées. L'une fonce vers l'envahisseur, cherchant à l'empêcher d'aller plus loin. Mais il suffit de quelques secondes au mâle pour la mettre sur le flanc et poursuivre son avancée. Alors, les bébés cessent de jouer. Leur mère s'adosse à eux pour les protéger. Quand le mâle approche, les femelles montrent les crocs. Qu'importe : le lion blesse la lionne et la sépare de ses petits. Il agrippe l'un d'eux. Il le mord à la nuque, le rejette, sans vie, sur les herbes rougies. Le deuxième lionceau tente un mouvement de fuite lorsque l'intrus le saisit. Le bébé glisse bientôt sur l'herbe : au lieu du cou, c'est son ventre qui se déchire, éviscéré.

— Montrer ça à une femme enceinte, quelle délicatesse ! proteste Angelina.

— Tu as le cœur bien accroché. Il ne reste qu'une minute.

La mère, qui s'est relevée, tente alors de défendre son troisième lionceau. Mais elle ne réussit qu'à dévier la morsure vers la cuisse du petit. Aussi décide-t-elle d'affronter le lion. Qui la repousse. Et peut alors revenir vers le survivant et le tuer à son tour.

Le commentaire explique : « Chez les lions, l'infanticide réinitialise et synchronise l'horloge reproductive des femelles, ce qui permet au nouveau mâle dominant d'imposer ses gènes au sein du groupe. Un quart des décès de lionceaux lui est dû. »

— Il ne faut pas prendre cela au pied de la lettre, commente Adam, mais vouloir transmettre ses gènes à tout prix, et parfois à son propre détriment, fait partie des tendances animales fondamentales de l'*Homo sapiens* mâle. La sociobiologie a prouvé que beaucoup de nos comportements sont liés - même si nous en sommes inconscients - au besoin de propager notre patrimoine génétique.

— Je ne sais pas si je dois t'écouter avec sérieux ou rire nerveusement, se désole Angelina. Ta théorie ne repose sur rien. Edwin Ashford n'a pas de mobile. Son alibi est solide : il n'était pas là quand le crime a été commis. Tes divagations vont à l'encontre des faits.

— Tu n'as pas non plus établi le mobile de Giacomo Roncali.

— Louise peut l'avoir menacé de le dénoncer pour attouchements.

— Tu n'as aucune preuve de cela. Et tu dis « peut ». Crois-moi. Ashford est bien ce lion qui ne supporte plus de devoir rivaliser avec un mort. Sais-tu pourquoi Caroll était bouleversée quand nous l'avons croisée dans le hall du Quartz ? Parce que son mari envisageait de donner à la terrasse de l'immeuble le nom de « Caroll *Ashford* ». Elle a exigé que la plaque soit détruite et que la nouvelle porte l'intitulé « Caroll *Orzel* ». Cela explique son charabia, l'autre jour, sur l'importance des mots, qui demeurent quand ce qu'ils désignent s'en va.

— La rose, murmure Angelina. « Celle qui n'existe plus que par son nom »…

— Je sais par son avocat qu'elle a interdit l'adoption que proposait Edwin et qui aurait abouti à ce que les enfants portent son nom à lui ! Pense à sa personnalité. Il ne jure que par les territoires. Il envoie des « chasseurs » dans le monde entier trouver des terrains à bâtir. Je l'ai lu dans le rapport de ton premier entretien avec lui. Il joue au go. Il est obsédé par la loi du sang. Rappelle-toi comment il parle de son cheval.

Adam prend sur la table basse un papier qu'il a préparé. Il lit :

— « Il s'appelle Miyako, né de Polynesian et de Geisha, petit-fils de Native Dancer et arrière-petit-fils de Mellow Marsh, lui-même né de Surnatural. Très belle lignée. » Le sang, toujours le sang ! Comme pour le lion qui élimine ce qui n'est pas le sien. Là encore, c'est dans ton rapport !

— Ce sont des mots. Pas un mobile que le grand jury arriverait à trouver vraisemblable !

— Oublions le lion un instant. Ashford est ruiné. L'effondrement de sa tour de Doha et les soupçons de malfaçon sur celle de New York mettent sa firme dans une situation catastrophique. Le seul qui s'en sortira, c'est Michael Cosgrove, avec ses systèmes de domotique les plus avancés du continent. Ashford se trouve sur la paille, alors qu'un trésor dort sur les cimaises et dans la chambre forte de la galerie qu'il a construite pour Tadzio Orzel. Roncali en taule, la voie est enfin libre pour qu'il obtienne ce dont il rêve depuis si longtemps : la direction du trust Orzel !

— Comment y parviendrait-il ? contre-argumente Angelina. De son vivant, Orzel avait tout fait pour favoriser Roncali, en qui il avait confiance.

— Ce qui a changé, c'est que désormais Caroll prend ce dernier pour l'assassin de sa fille. Et veut l'éliminer du directoire, ce dont elle a la possibilité. Un conseil d'administration doit se réunir en ce sens la semaine prochaine. Bizarrement, elle aime Edwin, à sa manière, d'un amour qui ne saurait se comparer à sa passion pour Orzel, mais qui la sécurise. Et elle est en train de faiblir. Je suis certain qu'elle va céder.

— Comment sais-tu que Caroll a fait changer la plaque de marbre ?

— J'y suis retourné. J'ai rencontré Michael Cosgrove. Et j'ai aussi rapporté ça.

De deux tours de roue, il va prendre, derrière le canapé, le sac qu'il avait avec lui lors de sa deuxième visite à la tour Quartz. Dont il extrait un chalumeau de plombier.

— Pendant que Maxime distrayait le contremaître, j'ai fait un tour entre les établis des ouvriers. Des chalumeaux, ils en ont de toutes sortes. J'en ai vu une dizaine, tous différents.

— Tu ne m'en as rien dit !

— Ma visite et mes prélèvements étaient illégaux. Je n'ai pas voulu te compromettre.

— Adam, putain, te rends-tu compte du merdier que tu as fabriqué ? Le code de procédure, tu te torches avec ?

— Ne sois pas vulgaire, s'il te plaît ! Je voulais être sûr de moi. D'autant que j'ai mieux que le chalumeau ! Une prostituée, Jenny, m'a présenté une de ses collègues à qui Ashford a acheté un préservatif contenant le sperme de Roncali.

— Là encore, tu as fait cavalier seul. Sans m'avertir de quoi que ce soit.

— L'important n'est pas là, putain ! Je suis en train de t'expliquer qu'Ashford a pu frotter le rideau avec le sperme de Giacomo ! Et toi, tu pinailles et me parles de bureaucratie !

— Si c'était vrai, ce serait un coup de théâtre… qui foutrait en l'air toute mon enquête. À supposer que ta prostituée témoigne officiellement et que toutes les procédures ne soient pas annulées par le juge en raison de ton festival d'irrégularités !

— Fais-moi confiance pour une fois. Il y a un moyen de valider mes théories. Ashford veut annihiler tout ce que Orzel a fait naître. Voilà deux mois, Sidohn a failli mourir d'une intoxication alimentaire. Fais vérifier qu'il s'agissait vraiment d'un accident. Le contraire prouverait qu'Ashford avait déjà, à ce moment-là, le projet de remettre le compteur à zéro…

— Comme le lion qui tue ses petits, complète sa femme, un peu ébranlée. Cela voudrait surtout dire que nous aurions affaire à un malade mental capable d'une incroyable maîtrise de soi.

— Tu vois, tu commences à y croire.

— Je suis seulement fatiguée. Et je vois déjà la gueule de Polanco brandissant ma lettre de révocation pour défaut de mandats, abus de pouvoir et autres illégalités.

— Cela signifie que tu veux bien faire enquêter sur le jour où Sidohn a failli mourir ?

— Tout cela est absurde, mais je n'ai pas le choix. Ne pas le faire serait un trop grand risque.

Angelina s'affaisse. Les divagations d'Adam l'ont détruite.

— En résumé, conclut ce dernier, Giacomo est secrètement amoureux de Caroll. Comme un babouin errant, il se fait aimer des trois enfants pour se rapprocher d'elle. Mais elle refuse de se détacher du passé, toujours amoureuse de Orzel. Edwin ne supporte pas de vivre en rivalité permanente avec un mort. Il veut éliminer ce qui vient de Orzel afin de réinitialiser la partie. Et tue Louise. En trouvant le moyen de mettre son crime sur le dos de Roncali. Résultat : la police a un coupable de substitution, la présidence du trust Orzel est déclarée vacante, Caroll tient Giacomo pour l'assassin de sa fille et transfère sa confiance vers Edwin.

Angelina recompose les traits de son visage. Sa respiration s'accélère.

— Je refuse de suivre tes théories. Si j'admettais que nous sommes des animaux comme les autres, il me faudrait renoncer à la notion de responsabilité. Un animal n'est pas responsable de ce qu'il fait, puisqu'il se contente de suivre la mécanique de son instinct. Moi, je crois au libre arbitre.

— Ce que nous pensons être notre libre arbitre n'est, le plus souvent, qu'un mélange d'instinct et de prédispositions génétiques !

— Tes idées ne font pas que me choquer, elles m'insultent. Ainsi que notre petite fille qui va naître ! Nous ne sommes pas des animaux comme les autres, Adam. Ton échafaudage ne tient pas debout. Est-ce un animal qui a composé *Don Giovanni* ? Un animal qui a écrit la musique que tu écoutais avec Clara ? Un animal qui a compris la relativité générale ? Un animal qui a peint *La Cène* ? Mozart, Bach, Einstein, Vinci… Comment peux-tu imaginer que nos instincts nous gouvernent quand nous avons mis deux cent mille ans à nous en détacher ? Le plus souvent, nous faisons précisément le contraire de ce qu'un animal ferait ! Ce qui me désole, c'est que tu ne sentes pas l'étincelle que Dieu a mise en nous.

— À la croyance, je préfère la connaissance.

— Ton comportement va me retomber dessus. Tu enquêtes sans m'en informer, voles de possibles pièces à conviction, piétines la procédure. Tout ça parce que tu veux réinventer la criminologie ? Ou parce que tu veux compenser ce que tu es devenu ?

L'expression est partie toute seule.

Et Adam en a le souffle coupé.

— Ce que je suis devenu ? bredouille-t-il.

— Pardon, s'excuse aussitôt Angelina. Je n'aurais pas dû dire ça. C'est sorti trop vite de ma bouche, ça n'a aucun sens.

— À propos de ce que *nous* sommes devenus… Ton portable a sonné pendant que tu étais à l'église. Comme l'écran affichait « Hôpital », j'ai répondu. Il s'agissait d'un médecin. Un certain Jasper Kostas.

Sa femme blêmit.

— Il voulait confirmer ton rendez-vous avec l'obstétricien, mercredi.

— Merci. Je n'avais pas oublié.

— Une secrétaire aurait pu t'appeler. Un SMS aurait aussi bien fait l'affaire.

— Sans doute. Ils en font trop.

— Surtout un dimanche, quand le secrétariat ne travaille pas. Qui est ce Jasper Kostas ?

— Je l'ai rencontré à l'hôpital alors que j'allais voir Parker, ton chirurgien. Tendue, j'ai fait un malaise nerveux dans le hall. Il m'a prise en main. Il était là par hasard.

— J'ai trouvé sa page Facebook. Il a une sacrée allure de rugbyman, ce Jasper Kostas. C'est sûr qu'un mari quasi impuissant, décharné, qui boit des soupes à la paille, à côté, ça ne fait pas le poids !

— Arrête !

— Chirurgien esthétique. Rien à voir avec les femmes enceintes.

— Il m'a aidée psychologiquement. J'avais besoin de soutien. Il m'a écoutée. Il m'a parlé. J'ai tenu bon.

— Tu es une femme. Je ne pouvais plus te satisfaire. Je ne te blâme pas.

— Tu es horrible !

— As-tu couché avec lui ?

— Non, bien sûr que non ! Et toi, cette Jenny que tu vas interroger sans instructions ni mandat, l'as-tu embrassée ?

La question s'abat sur la tête d'Adam comme un bloc de béton tombé du cinquième étage.

— Pourquoi tu me demandes ça ? Comme si c'était la première fois qu'on doit interroger des prostituées !

— Je me comporte en animal. Comme une louve jalouse. Tu vois, j'entre dans ton univers. Pourtant, je ne dirai pas à notre fille que, quelques jours avant sa naissance, son père embrassait des putes.

Il s'approche, l'air grave. Et lui prend les deux mains.

— Cette enquête nous a éloignés l'un de l'autre, mon amour. C'est sans doute ma faute. Je me sens comme Caroll. Je me reconnais en elle. Et ça me met la tête à l'envers.

— Vous n'avez rien en commun, murmure Angelina.

— Nous vivons tous les deux avec un fantôme. Depuis que ma grand-mère a été tuée par un chauffard, elle ne m'a plus quitté. Elle vit en moi. J'ai parfois l'impression d'avoir une locataire installée au grenier, dans les zones désaffectées de mon cerveau. Qui fait du bruit.

Gronde. Râle. Tape du pied sur le parquet quand quelque chose ne lui plaît pas. Parfois elle saute de joie, comme j'aurais aimé le faire quand j'ai su que je serais père. Dans l'esprit et le cœur de Caroll, le squatter, c'est Tadzio. Un type que tout le monde dit génial, infiniment désirable et donc encombrant. Caroll m'a révélé que je vivais, comme elle, dans un mausolée. Nous ne parvenons pas à laisser filer le passé.

Angelina lui serre les mains. Des larmes lui montent aux yeux. L'envie de faire la paix les gagne tous deux après les horreurs balancées.

— Nous ne sommes pas d'accord, dit Adam, ce n'est pas une raison pour nous déchiqueter. Quand Caroll Orzel sera parvenue à prendre congé de Tadzio, mon mausolée se videra aussi. Nous pourrons vivre plus libres. Elle, avec Giacomo innocenté, et moi, avec ma femme et mon enfant. Dans les veines d'Ariana coulera le sang de ma grand-mère. Et je n'aurai plus à la transporter en moi pour la rendre immortelle.

— Je n'en peux plus, Adam. Je voudrais que tout cela finisse, que cette affaire qui nous empoisonne soit derrière nous et que nous puissions passer à la suite de notre vie.

« Que tout cela finisse ». De quoi parle-t-elle vraiment, se demande Leaf : de son infirmité, de cette interminable enquête, de leurs affrontements… ou de leur relation ? Il se rappelle soudain cette absurde bouffée d'angoisse qui l'a saisi, à l'opéra, lorsque les sinistres harmonies associées au châtiment de Don Giovanni lui ont semblé annonciatrices d'un drame dans sa propre vie : rupture, séparation, déchirement. Les mêmes accords, à présent, assènent à son cœur d'insupportables coups de boutoir. Sonné, incapable de penser, il s'entend balbutier :

— Si cela peut nous aider à redémarrer et à mieux accueillir Ariana, oui, d'accord, on peut prendre un peu de recul.

Au lieu de lui crier qu'il l'aime, que leurs confrontations le nourrissent et font circuler dans ses veines un sang luxuriant, saturé d'oxygène, il vient de s'exprimer comme le jeune homme qu'il fut jadis, qui disait toujours « D'accord », non par indécision, mais parce que, supérieurement intelligent, il laissait le complexe des surdoués l'exclure du monde ordinaire.

Il se sent stupide. C'est elle qui a raison. Pourquoi supporterait-elle davantage son arrogance, sa jalousie et cette fatigue dévastatrice ? Sa main tremble.

— Il ne reste qu'un mois avant l'accouchement, poursuit Angelina, déçue de sa passivité. J'aimerais reprendre mon souffle. Je vais aller passer quelques jours chez mes parents, dans le Queens. Je ne serai pas loin et je viendrai au bureau comme d'ordinaire. Nous sommes dimanche. Le temps de préparer mes affaires et de remplir le congélateur pour toi, je partirai mardi.

— En cas de besoin, je demanderai à Maxime de m'aider murmure Adam.

Il se sent minable d'avoir prononcé ces mots : une petite abdication supplémentaire qui achève de détruire son amour-propre.

— Je vais faire chauffer le poulet au citron.

Elle sort et va vers la cuisine, le laissant K-O.

56

Adam range son vélo sur le râtelier d'acier scellé au sol, devant le poste de police de Varick Street, à l'angle d'Ericsson Place : un bâtiment gris de deux étages, trapu, percé de portes bleues. Il se précipite vers l'entrée quand un ado le hèle : quinze ou seize ans, l'air faussement rebelle sous le capuchon de son sweatshirt Rainbow Arrows à trois cents dollars.

— Mec, t'as pas mis d'antivol.

— On est chez les flics, qui serait assez con pour me le faucher ici ?

— C'est toi qui es con. Qu'est-ce qu'on trouve dans un commissariat en dehors des cops, *d'après toi ? Des anges ?*

Adam fait trois pas en arrière, attache sa bicyclette, puis revient vers l'entrée.

Il retire sa casquette floquée du nom des Stapletons, l'équipe de football de Staten Island, tire le bas de son polo Ralph Lauren, se sert de ses doigts comme d'un peigne pour se recoiffer. Il doit faire bonne impression.

— Salut, gamin, qu'est-ce qu'on peut faire pour toi ? demande, quand il entre, le policier en faction, un robuste quinquagénaire aux cheveux coupés en brosse, occupé à siroter un café dans un gobelet de carton ramolli.

— Je viens récupérer ma grand-mère.

— T'as quel âge ?

— Dix-huit ans ce matin.

Le flic se tourne vers son collègue, un petit brun mal rasé qui feuillette Avengers Universe Magazine *dans un canapé de similicuir, au fond de la pièce.*

— Bob, c'est toi qui as coffré la grand-mère du gamin ?

L'homme prend un air las.

— Celle qui vendait des churros dans la rame de métro, sur la ligne E ?

— Non, précise Adam, une dame qui manifestait dans la rue.

— Ariana Leaf ?

Le premier flic répète à l'intention d'Adam, comme si l'autre ne se trouvait pas dans la même pièce :

— Ariana Leaf ?

— Oui. Ariana Leaf.

— Tu vois, mon petit gars, c'est un putain de monde à l'envers. De mon temps, ma granny venait me récupérer au poste le samedi quand je sortais du bar bourré et qu'un keuf n'avait pas aimé que je lui pisse sur le bas du pantalon. De nos jours, c'est les gamins qui viennent payer la caution de mémé !

— Je n'ai pas de quoi payer, proteste Adam.

— Bob, quelle connerie elle a faite, la mamy ?

— Participation à une émeute, rébellion, refus d'obtempérer, outrage à agent.

Le flic se retourne vers l'ado.

— À mon avis, ça va chercher loin, tout ça. Bon, on va voir ce qu'on peut faire. Tes papiers, mon gars.

— Ma carte du collège, ça ira ?

— Oui.

Le contenu de ses poches est maniaquement organisé, signe d'un trouble obsessionnel compulsif précoce. Dans la droite, un paquet de chewing-gums à la menthe, des mouchoirs jetables et ses clés, sur un anneau orné du bouclier de Captain America. Dans la gauche, son smartphone, ses écouteurs et des lingettes. Sur la fesse gauche, son porte-cartes en toile denim surpiqué de fil noir. Adam en extrait sa pièce d'identité.

Le policier le regarde et, lèvres pincées, produit un sifflement d'admiration.

— Dugland, tu pouvais pas le dire tout de suite ? Bob, le gamin, là, il est à l'académie de police !

— En réalité, je viens d'être admis. C'est ma grand-mère qui m'a élevé. Faut la libérer.

Son presque confrère lui tend la main.

— Je m'appelle Jo.

Bob s'approche.

— Ils ont foutu l'école à Pétaouchnok, dans le Queens, dit-il. Tu te souviens, Jo, de notre temps ? On était bien pépères, sur la 20e Rue.

Et de s'adresser à Adam :

— Tu vis à Elm Park, de l'autre côté ?

Ce qui désigne les espaces imaginaires infiniment lointains qui doivent s'étendre au-delà de l'Hudson.

— Oui. Tous les matins je vais prendre le bus 119 jusqu'à Penn Station et continuer par le train. Si je le rate, je poursuivrai avec le 119, mais ça prendra presque trois heures.

Pendant qu'Adam parlait avec Bob, Jo a ouvert un registre. Il désigne une ligne.

— Tu vois, c'est marqué là. Ta grand-mère a formé une chaîne humaine avec douze autres vieux pour bloquer Wall Street. Ils y sont parvenus pendant dix minutes, se sont assis par terre, et on a dû les soulever un à un pour les coffrer. Ils manifestaient contre le père Koétilène.

— Le perchloroéthylène, corrige prudemment Leaf, qui ne veut pas avoir l'air de crâner. C'est un produit cancérogène utilisé dans les pressings.

— Ils vont tous nous tuer, avec leurs merdes chimiques, proclame Bob.

— C'est pas terrible, pour un cadet, d'avoir un parent catalogué comme émeutier.

Il adresse un regard à son collègue.

— Émeutier, c'est bien marqué là ? demande-t-il en avalant une gorgée de café.

Bob approche et se penche pour mieux lire.

— J'vois pas bien.

Il se redresse. Son épaule frôle le coude de Jo, qui renverse son café sur le registre.

— Putain ! Fais gaffe !

Il essuie le breuvage noirâtre du revers de sa main, ce qui étale l'encre sur toute la largeur du papier.

— Connard, regarde ce que t'as fait ! On voit plus rien !

Le numéro des deux flics fonctionne à merveille. Jo sort un mouchoir qu'il imbibe d'eau pour essuyer la page, ce qui rend le dommage irréparable.

— Foutu maladroit !

— On n'a plus qu'une chose à faire, répond Jo. Plus de main courante, plus de chefs d'inculpation. Ces vieux dans la cellule, officiellement, on ne sait pas pourquoi ils y sont.

— On ne sait plus, répète Bob.

— Alors vire-les de là. On ne connaît même pas leurs noms !

Adam en a la larme à l'œil.

— Barrez-vous, toi et ta grand-mère, ajoute Jo avec un clin d'œil.

— Maintenant, on va devoir acheter un nouveau registre ! surenchérit l'autre.

Adam prend un air viril pour dissimuler son émotion.

— Merci, les gars, articule-t-il faiblement.

— Pas de quoi… collègue !

*

Collier de grosses billes rouges, écharpe de soie verte autour du cou, chemisier Esprit de satin froissé scintillant, Ariana Leaf s'est composée, sous un sage manteau à motifs pied-de-poule, un look de vieille dame très badass. *Sa jupe tombe au niveau du genou, révélant des jambes encore lisses et galbées comme celles d'une championne de brasse coulée.*

Elle est d'humeur joyeuse. Satisfaite. Et fière. Son petit-fils lui tient le bras comme le ferait un chevalier. Il rayonne. Du haut de ses dix-huit ans, un visage d'adolescent, des épaules larges, des pectoraux qui tendent son tee-shirt, une taille fine… et il est officiellement cadet du New York Police Department.

Pour célébrer l'événement, elle l'a emmené dîner à La Sirène, un restaurant français de Broome Street que son propriétaire, un Provençal, a décoré dans le style sans esbroufe d'un bistrot de Saint-Rémy : bouteilles de bandol rouge, de château-minuty ou domaine d'Ott rosés rangées sur des racks au-dessus de la caisse, patères vissées au mur, banquettes de cuir usé, tables et chaises de bois, grille de fer forgé pour scinder la salle à manger et la rendre plus intime.

— Ces Français sont prétentieux, dit Ariana, mais ils savent cuisiner. Les escargots rôtis étaient délicieux. Tu aurais dû essayer.

— Rien que l'idée me fait gerber. Quand tu les mangeais, je vomissais dans ma serviette.

Elle écarquille les yeux.

— Non, je rigole, dit le jeune homme pour la rassurer. C'était mon meilleur repas depuis…

Il a failli dire « depuis la mort de maman », mais il a beau fouiller sa mémoire, de sa mère ne lui revient aucun souvenir de ce genre.

— … depuis mon anniversaire, avant-hier.

Ils marchent sans se dépêcher afin que s'éternise cet instant de complicité, croisant des amoureux pressés d'aller danser, des vendeurs de roses, des retardataires qui courent entendre du jazz au Anyway Café.

— N'oublie pas la manière de boire le vin, maintenant que tu en as l'âge.

— Je le fais d'abord tourner dans le verre, dit-il comme s'il répétait une leçon. Puis je le renifle pour sentir les arômes. Je le mets dans la bouche sans l'avaler tout de suite. Je le bois. Je ne dis rien avant que les derniers parfums soient partis. Et après, après seulement, je case les mots «fruits rouges, vanille, coing, minéral, floral, soyeux et long en bouche» dans la conversation.

— Fais attention aussi, tous ces flics boivent de la bière. Ne te laisse pas entraîner.

— Je te promets. De toute manière, je n'aime rien d'amer. Ni endives, ni pamplemousse, ni bière.

— Maintenant que tu es presque policier, tu récupéreras la photo de la manif.

— Je ne suis pas «presque policier». Je viens seulement d'être admis à l'académie. Ce n'est pas pareil.

— «Admis»! Tu rigoles, ils te voulaient.

— Non, on était des centaines. J'ai juste réussi l'examen.

— S'ils ne s'aplatissaient pas à tes pieds, ils ne t'accorderaient pas une bourse de vingt mille dollars!

— Ça ne se passe pas comme ça. C'est pas le concours de Mister Univers.

— En tout cas, pense à mes photos. Ils ne te refuseront rien. Tu nous aurais vus, assis en travers de Wall Street, à l'angle de Nassau. C'était formidable.

L'allée dans laquelle ils se sont engagés, déserte à cette heure, sépare les façades latérales aveugles de deux bâtiments de brique.

— J'ai garé la voiture là-bas à droite, prévient Ariana.

— Dix petits vieux qui pique-niquent sur le bitume, se moque Adam. On m'a rapporté que vous avez tenu dix minutes. Tu parles d'une insurrection.

— Tu n'y comprends rien. Si on donne les clichés à la presse, le monde entier pourra savoir que nous avons défié les criminels qui financent le perchloroéthylène. De là-haut, ta maman a dû nous applaudir bien fort !

Une Ford Club Wagon allume ses phares et démarre, à une centaine de mètres face à eux.

Adam se dirige vers le côté de leur Honda CR-V, près du mur. Sa grand-mère déverrouille l'habitacle d'un coup de bip tandis qu'il prend place côté passager.

Soudain, la camionnette accélère.

Ariana se prépare à ouvrir sa portière.

Mais elle n'en a pas le temps : le chauffard la percute par le côté gauche et lui fracasse la hanche. Le choc la propulse en l'air, elle retombe quatre mètres plus loin.

Le chauffard s'arrête sec.

Tremblant, glacé, Adam sort de la Honda et se précipite.

Sa grand-mère gît sans respirer, le crâne brisé par la chute. Horrifié, les yeux exorbités, il pose ses doigts sur ses joues. Et, mécaniquement, comme si cela pouvait changer quoi que ce soit, cherche le pouls de la carotide.

Elle est morte.

Le chauffard s'extrait de la Ford Club Wagon, hilare. Marche en titubant vers le corps. Mime une bénédiction. Se met à chanter en remuant la tête, ce qui fait balancer autour de ses épaules sa longue chevelure, qui lui descend jusqu'à la taille.

Du quartier, nul ne s'est précipité. Les façades des immeubles, dans cette allée si étroite, ont amorti le bruit en le canalisant vers le ciel. Personne.

L'ivrogne tourne autour de la vieille dame. Il passe devant la voiture. Terrassé par l'alcool, il tombe à la renverse, devant la roue avant gauche. Son corps est raide, mais il respire profondément, en plein coma éthylique.

Figé, glacé, Adam n'éprouve plus aucune sensation. Il ne reste rien, en son corps ni son cerveau, qu'un grand froid n'ait congelé. Ses gestes deviennent ceux, mécaniques, irréfléchis, d'un automate.

Il prend place au volant.

Tourne la clé pour actionner le démarreur.

Met la Honda en marche, appuyant sur le frein pour qu'elle progresse millimètre par millimètre. La roue avance sur l'épaisse tignasse de l'homme allongé, approche du crâne, touche le cuir chevelu. Il ralentit. Légèrement.

Alors, le caoutchouc mord la chair au sommet de l'os frontal.

Alors, l'homme ouvre les yeux et hurle.

Alors, Adam immobilise le véhicule.

Alors, les pieds du chauffard s'agitent.

Alors, Adam appuie lentement, très lentement, sur l'accélérateur.

La chair, retenue par la masse de cheveux, commence à se décoller de l'os.

Voyant l'ombre de la roue qui va lui broyer le visage, l'écorché produit le seul effort susceptible de lui garder la vie sauve : se redresser d'un mouvement si brutal que, retenu par le pneu qui le déroule comme on retourne une calotte, la totalité de son scalp se détache.

Adam stoppe la voiture.

L'homme se redresse. Fait face à son bourreau, les yeux exorbités. Une cascade de sang inonde sa face et son cou, ses yeux et ses vêtements. Une bête atroce, une chimère ignoble, un monstre à vif.

La traction exercée a décollé, en plus du scalp, une partie du front. Les chairs du visage, privées de points d'attache, se distendent et se déforment.

Hagard, hideux, pris d'une douleur plus forte et intense que l'anesthésie de l'alcool qu'il a ingurgité, le meurtrier semble hésiter entre fureur et épouvante.

Il choisit d'avoir peur. Dégrisé par la souffrance, il court vers la Ford, jetant à son tortionnaire un regard de haine. Quand il entre dans la camionnette, démarre en trombe et passe devant Adam, celui-ci voit des centaines de gouttes de sang maculer la vitre du conducteur. Et deux yeux exorbités entourés de peau à vif l'observer comme le diable.

Adam se liquéfie. Des spasmes, des cris muets, une terreur innommable le broient. Les feux de la Ford au bout de la rue, il s'allonge près de sa grand-mère et pleure sans fin.

*

Un disque noir, troué en son tiers inférieur d'une double barre blanche, entouré d'une gaze brune… Une voix grave, lourde et ouatée, qui enveloppe comme une couette…

Adam, après avoir perdu connaissance, revient à lui. Ce disque est un visage, qui se détache sur le blanc du plafond.

Celui d'un policier. Adam devrait le reconnaître, mais les informations se perdent dans la masse spongieuse qu'est devenu son cerveau.

— Ta grand-mère est morte, annonce le flic. Je suis désolé. Le type avait cinq grammes d'alcool par litre de sang. En fuyant, il a précipité sa camionnette sur une borne d'incendie et s'est défoncé le thorax. Il est toujours en vie mais n'a pas la moindre idée de ce qui s'est passé. D'après les médecins, le crystal lui a vérolé les neurones. Il n'est pas près de retrouver la mémoire.

Le policier, ignorant si Adam l'entend et le comprend, fait une pause. Le regard du cadet groggy quémande la suite.

— C'est un miracle que ton appel m'ait trouvé alors que j'étais dans le coin.

Leaf, dont la lucidité émerge peu à peu du brouillard, reconnaît enfin celui qui lui parle à l'oreille : son maître référent à l'académie de police, celui désigné pour devenir son instructeur principal.

— Ce que tu as fait est un crime, passible de plusieurs années de prison, reprend l'autre. On ne doit pas se faire justice. Normalement, ta carrière de flic devrait s'arrêter là. Dommage, avec tes dispositions…

Adam retrouve sa capacité de parler.

— « Normalement » ? demande-t-il.

— J'ai ramassé le truc dégueulasse que le mec a laissé derrière lui. Je le ferai incinérer demain. La voiture de ta grand-mère a été évacuée à ma demande, sans examen criminalistique. J'ai joué les nettoyeurs, Geronimo.

— Pourquoi ?

— Je ne veux pas que le département perde son futur élément. Tes résultats à l'examen étaient scintillants.

— Je suis où ?

— Chez moi. Tu étais en état de choc. Je n'ai pas voulu te laisser rentrer seul.

— Où se trouve ma grand-mère ?

— À la maison funéraire où mes parents ont reposé avant leurs obsèques. Je t'y emmènerai tout à l'heure.

— Il doit se reposer.

Une autre voix vient de résonner. Adam tourne la tête vers la gauche. Un deuxième homme se tient là, noir lui aussi. Âgé d'une trentaine d'années. Ses lunettes à la Harry Potter lui donnent un air juvénile et intello. Et un stéthoscope autour du cou une apparence de médecin bizarre.

— Je te présente Ezéchiel, annonce le policier. C'est mon mari. Il est médecin.

— Bonjour, Adam, intervient ce dernier. Ta pression artérielle est très basse. Reste allongé.

Leaf balaie la pièce du regard. On l'a installé dans une chambre aux murs tapissés de photos prises à l'académie de police, devant l'ancien bâtiment de la 20e Rue Est. Elles montrent les différentes promotions de cadets dont l'instructeur a supervisé la formation. Une brochette de jeunes hommes fiers de leur uniforme, bombant le torse, nuque basculée en arrière, colonne vertébrale aussi verticale qu'un pieu. Ils ont sur le visage la certitude d'incarner la force au service de la justice et de l'équité, et cette innocence que l'accoutumance aux turpitudes du monde leur fera perdre en deux ou trois ans.

— Écoute-moi bien, reprend le flic. Personne ne devra jamais – tu m'entends bien, jamais – savoir ce qui est arrivé. Si quiconque l'apprend, tu te retrouveras dégradé et jeté en taule jusqu'à la fin de tes jours pour tentative de meurtre. Je t'ai sauvé. Ne me le fais regretter en aucun cas, quoi qu'il arrive dans ta vie et dans la mienne. Un avocat commis par une association d'aide aux toxicodépendants chargé de la défense du salaud qui a tué ta grand-mère plaidera la démence. On mettra ce salopard à l'abri dans une maison psychiatrique pénitentiaire. Si des souvenirs de ce qui s'est passé lui reviennent en mémoire, il n'en dira rien, de peur que la vérité n'aggrave sa sentence. De plus, c'est un récidiviste. Il aura tout intérêt à jouer les barges irrécupérables pendant les dix prochaines années.

Adam lève les yeux vers celui qui vient d'éviter que sa vie soit ruinée.

Il devrait dire «Merci, monsieur» ou «Merci, capitaine».

Au lieu de cela, il s'entend prononcer :

— Merci, Harry.

Et sombre dans une amnésie chimique et cotonneuse.

57

Le docteur Hugh Carendall, directeur du Cayuga Medical Center d'Ithaca, repose sur son bureau le document qu'Harry vient de lui remettre. Il réfléchit et se lance :

— Je ne suis pas sûr que le mandat d'un juge puisse faire obstacle au secret médical. Il faudrait que j'alerte nos services juridiques. Cela mettra du temps. D'ici là, je prendrais une trop grande responsabilité en évoquant le cas d'un de nos patients.

— Je vous comprends, tempère Harry. Cependant, il ne faudrait pas que votre réserve puisse être interprétée comme une obstruction à une enquête dont pourrait dépendre la vie de futurs patients.

— Nous cherchons seulement à élucider ce qui est arrivé à Sidohn Orzel, intervient Adam. Le mandat indique clairement que votre témoignage ne pourrait en aucun cas servir de base à une action contre votre établissement, ni contre Sidohn Orzel lui-même. Là n'est pas notre objectif.

— Désolé, je ne peux rien faire sans l'aval de nos juristes.

Harry se frotte le menton, en quête d'une voie de conciliation.

— Vos avocats retarderont tout de plusieurs mois. Vous imaginez le préjudice que subirait le Cayuga Medical Center si la presse savait que la police enquête sur la manière dont a été traité un de ses patients ?

— Vous me menacez ?

— Certainement pas. Les avocats associés de votre firme de conseil juridique possèdent déjà des maisons secondaires sur le lac Cayuga et des bateaux attachés aux anneaux de la marina, au yacht club. Vous ne rêvez sûrement pas de les enrichir davantage.

Adam devine quelle tactique va adopter Harry.

— Et nous, dit-il, nous voulons gagner du temps. Alors, oublions Sidohn Orzel, propose Harry. Préservons le secret de son dossier médical. Parlons plutôt de manière générale, sans nous attacher aux personnes.

Le directeur semble ouvert au bon sens, brave type que ce genre de situation embarrasse.

— D'accord, dit-il. Que désirez-vous savoir ?

— Quelles sont les raisons les plus fréquentes d'admission d'étudiants de Cornell à votre service d'urgences ? Les intoxications alimentaires en font-elles partie ?

L'homme se concentre. Ne pouvant s'offrir le luxe d'une embardée verbale, il pense et pèse chaque mot.

— Les intoxications alimentaires ne sont pas habituelles. Leurs études à Cornell coûtent environ soixante mille dollars par an aux étudiants du niveau social auxquels vous faites référence. Sans compter les frais additionnels. Ils ont de quoi se payer autre chose que des plats avariés. Les poissons du lac sont sains. La viande est bonne. La cuisine des cantines universitaires capable de rivaliser avec celle de quelques bons restaurants, en ville.

Adam et Harry attendent la suite. Carendall respecte leur pacte tacite. « Le niveau social auquel vous faites référence», a-t-il dit. C'est bien Sidohn Orzel qu'il évoque, sous couvert de généralités.

— Nous traitons des crises éthyliques, surtout après les beuveries estudiantines du week-end. Rien qui sorte de l'ordinaire. Il y a aussi quelques cas d'addiction à des drogues douces. Et puis…

Il hésite à aller plus loin. Harry et Adam savent que le moment de vérité arrive.

— Ithaca n'est pas épargnée par la prolifération des drogues de synthèse, telles que le 25I-NBOMe ou le 2C-C-NBOMe.

— Le crystal? demande Adam.

— Non. Ce sont de nouvelles substances. Même les services de police n'arrivent pas à suivre leur évolution. L'an dernier, plus de trois cents molécules inédites ont été mises sur le marché, le plus souvent importées de Chine. Des composés d'une si grande puissance qu'une dose de la taille de deux ou trois grains de sel suffit à se défoncer. Imaginez l'effet que produirait le double…

— Un effet qui conduirait tout droit aux urgences, suggère Adam.

— Bien sûr.

— Comment un étudiant pourrait-il être assez fou pour absorber deux fois la dose normale? demande Harry.

— Il suffit que le gamin ait picolé auparavant et ne sache déjà plus ce qu'il fait. Ou…

Adam exulte.

— Je ne voudrais pas m'avancer, tergiverse le directeur. J'en ai peut-être déjà trop dit… sur les risques que courent les étudiants, je veux dire les étudiants en général…

— Il suffit qu'il ait picolé ou…? fait Adam pour l'aider à aller plus loin.

Il attend.

L'homme ne finira pas sa phrase.

Leaf se jette à l'eau.

— Ou qu'il ignore la nature de la substance absorbée ?

L'autre ne répond pas. Mais arbore un sourire ambigu… qui vaut acquiescement.

Carendall se sent soulagé d'avoir livré les informations que la police espérait de lui sans pour autant trahir son serment. Il en conçoit une sorte de reconnaissance. Qui se traduit par la fermeté de sa poignée de main lorsqu'il prend congé des deux policiers.

*

Sidohn Orzel et Cosmus Blacher ont installé leur start-up dans le New Jersey, sur une zone industrielle de Pleasantville.

— Crois-tu qu'ils aient choisi l'emplacement pour la proximité d'Atlantic City ? demande Harry à Adam, alors que la voiture file sur la route 9.

— Ils auront moins de chemin à faire pour fêter leur premier dollar de bénéfice.

— Ou pour se soûler une fois perdu leur premier million.

— C'est déjà fait. Ils ont bouffé le premier tour de table. Le million que leur a donné Roncali vient en supplément, afin d'éponger la perte.

Le GMC arrive devant le bâtiment de IZ-E Garden. La façade, long ruban de verre dépoli, court sur plusieurs centaines de mètres. Des serres la jouxtent sur le côté, reliées au bâtiment principal par des tunnels en PVC. Une grande arche, un peu prétentieuse, signale l'entrée du parking, vaste zone d'un hectare où stationnent une vingtaine de véhicules.

Pendant que Harry place le fauteuil roulant, accoudoirs baissés, à côté du siège passager afin qu'Adam puisse s'y transborder, celui-ci demande :

— Stratégie pépère ou bluff?

Harry n'hésite pas.

— Tu n'en es plus à un abus près. On n'ira pas jusqu'à enfiler nos gilets pare-balles, mais oui. Bluff et intimidation.

Leaf sourit. Ils vont gagner du temps.

Passent par un sas où un agent de sécurité leur demande de se coiffer d'une charlotte, de revêtir une blouse de matière non tissée et des surchaussures jetables. Ils se montrent d'abord réticents, mais, la curiosité étant plus forte, ils finissent par accepter.

— Putain, c'est Los Alamos ou quoi? lâche Adam quand ils entrent dans le bâtiment.

— Ou le CDC[1] d'Atlanta ! abonde Harry.

Partout autour d'eux, des hommes et des femmes en blanc manipulent des composants électroniques, analysent des échantillons de terre au microscope, vont et viennent entre le bâtiment et les serres, auxquelles on accède en soulevant des lanières de PVC, ce qui libère des odeurs de forêt tropicale.

— Tout ça sert à justifier qu'ils crament l'argent de leur tour de table, constate Harry. Aucun doute, ils vivent sur la bête. Elle doit avoir belle allure.

Sidohn Orzel et Cosmus Blacher arrivent vers eux, semblablement attifés de vêtements anticontamination.

— Nous nous sommes rencontrés avec ma boss au café Bordeaux, rappelle Harry au second, qu'il n'a vu qu'une fois.

Adam se présente à son tour.

1. Center for Desease Control.

— Vous voulez voir le futur en marche, demande Cosmus.

— Oui, si ça peut nous éviter de rester à la ramasse, répond Harry.

— Ici, précise Sidohn, on fait parler les plantes. Vous pouvez lire sur votre smartphone ce qu'elles vous disent !

— « S'il te plaît, donne-moi de l'azote ! », s'amuse Cosmus d'une voix de fausset.

— « J'veux du sable ! », réplique Sidohn.

Les deux garçons jouent le rôle des plantes, avec des voix contrefaites. Harry et Adam se regardent. Ils ont l'impression de se trouver face à deux adolescents immatures et surexcités.

— « Mon pH est trop bas, sauvez-moi ! », fait l'un.

— « De l'argile, par pitié, de l'argile ! », rétorque l'autre.

— « De l'oxygène pour mes racines ! »

— « J'ai soif ! »

— « Un puceron me gratouille ! »

Ils éclatent de rire.

— Vous verrez, ça prendra du temps, mais on va se faire des couilles en or avec ça, affirme Sidohn, d'un coup sérieux

— L'une en or et l'autre en platine ! corrige Cosmus.

— Et on chiera des diamants, ne peut s'empêcher de compléter son comparse-associé.

— Le futur en marche, tacle Adam, je pensais que c'était le synchrotron, l'Hyperloop, l'ingénierie génétique…

— … et les objets connectés ! complète Sidohn. IZ-E Garden va dans le sens de l'histoire.

Un peu plus loin, un ascenseur conduit à une plateforme circulaire entourée d'une rambarde, qui domine l'ensemble du centre de recherche. De quoi offrir aux visiteurs une vue à trois cent soixante degrés de l'ensemble des installations.

— Rien de mieux pour impressionner les investisseurs, avoue Sidohn.

— À ce propos, dit Cosmus, si vous voulez miser sur l'innovation, c'est ici que ça se passe !

Harry en a déjà par-dessus la tête. Furieux du numéro de ces deux histrions inconscients de l'enjeu qui justifie la présence de deux flics dans leur laboratoire, il arrache sa charlotte et sa blouse de papier d'un geste rageur.

Le voyant, Adam l'imite.

Sidohn et Cosmus les regardent, l'air horrifié.

— Que faites-vous ? Vous risquez de corrompre les composants électroniques !

— Vous aurez d'autres soucis quand on vous aura montré ça !

Harry brandit le mandat signé du juge destiné, en réalité, au Cayuga Medical Center d'Ithaca.

— Vous êtes en état d'arrestation pour infraction au Controlled Substances Act, importation illégale, consommation et trafic de drogues de synthèse, proclame Harry. Adam, le Miranda !

Leaf connaît par cœur l'avertissement Miranda, sans lequel aucune arrestation n'est juridiquement valable :

— « Vous avez le droit de garder le silence. Si vous renoncez à ce droit, tout ce que vous direz pourra être et sera utilisé contre vous devant une cour de justice. Vous avez le droit à un avocat présent lors de l'interrogatoire. »

Sidohn et Cosmus se décomposent, la peau de leur visage devenant aussi blanche que celle de leur charlotte de papier crépon.

En contrebas, l'incident fixe l'attention des employés, pétrifiés.

— « Si vous n'en avez pas les moyens, poursuit Adam, un avocat vous sera fourni gratuitement. Durant chaque interrogatoire, vous pourrez décider à n'importe quel moment d'exercer ces droits, de ne répondre à aucune question ou de ne faire aucune déposition. »

— Attendez ! On ne sait même pas de quoi vous parlez ! intervient Cosmus.

— Ta gueule, crétin ! rétorque Sidohn. C'est pas comme ça qu'on va s'en sortir.

Pour faire monter encore davantage la pression, les deux policiers préparent les menottes. Sidohn les regarde faire, bouche ouverte, yeux exorbités. Il devient l'allégorie vivante de la panique, l'équivalent masculin de la femme qui hurle sur une passerelle, dans le célèbre tableau d'Edvard Munch, *Le Cri*. Une minute de plus et il pourrait se rouler sur le sol en réclamant pitié.

— Et si on vous dit ce qui s'est vraiment passé ?

Leaf regarde Harry d'un air interrogateur, comme s'il plaidait en faveur de Sidohn. Son collègue entre dans le jeu.

— Moi, je les coffrerais tout de suite.

— On peut leur donner une chance.

— D'accord, concède Harry.

*

Quelques instants plus tard, ils sont au milieu du centre de recherche, dans une grande cage de verre où se trouvent les bureaux, et la salle de réunion. Sidohn et Cosmus s'asseyent. Harry demeure debout.

— Je vous demande d'abord de répondre à mes questions par oui ou non, commence ce dernier. On entrera dans les détails plus tard. Avez-vous, en novembre dernier, consommé des drogues de synthèse ?

— Oui, admet Sidohn, tremblant.

— Avez-vous, à la suite de cette consommation, été admis en urgence au Cayuga Medical Center ?

— Oui.

Cette fois, c'est Cosmus qui a répondu.

— Avez-vous failli en mourir ?

— Oui.

La réponse est arrivée à l'unisson.

— Je vous remercie, dit Harry. Adam, à toi de jouer.

Depuis le début, Adam n'a cessé de faire circuler son fauteuil d'un bout à l'autre de la salle de réunion. C'est à présent Harry qui fait les cent pas. Technique classique pour donner le tournis aux interrogés.

— Lequel de vous deux s'est procuré la drogue ?

— Je n'avais aucune intention d'en acheter, dit Cosmus. Je l'ai obtenue par hasard.

— Tu te dis que deux cons comme nous doivent gober n'importe quoi ? grogne Leaf. Si c'est ça, mieux vaut arrêter tout de suite. On continuera à Rykers Island.

Cosmus regarde son associé de manière étrange, comme s'il avait soudain peur de lui.

— J'ai fait une connerie, dit ce dernier.

— Quelle connerie ?

— On m'a payé pour faire essayer ça à Sidohn.

L'autre écarquille les yeux.

— Tu as fait quoi ?

— C'est moi qui pose les questions, intervient Adam. Qui t'a payé ?

— Un mec qui deale sur le campus. Il m'a assuré que c'était comme les extraits de champignons que Sidohn a essayés, une fois, et qu'il avait adorés. J'ai pensé que le mec voulait se faire un client régulier.

— Il t'a donné combien ?

— Cinq mille dollars.

Sidohn bouillonne. Harry devine qu'il va se lever pour casser la gueule à Cosmus et se place derrière sa chaise. Sans ménagement, d'une pression sur les deux épaules qui manque de lui briser les clavicules, il le recale sur son siège.

— Tu as trouvé ça normal ? demande Leaf.

— Ici, tout le monde frime. Mes parents sont instituteurs. Je suis boursier mais personne ne le sait, sinon vous n'imaginez pas la honte. Je dois trouver les moyens d'assurer, d'être comme les autres. Alors j'ai toujours besoin de fric.

Sidohn, stupéfié, découvre le véritable visage de son ami et associé.

— Je croyais, dit-il, que ton oncle dirigeait la Chase Bank de Phoenix, en Arizona !

— La Chase Bank Grocery : la supérette qui jouxte l'agence bancaire sur East Van Buren Street.

Adam fait un signe à Sidohn pour l'empêcher de reprendre la parole.

— Les bobards que tu racontes à ton copain parce que tu veux oublier d'où tu viens, j'en ai rien à foutre. Ce qui me choque, c'est que tu acceptes de mettre sa vie en jeu pour cinq mille dollars.

— Je ne savais pas que c'était dangereux. En tout cas, pas à ce point. C'était une pincée de poudre, à lécher. Le dealer m'avait certifié qu'il n'y en avait que pour une personne, Sidohn. Ces mecs-là connaissent le campus comme leur poche. Lui savait que je ne me drogue pas, que seul le fric m'intéresserait, qu'il ne risquait donc pas de voir sa marchandise détournée.

— Si tu ne te drogues pas, comment t'es-tu retrouvé aux urgences avec les mêmes symptômes que ton copain ?

— J'ai donné la poudre à Sidohn. Mais il m'a entraîné vers les berges du lac, là où il n'y a jamais personne, à quelques kilomètres au nord de la cascade de Taughannock, et a voulu qu'on l'essaie ensemble, tout de suite. J'ai résisté. Il a insisté. Alors j'ai craqué et j'ai voulu faire comme lui. On a partagé. C'était violent. Très violent. J'ai vu des brocolis pousser comme des arbres géants, qui crevaient les nuages.

L'autre intervient.

— J'ai essayé des champignons hallucinogènes, une fois, mais c'était autre chose. Là, j'ai senti qu'une sorte de fusée prenait son départ en moi et m'arrachait la tête et le crâne. Je me suis mis à baver et à convulser comme un épileptique. Avant de perdre conscience, j'ai vu que Cosmus s'abattait vers l'arrière, comme un arbre. Je ne sais rien d'autre. On s'est réveillés aux urgences, où un pêcheur nous avait emmenés.

Adam s'adosse à la porte. C'est à présent Harry qui tourbillonne autour de leurs cibles.

— Vous avez failli crever. Avec une simple demi-dose de cette saloperie, puisque vous l'avez partagée. Une dose entière aurait donc entraîné la mort. Conclusion : il y avait forcément intention de tuer. Vous n'avez pas porté plainte. Pourquoi ?

C'est Sidohn qui répond.

— Mon beau-père a pensé que nous ne pouvions pas rendre publique une chose pareille. Il a eu peur des médias. Et nous aurions été exclus de Cornell.

— C'est pourquoi vous avez prétendu avoir été victimes d'une intoxication alimentaire ?

— Oui, dit Sidohn. Une idée de mon beau-père encore.

— Blacher, votre famille était dans le coup ?

— M. Ashford a parlé à mes parents. Ils sont tous tombés d'accord sur le fait que mieux valait éviter le scandale.

— Vous n'avez pas pensé qu'il pouvait y avoir eu intention criminelle ?

— Une semaine plus tard, intervient Cosmus, je suis allé voir cette enflure de dealer pour lui casser la gueule. Il m'a raconté que lui aussi avait été payé pour que Sidohn teste le produit. Sans rien vouloir me dire de plus. Depuis, il a disparu. Je ne l'ai plus revu sur le campus.

— Tu lui as rendu son argent ?

Cosmus roule des yeux de chien battu qui voit revenir la trique.

— Non. J'en avais toujours besoin.

Sidohn se lève d'un seul coup et se précipite vers lui. Le coup part, du sang gicle. Les deux policiers, un sourire complice illuminant leur regard, se lèvent et partent. Une fois dehors, ils entendent encore les cris des ex-associés.

— Ordure ! Je vais te défoncer la gueule !

Ils se battent.

Harry les sépare.

Il s'éloigne avec Adam vers la sortie.

Quand ils se retournent avant de partir, ils voient dans le lointain Sidohn à deux doigts de faire basculer Cosmus par-dessus la balustrade de la galerie. Les membres du personnel les entourent pour éviter le pire.

*

Sur le chemin du retour, Adam appelle Angelina. Il doit lui apprendre qu'il a outrepassé ses droits, utilisé un mandat pour un autre motif que celui prévu par le juge, fait usage d'intimidation et organisé une fausse arrestation. L'aveu fait, un lourd silence lui répond, juste couvert par une respiration.

— Je suis prêt à en subir les conséquences, ajoute-t-il.

Angelina a repris son souffle. Et hurle. Il éloigne le smartphone de son oreille, la laisse crier. Intervenir alimenterait sa fureur. Bientôt, la rage se tarira. D'autant qu'elle se rappellera que ses cris troublent le repos d'Ariana.

Comme prévu, le silence revient. Électrique.

— C'était bien une tentative de meurtre, explique Leaf à la jeune femme, camouflée en intoxication alimentaire. Elle a échoué parce que Cosmus Blacher a interféré avec les plans de l'assassin. On aura les preuves de l'implication d'Ashford en retrouvant le dealer qui a fourni le poison. Mais on ne peut pas attendre : il faut placer Liz et Sidohn sous protection.

Il l'écoute répondre. Et raccroche.

— Qu'a-t-elle dit ? s'inquiète Harry.

— Qu'elle n'a pas le choix. Que même s'il n'y a qu'une chance sur mille que j'aie raison, elle doit assurer la sécurité de la famille Orzel. Que je suis un enfoiré.

— Y a pas à tortiller. On ne devient pas chef par hasard.

58

Sur des béquilles, Adam pèse deux cent deux kilos : le poids qui serait le sien sur Jupiter. À force de laisser un engin mécanique soutenir la masse de son corps, il avait oublié qu'on ne tient debout qu'en défiant l'attraction universelle : sa nouvelle ennemie. Depuis plusieurs semaines, Michaël lui apprend à lutter contre cette gravité aggravée par la faiblesse et la sédentarité, sur des cannes « axillaires » qui transfèrent son poids sur les aisselles où se loge la barre d'appui, plutôt que sur les poignets ou les bras, comme le feraient des cannes anglaises.

— Ça me scie l'articulation, se plaignait Leaf les premiers jours, épaule tétanisée, avant-bras et mains tremblants.

— Tu t'habitueras, a répondu le kiné. L'essentiel du poids est pris en charge par le grand dorsal. Soulage-le en forçant un peu sur les bras.

Au début, Leaf chancelait comme un vieillard aux os de verre, apeuré, déconcerté, le cou raide, les hanches ankylosées, sûr de s'effondrer au prochain pas. Comment pourrai-je, a-t-il alors songé, guider dans un an les premiers pas d'Ariana, si je ne peux, moi-même, mettre un pied devant l'autre ? Cette seule pensée l'a galvanisé. Refusant de jamais reposer ses fesses sur le fauteuil roulant, quelque souffrance ou fatigue que celui lui coûte, il a exigé que l'engin soit restitué à l'entreprise de location. Et quand, sur ses échasses de héron circonspect, il a longé pour la première fois le couloir sans crainte ni tremblements, il s'est rappelé les paroles de Maxime : « Vois devant toi un chemin d'air, mire l'infini et maîtrise ton esprit au point de léviter. »

Désormais, Adam ne redoute plus la chute. Il clopine, boitille, sautille tel un kangourou qui se risque pour la première fois hors de la poche marsupiale, mais il avance. Droit. Sur son chemin d'air.

*

Une clause non écrite du bail de Blaine et Peter Bartholomew stipule qu'Adam peut venir passer, jusqu'à trois fois par semaine, deux heures à observer Clara et à interagir avec elle. Pour Blaine, c'est une chance plutôt qu'une contrainte, car les visites du jeune homme rompent son isolement. Elles permettent aussi à Peter Bartholomew de vaquer à ses propres occupations.

Blaine et Adam ont appris à se connaître. Leur esprit scientifique les rapproche. Ils conspuent de concert les superstitions, la crédulité et le déclin de la pensée logique, s'indignent des fausses nouvelles propagées par les politiciens, s'alarment de la marée des scepticismes climatique, vaccinal, évolutionniste, déplorent d'une même voix que le médecin susceptible de guérir le pire des cancers, celui de l'intelligence, n'ait apparemment pas encore obtenu son doctorat. Une osmose éruptive qui les conforte dans leur vision du monde et leur fait du bien.

Le reste du temps, ils travaillent. Adam doit trouver le thème de son premier mémoire universitaire. Il a d'abord songé à s'intéresser aux provocations sexuelles chez les singes du nouveau monde, mais son maître d'étude, ignorant que l'auteur s'appuierait sur une expérimentation personnelle, a jugé le sujet limité, voire tendancieux.

Blaine fait rouler son fauteuil jusqu'à la chaise et à la petite table que son père a disposée pour Leaf près de la fenêtre.

— J'ai lu un article, dit-clle, sur l'accession des capucins de la Serra da Capivara à un âge de pierre comparable à celui qu'ont traversé les *Homo sapiens.* C'est un bon sujet !

Clara couine du haut de sa poutrelle, comme pour apporter sa contribution au débat. Elle tolère, tout en s'en montrant jalouse, la connivence qui règne entre la femelle dominante révérée et le jeune mâle de passage, à condition de pouvoir n'en être témoin que de loin. Du reste, le plus souvent, Blaine et Leaf dialoguent sans qu'elle vienne les perturber.

— C'est absurde, répond Leaf. Ces chercheurs grillent une étape. Les singes qu'ils ont étudiés cassent des pierres en éclats tranchants lorsqu'ils s'en servent d'outils, mais sans aucune intention d'en faire des armes ou des couteaux. Le passage à l'âge de pierre suppose une *intention* de fabriquer des artefacts.

De temps à autre, lassée de voir Blaine monopoliser l'attention d'Adam, Clara croit devoir rappeler son existence. Elle descend alors de sa poutrelle et effectue quelques acrobaties au sol. Perdu dans ses pensées, le jeune homme ne la regarde que distraitement, avec une placidité semblable à celle d'Omelette, sans cesse avachi dans son panier, qui les contemple d'un air distant et exténué. Parfois, le corps du chien se hisse sur ses courtes pattes, son ventre traînant presque sur le sol, pour se déplacer vers sa bassine d'eau.

Ce jour-là, instable sur ses béquilles, Adam pose un pied sur la patte du chien, qui hurle et, par réflexe, mord la cheville de l'agresseur. La douleur arrache à ce dernier un cri, en même temps qu'elle lui confirme l'efficience pleinement retrouvée de ses terminaisons nerveuses.

Le hurlement provoque la chute d'un obus sur Omelette, Clara saisissant le basset hound par la peau du cou et lui enfonçant les canines dans l'épaule. Le basset se dégage et court à toute vitesse se terrer dans la salle de bains.

Clara redevient calme, instantanément. La colère a disparu en même temps que l'objet qui l'a provoquée.

— Elle a voulu vous protéger, constate Blaine.

Leaf n'écoute pas. Son esprit suit son propre chemin.

— J'ai trouvé ! s'exclame-t-il. Imaginez que Clara soit l'un de ces capucins sauvages qui vivent dans la forêt vierge. Qu'aurait-elle fait si elle avait eu sous la main un éclat de pierre tranchant comme un canif ?

— Vous croyez vraiment qu'elle aurait égorgé Omelette ? Qu'elle serait devenue criminelle ?

— Une intention, un bouc émissaire, une arme, une occasion. Que faut-il de plus ?

— Encore une étape, et vous direz que l'art de donner la mort se transmet d'un individu à l'autre, d'une génération à l'autre, et finit par devenir culturel ! Vous y allez un peu fort. D'autant que vous ne démontrez pas l'intention de tuer.

— Vous avez raison. Le plus souvent, quand les animaux tuent, leur seule intention est de manger. Tuer est une étape. Mais on peut imaginer que ceux qui prennent un peu de plaisir à tuer tuent plus souvent et se donnent un avantage évolutif, puisque davantage de satiété récompense leur crime.

— Ce serait comme l'orgasme ?

— Oui, l'orgasme est une prime-plaisir. Il n'a aucune autre raison d'être que d'inciter les gens à baiser.

Le ton de Blaine et Adam ennuie Clara. Qui remonte sur sa poutrelle préférée.

À la porte de la salle de bains apparaît la truffe d'Omelette. Il se demande si l'ennemi s'est calmé. Là-haut, Clara semble avoir oublié l'incident. Le basset va vers son panier et tourne trois fois sur lui-même avant de se coucher.

— Savez-vous pourquoi il fait ça ? demande Adam.

Blaine hausse les sourcils, d'un air dubitatif.

— Ses ancêtres loups vérifiaient ainsi qu'ils n'allaient pas se poser sur un serpent ou un scorpion. L'instinct demeure. J'ai trouvé le sujet de mon mémoire.

Adam se tourne vers l'ordinateur posé sur la table et tape :

LES SOURCES ANIMALES DE LA VIOLENCE HUMAINE, mémoire par Adam Leaf, Animal Behavior Program, Bucknell University, Lewisburg.

59

À l'heure où la nuit meurt et où le dernier éthylique mondain encore accoudé au comptoir du Bemelmans offre sa tournée au personnel qui bâille, Harry et Adam foncent sur la 1re Avenue. À la rencontre du médecin légiste qui est intervenu sur l'affaire Orzel, Nathanael Ruiz Padilla.

Celui-ci vient d'arriver. Et ils le retrouvent, comme convenu, à l'entrée du bâtiment de la morgue, à l'angle de la 30e Rue Est. Sur la plaque de laiton est gravé « The Office of Chief Medical Examiner ».

Padilla tient à la main quelques feuillets clippés sur une planchette de plastique.

— Les admissions de la nuit, précise-t-il en consultant le document. Vingt-quatre cadavres, avec les proportions habituelles de dépecés, putrides, écrabouillés ou momifiés. Trois suicidés, six assassinés, dix overdosés. Quelques pièces dépareillées : une tête, trois bras, un pied. Bref, la routine.

— Je sais que vous avez beaucoup de travail, mais l'enquête sur la mort de Louise Orzel s'accélère. On a besoin de vous parler des brûlures aux phalanges, dit Adam.

L'autre se gratte la tête.

— Louise Orzel… La gamine du Dakota ? Je me souviens. Défloration manuelle, strangulation, mort par arrêt cardiaque…

— Et les doigts brûlés au chalumeau.

— Ah oui. C'est Candelario qui a suivi ça.

— Le stagiaire ?

Padilla semble vaguement embarrassé.

— Oui, rappelez-vous, c'était après le massacre de Tech Valley. On était en sous-effectif. Bon, vous nous avez demandé une étude complémentaire. On a ressorti les éléments. Pour aller dans mon bureau, désolé, on va devoir traverser la salle d'autopsie.

Il regarde Harry :

— Attention, ça glisse.

Et tourne à présent la tête vers Adam.

— Contrôlez vos béquilles, ça dérape, aussi !

Satisfait de sa plaisanterie, il les entraîne à travers une usine où d'autres médecins légistes, torse nu sous leur blouse, s'acharnent sur leur ouvrage, incisent, découpent des thorax à la scie sauteuse, forent, amputent et décapitent. Deux d'entre eux officient en écoutant de la musique sur leurs AirPods. Padilla avait raison : du sang est répandu sur le sol carrelé, qui dérape, bien que des employés le lavent régulièrement à grande eau.

Adam ne peut s'empêcher de penser que le Philippin les oblige à voir ce champ de bataille uniquement parce qu'ils l'ont contraint à arriver plus tôt.

Dans le couloir qui mène à son bureau, ce dernier s'arrête devant un distributeur de boissons. Sans leur demander leur avis, il soutire trois cafés, servis dans des gobelets de carton. Le trio s'installe enfin dans son antre, une pièce sombre qui empeste l'éther et le chlore. Adam s'assied sur une simple chaise, d'où il lui sera plus facile de se relever avec les béquilles.

Il est prêt à lui pardonner la traversée imposée, le café tiédasse et rance et les remugles infâmes s'il leur annonce que le mystère est résolu, et que le chalumeau ayant carbonisé les doigts de la victime provient bien d'un chantier de son beau-père.

Padilla prend soudain un ton à la fois étonné et offensif.

— Je constate que le mot « chalumeau » ne figure nulle part dans nos comptes-rendus. On dirait que vous vous êtes emballés. Dans son rapport, Candelario dit « brûlures jusqu'à l'os », d'un genre qu'il n'a jamais observé jusqu'alors.

— Où est-il, Candelario ?

— Il ne travaille plus ici. Mais là n'est pas la question.

— Non, la question, c'est : comment brûler le bout des doigts jusqu'à l'os sans un chalumeau ? s'agace un Leaf que ces préambules impatientent.

Padilla le regarde d'un air condescendant.

— Vous faites les hypothèses. Moi, je présente les faits. Chacun son boulot.

— Pourrait-on en venir aux faits, justement ?

— Posons la question différemment, intervient Harry avec un ton conciliant. Les brûlures pourraient-elles avoir été produites par l'usage d'un chalumeau industriel ?

— Non.

Les deux policiers sentent qu'un édifice construit depuis plusieurs mois, brique après brique, pierre après pierre, est en passe de s'effondrer.

— Il y a sûrement un malentendu, plaide Adam. L'assassin n'a quand même pas fait ça avec son briquet !

— Non, il faut une puissance considérable pour consumer les chairs de cette manière.

Le légiste consulte une note, qu'il vient d'extraire du dossier.

— Candelario a testé toute une gamme de chalumeaux et de lampes à souder industriels, annonce-t-il. Aucun n'a pu provoquer la carbonisation des phalangettes.

Harry fait la gueule. Comment se sont-ils fourvoyés à ce point sur un élément central de l'enquête ? Adam serre les mâchoires.

Puis tape du poing sur le bureau de Padilla.

— Putain, vous êtes le cador des légistes et vous n'êtes pas foutu de nous donner un début d'explication !

Harry lui saisit le poignet.

— Vous allez cesser de cogner mon bureau, réplique le médecin, ou je vous ponds dans la demi-heure un rapport au Bureau des affaires internes ! Et si vous n'êtes pas content de nos prestations, allez voir le service après-vente !

— Mon collègue est tendu chaque fois qu'il pense au sort de cette adolescente.

— Qu'il apprenne à garder son sang-froid. Maintenant, foutez-moi le camp ! Le mardi, je donne un cours à l'académie de police, et c'est pas au coin de la rue.

Harry se lève et aide son coéquipier à en faire autant. Leaf ne dit plus rien. On pourrait le croire renfrogné, mais, en réalité, il erre dans un labyrinthe de pensées où, tel un enfant désespéré, il ne retrouve plus son chemin.

60

Le Sierra roule vers le 1, Police Plazza. Adam ronge son frein.

— Calme-toi. Ouvre la fenêtre et respire. Tu es tellement tendu que tu vas te casser en deux.

Leaf ne desserre pas les dents.

Voyant cela, Harry connecte son smartphone au système audio du véhicule et fait les réglages de sa play-list. Qui commence par un album de Led Zeppelin.

Il est tôt. Les premiers embouteillages sur Franklin D. Drive ne se sont pas encore formés. Le seul ralentissement se produit dans le tunnel des Nations unies.

La rage d'Adam réveille des parties de son corps jusque-là endormies, comme si un excès d'énergie, ne parvenant à s'évacuer par l'extérieur, désobstruerait de nouvelles innervations, à l'intérieur de lui.

— Je me demande comment j'ai pu en arriver là, dit-il soudain. Polanco voudra des preuves tangibles et le descriptif complet du *modus operandi*. Or, tout ce qu'on a pour lui, c'est le témoignage d'une prostituée, une ambiguïté sur le timing d'Ashford le jour du crime, un dealer en fuite et des soupçons fondés sur des mobiles foireux. Et maintenant, ces connards des labos foutent en l'air ma seule piste matérielle !

Son coéquipier tente de le rassurer :

— Le témoignage de la prostituée est explosif. On retrouvera le dealer. Et il est clair qu'Ashford a menti.

Leaf ne l'écoute pas. Pas en état de dialoguer, il aspire plutôt à suivre seul le fil de ses pensées.

— Comme si ça ne suffisait pas, ma femme retourne aujourd'hui vivre avec ses parents, et la personne qui me manque le plus après elle est un singe ! Je me sens au-dessous de tout. Je suis une pauvre merde.

Contredire Adam en cet instant ne servirait à rien, aussi Harry prend-il le parti de laisser son compagnon se défouler. Il ne l'écoute plus et se concentre sur la conduite. Ils ont passé Murray Hills. C'est la partie du trajet qu'il préfère. Les arbres jaunissants du parc John-Lindsay s'interposent à présent entre eux et l'East River. Un oiseau préhistorique aux ailes nervurées d'acier semble s'être posé sur le fleuve, entre les piles du pont de Williamsburg.

Adam macère dans un bain de rancœur quand, soudain, un électrochoc secoue sa conscience : un éclair d'une luminosité presque douloureuse.

Une révélation.

Un choc.

— C'est quoi ? demande Adam.

— De quoi parles-tu ?

— La musique.

— C'était Led Zeppelin jusqu'à ce que nous ayons passé le YMCA. Et maintenant, Queen. J'ai des goûts classiques.

Harry ne s'aperçoit pas tout de suite qu'Adam est en transe.

— Brian May !

— Oui, musicien génial. Sais-tu qu'il est aussi astrophysicien ?

— Putain, on avait tout sous les yeux et on ne voyait rien !

Harry comprend que quelque chose s'est débloqué dans l'esprit de son passager. Qui tape d'ailleurs à coups de poing sur l'angle de la planche de bord, tant sa rage le rend fou.

— Putain, putain, putain ! Je suis nul ! J'aurais dû comprendre dès le premier jour !

— Calme-toi, tu vas bousiller ma caisse. Et, en ce moment, c'est pas avec mes primes de réussite que je pourrai m'en payer une autre.

— Je dois voir Angelina. On est mardi. Rebrousse chemin, elle est peut-être encore à l'appartement. Fonce !

— As-tu l'intention de m'expliquer ?

— Plus tard. Je dois mettre mes idées en ordre.

Le ton d'Adam a changé. Il jubile.

— Mon vieux, c'est l'enquête la plus foireuse à laquelle j'aie jamais participé. Je peux te dire que ce merdier ne me manquera pas !

— Que je ne pige rien à ce que tu dis ne te dérange pas ?

— Sirène et gyrophare, on ira plus vite ! Dépêche-toi !

— Tu devrais essayer avec une cravache et un débardeur de cuir clouté.

— Cesse de fantasmer.

Harry éteint la sirène et la rampe gyrophare juste avant de virer à gauche vers la 113e Rue. Le portier se précipite quand il voit la voiture de police, dans laquelle il reconnaît Adam, se garer devant l'immeuble.

— Si par miracle Angelina est encore là, on ira ensemble au Dakota. Je vous révélerai comment Louise Orzel a été tuée ! Pendant ce temps, appelle Cosgrove, l'associé d'Ashford. Dis-lui de se trouver au Dakota dans une heure.

Le portier maintient ouverts les deux battants de la porte. Le balancement qu'imprime Adam à ses béquilles le propulse plus vite jusqu'à l'ascenseur. La cabine se présente. Surexcité, Adam s'y engouffre.

*

Leaf referme derrière lui la porte de l'appartement.

— Angelina !

Silence. L'appartement est sombre, silencieux. Les rideaux ont été fermés comme si le soir était déjà tombé.

Adam avance dans le salon.

— Angelina !

Il revient vers l'entrée.

De là, il va vers la chambre.

Le lit est ouvert de son côté, prêt pour le soir.

Dans la cuisine, il trouve une note : «J'ai rempli le congélateur. Ne bouffe pas tous les travers de porc.»

Il prend son portable et appelle sa femme. La messagerie automatique s'enclenche aussitôt.

— Rappelle-moi d'urgence, dit-il. J'ai résolu l'affaire Orzel. Et je t'aime.

Il téléphone au bureau. Au lieu d'Angelina, c'est la Fouine qui répond.

— Ken, passe-moi Angelina, c'est urgent.

— Elle vient de repartir. Elle n'est pas restée longtemps.

— Dis-lui que j'ai appelé.

Contrarié, Adam raccroche.

Il sort de l'appartement. Ferme la porte à clé. Prend l'ascenseur.

— On va chez mes beaux-parents, dans le Queens ! ordonne-t-il à Harry dès qu'il atteint l'extérieur. Je dois à tout prix retrouver Angelina !

*

La mère de sa femme, seule chez elle, lui explique qu'Angelina n'a fait que passer pour déposer des affaires, et que son retour est le symptôme d'une mésentente entre les jeunes mariés que son mari et elle ne soupçonnaient pas.

Adam tente de la rassurer, lui explique qu'ils sont tous deux surmenés, ce qui crée des tensions au sein de leur couple.

Jennifer Obson lui tombe aussitôt dessus :

— Trouvez-vous normal que ma fille travaille encore ? Elle devrait être en congé maternité depuis plus de deux mois !

Leaf n'a ni le temps ni le désir de déclencher une confrontation. Ses beaux-parents ont raison : son épouse aurait déjà dû se mettre en congé de maternité.

— Vous n'avez plus qu'à retrouver votre femme et rafistoler votre couple. Si j'étais vous, je ne perdrais pas de temps.

Jennifer Obson referme la porte. Elle n'a pas eu un mot pour le féliciter de se tenir droit devant elle.

*

Pendant qu'Adam est encore dans l'ascenseur, son téléphone sonne. Il décroche.

— Oui, Zelda.

— J'étais là quand tu as appelé. On sait où se trouve Angelina. Les collègues du commissariat d'Hudson Street ont appelé pour un truc qui sentait le vinaigre et Kenneth n'a pas voulu te prévenir. Ça concernait ton studio de Gansevoort Street.

— Merci, Zelda, j'y vais !

Leaf a sa réponse.

Son studio : le lieu où elle pourrait se voir brutalement confrontée à ses mensonges.

61

Les policiers d'Hudson Street ont garé leur véhicule devant l'immeuble de Gansevoort. Harry, lui, s'arrête en double file. Il aide Adam à s'extraire de la voiture et récupère les béquilles sur le siège arrière. Il reprend le volant pour trouver une place de stationnement où il perturbera moins la circulation.

Leaf, fiévreux, stressé, s'élance avec vigueur pour arriver plus vite à l'interphone. Deux minutes plus tard, les portes du monte-charge s'ouvrent devant lui. À coup sûr, des hommes des services vétérinaires doivent courir après Clara pour l'attraper. La supercherie a été découverte.

D'où il se tient, le studio ressemble à une scène de théâtre. Deux flics en uniforme vérifient les mécanismes de verrouillage de la fenêtre ouverte. Blaine Bartholomew se compose un air endolori, qui souligne le désagrément d'habiter un si vaste corps et d'avoir l'âme incluse dans un amas de graisse figée et tremblotante. Son père, souriant, assiste les policiers en leur indiquant la corniche par laquelle Clara, sûrement, a déserté le studio, l'immeuble et, peut-être, le quartier. Angelina, debout elle aussi, affiche un air de défi en regardant son mari, qu'elle vient d'apercevoir.

*

Leaf a le souffle court. Sent son cœur battre à tout rompre. Cette fois, Clara s'est réellement enfuie !

L'un des policiers quitte l'embrasure de la fenêtre et se dirige vers lui. L'inspecteur l'a reconnu : Adam est le collègue interrogé quelques semaines plus tôt, lors de la déclaration de disparation du singe. Angelina ne laisse pas au policier le temps de prendre la parole.

— Les services vétérinaires de la ville et PETA, dit-elle à Adam, ont demandé où en était l'enquête sur la disparition de Clara.

Le ton de sa femme sonne faux.

Adam n'y comprend rien. Pourquoi s'adresser à lui en phrases codées ? Si l'enquête porte sur le passé, où se trouve le singe à l'instant présent ?

L'inspectrice s'adresse aux deux flics.

— Elle n'est pas réapparue. Nous avons d'abord pensé qu'elle trouverait refuge au zoo de Central Park.

— On n'a recensé aucun animal en surnombre là-bas, ni dans aucune autre réserve ou ménagerie de tout l'État.

Adam devine qu'une comédie se joue sous ses yeux, dont il ne comprend en rien les enjeux.

— Votre singe doit avoir trouvé un coin bien boisé, énonce l'un des inspecteurs. À Pelham Bay Park, ou du côté de Greenbelt, à Staten Island. Et aucun mal à trouver de quoi bouffer, avec tous les produits frais et inentamés que les gens bazardent dans leurs poubelles. À l'heure qu'il est, à coup sûr, il doit être peinard et le ventre plein.

— Vous n'imaginez pas le nombre d'animaux sauvages qui vivent librement dans les grandes villes, renchérit l'autre. Je ne parle pas seulement des mouettes, coyotes, renards ou opossums venus de leur plein gré, attirés par l'abondance de nourriture. Il y a aussi les bestioles exotiques que leurs propriétaires relâchent n'importe où pour s'en débarrasser. Encore la semaine dernière, les vétérinaires ont dû anesthésier un tigre d'à peine deux ans qui se promenait la nuit à Battery Park.

En somme, la mission leur paraît comme accomplie et l'enquête bouclée.

Angelina et Blaine se débarrassent d'eux, la première en les raccompagnant avec courtoisie et des remerciements compatissants. Pipeau et poudre aux yeux.

— On l'a échappé belle, soupire le père de Blaine.

D'un pas vif, il se dirige vers la salle de bains. D'où il ressort aussitôt avec la cage dans laquelle, le temps de l'inspection, le singe s'est tenu tranquille.

— Quelqu'un peut m'expliquer ? s'étonne Adam.

— Tu m'as menti, gronde sa femme, comme tu as menti aux collègues d'Hudson Street.

— Tu savais que j'avais sous-loué le studio à Blaine.

— Mais pas que Clara ne s'est jamais enfuie ! J'en ai eu le pressentiment quand Kenneth m'a informée que les collègues d'Hudson Street allaient faire une deuxième descente. Je me suis arrangée pour arriver avant eux. M. Bartholomew et moi n'avons eu que quelques minutes pour dissimuler le capucin dans la salle de bains avant qu'ils sonnent.

— Je suis désolé. Elle est devenue une part de moi. Et je veux faire une thèse sur elle. L'université a accepté mon sujet de mémoire : *Les sources animales de la violence humaine*. J'ai besoin qu'elle soit dans mon orbite. Regarde, à présent, je marche. Comme un infirme, sur des béquilles, mais je marche. C'est elle qui m'a arraché à la torpeur, à la fatalité, à l'accoutumance. Je suis sorti des limbes pour toi et Ariana, mais c'est elle qui m'a poussé vers la sortie. Difficile à comprendre, je sais, mais je me suis attaché à elle jusqu'au fond de mes tripes.

D'un geste sec, Angelina l'entraîne vers un coin de la pièce. Blaine et son père, comprenant qu'elle veut s'isoler avec son mari, trouvent opportunément des sujets de conversation que rien ne saurait différer.

— Je t'ai sauvé la mise, grogne l'inspectrice. Tu dois penser que cela me situe entre la méduse et l'éponge de mer sur l'échelle des créatures qu'on peut humilier sans risque, mais sache que je suis en colère et n'apprécie pas les multiples mensonges dont tu m'abreuves depuis des semaines.

— Tu m'as sauvé parce que tu sais qu'avec Clara je suis en train d'inventer une nouvelle forme de criminologie. Tu l'as compris quand je t'ai démontré que les hommes s'affrontent pour leur territoire exactement de la même manière que les animaux. Ce jour-là, j'ai vu dans tes yeux qu'au-delà de notre jeu de rôles, quelque chose en toi avait envie que je réussisse !

— Adam, tes foutues théories vont à l'encontre de tout ce que je crois.

— Oui, mais tu m'aimes.

— Je vais finir par me le demander.

— Angelina, d'un côté tu aimerais que j'aie tort, de l'autre, ma réussite te réjouirait. Car mon ambition, c'est aussi la tienne.

— Je savais que ce singe nous pourrirait la vie.

— Clara ne m'a pas encore tout appris. Avec elle, j'en suis seulement aux premières leçons.

— On ne peut pas la garder clandestinement. Il faudra trouver une solution. Convaincre Doris Bythewode que Blaine, elle, ne peut pas s'en passer.

Adam voudrait la remercier pour cet acquiescement, et pour l'ouverture d'esprit qui lui permet de comprendre sa quête et de faire un pas vers lui. Mais les mots ne lui viennent pas.

— Je pense que tes parents me reprochent notre éloignement, s'entend-il prononcer.

— Oui. Et ils voudraient que j'arrête de travailler. Que je reste au calme. Loin de tout. Je suivrai leur conseil. La semaine prochaine.

— Merci d'avoir demandé à Dino de revenir m'aider. Il dormira dans le canapé convertible du salon.

— Malgré nos affrontements, tu me manques. Je me sens coupable d'un abandon de poste. Comme si je t'avais laissé seul au milieu de la mitraille.

— Je t'ai rendu la vie impossible.

— Le pire, c'est ce mensonge, Clara chez toi, avec Blaine. Tu n'as pas eu le cran de me faire confiance. Tu n'as pas cru en moi.

— Comme tu ne cesses de me rabrouer depuis l'arrestation de Roncali, je n'ai pas osé t'imposer une contrariété de plus.

On sonne.

Sans demander leur avis aux autres, et comme pour mettre un terme à ce dialogue de sourds, Leaf va presser le bouton d'ouverture des portes de l'immeuble et débraie le monte-charge.

— On attendra le temps qu'il faut, échafaude Angelina. Quand il commencera à faire froid, on prétendra aux gars d'Hudson Street et aux services municipaux qu'elle est revenue de sa propre initiative, comme un chien perdu qui retrouve la trace de sa maison plusieurs mois plus tard. Et là, on avisera.

La porte du monte-charge se déplie. Harry entre. Il salue les uns et les autres d'un simple hochement de tête.

— Cosgrove est déjà là-bas, murmure-t-il à l'oreille de Leaf. Il nous attend.

Adam s'approche de sa femme.

— Viens. J'ai bouclé l'enquête ! Je sais par qui Louise Orzel a été tuée. J'ai reconstitué tout le processus, minute par minute. Si on se dépêche, on peut avoir coffré le coupable en moins de deux heures.

Angelina hésite entre stupéfaction, admiration et une pointe d'agacement : il a, encore, agi derrière son dos.

— Dépêchons-nous, poursuit-il. Cosgrove nous attend au Dakota Building.

— Cosgrove ? Que vient-il faire là-dedans ?

— Allons-y, tu comprendras tout. Le pire, c'est qu'on aurait dû tout piger depuis le premier jour. Ta voiture est en bas ? demande-t-il.

Il parle à toute vitesse, sans lui laisser le temps de réfléchir.

— Oui, répond-elle.

— Je pars devant avec Harry. Rejoins-nous !

*

Dans le monte-charge, Adam appelle Kenneth, au bureau.

— Le jour de sa mort, dit-il à ce dernier, Louise Orzel a reçu un message, enregistré sur son répondeur à 14 h 35. Récupère son portable dans les pièces à conviction et fais analyser le message tout de suite. Je veux savoir s'il est authentique.

— C'est un ordre de la patronne ? grince Kenneth.

Harry a entendu la question, et la réticence qu'elle traduit. D'un geste, il saisit le portable.

— Kenneth, ne nous emmerde pas, hurle-t-il. C'est un foutu ordre de la patronne. Et c'est un foutu ordre de moi en personne. Alors, si tu n'as pas envie de te retrouver à coller des PV aux taxis mal garés au fin fond de Tottenville, t'as intérêt à te magner le fion !

Il raccroche et rend son téléphone à Leaf. Qui sourit sans faire de commentaire.

*

Encore au cinquième étage, Angelina cherche dans son sac son téléphone et les clés de sa voiture.

— Un instant, intervient Blaine.

— Je dois faire vite, rétorque l'inspectrice.

— Je veux que vous sachiez d'où je viens. Ne me jugez pas sur mon apparence. Je suis ingénieur et, avant l'accident, je travaillais à la NASA. J'étais même sur la liste des femmes susceptibles de participer à d'éventuelles nouvelles missions habitées sur la lune. Un vol en ULM foiré, et j'ai tout perdu. La désillusion m'a rendue acariâtre et vindicative. La seule raison pour laquelle je ne suis pas devenue un monstre, c'est Clara.

Pendant que Blaine s'exprime, le capucin monte jusqu'à la taille d'Angelina, passe ses mains derrière ses lombaires, en une étreinte légère et tendre, qui fait reposer sa tête sur le haut du ventre de la future maman.

— Ce singe m'a sauvé la vie, poursuit Blaine, comme il a sauvé celle de votre mari. Non parce qu'il a décapsulé nos bières, mais parce qu'il nous a ouvert une fenêtre sur un autre infini : celui de nos origines, de nos fraternités, de ce qu'il y a de plus profond en nous. Il nous a appris qui nous sommes.

Clara colle son oreille au ventre rebondi. Comme si elle avait entendu ou senti quelque chose, elle émet un gémissement émerveillé. Elle regarde Angelina droit dans les yeux. Et caresse la convexité qu'elle semble savoir habitée. Chacune de ses caresses renforce la résonance des paroles prononcées par la paraplégique :

— Je crois qu'il existe un paradis perdu. Nous n'y sommes plus invités parce que nous balançons entre le bien et le mal comme des ivrognes zigzaguent sur la ligne droite que traçaient autrefois les flics sur le trottoir à la sortie des boîtes de nuit, mais Clara tente de nous y réintroduire.

L'émotion serre la gorge de Blaine.

Son père s'approche et pose ses mains sur ses épaules.

— Je crois que nous avons une âme, conclut-elle. Celle de Clara est pure. Avec elle, nous réapprenons à vivre. N'empêchez pas que cela s'accomplisse.

Le père de Blaine sent sa fille émotionnellement exténuée.

— Nous savons que vous êtes pressée, dit-il à Angelina. Je crois que vos collègues vous attendent en bas.

Angelina se dirige vers la jeune femme. S'incline et l'embrasse.

62

Le parc scintille et resplendit, moucheté de pourpre, gouaché, à grands traits, d'allées orange brûlé qui serpentent entre des pelouses prasines. Une pluie d'automne, fine et serrée, fait luire les feuilles des buissons alezans et les transforme en petites lames tranchantes.

Quand elle arrive devant le Dakota Building, Angelina trouve un air familier au portier qui lui indique, sur la 72e Rue, une place libre, normalement réservée aux résidents. Sous la redingote brune, le pantalon à baguette de satin beige et la casquette aux armes du Dakota, elle reconnaît son ancien subordonné, Patrick Cannon.

Sa voiture garée, elle voit, un peu plus loin, celle d'Harry et Adam, déjà sur place.

— Je suis désolé de t'avoir mise dans la merde, s'excuse d'emblée Patrick en ouvrant un parapluie au-dessus de sa tête.

— Tu as changé d'uniforme et pris du galon, on dirait.

— Le comité des copropriétaires a pensé qu'un ancien flic dans le personnel ne serait pas du luxe, après tout ce qui s'est passé. Et comme j'avais, en quelque sorte, déjà un pied dans la maison… Tu n'imagines pas à quel point je m'en veux d'avoir tenté d'aider Oliver.

— J'ai tourné la page, Patrick.

D'un coup, il semble soulagé.

— Tu as de la chance, poursuit-elle. Kenneth Quist a fait un témoignage en ta faveur qui va limiter la casse, sur le plan disciplinaire.

— C'est un chic type.

— Je n'aurais jamais imaginé entendre quelqu'un le qualifier de cette manière. Mais si tu le dis…

— Je vais me marier avec Octavia.

— Je te souhaite d'être heureux. Très heureux. Adam et Harry sont montés ?

— Oui, je t'accompagne. Par ici.

— Je connais le chemin, mais tu peux venir avec moi. Comment va Octavia ?

— Comme une mère blessée. Oliver est un bon garçon. Il a eu le tort d'être amoureux. Elle espère que les jurés seront cléments.

— Moi aussi.

L'ascenseur se présente. Ils y entrent ensemble.

*

Harry et Adam attendent la boss. Le premier marque un mouvement de surprise en découvrant l'individu à ses côtés. Devant sa moue, Angelina s'exclame :

— Fais pas cette gueule. Patrick a bien le droit d'avoir une vie après le NYPD.

Adam, surexcité, se soucie peu, lui, de son ancien collègue.

— On n'a pas voulu entrer sans toi, dit-il à sa femme.

— On a demandé à Cosgrove de nous attendre dans la grande salle à manger d'apparat, précise Harry.

Ils sonnent. Le chauffeur, qui fait office de majordome quand Caroll se trouve à son domicile, les fait entrer. Et les dirige vers la bibliothèque.

Quelques secondes s'écoulent avant que la cantatrice les rejoigne.

— Chaque fois que je vous vois, désormais, dit l'inspectrice, je pense à la douleur de Donna Elvira, et j'en suis bouleversée. Votre voix nous a transportés.

— Je vous remercie. La douleur est toujours là. Mais vous, vous ne devriez plus accepter que la joie autour de vous.

— Nous pensons avoir des éléments nouveaux sur le meurtre de votre fille. Mon collègue Adam Leaf voudrait vérifier une hypothèse.

Caroll lève les yeux au ciel, l'air las.

— Cela n'en finira donc jamais…

Angelina sent que, derrière lui, tous ces préliminaires font piaffer son mari.

— Nous n'avons pas eu le temps de demander un mandat, mais je sais que vous êtes attachée à ce que le cas soit définitivement résolu. Nous permettez-vous de jeter un coup d'œil à la chambre des jumelles ?

— Bien sûr. Allez-y. Nous avons fait quelques réaménagements. Ma présence est-elle nécessaire ?

— Non.

— Je vous remercie. J'ai toujours du mal à y entrer, comme si je me tenais au bord d'un gouffre. Je serai dans ma chambre.

Angelina saisit sa main.

— Reposez-vous, nous ne ferons pas de bruit.

Ils se dirigent vers la chambre des jumelles et en ouvrent la porte.

— Bordel ! s'exclame Adam, ils ont tout foutu en l'air !

La chambre a été repeinte. Sur les murs, une couleur ocre donne l'impression qu'on a voulu faire entrer tous les soleils du monde pour qu'ils irradient la pièce, la purifient et la décontaminent des derniers miasmes du malheur. Même la moquette a été retirée, révélant un parquet de chêne.

Leaf est consterné.

Il ne reste qu'un lit, queen size. Les meubles, d'un acajou très rouge, tranchent avec le jaune ambiant. Deux armoires ont été dressées de part et d'autre de la fenêtre, à la place des petits secrétaires qui s'y trouvaient précédemment. Les coffres ont aussi disparu, remplacés par une large commode galbée. Ce n'est plus une chambre d'enfant : un pan de la vie de Liz a été éradiqué pour lui faire sauter une étape vers sa vie d'adulte.

Adam se met à ouvrir les tiroirs, les placards, les armoires.

Comme un cyclone, il fouille, défait, soulève, dérange, dévaste. Le patin de sa béquille dérape sur une descente de lit. Il tombe. Harry se précipite pour l'aider. Il refuse. Prend douloureusement appui sur le matelas pour se relever. L'opération dure deux minutes, sous le regard de sa femme, que son courage impressionne.

— Dis-nous au moins ce qu'on cherche ! proteste Angelina.

— On cherche la guitare, bordel, la putain de guitare !

La policière s'immobilise trois secondes.

— Nom de Dieu, la guitare ! s'exclame-t-elle.

Son intelligence vient de démêler, en un éclair, l'écheveau complexe des soupçons, des hypothèses, des déductions de son mari. Et un flot d'admiration la submerge.

— Tu as raison, rugit-elle. Ça explique tout ! Absolument tout !

Adam se fige. Caroll, attirée par sa frénésie et ses jurons, se tient, hiératique, à l'entrée de la pièce.

— Ne la cherchez pas, dit-elle, lugubre. Nous nous en sommes débarrassés. Elle nous rappelait trop cruellement les derniers moments de la vie de Louise. J'ai demandé qu'on la donne à une école de musique.

Le visage de Leaf exprime une déception sans fond.

Sans le savoir, la cantatrice vient de déverser sur eux une averse d'eau glacée.

Caroll repart, l'air las. Angelina la suit du regard tandis qu'elle s'éloigne jusqu'au bout du couloir.

— Merde, merde, merde ! s'exclame Adam. Qu'elle soit à Harlem ou en Patagonie, j'en ai rien à foutre, il faut retrouver cette putain de guitare !

Patrick s'avance.

— On n'aura pas forcément besoin d'aller si loin.

— Que veux-tu dire ? s'étonne Angelina.

— Caroll ne supportait plus la présence de cet instrument, ni celle des objets qui lui rappelaient l'absence de Louise. C'est à Octavia qu'elle a demandé de l'en débarrasser. Pour la guitare et son amplificateur, celle-ci a voulu favoriser un petit conservatoire de Harlem.

— Pouvons-nous y aller ? demande Harry.

— Ça ne servirait à rien. Edwin Ashford est passé derrière sa femme. Il a décrété que cette guitare risquait de porter malheur à quiconque la posséderait, l'a détruite et placé les débris dans une poubelle. Puis jeté l'amplificateur dans une autre.

En apprenant cette destruction, Adam se prend la tête entre les mains, blême et en rage.

— Pas de panique, dit leur ancien collègue. Suivez-moi.

*

— J'ai l'impression de violer la sépulture de Toutankhamon, murmure Harry en soutenant Adam, alors qu'ils descendent les dernières marches de l'escalier qui mène au deuxième sous-sol, à l'angle nord-ouest du bâtiment.

— Je savais Roncali innocent, explique Patrick. C'est pourquoi je n'ai rien voulu jeter ou donner de ce qui provenait de la chambre de Louise. Tout pouvait redevenir, d'un jour à l'autre, pièce à conviction.

Ils s'enfoncent dans un labyrinthe de galeries sur lesquelles des salles s'ouvrent par de grands arcs. Où s'accumulent des morceaux de corniches, des rosaces de plafond en stuc, des cheminées démontées, des chapiteaux de pilastres, des festons de bronze, des huisseries démantibulées, des mascarons, des chaudières, et tout un bric-à-brac de tuiles, carreaux de céramique, espagnolettes et poignées de porte.

— Octavia était déçue de ne pouvoir donner la guitare à l'école de musique, poursuit Patrick. Je lui ai demandé ce qu'Edwin en avait fait. Le sac-poubelle étant encore dans la benne, je l'ai récupéré.

Ils débouchent devant un grand portail de bois à ferrures ouvragées. Patrick le pousse. Le groupe pénètre dans un vaste hall carrelé en damier rouge et noir qu'une simple ampoule, oscillant au bout d'un fil électrique, éclaire d'une lueur dansante. Des armoires de trois mètres tapissent la pièce.

Leur guide ouvre l'un des bahuts cyclopéens et en extrait un sac de PVC transparent où repose la dépouille d'un instrument blanc, brisé, fragmenté, les tripes à l'air. Il le pose, bien à plat, comme il le ferait d'un enfant qu'on allonge dans son berceau, sur la grande table Louis XIII de chêne massif qui occupe le centre de la pièce. Les cordes, cassées, se hérissent en haut de ce qui reste du manche, comme des tendons privés d'attaches.

La table de résonance, crevée, laisse apparaître ses organes internes, tout un système de raccordement électrique à l'amplificateur. Patrick récupère ce dernier dans un autre sac et le place près du cadavre de la guitare.

Adam, sûr de lui, ne doute pas de sa théorie. Il jubile même.

— Patrick, dit-il, je n'ai pas encore la force de te broyer les épaules, mais, si je le pouvais, je t'embrasserais au point de te péter la clavicule !

— Souviens-toi, il n'y a pas si longtemps, j'étais encore l'un des vôtres. L'instinct de flic, je l'ai conservé.

— Le sac, interroge Angelina, je rêve ou…

— Tu ne rêves pas, répond Patrick. C'est un sac mortuaire d'enfant. Il vient du département. Je l'avais dans ma voiture.

Il désigne les reliefs de la guitare.

— Il m'a semblé que ce n'était pas un tas de bois et de câbles, mais un petit cadavre. J'ai ouvert le sac-poubelle. Il n'y avait rien d'autre que les morceaux de l'instrument. Alors, j'ai tout transvasé dans le sac mortuaire, sans y réfléchir. Je n'ai rien touché autrement qu'après avoir mis des gants.

— Patrick, on va finir par te regretter ! s'exclame Harry.

— Remontons, ordonne Angelina. Cosgrove nous attend.

63

Louise aime faire slalomer Miyako entre les cornouillers, les châtaigniers, les érables, dont les derniers feuillages flottent au vent comme des oriflammes. Tandis que son pied s'enfonce dans le sol tourbeux, elle fait trotter le cheval près des berges. Montent alors vers elle les odeurs fades de l'étang vers lequel s'affaissent, semblables à une main lasse qui effleure l'eau d'un bain, cinq collines parallèles. Ils accélèrent. Ils arriveront bientôt près de Havila Millpond. Et là, ils pourront galoper.

Le balancement de sa monture, la sueur qui fume sur son échine, le roulis, les parfums du marais de Quantz, Louise les ressent par télépathie, car c'est Liz qui monte le cheval, à deux cents kilomètres de là.

L'adolescente se sent seule. Une idée grotesque de leur beau-père : séparer les deux sœurs de temps à autre, afin, prévient-il, qu'elles ne s'enferment pas irrémédiablement dans la bulle de la gémellité, cette coquille d'œuf qui ne cesse de se rigidifier. Au début, la membrane paraît fine et poreuse, mais, si l'on n'y prend garde, elle se bétonne et aucune vie sociale ne devient possible.

Louise se sent seule. Si seule.

Quand elle découvre que son professeur d'histoire-géographie vient de se déclarer en arrêt maladie et que les cours ne reprendront qu'à 16 heures, la jeune fille se rend au SwimJim, sur la 102e Rue.

Plonger dans l'eau. Nager, encore nager, plus loin, jusqu'à plus soif. Puis, pendant une heure, s'accouder à la bordure du bassin. Et contempler Oliver. Chaque fois que le garçon se sent observé, elle traverse la piscine, dans le sens de la largeur, pour donner le change. La vérité est qu'elle n'est venue que pour le regarder. L'observer, détailler sa silhouette, ses muscles, son profil, admirer son attitude envers les autres nageurs. Sa gentillesse envers les usagers la bouleverse. Ses gestes possèdent une grâce qu'elle croyait être l'exclusivité de son idole, Daniil Simkin, le danseur russe de l'American Ballet Theatre. Aux aguets, attentif, le maître-nageur balaie le bassin à trois cent soixante degrés, comme un oiseau de proie, à l'affût de personnes en difficulté. Louise aimerait tant que ce regard s'arrête sur elle, la considère, l'enveloppe, la happe et l'emporte.

Au bout d'une heure, lassée, elle repart vers le vestiaire. Oliver la rattrape. Elle se retourne. Une goutte d'eau coule de la lèvre inférieure du garçon vers son menton. Puis glisse sur son torse, entre ses pectoraux. Tant d'espoir en elle : Oliver est-il le seul à ne jamais l'avoir prise pour sa sœur ? Et si, pour la première fois… D'emblée, son mirage s'évapore. Il la détrompe en lui lançant :

— Hey, Louise ! Pourras-tu dire à Liz qu'elle me manque beaucoup ? Tiens, donne-lui ça de ma part.

Un trèfle à quatre feuilles.

— Je l'ai trouvé hier à Central Park, près du jardin des papillons.

La goutte d'eau tombe et s'immobilise au creux du nombril.

Il faut sourire.

Tenir bon.

Prendre ses jambes à son cou.

— Cool, bredouille l'adolescente, la gorge nouée. Je le mettrai dans le tiroir de sa table de nuit.

Tourner les talons, se rhabiller et ne surtout pas pleurer.

*

Comme en replay perpétuel, la goutte ne cesse de tomber, de la lèvre d'Oliver à sa poitrine. Ce pourrait être une perle qui roule sur un coussin de soie noire. Ce pourrait être la larme qu'une fille jalouse verse sur le torse de bronze d'une statue impassible.

Il reste deux heures avant le cours de chimie. Louise marche en direction du Dakota. En chemin, elle s'achète un hot-dog sans moutarde, qu'elle finit avant de tourner à l'angle de la 72e Rue. Appel de Zach Hammerschmidt. En l'absence du prof d'histoire, il propose de la rejoindre pour préparer le travail sur les jumeaux. Elle accepte. De quoi se changer les idées.

À l'appartement, elle avertit Madalena Concepción qu'elle a déjà déjeuné et ne restera qu'une heure à la maison.

Elle entre dans sa chambre. Zach la rejoint bientôt.

Leur discussion dure trois quarts d'heure. Il l'ennuie. Comme il est insipide, bêta, fade. Abréger la séance de travail. Ça y est, il part.

Fermer la porte à double tour, s'y adosser et se mettre en mode d'hyperventilation. Prendre dans sa poche le trèfle confié par Oliver. Arracher les quatre folioles, les unes après les autres. Les froisser entre ses doigts et déposer ce petit amas végétal dans le tiroir de la table de nuit de Liz. Y découvrir un paquet de bâtonnets de réglisse. Où sa sœur a écrit une grossièreté. Écœurée, refermer le tiroir.

Louise règle la boîte à rythmes que Zach a installée pour elle. Elle saisit sa Fender Telecaster et commence à jouer. Le plus fort possible. Pour expulser sa colère, évacuer sa rage. « The Game of Love », de Santana. Au bout d'un moment, une vibration : quelqu'un tambourine à la porte. Entre deux accords, elle entend Oliver. Mais ignore ses appels et monte encore le son.

La musique l'anesthésie. Ne penser à rien.

Oliver renonce. Elle perçoit qu'il part avec Madalena Concepción.

Louise attaque le riff qui prélude à « Soul Sacrifice ».

La musique la transfigure.

Louise n'est plus une adolescente qui naît douloureusement à l'amour, mais une raie manta qui plane sur les abysses de la fosse des Mariannes, un écureuil qui atteint la cime du plus grand arbre de la canopée et qui, de là, défie la bourrasque et le grizzli, un grand condor qui se mesure aux Andes et veut dominer l'Aconcagua.

Soudain, elle atteint le soleil. En une nanoseconde, il l'absorbe dans un éclair désolidarisant les atomes de chacune ses molécules. Ses quatorze ans se fondent dans quatre milliards et six cents millions d'années de fusion thermonucléaire. Et Louise meurt assise, les bras ballants.

Une guitare gît sur le sol.

64

Angelina, Harry, Adam et Michael Cosgrove sont installés autour de la table du grand réfectoire gothique. L'ingénieur, un de ces technophiles trentenaires à barbe de trois jours dont on a toujours l'impression qu'ils reviennent d'un trek au Ladakh, les a attendus près de deux heures, sans toucher aux cupcakes qu'Octavia a fait disposer sur un plateau pour acheter sa patience. Des trois autres, seul Adam semble savoir pourquoi leur invité pourrait, dans un instant, mettre un point final au long roman de l'affaire Orzel. En attendant cet instant, l'inspectrice et son adjoint bouillent, mais font tout, devant le témoin, pour paraître sagement concentrés.

— Toutes les arrivées électriques de l'appartement peuvent se commander à distance, énonce Michael Cosgrove. Un variateur a été posé sur celle où était branchée la guitare. Edwin nous a commandé lui-même les équipements domotiques de son appartement.

Sur son front, un film de sueur trahit son angoisse : ayant procuré à Edwin Ashford les technologies nécessaires à ses manigances, sera-t-il considéré comme complice du crime ?

Harry lui a fourni des gants, afin qu'il puisse manipuler à son aise les fragments de la guitare. Précaution sans doute superflue, car les empreintes digitales ou les traces d'ADN susceptibles d'y être relevées seraient, de toute manière, peu probantes : il ne serait pas anormal qu'on y trouve celles d'Edwin Ashford, de Giacomo Roncali ou de toute autre personne ayant accès à la chambre des jumelles.

— L'instrument, une Fender Telecaster, a été trafiqué. Cela me rappelle la mort de Keith Relf, le guitariste d'un vieux groupe qu'on appelait les Yardbirds. Électrocuté par sa guitare. Keith Richards a échappé de justesse au même sort lors d'un concert au Veteran's Memorial Hall de Sacramento. D'ordinaire, le câble est constitué de deux fils qui relient la guitare à l'amplificateur. L'un va vers ce que nous appelons la masse, alors que l'autre porte le signal électrique. Un prolongement de celui-ci est au contact des cordes, en amont du chevalet afin que chaque note sonne juste. Un interrupteur commandé à distance par le biais du réseau wifi a été dissimulé dans l'amplificateur. Celui-ci est branché sur le cent dix volts. D'une simple commande sur son iPad, la personne qui a bricolé tout cela envoie du jus dans les cordes, par le biais du fil de masse. Et libère une puissance supérieure à cinq ampères. Plus qu'il n'en faut pour stopper le cœur, je suppose.

Angelina en sait assez.

— Je vous remercie d'être venu si vite.

Conformément aux usages qu'elle leur a imposés quand ils sont dans son bureau, les membres de l'équipe, sauf Adam, se tiennent debout autour de leur boss.

— Alors qu'elle jouait de la musique, récapitule Angelina, Louise a été tuée par une manipulation extérieure qui a balancé cinq cents milliampères dans les cordes métalliques de sa guitare électrique, ce qui a provoqué chez elle une fibrillation ventriculaire.

Cela correspond au rapport du médecin légiste. Le système domotique mis en place par Edwin Ashford dans l'appartement et les modifications apportées à la guitare aussi bien qu'au branchement électrique ont rendu une telle horreur possible. Rappelez-vous : un lacis de fils métalliques formait un motif d'astres sur la moquette, installée sous prétexte d'insonorisation. L'expert qui vient d'intervenir a découvert sous la plinthe une prise de terre à laquelle était sans doute reliée cette broderie, avant qu'on ne la retire pour dégager le parquet. Tout a été fait pour rendre conducteur le corps de la victime.

— De plus, commente Harry, Louise pieds nus, l'électrocution devenait inévitable.

Angelina a punaisé sur son tableau de liège une série de photos qui montrent les dommages provoqués par ce genre de décharge électrique.

— Comme vous le voyez, un choc de ce type peut causer le genre de brûlures constatées au bout de ses doigts.

— Le labo aurait dû nous le dire, remarque Zelda.

— C'est un bleu qui a suivi le dossier, commente Harry. Un stagiaire du nom de Candelario. Je crois qu'il était nul au point de se faire virer. Bref, travail salopé. C'est pourquoi nous sommes partis sur la trace d'un sadique. Compte tenu des éléments dont nous disposions, la piste était plausible.

Kenneth apparaît et tend à Angelina un feuillet à l'en-tête de la police scientifique.

— Je leur ai dit de cavaler. Ils ont été sympas, je l'ai eu en deux heures.

De toute évidence, Angelina ignore de quoi il parle.

— C'est ce que tu as demandé, précise la Fouine.

Dans le doute, elle acquiesce.

— L'analyse du répondeur téléphonique de Louise Orzel, constate-t-elle ostensiblement.

— J'en connais un ou deux, ici, qui me prennent pour leur larbin, s'énerve Ken.

Pendant qu'il règle ses comptes avec Adam et Harry en les foudroyant du regard, Angelina prend connaissance du document.

— Le message de Louise Orzel, reçu par Giacomo Roncali sur son répondeur téléphonique, est un montage. Il disait « Gia, il faut que tu viennes. J'ai besoin de toi. C'est urgent. » Or les mots « Il faut que tu viennes » sont extraits d'un message antérieur : « Tu m'as promis qu'on irait voir le nouveau *Star Wars*. Il faut que tu viennes me chercher à la maison ». Le « urgent » vient de « J'ai oublié ma carte de bibliothèque dans ta voiture, rapporte-la-moi, c'est urgent ». « J'ai besoin de toi » est un fragment de « J'ai un devoir de maths à finir ce soir, je n'y comprends rien, j'ai besoin de toi ». Tout cela en dit long sur le fait que c'est Giacomo et non Edwin qui joue le rôle du père dans cette famille et, surtout, qu'on s'est fait avoir comme des écoliers.

— Au moins, ça permet de reconstituer ce qui s'est passé à la minute près ! s'enthousiasme Adam.

— Vas-y, encourage Zelda, dont le ton exprime un peu de frustration. Ça m'intéresse, vu que j'ai manqué les derniers épisodes.

— En tout début d'après-midi, détaille Leaf, Louise rentre chez elle. Et s'installe dans sa chambre. Son camarade Zach vient la rejoindre pour travailler sur son projet d'exposé. À ce moment, Cosmus Blacher se trouve dans la cuisine avec Madalena Concepción Gonzalez. À 14 h 15, Blacher quitte les lieux, remplacé cinq minutes plus tard par Oliver qui arrive de la piscine. Zach s'en va à 14 h 30. Louise referme la porte de sa chambre à clé. Entre 14 h 30 et 14 h 45, Oliver frappe. Elle ne le laisse pas entrer. Peut-être ne l'entend-elle même pas. Elle joue de la guitare. Fort. Très fort. À 14 h 50 : Oliver le maître-nageur part en même temps que la cuisinière, qui referme derrière eux.

— À ce moment-là, récapitule Zelda, Louise est donc en vie, et seule dans l'appartement.

— Exactement. Pour celui qui la tuera, il est important que Giacomo, qu'il veut faire accuser, arrive en premier sur les lieux du crime. Comme sa sœur et son frère, l'adolescente possède deux téléphones, dont l'un exclusivement réservé à un usage familial. Cet appareil lui a été subtilisé le matin même. Et sert à envoyer un faux message de détresse à Giacomo, qui arrive vers 15 h 30.

Harry prend le relais.

— Tout ce qu'a dit Giacomo Roncali lors des interrogatoires était vrai. La porte fermée de l'intérieur – seul élément que l'assassin n'avait pas prévu. Le passe-partout introduit dans la serrure de la manière qu'il a indiquée. Son entrée dans la pièce, la porte ayant finalement été ouverte avec l'aide d'Octavia Gleeson.

— C'est alors qu'apparaît Caroll, reprend Adam. Qu'Edwin Ashford suit de très près. En ayant soigneusement chronométré ce petit ballet. Comme il est tout près de l'immeuble, et non à son bureau ainsi qu'il l'a prétendu, il débarque avant la police. Il veut à tout prix arriver avant que le corps se rigidifie.

— Dès qu'il arrive, il passe devant Giacomo et pénètre dans la chambre des jumelles. Il sait n'avoir que quelques secondes pour préparer sa mise en scène. Il pousse la porte sous prétexte de ne pas laisser Caroll contempler le spectacle horrible de sa fille décédée, déflore Louise, dépose le sperme de Roncali sur les rideaux, ajoute de toute la force de ses doigts et de ses ongles des marques de strangulation sur le cou de la victime, dont le derme n'est pas encore parcheminé.

— C'est alors que nous entrons en scène, dit Angelina. Par la suite, nous n'allons pas croire que la porte, ainsi que l'affirmait Giacomo, était réellement fermée de l'intérieur. Cela aurait dû l'innocenter et nous inciter à chercher ailleurs. Au lieu de cela, nous avons commis une faute grave : construire notre raisonnement sur ce que nous ne *voulions pas* croire, plutôt que sur ce qu'il *fallait* croire.

Elle n'a pas pu s'empêcher, en prononçant ces derniers mots, de regarder Adam. Aux oreilles de celui-ci, la phrase sonne comme une approbation rétroactive.

Il s'imagine alors une savane sous un ciel de feu. Un lion tueur s'avance pour que seuls ses gènes règnent. Non loin, un babouin attend que sa sollicitude envers le clan lui vaille d'être aimé.

Leaf se demande auquel il ressemble le plus.

*

Monté sur un tabouret de céramique en forme d'éléphant, acheté à Bangkok lors d'un voyage organisé, Darren Polanco retire une à une les punaises qui fixent au mur de son bureau un poster représentant des biches au milieu d'une clairière. Quand le mur a retrouvé sa virginité, il met pied à terre, dépose les cervidés dans la corbeille et prend sur une console un autre rouleau. Il remonte sur le petit pachyderme vernissé. Déploie une affichette acquise sur le site de Free Meditation. Réutilisant les punaises, il la placarde, puis redescend admirer son œuvre. Prend quelques pas de recul. Et lit :

Nos émotions sont des vagues.
Elles déferlent et nous engloutissent…
Sauf si nous choisissons de surfer sur leur crête.

Polanco croit aux vertus de l'autopersuasion. Rien ne saurait lui être plus nécessaire après les événements qui ont conclu l'affaire Orzel. Trois coupables successifs pour le même crime : pas de quoi se marteler la poitrine devant les caméras de télévision. Interpellé à son bureau, Ashford a eu le temps de passer à tabac son associé Michael Cosgrove avant d'être maîtrisé. L'ingénieur a désormais la pommette couturée de dix points de suture. L'arrestation a précipité la chute boursière de leur firme, laquelle entraîne l'arrêt de quatre chantiers municipaux et provoque la fureur du maire. Giacomo Roncali, lui, poursuit le NYPD pour abus de pouvoir. Comment ne pas se laisser submerger quand la mer est si mauvaise ?

Le directeur relit le texte du poster.

Il fléchit les genoux, emplit ses poumons, prend position pour se laisser porter par une vague imaginaire. Il est à Haleiwa, sur le dos d'un monstre d'écume.

Il ferme les yeux.

65

Un appartement de deux pièces au-dessus d'une épicerie, à l'angle des rues Broome et Forsyth. Quiconque appuierait son jugement sur l'omniprésence du blanc, des lignes et des angles droits, et sur l'absence semblablement radicale de toute forme de moelleux, relâché, tendre, arrondi, fleuri, parierait que le lieu est celui d'un être sans consistance matérielle, sans chair, organes ni tripes.

Kenneth aimerait pourtant que se produise une explosion. Elle ensanglanterait et couvrirait de lave les murs de son âme comme de son appartement. Elle libérerait les magmas cachés qui bouillonnent sous l'enveloppe raide de son apparence, qui se nomment idéalisme, intransigeance, frustration, aigreur, esprit de revanche. Le monde verrait alors qu'il est bien fait de chair, qu'il brûle de l'intérieur sans que jamais personne – père ou mère, collègues ou amis, femmes désirées ou vénérées – se soit jamais montré compatissant.

Au téléphone, une voix surgie du passé propose de nourrir son volcan.

— J'ai l'information que tu voulais, annonce Patrick Cannon. J'ai bien fait de caser ma sœur au service central des signalements !

— Où est-il ?

— Riverside Park, au débouché de la 111e Rue.

— Tout près de chez Leaf !

— Oui. Il glande dans le parc, comme s'il attendait quelque chose.

— Qui l'a signalé ?

— Un jardinier. Le mec ne ressemble pas à un SDF, pourtant, il traîne là-bas depuis deux jours, comme si le parc était son quartier général.

— Qui est prévenu ?

— On a fait comme tu voulais. Personne. Mais dans une heure, il faudra bien alerter Harry. C'est lui qui a émis l'avis de recherche.

— Démerde-toi, donne-m'en deux.

— D'accord.

Un silence. Patrick a encore une question à poser :

— Nous sommes quittes ?

— Tu es viré du NYPD, mais tu as de la veine. Comme j'ai témoigné en ta faveur, tu ne perds pas tes avantages sociaux. Et il n'y aura aucune poursuite pénale.

— C'était un bon deal, alors.

— Nous n'avons plus rien à voir l'un avec l'autre. Ne m'appelle plus jamais. Et si tu m'aperçois en ville, fais semblant de ne pas me connaître.

Kenneth raccroche.

*

— Je ne comprends pas, enrage Harry. L'alerte a été donnée par un employé du Parks and Recreation Department il y a deux heures. La fille au service des signalements prétend que mon téléphone était en dérangement… Nous aurions pu intervenir dès 6 heures, avant l'arrivée des premiers promeneurs.

Harry et Adam roulent sur Henry Hudson Parkway. Le parc Riverside forme, sur leur gauche, une longue bande de verdure et de terrains de basket bitumés qu'emprisonnent, d'un côté, Riverside Drive, et de l'autre Henry Hudson Parkway. Une houle de nuages fuligineux, alignés en fronts parallèles, bouche le ciel. Sous cette tôle ondulée, le fleuve est terne, mat, vipérin.

Leur regard balaie, sur la gauche, les pelouses, les aires de jeux et les allées. Par chance, la pluie, que bravent un ou deux joggers, diffère l'invasion des flâneurs et des enfants.

— À 10 h 30 ! lance Leaf.

Deux hommes sont en train de se battre, à une centaine de mètres, près des agrès destinés aux body-builders et aux fans de callisthénie : à en juger par sa taille, sa corpulence et le masque respiratoire qui lui dissimule le visage, le premier est Argon Schlagen. L'autre se tient de dos.

— C'est Kenneth ! s'exclame Harry. Comment ce fils de pute a-t-il pu arriver avant nous ?

Il accélère, et cherche un accès aux pelouses du parc, que ceignent des barrières métalliques.

— Regarde ! s'exclame Adam. Il est épais comme une galette de riz mais il se rappelle ses cours de judo !

D'une distance désormais réduite à cinquante mètres, ils voient Quist déséquilibrer son adversaire. Il le contraint à s'adosser à un agrès et lui plaque, de toutes ses forces, la gorge sur une barre de fer. Schlagen ne peut plus respirer.

Harry tourne le volant, dérape sur le sol bourbeux et fonce sur la gauche.

La trachée écrasée sur la barre de fer, Schlagen suffoque. Soudain, ses bras se déplient lentement, avec une force implacable de presse hydraulique, et repoussent la Fouine qui, à son tour, se trouve en difficulté.

Harry arrête la voiture en travers du trottoir, devant la barrière.

— Désolé, Adam, l'un de nous deux doit courir !

Il bondit hors du véhicule. Récupère à l'arrière les béquilles de son équipier, les lui tend et, l'abandonnant, commence à escalader le grillage.

Dans le lointain, du côté de Riverside Drive, les sirènes de plusieurs véhicules de police entremêlent leurs stridences.

Parvenu en haut, Harry saute de l'autre côté et s'élance. Dans la voiture, Adam s'accroche d'une main à la poignée. Pivote sur son siège. S'en extrait péniblement. Transfère son poids sur les béquilles. Horrible sensation de la tourbe détrempée qui avale le bas des cannes.

Pendant ce temps, entre les deux combattants, le corps à corps continue sous la pluie redoublée, qui les gifle et les fouette. Schlagen place sa main droite en étau autour du cou de Kenneth. De l'autre, lentement, comme si rien ne pouvait plus l'arrêter, il sort de sa poche un poignard cranté. Il l'enfonce dans le ventre du jeune homme. Les yeux de Kenneth se révulsent.

Trois voitures de police entrent dans le parc par l'accès qui fait face à la 111e Rue et foncent sur les pelouses, jusqu'à ce qu'un alignement d'arbres bloque leur course.

Schlagen retire son poignard. Un jet de sang inonde l'aine de Kenneth. Celui-ci, pourtant, se tient encore debout. Il se compresse l'abdomen de la main gauche, tandis que Schlagen s'enfuit vers le fleuve.

Quand les policiers arrivent, Ken, de toutes les forces qui lui restent, leur intime l'ordre de ne pas tirer. Il veut Schlagen vivant, afin qu'il puisse révéler les turpitudes décennales d'Adam et Harry. Le jeune homme s'écroule sitôt son ordre donné. Un flic appelle une ambulance. Deux autres se penchent vers lui pour évaluer sa blessure. Il leur prend l'épaule.

— Relevez-moi !

— Non, c'est de la folie, tu perds ton sang.

— Je peux tenir.

Ken ne leur laisse pas le choix : il se cramponne et se redresse en même temps qu'eux. Bras écartés, suspendu à leurs cous, pieds dans le vide, sanglant, vêtements plaqués par la pluie comme un suaire sur un gisant, il flotte au-dessus de l'herbe mouillée en christ stigmatisé. Ils marchent sur les traces du fuyard.

Schlagen a pris une longueur d'avance. Essoufflé, il retire son masque et le glisse dans sa poche, révélant sa face hideuse. Voyant Harry arriver face à lui, il fait un détour et accélère. Adam, qui les observe à distance, se demande ce que ferait, en pareille circonstance, un animal traqué. Il soulève ses béquilles. En s'arrachant à la boue, elles produisent un bruit de succion. Il se met en mouvement.

Le criminel gagne du terrain. Il parvient au portail que le policier a franchi quelques instants auparavant. L'escalade avec une puissance de mouflon et, stratégie incompréhensible et suicidaire, descend la pente qui mène vers les six voies du Henry Hudson Parkway…

Harry escalade et saute l'obstacle à son tour. Reprenant contact avec le sol, il glisse et se tord la cheville. Chaque appui lui arrache une souffrance. Il ne peut plus courir.

Les véhicules freinent pour éviter la course erratique du fugitif. Vacarme d'avertisseurs. Dérapages sur la chaussée glissante. Tôles percutées. Sur la cinquième voie de circulation, un Kenworth de quarante-quatre tonnes s'immobilise. Et bloque Schlagen, qui doit le contourner. Un regard vers l'arrière pour évaluer la position de ses poursuivants. Un pas de plus…

Soudain, son nez, dans un craquement de bois cassé, s'enfonce profondément dans ses fosses nasales. Un flot de sang jaillit. Il ne respire plus. Titube. Manque de perdre connaissance. Mais l'adrénaline qui noie ses cellules le maintient debout. Face à lui, Adam, adossé au pare-chocs du camion à l'arrêt, se sert d'une de ses béquilles comme d'une batte de base-ball et se prépare à lui assener un coup de plus. En une fraction de seconde, asphyxiés par les vapeurs sombres du pot d'échappement, les deux hommes revivent l'instant fondateur de leur haine, dans les ténèbres d'une impasse de SoHo. Un soubresaut fait avancer le semi-remorque de quelques centimètres. Leaf tombe. Son adversaire, sonné, tarde à reprendre son souffle.

Au bord du boulevard, Harry, ralenti par sa blessure, bute sur le chaos des voitures embouties et de conducteurs enragés.

Les policiers arrivent au grillage, qu'ils passent, à l'exception de Kenneth et des deux hommes qui l'encadrent.

— Hissez-moi, ordonne Kenneth.

— Sur la barrière ? Tu es dingue ? Regarde-toi, tu pisses le sang !

— C'est un ordre !

— Tu n'as pas d'ordre à nous donner.

— Vous ne savez pas qui est ce type. S'il s'en tire, ce sera votre faute, et je veillerai à ce qu'on vous le fasse payer.

Résignés, les deux flics soulèvent Kenneth, qui se tient toujours le flanc d'une main et s'agrippe aux barreaux de l'autre.

Il jette sa jambe au-dessus de la barrière et s'y maintient à califourchon. De ce promontoire, il domine le Henry Hudson Parkway. Il prend son arme et vise Schlagen.

Celui-ci, dont la face n'est plus qu'une béance, aperçoit le sniper prêt à tirer. D'un coup de pied, pour l'empêcher de se relever, il éloigne de Leaf la béquille que celui-ci tente de saisir. Puis il se penche vers lui, le soulève par l'aisselle, et s'en fait un bouclier. Adam a beau avoir récupéré une partie de sa robustesse, il ne peut lutter contre la force herculéenne de son adversaire.

En exhibant son badge pour s'imposer à la masse encolérée des automobilistes, Harry parvient tant bien que mal à la troisième voie. On le prend à partie. On le houspille. On le retarde. On exige des comptes. On lui impute la pagaille qui engorge la route.

Schlagen atteint la berge de l'Hudson.

Kenneth hésite. S'il tire, il risque de blesser Adam. S'il ne le fait pas, de perdre sa bataille. Il tente de réprimer son tremblement. Il vise le pied du fuyard et appuie sur la détente.

Au même moment, son regard se brouille. Un éblouissement recouvre sa conscience comme une marée rouge.

Adam regarde de quelle direction est venue la balle qui vient de réduire en bouillie la cheville de Schlagen. Il voit Kenneth, que sa blessure au ventre vide de son sang, perdre connaissance et chuter d'une hauteur de trois mètres.

Quand le coup de feu a retenti, un hurlement est venu d'ailleurs : le projectile, avant d'atteindre son but, a traversé la cuisse de Harry.

Schlagen s'affaisse par le côté, comme ces immeubles que des charges explosives savamment disposées abattent et couchent sur leur flanc. Adam tente de libérer ses avant-bras de la poigne du criminel.

En vain.

Atteint alors qu'il se tenait près de l'arête du quai, Schlagen chute vers le fleuve, alourdi du poids d'Adam. Leur plongeon soulève un gigantesque diadème d'eau fangeuse. Le sang du blessé forme une traînée écarlate, que le courant effiloche.

Puis, l'écume se dissipe. L'amplitude des ondulations à la surface des eaux, qui crépitent sous l'impact de la pluie redoublée, trahit l'extrême puissance des courants.

66

Après que l'épiscopat en a donné la permission à Maxime, un câble tendu entre des haubans court, du narthex au chœur, sur toute la longueur de la nef de Saint John the Divine.

Un enfant, que l'orgue accompagne, chante le *Pie Jesu* de Gabriel Fauré. C'est un requiem, mais Maxime ne veut retenir que la phrase *Dona eis requiem sempiternam* : « Donne-leur le repos pour l'éternité. » « Dans une perspective presque bouddhiste, dit-il, repos signifie détachement. Le détachement pour l'éternité : ça vaut pour les morts comme pour les vivants. »

Adam s'est placé non loin de l'arche trilobée où sont représentés Albert Einstein, Ghandi, Martin Luther King et Susan B. Anthony.

— L'éternité, commente Harry en calant ses béquilles entre l'agenouilloir et l'assise du banc, ainsi qu'Adam l'a fait pour les siennes, il aurait suffi que ce connard de Kenneth vise un plus haut pour qu'on s'y retrouve tous les deux…

— Et qu'un des collègues du vingt-quatrième poste de police, complète Leaf, n'ait pas eu la présence d'esprit d'alerter la brigade fluviale, quand il a vu que tout allait tourner au vinaigre.

— Comment as-tu su que le mec allait se précipiter vers l'autoroute ?

— Quand le chaos est ton écosystème, c'est là que tu te réfugies.

Un balancier entre les mains, Maxime fait ses premiers pas, à vingt-cinq mètres de haut, non loin des gigantesques portes de bronze.

Harry baisse le ton :

— Les mecs de la fluviale ont cessé de sonder le fleuve. Ils estiment que Schlagen n'a pu survivre.

— Je l'ai vu remplir de flotte ses poumons et couler. Sa cheville pissait le sang comme si un requin lui avait arraché le pied. Moi, j'ai eu de la chance de m'en tirer avec mes jambes raides. Heureusement que l'instinct de survie a été le plus fort. Et que mon bras a pu attraper la gaffe qu'on me tendait du patrouilleur.

Un metteur en scène d'Hollywood filme l'exploit de l'artiste, mais celui-ci a refusé que sa performance soit présentée comme un spectacle. En dehors de ses amis et invités, aucun public autre que les croyants habituels venus prier ou se recueillir.

Les membres de la famille Orzel sont installés sur les stalles du chœur. Avant d'entrer dans l'édifice, Caroll a confié à Angelina : «J'ai eu tort de vouloir embaumer Tadzio. Son immortalité réside dans ses œuvres».

Giacomo Roncali se tient près d'eux. Angelina, assise du côté opposé, remarque que, en un mouvement pudique et doux, sa main effleure celle de la cantatrice.

Maxime avance sur le fil comme un oiseau gracile qui étend les ailes pour maintenir son équilibre. Il a tenu à avoir les yeux bandés afin que sa traversée soit une marche vers la lumière, non celle que perçoit le regard, mais celle que chacun trouve au bout de sa propre route.

Adam se rappelle avoir demandé à Maxime, peu après son retour du centre de réhabilitation de Rochester : « C'est l'amour qui te fait tenir sur le fil et aller jusqu'au bout ? » Il avait répondu : « Non, le désespoir. » Adam songe à son cours d'éthologie de la veille, à l'université Bucknell. Quand un brochet les menace, les poissons apeurés vont toujours vers le haut. L'instinct leur dicte que la lumière assure le salut car elle aveugle les tueurs et les hydres des profondeurs.

Il en est de même du policier. Lui va vers la seule lumière qui l'attire : la vérité. C'est pourquoi Leaf ressent, en fin de compte, de la sympathie pour Kenneth. Il comprend, à présent, que la masse goudronneuse qui pesait depuis dix ans sur son cœur n'était pas la honte de s'être fait justice et d'avoir fait justice à sa grand-mère, mais celle, au contraire, de ne pas s'en être senti coupable. Personne ne pourra plus jamais démontrer quel théorème reliait Schlagen, Harry et Adam en un triangle de vengeance et de ressentiment. Il est trop tard. Dans quelques semaines, Kenneth sortira de l'hôpital, vertueux et juste, mais défait.

Entre la tunique flottante dont Maxime a choisi de se vêtir et son torse, quelque chose palpite. Invisible, Clara se tient tout contre lui. Parfois, elle risque un œil à la fente que forme l'étoffe entre deux boutons. Elle voit le vide. Elle se sent chez elle.

Le regard d'Angelina se porte sur Ariana, emmaillotée d'une brassière de coton molletonnée. Son mari a refusé qu'elle soit baptisée avant d'être en âge de le décider elle-même, mais, pour complaire à sa femme, Maxime a promis, quand il marcherait sous les voûtes de la cathédrale, de confier aux anges l'âme de la petite fille.

D'ici quelques jours, Adam se tiendra droit, sans béquilles, en *Homo sapiens* réhabilité dans sa plénitude.

À force de suivre des yeux Maxime avançant calmement sous la voûte, son regard se trouble. L'iris, trop longtemps accommodé à la même lumière, laisse des mirages pénétrer la pupille. Dans l'ombre caverneuse de la cathédrale, accoudée à la galerie latérale qui surplombe la nef, il croit voir une gargouille. Cet être abominable se penche et observe, dans le lointain, la femme radieuse qui tient, entre ses bras, une enfant si belle.

Adam cligne des yeux. La figure monstrueuse a disparu. Il sait, désormais, qu'elle ne reviendra plus.

CET OUVRAGE
A ÉTÉ ACHEVÉ D'IMPRIMER
SUR ROTO-PAGE
PAR L'IMPRIMERIE FLOCH
À MAYENNE EN JANVIER 2021

Dépôt légal : janvier 2021
N° d'impression : 96113
Imprimé en France